Suckow, Emma v

Wanderleben am Fuße der Alpen

Suckow, Emma von

Wanderleben am Fuße der Alpen

Inktank publishing, 2018

www.inktank-publishing.com

ISBN/EAN: 9783747793695

Wanderleben

am

Fuße der Alpen.

Den

Reisenden am Genfersee

gewidmet von

[Suckow]

Emma von Niendorf.

Heilbronn,
C. Drechsler'sche Buchhandlung.
J. M. Flammer.
1843.

Inhalt.

Blätter aus der Reisemappe.

Den 30. Juni.

Leises Abschiedszucken im Herzen, schaue ich von den Schlangenwindungen der neuen Steig zurück ins Thal, wo Morgenschleier über Stuttgart wehen. Mit dem Eilwagenconducteur, dem man mich übergab, wie ein Muttersöhnchen beim ersten Ausfluge in die Welt, bin ich schon in vollem Gespräche. Er ist noch jung, leutselig, hat ehemals den Kriegsrock getragen und vorher die Schweiz auf und ab durchpilgert. Seine Rede hat Mark. Er sah mit eigenen Augen und gibt den lebenden Beweis, wie eindringlich und kernhaft das praktische Leben lehrt. Alles Uebrige ist nur halb gelernt, wie von Andern für uns gelernt — eingesagte Lection.

Ein Schmetterling fliegt dem Eilwagen spöttisch über den Weg. Wir strecken die Köpfe zum Coupé hinaus, wie Vögel aus dem Neste. Mein Blick flattert durch die Buchenzweige, die so bewegt, so geschwätzig scheinen. Es ist ein innigfrohes Wiedersehen, wenn man aus der Stadt in die Natur kommt zur alten Liebe. Dort umzäunt Jeder sein Bischen Schöpfung, seinen Fleck Land. Diese eingepfählte Natur thut weh; solche gefangene Bäume und Wiesen sind keine Naturseelen mehr, eben auch civilisirte Figuren, gleich den verkümmerten Modemenschen. Hin und wieder treten Hirsche aus dem Dickichte bis an die Straße vor und schauen mit zutraulicher Neugier den lärmenden Aufzug an, der sich ihnen nie feindlich zeigt. Der grüne Vorhang weicht von der sinnigen Landschaft. Ein Sonnenstrahl zeigt auf die Achalm. Dort sah Kerner seine Frau zum Erstenmale. Im Frühlinge war es, an Uhlands Geburtstag. Es grünte Alles so schön. An den Trümmern dieser Burg grüßten sie sich zuerst. — Lustnau: Alles voll saftiger Aeste und verwehter Jünglingsträume. Bedeutsam sammelt sich Tübingen um Berg und Wasser. Blaue Alpgipfel. Ich lasse mir die Richtung zeigen, wo Gomaringen liegt, Schwabs Pfarrdorf, am Fuße des heimatlichen Gebirges. So fühlt man sich hier denn recht im Herzen von Schwaben, das tief erkannt sein will, in seinem innigen Zauber, nicht auf lautem Markt geschätzt.

Ein ritterlicher Lieutenant hat sich zu uns gesellt, mit goldgestickter, violetsammetner Mütze auf den blonden Locken, der nach seiner Väter Schloß am Bodensee reis't. Wir sind im Steinlacher Thal. Alles Wald. Hie und da schauen wieder Alpspitzen vor. Im duftenden Heu steht ein Kindlein barfuß, auch schon mit dem Steinlacher Häubchen; unsern die Alte, welcher der schwarze Spitzenbesatz weit ins Angesicht hängt. Die ganze Kette vom Hohenzollern bis zur Achalm. Der Conducteur ermahnt mich, Dußlingen nicht zu übersehen, eine Kolonie von Russen. Auch Schweden aus Gustav Adolphs Zeiten haben sich hier angesiedelt. Sebastiansweiler hat sich in bescheidener Vorsicht dicht an die Straße gebettet. Wir warfen einige Badgäste über Bord. Feld und Obstbaum sehen mager aus in Hechingen; auch der Adlerforst verspricht von Weitem mehr. In den engen Gassen der Stadt drängen sich Judenkinder mit sprechenden Augen und höflichem Gruße. Villa Eugenia mit ihren weißen Säulen am Fuße von Hohenzollern. Seine Südseite zeigt sich schärfer geschnitten — wahrhaft ein Wolkennest. Der Heuberg, der schwäbische Blocksberg, ist die lezte und stärkste Kraftäußerung der Alp. Die Ruine Karpfenburg taucht auf, das Schloß der Wiederhold. Links davon ein gedehnter Rücken, der Dreifaltigkeits-Berg; am Fuße Spaichingen. Auf dem Felde eine schmucke Dirne in herziger Tracht: Strohhut mit schwarzen Bändern, rothe Strümpfe, kurzer, faltiger Rock. In diesem Landstriche (Bahr) — schon eine Art Canton — tragen protestantische Weiber rothe, katholische, weiße Strümpfe. Zu Aldingen sehen wir in lauter hübsche Gesichter. „Wie sie ihre Füßle auswärts stellt;“ sagt der Conducteur, und weis't auf ein kleines rothbestrumpftes Mädchen, das am Wege bei der Kirche steht, wo wir herunterfahren, und mit feinem Gesichte aus dem schwarzen Käpplein lugt. Sie hat beide Hände voll von rothen und weißen Rosen. Im Vorbeigehen reißt ihr der junge Postillon ein weiß Röslein aus ihrem Strauß und steckt's an seinen Hut. Auf dem Kirchthurme flattern Störche um ihr Nest. Eine Wiese im Abendlichte; bei den Heuwägen noch mehr Rothstrümpfe, die zu dem frischen Grün gar lachend sehen.

Wir fahren unter einer Bergkuppe vorbei. Nur der Gipfel ist noch sonnenverklärt. Ganz oben weidet eine Schafherde und der Hirt steht einsam am vergoldeten Walde. Mir ist, als wache ein altes Lied in mir auf. Tiefgeheime Anklänge aus frühesten Tagen regen die

1 *

gebundnen Schwingen. Wir sind gewiß als Kinder poetischer, denn später, weil wir der Natur näher; wir lieben sie vielleicht nicht stärker, doch sind wir unbewußt enger mit ihr verwandt, gleich wie der Säugling mit seiner Mutter, wenn er sie auch noch nicht kennt und beim Namen ruft. Das Seelchen spiegelt sich träumend in klaren Tiefen; es badet die jungen Flügel in der unergründlichen Flut. Trauer war in erster Kindheit der Grundzug meines Wesens. Nie mehr, wie damals im kleinen Herzen, empfinde ich den geheimnißvollen Schmerzenszauber der Natur. Nimmer hat mich die Abendlandschaft mit solchem Weh durchschauert, wie damals, wo ich noch nichts verloren, noch nichts zu beweinen hatte. Spricht mit dem Kinde der Genius vernehmlicher? Tönt im ursprünglichen, noch unentweihten Gemüthe treuer das Echo zurück dem heiligen Schmerze, dem Grundlaute der Natur, der nur ein Sehnsuchtschrei ist nach der echten Freude? Oder sind es Ahnungen künftiger Lebenswunden, die das Kinderherz durchzittern? Ist es die nahe Trennung von der Natur, der drohende Abschied, der ihrem Lieblinge so bange macht? Und sind wir darum später vor ihr so freudig, weil wir sie nach langem Irren wieder erreicht haben? Darum so heiter, weil die Jugendgewitter hinter uns versunken sind, deren Schwüle schon frühe auf dem vorempfindenden Geiste lag? Sind wir froher, weil wir Manches besiegt haben, oder waren wir einst ernster, trüber, weil wir reiner, besser, unzerstreut fühlten?

Wir fuhren weiter durch das duftende Schattenthal. In der rosigangehauchten Luft zeichnen sich Ruinen: die Veste der Grafen von Honberg. Häuser spiegeln sich im Wasser: die junge Donau thut so arglos mit dem Städtchen Tuttlingen, als habe sie sonst nichts im Sinne.

Den 1. Juli auf dem Rheine,
Morgens 6 Uhr.

Der Conducteur weckte mich, als wir Nachts über das Schlachtfeld kamen wo Erzherzog Karl und Moreau fochten. Alles war voll weißem Nebel. Mir graute, als die Streiflichter vom Wagen darüber flogen. „Jetzt gräbt man die Franzosenknochen aus, zur Verwendung bei einer Zuckersiederei,“ sagte mein Cicerone. — Bei der Stall Laterne in Stockach packte er mich in die fremde Arche. Zu meinen neuen Begleitern gehörte ein junger Neuenburger, wie sich bald ergab, Hofmeister in einem mir bekannten Fürstenhause — ich bestimmte ihn gleich in Gedanken mir zum Führer an dem Rheinfall. Nun hatte ich also einen Beschützer! Es galt keine Minute zu verlieren. Was thun wir? Wohin gehen wir? Das blasse Männchen blickte nur immer zweifelhaft auf mich. Da hatt' ich mich mit der verkörperten Unentschlossenheit alliirt, die auf meine Vormundschaft rechnete. Wie Kinder, die man verschickt, ließen wir uns jeden Schritt einlernen und vorsagen. Der freundliche Wirth zum goldenen Löwen sah uns mit großen Augen an und lächelte. An jeder Ecke fragte ich nach dem Wege, still folgte der Hofmeister. Da begriff ich zum Erstenmale, wie Frauen, die mit schwachen Männern verheirathet sind, entschlossen, ja heroisch werden müssen, und rannte immer ritterlicher vorwärts. Am Ufer bemächtigte sich unserer, gegen alle Instruktionen, ein riesiges Schifferweib. Der Hofmeister ließ sich willenlos von ihr in den Kahn schieben. So mußte ich nach. „Der Rhein hat schon viel Jugendmuth gleich bei dem Thore von Schaffhausen," sagte ich und verfiel in den Styl vom Hôtel Rambouillet, um meinem Gefährten den Jugendmuth zu übersetzen, von dem der Arme freilich keine Vorstellung hat. Die Wellen schlagen mit lustiger Kraft an unsere kleine Barke.

Das war kühn und munter, wie der grüne Rhein so mit uns spielte! Wir tanzten über die Felsen. Etwas zweifelhaft sah ich doch dießmal den Hofmeister an; aber der muckste nicht in seinem Gleichmuthe. Rechts Weinberge und ein kleiner Felsen, volle Bäume; links Gebüsch und tiefgrüne Flut. Schon wirbelt der Wasserstaub in die Luft. Schloß Laufen erhebt sich. Wir landen an einem frischen Wieslein.

Ein Mann trat uns gestikulirend entgegen. „Der will uns sicher den Rheinfall wie aus einer Theaterloge zeigen und das wird uns wieder eine Menge Geld kosten." warnte ich den Pädagogen; aber er hatte sich bereits fangen lassen. Alle Betheuerungen, daß ich keine Zeit habe und den Rheinfall in Freiheit sehen möchte, halfen nichts; der Hofmeister war fortwährend gerührt über die uneigennützige Höflichkeit des Herrn. Im Pavillon vergaß ich meinen Zorn: die Felsen scheinen in den Grundvesten zu beben. Schwarzgrün wälzt sich's donnernd heran, um in ein Meer von Gischt sich zu verwandeln, in einen tanzenden Gletscher, der den Staub weit hin in die Lüfte wirbelt. Mir ist's, als könnte man in diesen Wasserschlund tiefunten Alles versenken, was die Seele umnachtet mit Todesgrauen, die Last von Jahren der Qual; und neugeboren, reingewaschen vom Jammer der Erinnerungen, mit frischem Blick und Herzen wiederkehren. Am nächsten Felsen, den der blendende Schaum umsprudelt, hat er ein Portal ausgehöhlt — malerische Ruinen, von Buschwerk übergrünt. Auf dem Becken, in welchem die getrennten Fluten sich wiedervereinen, und auf einer Strecke Ufergrün, schwebt ein Regenbogen. In kleinen Kreisen und schlangenartigen Ringeln schwindet der Schaum. Du königlicher Strom! Eine so schöne Jugend! Da ist Manneskraft. Ich denke stolz an alles Herrliche im deutschen Volke, an meine Helden. Hierher müssen Menschen und Nationen kommen, um sich zu verjüngen im tosenden Bade. Da ist Alles Begeisterung, freudiger Todesgrimm, brausender Heldenmuth — und doch so schnell wieder versöhnt, so friedlich im Weiterwallen: Bild edelkühner Seele, im Zorn, wie in der Milde! — so auch mag der Barde seine Seele ergießen im Strome des Gesangs. Donnere und woge du fort und fort unverfälschbarer Rythmus des Rheinlieds! O daß dir alle deutschen Herzen den Takt schlügen!

Wir stiegen in eine untere Bogenreihe des Felsen-Theaters, wo sich brittische Gestalten in Wachstuchmänteln gruppirten und die nachbarlichen Fluten — ein großartiges Sturzbad — die Breterbude fast überschwemmten, schifften dann unten beim Schlößchen W ö r t h im Nachen über den Rhein. Der Hofmeister unterdrückte einen Seufzer, als er die Börse zog und berechnete, wie viel ihm der Rheinfall kostet, der für Jeden über die Klippen schmettert. Mich freute die besondere Cascade, die für sich, fernab vom großen Gewühle, wie in selbstgewählter Einsamkeit, niederrauscht, nur von der Dorfseite (Neuhausen) sichtbar. Auf dem Wege nach Schaffhausen fiel mir die Stille wieder auf in der Landschaft — wie langweilige Ruhe nach großen Lebenserschütterungen. „In der Mitte des XV. Jahrhunderts," erzählte der Pädagog, „belagerten Oestreicher das Schloß Laufen, welches den Edlen Fulach von Schaffhausen gehörte. Ein Mann erschien auf dem Thurme und begehrte zu unterhandeln. Die Kaiserlichen gewährten günstige Bedingungen, erstaunten aber nicht wenig, als Besatzung in der Veste nur ein altes Weib und einen Soldaten zu finden, den nämlichen, welcher den Vertrag geschlossen. Die übrige Bemannung war in dunkler Nacht an Stricken entwichen, weil die Burg schlecht befestigt und ohne Munition war. Dem wackern Schweizer begegnete man ehrenvoll.

In einem Garten zu Schaffhausen.

Vor dem Thore an mattgrüne Rebhügel lehnt sich ein altes graues Haus. Am Gartenpförtlein, durch das Rosensträuche schimmerten, kam mir eine Frau entgegen mit dunkelbraunen, innigen Augen und freundseligem Munde; nicht mehr jugendlich — aber solche geistigen Züge altern nie. „Ich kenne Sie ja schon!" sagte sie und nahm mich bei den Händen und sah mir ins Gesicht. „Gewiß, gewiß, ich habe Sie schon gesehen", setzte sie hinzu, und obwohl wir uns zum Erstenmale gegenüber standen, ergriff auch mich gleich ein Heimatgefühl. „Es ist das älterliche Haus meines Mannes," sprach sie, indem sie mich die enge Steintreppe hinauf führte, „und heißt Fulacher-Bürgli, weil es den im Anfange des 17ten Jahrhunderts ausgestorbenen Rittern von Fulach gehörte.“ Sie rief ihrem Gatten aus seinem Studirzimmer. Der Professor Schpleiß ist klein und hat blaue Augen, aus denen das lauterste Feuer blizt. Wie durchdringend sind sie und herzfreundlich! So mild und doch so heilig ernst! In der Wohnstube mit dem eichenen Tische am alterthümlich breiten Fenster, dem grünen Thonofen, daneben die große Komode vollgehäuft mit Büchern, saßen wir und schwazten von des Professors Herzensfreund Schubert, von Weinsberg, wo Beide zusammen einkehrten, und von des Ersteren Besuchen in München. Dort drängten ihn seine Freunde, einmal morgens in der protestantischen Kirche zu predigen. Auch Schelling wohnte dem Gottesdienste bei. Einmal in jeder Woche geht das Ehepaar nach dem eine Viertelstunde entfernten Dorfe Buch, wo Schpleiß Pfarrer ist. Im Pfarrhause haben sie eine Armenanstalt errichtet, von der sie wie Eltern von ihren Kindern reden. Das Gespräch kam auf das Heimweh der Aelpler und auf den Gebirgszauber. „In den Bergen sind noch die Naturgeister, und die greifen nach dem Menschen,“ äußerte der Professor mit lebhaftem Ausdrucke in Blick und Geberde. Das sind eigentlich die rechten Apostel unserer Zeit, diese gotterleuchteten Naturphilosophen. Die thun uns Noth, die Glauben und Wissen in Einklang bringen und für die Verstandmenschen die Brücke schlagen in die Welt ahnungsvoller Liebe, in die Heimat der Treue.

Berufsarbeiten entfernten den rastlosthätigen Mann. Die Professorin gab mir trauliches Geleite durch das

Gassengewinde, in welches die alte Römerburg Unnoth niederschaut. Zuerst führte mich jene auf meine Bitte an das Haus Nro. 5 am Ende der Kesselstraße, wo Johannes von Müller geboren ist. Es gehört einem Küfer, der, an einem großen Fasse beschäftigt, uns freundlich Bescheid gab. In der Gasse Neustadt, durch welche man an den Rhein sieht, zeigte mir meine Begleiterin ein Erkerhaus. Es gehörte der Frau von Mandach, die vor 6 Jahren starb. Bei ihr versammelte sich ein geistverwandter Kreis; zu ihr kamen täglich Johannes und Georg Müller, welche still bei der Mutter lebten.

Die Mandach muß eine prächtige Frau gewesen sein – die Großmutter von ganz Schaffhausen. Allen half, Allen rieth sie, für alles Gute hatte sie offenes Herz und volle Hand. Schon als kleines Mädchen — erzählte sie selbst der Professorin — in der Pension, habe sie im täglichen Vaterunser bei der Bitte: „**donnez moi notre pain quotidien,**" jedesmal leise hinzu gefügt: „**mais un peu largement,**" — um auch Andern geben zu können. Diese Freude wurde ihr denn auch zu Theil, und ihr Reichthum war wirklich nur für Andere.

Die Geschwister Müller sagten von einander, daß zwischen ihnen, dem Brüderpaare, eine Geisterehe bestünde: Johannes war der Mann. Georgs Name wird in seiner Vaterstadt noch mit besonderer Wärme geehrt. Er wahrte die christlichen Elemente mitten in einer rationalistischen Zeit; um ihn vereinte sich ein Kreis von Frauen. So wurden die frommen Keime gehegt bis Schpleiß von der Universität heimkehrte. Unter jene Altersgenossen gehörte die Professorin und ihre Freundin, in deren Garten wir ruhen, eine Verwandte der Frau von Mandach. Während mir meine Führerin auf einer umschatteten Laube Alles so herzrührend erzählt, hängt die Besitzerin patriarchalisch Wäsche auf; wir sind durch eine ganze Compagnie Wäscherinnen im Hofe eingezogen, die in Reihe und Glied standen, jede vor ihrem Zuber, ganz einladend anzuschauen. Eine rothwangige Magd mit blendenden Hemdärmeln bringt uns Erfrischungen und Ruhekissen. Alles ist hier so stillheiter und herzlich zusammen. Man sieht, diese Leute haben sich über das Wichtigste verständigt und im höchsten Erkennen und Wollen verbunden — das macht sie so innig und fest zu einander. Die Professorin ist durch und durch Demuth und thätige Christenliebe. So schlicht, so wahr! diesen Menschen ist's ernst mit dem Leben und mit der Seligkeit. Beschämt saß das Weltkind neben der herrlichen, einfachen Frau — ich hätte ihr die Hand oder den Saum des Gewandes küssen mögen und dachte der reinen, weiblichen Gestalten des Evangeliums, die für Jesu in liebender Andacht brannten. Die ahnungsvolle Frauennatur ist wohl zunächst zum Verständnisse des Höchsten geweiht. Ist nicht Liebe das heiligste Mysterium, und sind nicht die Frauen zu Heldinnen der Liebe bestimmt? Frauen schauten die Engel am Grabe des Herrn. Den Frauen wohnt noch immer etwas Druidenhaftes bei. Aber so mächtig wir nach Innen, so kraftlos sind wir nach Außen, wenn wir ein anderes Genie beschwören, als das eingeborene, nicht innerlich streben, sondern uns verlieren wollen in das männliche Gebiet äußern Wirkens. Eben in Einfalt und Kindlichkeit ist allumfassende Tiefe, Gewißheit, Besitz, Friede, wo stolze Geister mit schmerzlichem Ringen und gewaltigem Flügelschlage nur vermögen, Sehnsucht und Zweifel zu rufen.

Auch der Gelehrteste nicht kann Höheres erforschen und erlernen, als Gott in jede Kinderseele gesenkt hat. Man zeichnet dem Kinde nur noch Flügel — und es ist ein Engel. Die Professorin schlug mir „Schalchs Erinnerungen der Stadt Schaffhausen" auf. Ich fand die trockenen historischen Momente von einer Wundermähr durchgrünt. Sagen sind die lieblichsten Züge des Volksinns, die Kindlichkeit und Poesie der Menschennatur. Auf dem nahen Randenberg, der durch seine Versteinerungen bekannt ist, umwuchert Gestrüppe die Burgtrümmer der Ritter von Randenburg. Fräulein Adelheid ritt allmorgendlich auf einem Hirsche von der Veste hernieder zur Messe. Im Winter, wo der graudämmernde Tag noch zögert, hingen Laternen am Geweih, welche fern durch die Finsterniß glühten. Das edle Wild hielt von selbst am Thore, harrend bis die Wächter öffneten. Doch einmal kam die fleißige Beterin so früh, daß die Pforte noch nicht erschlossen wurde; die Hüter verschliefen; sie gieng von selbst auf — daher der Name: „Engelbrechtsthörle." Die fromme Adelheid starb 1353 und ward im Kloster Allerheiligen (jezt Münster) bestattet, wo sie zu beten pflegte. Noch sieht man ihren Grabstein.

Da windet sich in sengender Mittaghitze der Rhein hin wie ein blaues Band. Von den Hügellehnen überschauen wir aus der Vogelperspektive das Gesammtbild des Kataraktѕ. Wie leichtgekräuseltes Gewölk, das der heiße Tag am Saume des Firmamentes aufwühlt, lassen sich Alpen errathen. Rechts von mir sizt eine kleine

Züricherin, die mich mit Kirschen labt. Links ein dicker Britte, wie ein Bullenbeißer, der von fremden Lauten nur „Hôtel Bauer" zu bellen weiß, das Stichwort, mit dem er über den Kanal bis nach Helvetien reist, die einzige Erwiderung auf alle Fragen. Wir sprachen englisch zusammen, aber keiner versteht den Anderen. Soviel errathe ich, daß mein Genosse sich geradezu von der Themse ins Hôtel Bauer nach Zürich unter den Schutz eines Freundes begibt, der deutsch und französisch spricht — Gott weiß wie! — Eglisau liegt auf beiden Seiten vom Rhein, der sich hier durch schroffe Ufer zwängt. Beschwerlich geht es im Städtchen bergab, bergauf, die Pferde rutschen und fast ängstlich schallen die Glöckchen am Postzuge. Der Britte hat Karten und Bücher vor sich ausgebreitet und getrost die Augen geschlossen. Aus seinem Wegweiser ersehe ich, daß die hölzerne Brücke, über die wir fahren, durch einen abgetragenen Schloßthurm gedeckt wurde, und die Gegend vulkanisch ist: unter 90 Erdbeben des 18. Jahrhunderts trafen Eglisau 60. Behaglicher macht sich die Gegend bei Bülach, das für ein Abdera gilt.

Mehr und mehr tauchen Schneegipfel auf. Kloten (Claudia) sieht gar nicht so aus, als habe man hier Mosaikboden und Alabasterspuren von Römerbädern gefunden. Dieß Züricherland ist weit weniger schön, als die Uebergangsregion von Tyrol. Eben zeigt mir meine Nachbarin, in der Perspektive eines Feldwegs, grün eingerahmt, ihren heimischen Ütliberg, wie eine Mauer. Plötzlich liegt die Appenzellerkette ausgebreitet da, violetschimmernd. Zürich verräth sich in einzelnen Durchblicken. Bald rollen wir durch die bergigen Straßen der

Altstadt. Süß bewegt grüße ich von der Brücke den See und darüber das blaue schneegekrönte Gebirge.

„Hôtel Bauer!“ befiehlt der Bullenbeißer den Packträgern im stattlich neuen Postgebäude. „Hôtel Bauer?“ fragte er mich und rückt die Mütze zum Abschiede. Ich schüttle den Kopf und lasse mich von der Züricherin zum Storch geleiten. Rührend war die Herzlichkeit, mit der das blasse Frauchen lange darauf bestand, mir ihr Haus anzubieten. Es ist etwas Eigenthümliches dieß Städteleben: außen die wonnige Landschaft, innen die engen dunklen Kerkergassen. Ueberall hämmert, klopft und rasselt es; dazwischen rauscht die gefangene Limmat ein Naturwort, die stahlgrün unter meinen Fenstern flutet. Ich schreibe auf der Terasse: den Vorgrund bildet das **tableau mouvant** der Brücke. Mitten in den See hinein und hoch in den Himmel geht ein Regenbogen; fernhin schwimmt ein Schifflein gerade in das Irisband. Die Gestade bleiben umschleiert, aber die alten Domfenster drüben funkeln golden. Die Wolkenbrücke erbleicht. Eilig segeln Boote mit roth und weißer Flagge dem Hafen zu.

Den 2. Juli. Auf dem Dampfschiffe.

Der See ist liebreizend. Die eitlen Ufer haben sich aber auch bestmöglichst geschmückt, daß er mit ihnen liebäugle, und nun thun Wasser und Land recht verliebt miteinander. Die fernen geheimnißvollen Eisberge glänzen. Die Hügelzüge sind überschattet, die Fluten leicht geringelt, von weißen Segeln und Nachen bestrichen.

Das Dampfboot füllt sich; die Glocke ruft. Je weiter wir uns entfernen, desto blendender entsteigt Zürich im Morgenlichte dem blauen See. Der neue Münster, erst seit Jahresfrist vollendet, blinkt von der Höhe. Das Fruchthaus steht fertig; am Hospital wird noch gebaut. Eine Dame in Trauer hat sich zu mir gesezt. Ich faßte gleich Vertrauen zu ihr. Eine glückliche Harmonie ist über das noch immer schöne Angesicht ergossen, aus dem Frieden der Gutmüthigkeit spricht. Dörfer, Schlösser, Wiesen und belebte Hügel fliegen zu beiden Seiten an uns vorbei. Meine Nachbarin zeigt mir auf ihrem Ütliberg eine neuerrichtete Kuranstalt. „Am linken Ufer," sagt sie mit Nachdruck, „von Thalwyl bis Richterschwyl nichts als Industrie; am rechten mehr Bauernstand; auf diesem wächs't guter Wein." Das Nydelbad bei Rüschikon. Ueber Küßnacht erhoben sich einst zwei Vesten der Edlen von Regensberg, die Rudolph von Habsburg zerstörte. Hier Mariahalden, das Landhaus der Gemahlin von Graf Benzel-Sternau. Ein spitzes, rothes Thurmdach sieht aus dem Grün (am l. U.): auf einem Rebenhügel die weiße Kirche von Oberrieden — so ernst, schlicht und friedlich. Vom Pfarrhause schaut nur das Dach heraus — hier sann und schrieb Lavater. Sind nicht manche Orte wie von Ausströmungen edler Geistigkeit lange noch nachbeseelt? Woher sonst in diesem bescheidenen Dörfchen im grünen Verstecke so viel Würde und Ruhe? — Meine Nachbarin wird nicht müde, mir Kultur und Wohlstand zu preisen. Welche frohe Bewunderung über die neue Bretergallerie an einem Wirthshause! Die zierliche Frau ist auch darin echt weiblich, daß sie unter Thränen lachen kann. Eben noch hat sie mir mit überströmenden

Augen erzählt, wie sie zur Leiche einer Verwandten, eines jungen Mädchens, schiffe. An solch' sonnigem Morgen auf dem Zürichersee zu einer Bestattung zu fahren! „Da ich das Leztemal übersezte, gerade vor acht Tagen,“ sagte die Züricherin, „begleitete mich das blühende Kind an den Nachen — jezt finde ich sie im Sarge!“ In kurzen Zwischenräumen schallt die Glocke vom Dampfboote; von allen Seiten rudern uns Barken zu. Auch meine Genossin wird mit entführt.

Laut erzählt ein Norddeutscher, wie ihm ordentlich wohl gewesen nach Luzern zurückzukommen aus den Alpen, diese himmelhohen Felsen, diese starrenden Gletscher — das beklemme! Er für seinen Theil liebe nur, was man auch erreichen, ermessen könne, u. s. w. — kurz, dem sind die Firnen zu hochgeboren, es soll Niemand auf ihn herabsehen. Zürich ist verschwunden. Am linken Ufer die Halbinsel Au, die Klopstocks Ode feiert. Auf der andern Seite spiegelt sich Stäfa, wonach ich schon lange fragte, weil ich weiß, daß Göthe hier einige Zeit mit seinem Freunde Meyer lebte.

Die Greisenhäupter Doedi und Glärnisch *) schauen silberhaarig auf die schmucke Kinderwelt des Sees herein, dessen Idyllenwesen sich jezt ein wenig gar zu sehr modernisirt. Links ist das Ufer wilder, rechts lachend, mitunter Freundlichkeit unbedeutender Leute, Allerweltsfreundlichkeit. Trotzig liegt der Etzel da. Er trägt ein Kirchlein auf den Schultern — die Meinradskapelle — auf der andern Seite ein Wirthshaus — mitten durch geht der Wallfahrtsort Einsiedel. Das Wäggithal mündet ein. Unter den weißen Rinnen im Glärnisch liegt Glaris,

*) 12,000 Fuß.

und das felsumzäunte Eisviereck, ganz oben an der Schneekuppe, heißt das Vrenelisgärtli. Dort weiden Gemsen statt der Lämmer. Noch kein Schütze ist hinaufgedrungen. Jezt entdecke ich Sennhütten. Der Speer thut sich hervor unter andern Bergformen. Uffnau schwimmt so düster an uns vorbei wie ein Warnungsgeist der Vergangenheit. Mahnend fast erhebt sich der schwarze ernste Thurm; öde scheint die Insel, ohne Blumenschmuck — es ist beinahe wie ein Fluch oder ein Sühnopfer: hier kann und will die Erde nicht blühen! das ganze Bild, wellengetragen, drückt so viel Trauer, ich möchte sagen, Weltschmerz aus, klagt so rührend über Verkennen, klagt um die ganze Menschheit, um alle Zeiten, welche ihre Edelsten nicht verstehen, und kündet zugleich in tiefentsagender Ruhe, wie nun Alles dahin — auch dieß Leiden, Verbannung und Haß; auch Huttens Kraft — Alles nur ein Grab! Wo eigentlich die Ruhestätte des Frankenritters, erforscht man nicht, um so weniger, weil Uffnau dem Kloster Einsiedel gehört und strengkatholische Bewohner hat. — So ist das ganze Eiland der Sarg des heldenmüthigen Ulrichs. Wie lebensmüde mag er sich hier ausgestreckt haben, der große Geharnischte! und nun hegt und zeigt sein Grab der allgewaltige Niemand, dem der kühne Sänger eine von Kaiser Max lorbeergekrönte Satyre weihte.

Romantischer Reiz umschwebt auch das ergraute Rapperswyl, das, auf einer Halbinsel an bethürmter Höhe, sich im See zu baden scheint. Das entgegengesezte Ufer langt mit einer Landzunge herein (die Hurden), von der sich eine Fahrbrücke *) wie eine Riesenschlange, ohne

*) 1800 Fuß lang.

Brustwehr, über den See streckt. Herzog Leopold, der Alt-Rapperswyl ankaufte, war ihr erster Erbauer (1358). 1819 hat man sie wiederhergestellt.

Hier hält das Dampfboot an. Wir drängten uns durch das Gewimmel am Strande. Der Capitän kletterte mit mir die Steintreppen hinauf, welche malerische Rückblicke auf ein Gärtchen gestatten, auf das alte Kapuzinerklösterlein, das sich an den Berg lehnt, und wie mein Führer versicherte, von ganz gelehrten Leuten bewohnt wird. Besonders zeichnen sich der Pater Guardian und zwei andere Väter aus, die englisch, italienisch u. s. w. sprechen. Der Eine heißt, wenn ich nicht irre, Pater Felicissimus, ist wunderschön, von Schweizeradel, stand unter den französischen Grenadieren und soll wegen unglücklicher Liebe Mönch geworden sein. Er mag 40 Jahre zählen. Ich unterhalte mich gern mit meinem Führer; es ist etwas Frisches in seinem Wesen, ein Anflug vom Seemännischen — so immer auf den Wellen: da ist auch Naturleben! Wir erreichten die nußbraune Grafenburg Rapperswyl. Der Capitän holte mir Ranken von der dichten Epheutapete. Das Auge liebkos't von hier den kristallnen See mit seinem reichen Uferrand und ruht gern auf dem alterthümlichen Vorgrunde aus. „Gegenüber am Gestade erhub sich die ältere Veste," sagte mein Begleiter; „der lezte Graf kam in der Züricher Mordnacht um; er wollte sich von dort in der Dunkelheit heimlich übersetzen lassen, ward aber vom Schiffer erkannt und in den See geworfen."

Der Kanonengruß donnerte. Auf der Brücke Menschenhaufen; sie flog auf und der Capitän schwenkte im Durchsegeln die Mütze. Wir haben nun den Obersee erreicht. Gottlob die Industrie läßt nach! Enger umzingeln uns die Eiswälle von Glarus, Uri und Unterwalden. Silberstrahlend hebt sich der Gletscher vom Säntis. Gegen Zürich ist Alles flach. Auf dem linken Ufer warme Matten, sonnige Alphütten. Oben am See, unfern dem altergrauen Schlosse Grynau öffnet sich das Linththal mit seinem Kanale, dessen Namen der patriarchalische Erbauer zu dem seinen fügte — Linth-Escher. So heißt auch unser Schiff. Am Mürtschenstock zeigt mir der Capitän eine Thalschlucht, in der nur Gemsen, Biber und Füchse hausen, und wohin die Sonne blos zweimal im Jahre dringt. Eine nahe sammetgrüne Alpe fesselt den Blick, an die sich so still das einsame Nestchen schmiegt. „Immer freut sie mich neu, wie oft ich auch daran vorbeikomme,“ sagt mein Capitän.

Schmerikon.

Alles stieg zum Mittagsmahle aus. Ich habe mich vor der Sonnenglut in die Cajüte geflüchtet. Hier ist's behaglich: ringsum Divans von grünem Plüsch, davor kleine Tische, und durch die Fensterchen köstliche See- und Bergbilder. Das unausstehliche Hôtel Bauer verfolgt mich überall. Auch hier im Goldrahmen, von allen Schweizertrachten eingefaßt, als hätte es allein Helvetien gepachtet; auf den Altanen, an den Fenstern, stehen langweilige Engländer und gucken heraus, wie ich's gestern in der Wirklichkeit sah: es ist so prangend, so groß, als sollte eigentlich keine Landschaft, keine Natur mehr bestehen — ein Ungeheuer des Comforts, das in

2*

seinem Rachen alle Poesie zu erwürgen droht. Und hier mit goldenen Cyklopenbuchstaben wieder Hôtel Bauer! — Erst noch gefiel mir die Cajüte so gut — eigentlich aber stören Luxus und Gemächlichkeit, auf die man hier überall stößt — es ist etwas Zubereitetes, Absichtliches.

Auf der Rückfahrt.

Bergzüge und Alpenkronen spiegeln sich im See. Neue Kuppen kommen und schwinden. Am obersten Seeende schimmert Uznach, wo schon im 8. Jahrhundert ein Gotteshaus stand; und höher hinauf, am Gauenberge, das Nonnenkloster Sion. Auf dem rechten Ufer das schwesterliche Wurmsbach (Cisterzienserinnen, 1260 gestiftet). Auch die Wolken wollen sich im See beschauen. Bad Nuolen liegt auf moosiger Decke an der Mündung der Aa — „von lauter Weibern besucht", wie ein etwas geräuschvoller Züricher behauptet, der sich in seinen Aeußerungen über Frauen abstoßend demagogisch zeigt. Während er, nicht das Volk, aber plebejische Unfeine darstellt, werden die entgegengesezten Elemente durch einige große, dicke, blasse, ceremoniöse, in Schwals und Mäntel verpackte Personen vertreten. Das Aristokratische trat gleich hervor: in der Besitznahme der Plätze im Centrum, dem Umhergehen auf dem Verdecke und vor Allem im Negativen, im Zurückziehen, im Einwickeln, Behüten auch vor jedem Luftzuge. Hier ist die versteinte französische Cultur des verknöcherten vorigen Seculums, wunderlich gemischt mit anererbter Zucht und Biederkeit. Man trifft solche Fossilien in den höhern Gesellschaftsschichten der Schweiz.

Zu meinen Nachbarn gehört ein Frankfurter, ein Bergbesteiger, dem es bei jeder neuen Alpspitze, bei jedem Uferhange in den Beinen zuckt. Ein munterer Elsäßer mit Strohhut und schwarzem Sammetrocke, äußerte gegen mich: „wenn mir's ernst ist, ich etwas Wahres sagen will, spreche ich deutsch; will ich scherzen, französisch. Aus gallischen und germanischen Worten ist meine Sprache zusammengeflickt — mein Wesen hat auch etwas von dieser Mischung." — Er zieht jeden Augenblick Schiller aus der Tasche und schlug, weil er jüngst über Königsfelden kam, mir eben die Scene vom Parricida auf, schält jezt mit wichtiger Miene aus sechs Papierhülsen ein Splitterchen von der Truhe der Königin Agnes, aus der Eiche gezimmert, unter welcher man den Vater erschlug. Mir fiel ein, daß in einer Chronik erzählt wird, wie der Kaiser, ehe er von Baden ritt, mit seinen Söhnen, seinen Neffen, seinen Rittern zu Tafel saß und gebot, Rosenkränze zu bringen, mit denen Albrecht seine Kinder schmückte. Als er auch dem Johann von Schwaben das Haupt mit Rosen krönen wollte, fing dieser zu weinen an, warf den Kranz weg und verließ sammt seinen Mitschuldigen das Mahl.

Gerade über dem Brenelisgärtle, auf dem blendenden Eisblumenfelde schwebt ein golddurchwebtes Wölklein. Das Schiff geht zu rasch! Wie selige Phantasien fliegt Alles vorbei. Eben weideten noch holdliebe Alphütten am Waldrande. Unerbittlich weichen die Schneegipfel zurück. Jezt kommen die Appenzeller- und Toggenburger Berge; gleich darauf sehen wir schon wieder auf das dunkle Rapperswyl mit seinen Lindenkronen zurück, hinter denen sich eben der sonnenblitzende Säntis thürmt.

Eine Dame, sanft und edel in der Erscheinung, zog mich an. Sie saß mir gegenüber — wir wechselten zuerst Blicke, dann Worte. Sie erzählt mir die Entstehung des neuen Rapperswyl: Auf der ältern Veste haus'te Graf Rudolph, der an beiden Ufern der Limmat und des Sees reiche Herrschaften besaß. Vasallen, Pagen und Knappen füllten seine Burgen. Seine Ehefrau, vom erlauchten Stamme der Toggenburg, blühend im Jugendreize, barg Untreue in der Brust. Das wurmte den biedern Kastellan, der ihr, wenn der Herr fern, zum Schirm bestellt war. Einst, als Lezterer von einer Ritterfahrt heimkehrte, nahte ihm der Diener, gestand, er trage Etwas auf dem Herzen, und bat, der Graf möge es gut aufnehmen. „Alles, was du willst," rief dieser — „nur nichts über mein Weib!" da faßte sich der Kastellan schnell, deutete auf's Ufer gegenüber und rieth dem Gebieter, eine Stadt dort zu bauen, was zu großem Nutzen und Frommen gedeihen würde. Die Stätte eignete sich trefflich und nach kurzer Frist war der Rath des Dieners ins Leben getreten.

Uffnau gleitet vorbei, der Traum der Vergangenheit, friedversenkt. Nachbarlich hebt sich ein Grasfleck aus den Wellen, die Lützelau. „Vor Zeiten," sagt meine Gefährtin, „war in Uffnau die einzige Kirche *) am Zürichersee; von allen Uferdörfern mußten die Bewohner hierher zum Gottesdienste segeln. Die Kirche, heißt es, hat man erbaut, nachdem an dieser Stelle ein Schiff von Meilen untergegangen war, wobei 60 Menschen ertranken." (Meilen liegt weiter unten am linken Ufer).

Ich erfuhr daß meine Dame in Stäfa aussteige.

*) Die jetzige Kirche in Uffnau ist 973 gestiftet.

Eilends fragte ich, wo Hofrath Friedrich von Meyer wohl einst wohnte. Sie gab sich als seine Cousine zu erkennen. Er war Schwestersohn ihres Vaters, bei diesem erzogen und sah ihm sehr ähnlich. Vielleicht auch ihr? Sie hat so schöne braune Augen und einen lieben Mund, ein Schmerzenslächeln. Als Meyer aus Italien kam, wohnte er wieder da, und später auch mit seiner Gattin. Die Cousine zählte 14 Jahre als sie zum Lezienmale kamen und das Mädchen mitnehmen wollten nach Weimar zur Erziehung; aber ihr Vater gab es nicht zu, weil sie die einzige Tochter war. „Ich muß oft mit Wehmuth denken, was dort aus mir hätte werden können," meinte sie. Die Familie besizt gar kein Andenken von Meyer. Seine Schwester, die noch in Zürich lebt, wandte sich deßhalb an die Großherzogin von Weimar, und erhielt kürzlich Nachricht, daß schon ein Gemälde von ihm unterwegs sei.

„Da hat Ihr Haus einen Balkon," sagte ich — „ist's nicht so?" — „Ja." — „Ich weiß es von Göthe, der schreibt, daß er von der Altane seiner Stube bei Meyer, den Zürichersee übersah *)." — „Der war auch einmal bei uns ....." In diesem Augenblicke — das Glöcklein hatte geschellt — mußte sie fortspringen, um noch in die Barke für Stäfa zu steigen. „Jezt kann ich Ihnen unser Haus nicht mehr zeigen!" — Sie rief mir nur schnell noch ihren Namen zu, ich warf ihr eine Karte nach und wir winkten uns noch mit Hand, Tuch und Schleier, bis ihr Nachen am Gestade unter einer Baumgruppe verschwand. Sehnsüchtig schaute ich hinüber und fragte Alle, ob sie kein Haus mit einer Altane sähen?

*) Im Herbste 1797.

„Ich hab' eins!" rief der Elsäßer. „Das vorlezte am Ufer — dreistockig mit grünen Laden — im zweiten Stocke auf der Seite gegen Zürich, eine große Altane." Ob dieß wohl das rechte ist? Zwischen der Hausthüre und dem Gebüsche am Landungsplatze bleibt nur ein kleiner Raum. „Sehen wir da hin!" sagte ich und bat meine Nachbarin, mir erkunden zu helfen, ob die Dame gegen das Haus komme. Wir warteten lange lange vergeblich mit Brillen und Ferngläsern. „O weh! also doch nicht!" klagte ich. „Oder haben wir sie verfehlt?„ Da kommt wirklich eine Dame mit Strohhut vom Landungsplatze her — geht sie ins Haus? — Nein! Ja! — Sie ist's!! — Mir wurde so warm im Herzen, als hätte ich eine Heimat gefunden und ich starrte nach dem Balkon so lang ich konnte.

Inzwischen hat sich die Züricherin in Trauer auch wieder eingestellt. Kleine Gondeln sind, wie Wasservögel, umher verstreut. „Man nennt sie hier Schaloupen," bemerkte jene. Bei Rüschlikon kreuzen sich die Dampfschiffe. An uns vorbei zieht der Republikaner; er raucht kaum. „Der Republikaner hat wenig Feuer," meinte ich. Der Elsäßer lachte.

Den 3. Juli.

Durchs Marktgewühl erkämpfte meine Züricherin, wie Minerva mich führend, den Eingang in die Stadtbibliothek. Lavater's Büste von Dannecker: völlig regelmäßige Züge, tiefdenkend die Stirne, der Mund schweigsam, aber nicht verschlossen freundlichmilden Worten, — überall edler Geistigkeit Gestaltung. Jetzt begreife ich's erst recht. Nein! ein Mißgebildeter hätte jene Lehre nicht so in Liebe geboren; ernstlich, dazu gehörte auch diese äußere Harmonie. Zwingli's Bild schaut von der Wand, neben ihm Frau und Kind. Seines Nachfolgers, Bullinger's Conterfei, nicht zu vergessen. An ihn sind (1552) die drei Briefe gerichtet der Johanna Gray: die Handschrift so männlich, aber pünktlich, wie Männer nicht sind; ein Gemisch von gelehrtem Pedantismus und weiblichmechanischer Kunstfertigkeit. An Briefunterschriften Heinrich's IV. ergötzte mich das charakteristische „Henry": ein so kräftiger Zug — man sieht, von einer Hand, die mit der Klinge d'rein schlägt.

Es fiel mir eine ältliche Französin auf, die mit ihrem Begleiter unter den Folianten umherging; jede ihrer Aeußerungen gab reges Geistesleben kund, immerjunge Theilnahme. Das ganze Gesicht war eigentlich Auge, eines von den durstig Lichtsaugenden, Lichtströmenden. Als wir vor dem Müller'schen Relief der Schweiz standen, rief sie, mit den langen, schmalen Fingern über die Berner Alpen streifend: „Ah, quelles mystères de glaciers!" Mit Antheil sah ich sie in Zwingli's Bibel blättern, die Randbemerkungen trägt von seiner Hand. In die innere Decke hat er Familienereignisse eingezeichnet, Geburt seiner Kinder u. s. w. Auch Froschhauer's Bibel (der erste Buchdrucker Zürichs) ward vorgewiesen, die er ins Englische übertragen und in dieser Sprache gedruckt hat. Noch heißt das Haus, welches er bewohnte, der Froschhauer. Ich kam vorbei: In der großen Brunnenstraße — ein Eckhaus; gegenüber standen „am

Zübelibrunnen" zwei Mägde, gleich rothbackigen Niederländerinnen und wuschen aus blankem Kupfergeschirr Salat und Fische. Auch zu Geßners Denkmal unter blühenden Linden ward gewallfahrtet, wie zu seinem Hause auf der Hofstadt, das nicht mehr im Besitze der Familie ist. Es hat einen neuen grauen Anstrich und grüne Läden. Davor, auf dem Platze, steht ein Brunnen mit gewappnetem Ritterbilde — Conterfei des Bürgermeisters Stüssi. Noch leben hier zwei Geßner, die jenem Zweige gehören.

Der hochgelegene Hauptmünster in byzantischem Style, angeblich von Otto dem Großen erbaut. Einen der Thürme ziert das Bildniß Karls des Großen. Auf dem Lindenhofe ruhten wir aus: Jenseits der Limmat streckte sich der uralte Ketzerthurm aus Dächern vor, in welchem, wie mein Pallas behauptete, das heimliche Gericht gehalten ward. Sie gedachte einer merkwürdigen Handschrift, welche die Stadtbibliothek bewahrt, die zweibändige Schweizerchronik von Brenwald, lezten Probst des Kapitels zu Embrach und Bürgermeistersohn von Zürich (geb. 1478, † 1551). Er erzählt die Sage: „Karl der Große, der im Jahre 800 ziemlich lange in dieser Stadt verweilte, und im Hause „Zumloch" wohnte, ließ auf dem Platze, wo man einst die heiligen Märtyrer Felix und Regula (Zürichs Schutzpatrone) enthauptete, eine Säule errichten, daran Glocke und Seil hängen, und verkünden, daß, wer Gerechtigkeit fordern wolle, hier läuten sollte, wenn der Kaiser zur Tafel säße. Eines Tages schallt die Glocke. Man entsendet einen Pagen, der wiederkehrt, ohne Jemand gesehen zu haben. Karl befiehlt, daß man sich achtsam in der Nähe der Glocke verberge. Da sieht man eine große Schlange sich herwälzen und an dem Strange ziehen. Es wird dem Kaiser hinterbracht, der sich rasch erhebt. „Gleichviel," sagte er, „Mensch oder Thier, allen meinen Unterthanen, ohne Unterschied, bin ich Gerechtigkeit schuldig!" An der Säule findet er die Schlange, welche sich ehrerbietig vor Sr. kaiserl. Majestät neigt und dann an's Ufer der Limmat kriecht. Karl folgt mit seinem ganzen Hofstaate und entdeckt bald eine ungeheure Kröte, welche die Höhle usurpirt hat, in die unsere höfliche Schlange ihre Eier legte. Die Räuberin ward herausgejagt, zum Feuer verdammt, das Urtheil vollzogen. Nach einigen Tagen zeigt sich die Schlange im Saale, wo der Kaiser beim Mahle sizt, springt nach einer tiefen Verbeugung mit Grazie auf den Tisch, deckt einen reichen Pokal ab, läßt einen Edelstein hineinfallen und zieht sich zurück, nicht ohne das gewohnte Compliment. Solch' Wunder ergreift den Kaiser doppelt, da es sich an einem Orte begibt, der gefärbt ist vom Blute der Heiligen. Karl ließ an dieser Stätte die „Wasserkirche" bauen (jezt Stadtbibliothek) und schenkte seiner Kaiserin das Juwel, an welches sich der allbekannte Liebeszauber knüpfte, der so viel Unfug angerichtet. Die Dame war vom Fache und barg das Kleinod unter der Zunge. Erst an der Leiche entdeckte es ein Höfling, auf den sich die leidenschaftliche Liebe des Kaisers lenkte. Nach vielen Schicksalen der Schlangengabe ward sie von frommer Hand im Sumpfe bei Aachen begraben. Dort baute der Kaiser Pfalz und Kirche und das neugestiftete Domkapitel pflegte einen treuen Bruderbund mit dem von Zürich."

Da wir uns vor 12 Uhr im Säulengange der Post

eingefunden hatten, war ich abermals — auf Bewunderung des Hôtel Bauer gegenüber, angewiesen. Zwei Reisewagen standen vor der Thüre. Die Pferde stampften, die Postillons knallten. Ein schlanker schöner Mann mit düstrem Auge, den Hut tief in die lockenumwallte Stirne gedrückt, trat aus dem Hause und warf sich in die nächste Kutsche. Sie rasselte durch die Straße. Gleich nachher folgten drei Damen: eine dicke Matrone, welche sehr ruhig und freundlich schien. Die zwei Jüngern waren verschleiert. Die Größere hielt das Tuch vor's Gesicht. Nach einigen Minuten waren auch sie, aber nach der andern Seite davon gerollt.

Später.

Zur Linken haben wir den Ütliberg. Die Gegend — freundliche Charakterlosigkeit. Lang geht es einen Waldberg hinauf, der zur Albiskette gehört. Schwarze Tannenpyramiden recken sich in den tiefblauen Himmel. Unter einer Fichte lagert ein Weib mit rothem Tuche auf dem Kopfe, umringt von drei Knaben, der Kleinste an ihr Knie geschmiegt. Ihr armen, umhergestossenen Menschenkinder, ihr kommt zur Natur — da seid ihr immer zu Hause. Diese Gruppe hier im Walddache, von einzelnen Sonnenfunken überstreut — so hätte ein alter Meister gemalt! Immer wieder erwischt der Künstler das Volk bei poetischen Momenten, die er nur festzuhalten braucht, um sie unvergänglich zu machen. Was ist denn im Salon zu finden bei den schwarzbefrackten Männern, den Reifröcken der Frauen und den Allerweltsgesichtern? Das gilt so ziemlich ohne Ausnahme,

—

denn wo die Physiognomie noch nicht hinreichend nivellirt ist, zieht man mit den Ballhandschuhen die conventionelle Maske d'rüber. Trete in einen vollen Gesellschaftssaal — überall gleiche Züge, wie im Modejournal oder in Almanachen! betrachte versammeltes Volk auf dem Markte, in der Kirche, am Strande — Kopf um Kopf hat sein eigenthümliches Leben, seine Geschichte, sein Gepräge, und zu jeder Stunde noch könnten Rembrandt und wie sie heißen die berühmten Niederländer, Spanier und Italiener alle, ihre Vorbilder mit Einem Griffe herausholen. Auch die Volkstracht wird sich kaum dem Maler undankbar erweisen; sie bleibt doch immer auf ein Bedürfniß, eine Erfahrung begründet, abgeleitet von folgerechtem Charakterzusammenhang, und durch diesen ein Spiegel von Land und Menschen; wird, aus Natur und Wahrheit hervorgegangen, immer das Recht und also auch gewisse Gesetze der Schönheit für sich haben, mit einem Worte mehr oder weniger klassisch sein, während unsere launischgebildete Kleidung von der Harlekinsjacke nur mindere Genialität im Unsinne voraus hat.

Harmlos liegt Ütikon da, zwischen sachtgeschwungenen Höhen. Die Thalufer werden bedeutender. Die Wegwindungen schlingen sich bergauf, bergab. „Ä Lumpenfahren!" schimpft der kleine Postillon im rothbordirten Rocke mit blauen Quasten am Horne. Fünf Pferde, drei voraus, vom Bocke geleitet — mir graut, wenn ich in das kecke Getummel hineinschaue — eben erst waren wir schon halb über dem jähen Rande eines Abhangs; ein Peitschenhieb im rechten Moment rettete uns. Der gesprächige Sankt-Galler, der bei mir im Coupé sitzt, war ganz stumm und bleich geworden. Das Thal verflacht mehr. Es langweilt sich selbst ein wenig, und der grünblaue, geradlinige Bergzug da drüben sieht auch nicht unterhaltend aus — ein gleichgültiges Verhältniß zu einander. Es sind conventionelle Berge. Dazu kommen verwahrlos'te Dörfer, z. B. Bonstetten. Hier erhob sich einst die Ahnenburg des Dichters, der Matthison und Gray Freund nannte. Plötzlich überrascht mich der ernste duftumwebte Pilatus. Ein Gewitter liegt über dem Rigi, das, wie Schleier, schöne Gestaltung verhüllt und verräth zugleich in mystischer Beleuchtung. Die andern Berge haben ein schwarzblaues Kleid angethan. Unser kleiner Teufel jagt mit uns in den Schloßhof von Knonau.

Meyer von Knonau liebte Anna von Reinhardt, aus einem alten Geschlechte Zürichs. Er verbindet sich mit ihr gegen den Willen seines Vaters, der auf einer andern Heirath beharrt, den Sohn verstößt, das schöne Gut Knonau an die Republick verkauft, welche hier einen Ammann einsezt. Dem jungen schwerverfolgten Gatten bleibt nichts übrig, als Kriegsdienst zu nehmen. Er geht nach Mailand und fällt ehrenvoll in der Schlacht von Novara (1513). Gerold, der älteste der zurückgelassenen Waisen war ein wunderschöner Knabe. Auf dem Markte in Zürich bemerkt ihn ein Greis und fragt den begleitenden Diener, wer das Kind sei. — „Es ist Euer Enkel." — Der alte Mann bricht in Thränen aus und will sich nicht mehr von dem Knaben trennen. Der Jüngling trat schon im 20. Jahr in den großen Rath. Zwingli sah die Witwe. Ihrem Sohne Gerold innig verbunden, dem er sein Buch über Erziehung gewidmet hatte, begehrte und erhielt er bald nachher die Hand der Mutter, welche damals 40 Jahre zählte. Die Feinde des Reformators warfen ihm vor, Anna aus Habsucht geehelight zu haben, wogegen er sich siegreich in einem Briefe vertheidigt. Sieben friedliche Jahre blühten der Gattin an der Seite des großen Mannes. Anna gebar ihm mehrere Kinder. Die Schlacht von Cappel raubt ihr Gatten, Sohn, Bruder, Schwiegersohn und Schwager. Gerold stirbt im zwanzigsten Jahre den Heldentod mit Zwingli. Mit dem Muthe einer Christin ertrug die vielgeprüfte Frau so schwere Heimsuchung. Viele stärkten sich an dieser gottesfreudigen Ergebung. Anna's Unglück, ihre Tugend, machte sie Allen heilig. Die Gelehrten, mit welchen ihr Gatte verbunden war, ehrten seine Witwe hoch, blieben mit ihr in schriftlichem Verkehre. So leuchtete sie bis ins Greisenalter, ein Stern der Vaterstadt.

Was ist das für ein großes Gebäude? „Ein Weiberkloster", sagte der Postillon: Frauenthal (Cisterzienser, 1231 gestiftet), liegt mitten im Laubwalde auf einer Insel der Lorze. Schmale holperige Wege im Canton Zug. Den wohlhabenden Nonnen läge es ob, für die Chaussee zu sorgen — „aber sie fahren nicht im Eilwagen", grollt der Sankt-Galler, und meint, man müsse auch „für die Straß' ä bisle Religion haben." Possirlich ist's, wenn er, den ich selbst nicht verstehe, mir das wohlklingende Kauderwelsch des Postillons verdollmetschen will. Gleich als jener in Zürich hochroth und athemlos an's Coupé trat, dachte ich wegen der verzweifelten Batzen und Schillinge: „der Mann kann mir rechnen helfen!" Und richtig führt er ein ganzes Münzcabinet in der Tasche, das er vor mir auskramt, welsches, hispanisches, fränkisches Geld rc. rc. mir bedeutend, was gut Silber und vollwichtig ist. Meine numismatischen Fortschritte lassen mir jedoch das Aufrauschen der

Reuß im Vorgrunde nicht überhören, nicht übersehen den breitgewölbten Regenbogen, der auf dem Gebirge ruht. Rechts vom Rigi taucht ein Heer ferner Silberzacken auf. Wie Netze von blinkenden Bändern um die schwarzen Felsenrisse gewoben, gestaltet sich's im Näherkommen. Ein Labyrinth von Schneegärten, ein funkelndes Eisparadies. Wie anmaßend ist doch der Menschen Wesen! Recht zum Emporkömmling geschaffen. Schnell begreift, gewöhnt er das Glück und spreizt sich im Besitze: Vergeh ich denn nicht in Lust, endlich die Sehnsuchtbilder alter und neuer Träume, in Wirklichkeit zu schauen!? So gibt uns öfters der Genuß ein überraschendes Gefühl von Dürftigkeit, weil wir nicht selten entweder auf die eigne oder die fremde, auf die innere oder äußere Unzulänglichkeit hingewiesen werden. Muß es uns denn immer mahnen, daß wir das Vollgültigste, Sicherste, Ueberdauernde, nur in uns und aus uns herausschaffen? Daß über allem Glanze äußerer, schwindender Erscheinung, der selige Besitz im Zauber unsichtbarer, unvergänglicher Welten schwebt, welche sich dem immergebärenden Geiste, in ihm selbst erschließen? Daß die traumgewiegte Seele ahnungsvoll jede irdische Erfüllung überflügeln, nicht matt vor ihr die Schwingen senken soll?

Aus den mächtigen Kirschbäumen am Wege, deren Stamm bis oben hinauf in Epheu gewickelt ist, schauen überall Gesichter, und an den Aesten schweben volle Körbe. Ringsum lächeln Genrebilder: da zwei weiße, braunäugige Mägdlein, die neben dem Wagen herlaufen und hereinlachen, Arm in Arm — jede Stellung ist Gemälde; nicht nur Schönheit ist da, auch die treue Grazie. Ein Kind, auf die Ziege gelehnt; weiter zurück ein anderes Mädchen, das die weiße Kuh führt. An den verstreuten Häusern sind mühsame Anfänge zu Gallerien. Balsamtrunken athme ich Alpenluft — Liebesgrüße und Wonneseufzer, die Gebirg und Thal sich senden. Den geschmückten Rigi kennt man an rosa Reifen, die ihn umringen. Ja, er ist liebenswürdiger Weltmann, er will gefallen, man muß ihm gut sein! Der Pilatus aber, mit der Faltenstirne, flößt Ehrfurcht ein und läßt uns nicht wieder los — es ist ein tieferer Zug. Doch denk ich mir jene beiden in gutem Vernehmen; es ist ein glücklicher Contrast für das Gleichgewicht der Charakterbilder: der Rigi mildert durch Anmuth das Finstere des Freundes und dieser ergießt Ruhe und Würde über jenen. Auf dem Pilatus ballt sich jezt ein Gewitter, gerade als wenn er aüs drei Schlünden rauchte. Ebikon mit seiner Kirche: ein artiger Gebirgsvorgrund. Einfache Steinkreuze ohne Christusbild. Die Sonne neigte sich verklärend. Der ernste Pilatus sah begeistert aus. Die Felsen flammten. Durch die Bäume flutete die Reuß, und als wir Luzern nahten, schwebte über dem alterthümlichen Städtlein ein wundersamer Rosenkranz, ein Heiligenschein von purpurnen Gletschern. Mir wurde Qual und Elend des Treubruchs am Naturleben recht fühlbar, wie ich aus dem goldgewebten Abend in die hohen engen Kerkergassen fahren mußte. Die Leute geberdeten sich recht lustig für Gefangene, legten sich weit aus den Fenstern, standen lachend unter den Häusern. Ich sah in hübsche, frische Gesichter. Die Luzerner sind viel freier, genießender, minder scheu und gesammelt wie ihre andern Landsleute. Im Gasthofe fragte man mich, ob ich schon „z'Nacht g'spissen?" Spät noch scherzte und kreischte das Volk unter den Fenstern.

Den 4. Juli. Auf dem Dampfschiffe.

Wer hat nicht schon geißelnde Ungeduld empfunden beim Taktschlage des fallenden Regens? Langsam aber unerbittlich rieselt es fort und fort in all' die gehoffte Freude hinein. Und doch bin ich hier am erseufzten Tellsee. Alles ist grauumhängt, aber der Capitän verspricht für den Mittag helleres Wetter. Ich war überrascht als er mir entgegen trat — ein leibhaftiger van Dyk: der weiße breitkrämpige Kastorhut mit niederm Kopfe und Quasten, die blauen sonnigen Augen, das lebendige Lächeln, der blonde Bart, die große schlanke Gestalt, der Rock mit schwarzem Sammetkragen und d'rüber der blaue Mantel geworfen.

Gegenüber dem Felseneiland Altstad erhebt sich das Meggenhorn, wo früher eine Veste wachte. Seeburg war ein Landhaus der Jesuiten. Die altersbraune Warte von Neu-Habsburg, das die Eidgenossen zerstörten, schaut von der Ramenfluh auf den See. „Maria Louise," versicherte ein Luzerner, „schrieb ihren Namen auf einen Stein dieser Ruine — man stahl aber den Autographen." Wir schiffen gerade durch den Kreuztrichter: rechts streckt der Küßnachter-, links der Alpnacher-See den Arm aus. Weiß liegt Stanzstad drüben am umdunkelten Strande. In Weggis wird angehalten für die Rigigäste. Wir streifen zunächst das rechte Ufer. Vorhin stand ich lange oben auf dem Verdecke. Ein rechtes Lebensbild: Vorwärts in Sturm und Gewitter, in graue Leere, unaufhaltsam durch die jagenden Wogen; verdeckt von Nebel und Wolken das frühlingsfarbene Gestade; von seinem Lichtreize nur gerade so viel errathen, um unstillbare Klage zu wecken! —

Mehr und mehr hält das Ufer den See umklammert mit gewaltigem Liebesarm. Die höchsten Gipfel und Firnen, ach! die geistbeflügelnd weit über diesen Wolkenkreisen thronen, sind unsichtbar, sind nah und fern, wie die Geliebtesten, von denen wir getrennt: wir sehen sie nicht, wir können sie nicht erreichen — aber sie sind doch bei uns. — Immer Regen! Diese Millionen Tropfen, Zähre an Zähre, die der Himmel weint — sie machen den See nicht größer, nicht kleiner: so fällt auch der Tropfen Leid des Einzelnen unmerkbar in das Meer von Weltschmerz. „Dort liegt Gersau," sagt der Luzerner, „am Mürlsberg, weiland die kleinste Republik auf Erden." Die Kapelle da, hart am See, die wir beinahe mit der Hand greifen können, heißt Kindlismord. „Ein Schiffer, der sich zugleich als Geiger umhertrieb," erzählt der Capitän, „hatte sich dem Trunke ergeben und sein Söhnlein verstoßen, daß es betteln mußte. An dieser Stelle begegnete es dem Vater, der eben überfahren wollte an's andere Seeufer, um bei einer Hochzeit aufzuspielen. Der Knabe fleht um ein Stückchen Brod. Nur wenn er die Fragen beantwortet, die der Vater aufgibt, soll die Bitte erfüllt werden. Das Kind gehorcht, aber der Bösewicht glaubt in der sinnigen Erwiederung auf die drei Fragen, einen Vorwurf zu finden, nimmt den Knaben bei den Füßen, zerschmettert seinen Kopf am Felsen und wirft die Leiche in den See. Das Gericht zu Schwyz verurtheilte den Mörder, aber Entsetzen und Jammer über die Unthat

3*

erfüllte die Gegend; um Gottes Zorn von dem blutbefleckten Boden abzuwenden, ward die Kapelle erbaut und den unschuldigen Heiligen, den Kindern von Bethlehem, geweiht." Ueberall nisten rothe Dächlein an dem anfeilenden Mattenhängen, zwischen nackten Felswänden und Alpenwäldern, ich möchte sagen kindlichrührend.

Mir gegenüber in der Cajüte sitzen Italiener, ein junges Paar, angestrahlt von Liebesglück. Sie wollen gar nichts vom See und Gebirg, nichts von den Menschen, vom Himmel und Erde; die Dame lehrt dem Ritter Filetstricken und zeigt die Perlzähnchen, lachend über seine ungelenken Finger; sammetbraune Augen leuchten hin und her. Eine strickende Cameriera sitzt daneben, verdammet, dieser steten himmelblauen Wonne zuzusehen. Dort essen drei Engländer unaufhörlich. Am Fensterchen lehn' ich und vergehe in Sehnsucht nach dem Freiheitsgestade. Ich begreif's, daß die Naturgeister oft Wolkenvorhänge niederlassen vor diesem ihren Lieblingstrande, um ihn so viel als möglich aufdringlichen Blicken zu entziehen. Zumal das Dampfschiff — was will ihnen das? Es ist doch nur ein Ungeheuer der Civilisation. Nicht einmal Sturm und Unwetter legen mehr dem Menschen romantische Hindernisse in den Weg — das geht alles glatt und geebnet. Längs den gefährlichsten Klippen, schmaus't man Cotelett's und Beefsteaks und wischt sich behaglich den Mund.

Die Häuser haben noch keine Gallerien, nur Ziegeldecken über jeder Fensterreihe. Wie Puppenschränke sind Kapellchen kindisch an's Wasser gestellt. Schwyz mit seinen heitern Landhäusern lieblich geschmiegt an den grünen Fuß des zweizackigen Mythen. Bei Brunnen im Vorgrunde des mattenreichen Thals, eilt die Muotta dem Vierwaldstädtersee zu; an ihrem Ufer, da wo jezt des Heiligen Lorenz Kapelle steht, erhob sich einst die Wylaburg. Die Nebel heben sich etwas. Tiefgrüne Wogen mit weißem Schaume — hier „Fisch“ geheißen — brechen sich in tiefmelodischem Erbrausen am überhängenden Felsenufer; dazwischen mailiche Rasenflecke, dunkle Baumschatten. Gestern, als der Pilatus erglühte und die Gletscher wie weiß und rothe Rosengewinde über Luzern hingen, und auch jezt, wo die Felsen bis in die Fluten stiegen, die süßheimlichen Hütten im Kinderfrieden am Berge weideten: ging mir vollwürdig die Bedeutung des Rütlibundes auf. Solch' ein Vaterland!! — Die Erhabenheit des Urnersee's nimmt uns auf, der nur Eine schauerliche Felskluft dunkelstürmisch füllt. Die Tellplatte! Die Kapelle *) heiligumschattet. Ueber ihr droht der senkrechte Arenberg. Freitag nach Himmelfahrt kommt eine Prozession von Altdorf; hier wird gepredigt; die Zuhörer sitzen in Kähnen. — Beim Einlaufen in den Hafen fällt mir mein Bullenbeißer wieder auf, der von Luzern bis Flühlen an der nämlichen Cajütenlücke auf einem Divan kniet und unbeweglich hinausstarrt, den Rücken gegen die Tellskapelle.

Fluhlen.

Der Capitän sezte sich zu mir. Er war früher neapolitanischer Offizier, hat Frankreich, Italien, Spanien gesehen. Rege Menschen, die sich täglich unmittelbar

*) Soll 1388 erbaut worden sein.

mit dem Außenleben berühren, haben in all' ihrem Erkennen und Wissen eigenthümliche Frische. Wir plauderten lang Endlich merkte ich, daß der Regen aufgehört hatte, warf meinen Mantel um und eilte auf's ödgewordene Verdeck, wo ich sturmumbraus't die Scene göttlicher Wildheit ungestört überschaue. Wie ein gesprengter Sarg ragt die Erde mit starrenden Granitspalten in die Wolken. Hier ist ein erschütternder Ausdruck von Kampf und Schmerz, die in der Tiefe wühlen; aber durch zerrissene Felsen trägt ein freier Aufblick himmelan: unter Herzensschauer ist mir ein Traum der Götterjugend aufgegangen, die aus Geistesblüten junge Keime locken, uns von Wahrheit zu Wahrheit leiten will, zu Siegen, an denen der Sieger nicht verblutet.

Das Urnerbecken ist ein ganz gesondertes, ein See für sich, vom schroffen Arenberg geschlossen. Die Wellen schlagen so zornig an ihn hin, daß man kaum etwas unterscheidet vor Gischt und Staub. Gegenüber der Seelisberg. Am obersten Ufer, ganz nah, schimmert das weiße Attinghausen, mit den Schloßtrümmern des Geschlechts, dessen lezter Sproße 1357 mit Schild und Helm bestattet ward. Unfern davon liegt die Ruine Schweinsberg sammt dem nachbarlichen Schutte des (1676) abgebrannten Nonnenklosters Maria der Engeln; zwischen beiden Burgen aber das Engstlerhaus, wo Walter Fürst wohnte. Hier ist jeder Fußbreit Geschichte. Dicht vor mir, am Gestad', wo das Dampfboot vom Aufrauschen ungestümmer Wogen hin und her geschaukelt wird, neben dem Kirchlein, schauen hinter Bäumen vor, Dach und Giebel von der kleinen grauen Rudenzburg.

Auf dem Rückwege.

Die Hauptbevölkerung des Schiffs sind immer Gotthard- und Rigireisende. Wir tanzen am grausigschönen Arenberg vorbei. Ein Kreuz in's Gestein gezeichnet. „Hier," sagt der graubärtige Steuermann, der in seinem dunkeln Mantel wie ein Geist da sizt, und mit Blicken, welche in die Wolken zu starren scheinen, unverwandt, des Schiffes Lauf bewacht: „hier," sagt er, „hat ein Vater seinen Sohn wiedergefunden. Es waren Schifferleute. Man wußte lange nichts von ihm. Da kehrte er heim, und auf dieser Stelle begegnete er dem Vater im Kahne." Wieder die Tellkapelle: so still in die Granitwand geschmiegt! Links am Seelisberg, der wunderliche Mauern hat, grau und gelb, liegt auf der Felsenterasse das Dorf Seelisberg. Der Capitän rühmt mir die Aussicht von der Wallfahrtskapelle Sankt Maria auf Sonnenberg und zeigt nach dem Seelishorn hoch oben, hinter dem sich, wolkenumschleiert, die Ruinen von Burg Beroldingen verstecken. Wir steuern jezt der linken Küste zu Das grüne einsame Rütli („Grütli") taucht am Fuße vom Seelisberge verschwiegen aus der Flut. Die Geschichte ist grau geworden, aber die Natur ringsum ist jugendlich, immer neu. Die Naturpoesie in Schillers Tell bleibt auch immer jung. Wie hat der Genius diese Ufer, dieses Wogengeschäum, Felszacken und Schneehörner divinirt, vor Allem die königliche Alpenluft, die mit freiem Wellenschlage, ein Zauberhauch des väterlichen Himmels, um

Brust und Stirne weht, thatenfrohe Begeisterung weckt, wundergläubige Heimathliebe. Auf dem Rütli springen im Obstschatten drei Quellen, die des Hirtenvolkes fromme Innigkeit der Stelle entsprudelt glaubt, wo seine drei Helden standen. 1713 erneuten hier 360 Abgeordnete von Uri, Schwyz und Unterwalden den Väterbund.

Weiter unten deutet der Capitän nach einem freistehenden Felskegel, welcher den Wogen entsteigt — der Mythenstein. „Beim Volke," sagt Ersterer, „heißt er „„unserer Wiber Morgengab"" — ich konnte nie erkunden warum." Wirklich gespenstisch, wie ein Geisterweib, das in Tücher gehüllt auf einem Steine kauert; hinten eine schwarze Tannenfamilie. Wir fahren wieder am Ufer rechts, so nah dem gefährlichen Berge, daß man ihn mit dem Finger zu berühren meint. Drohend hängen die Steine über uns.

Ringsum gruppiren sich Engländer. Die Abgeschlossenheit der bleichen, feingestalteten Brittinnen tritt entschieden vor; sogar die bergende, abwehrende Form der Strohhüte ist bezeichnend. Den Gegensatz macht eine Französin, deren spöttelndes Gesicht sich überall durchdrängt: da ist Alles nach Außen gewendet. Brunnen hat uns auch neue Gefährten zugeschickt. Die dicke Matrone mit dem starren gebieterischen Lächeln, die sich eben an mir vorbei in die Cajüte wälzte — das Gesicht sollte ich kennen? Ja: die alte Frau, die am Hôtel Bauer in den Reisewagen stieg! — dort, nur einige Schritte von mir, lehnt noch eine bekannte Gestalt. Wenn ich nicht irre, dieselbe Dame, die ich in Zürich mit verhülltem Antlitze sah. Sie sind lieblich diese Züge, aber marmorweiß.

Das sanfte kornblaue Auge, von langen schwarzen Wimpern umnachtet, starrt auf die Wogen hinaus. Lichtblonde Löckchen drängen sich unter dem Hute vor. Sie hebt den Arm — ich sehe Etwas in der Luft blinken — ein Ring, so mich nicht Alles trügt — die Flut schlug über dem geheimnißvollen Raube zusammen. Die junge Dame blieb ruhig. Inzwischen ist eine Begleiterin zu ihr getreten. Sie kehrt mir den Rücken zu, aber ich erkenne das braune Reisekleid, den blauen Schleier. Sie schlingt flüsternd den Arm um ihre schweigende Gefährtin, und scheint diese wegführen zu wollen, dreht aber im nämlichen Momente den Kopf nach mir zurück: ein blühendes Kindergesicht. Sogleich wandte sie sich wieder liebebekümmert zu ihrer Genossin und beide verschwanden an der Cajütentreppe.

Der Bürgen bildet eine seltsame Halbinsel — blos Ein Berg. Stahlblau ist das Wasser, und die zwei dunkeln Nasen, die obere und untere, gestalten sich uns zum Portale. Der Rigi kleidet sich in ein grünes Sonnengewand, wozu die Rosabänder *) freundlich stehen. „Jezt ist auch der Bürglenberg heiter von der Sonn'," sagt der alte Steuermann. Hinten im Urnersee hängt Alles schwarz voll Wolken. Dort hausen finstere Geister; mich freut's aber, daß ich den See in sturmdurchbraus'ten Stunden sah — es paßt zu seinem Charakter: es ist ein großer Sinn, ein edles Ringen; der Grundzug — tiefer, wildreißender Schmerz. Ein solcher See kann nicht immer ein freundliches Gesicht machen. Mir vergegenwärtigte das gewaltige Naturbild ein erhabenes Gemüth, führte mir nicht nur das Talent, auch die

*) Nagelfluh.

Persönlichkeit eines wohlbekannten Dichters vor, ja als endlich einzelne Sonnenblitze nähere Alpflecke in Gold tauchten — war das Portrait vollendet.

Luzern.

Bei meiner Heimkehr fand ich einen Boten des Obersten von Pfyffer, seinen Sohn, ein mehr als italienisches Gesicht mit olivenbraunen, regelmäßig geschnittenen Zügen — wie ein Maurenritter. Er hatte die Artigkeit mich in seiner Equipage nach dem väterlichen Garten unfern der Stadt, zu bringen, wo das Denkmal für die am 10. August 1792 gefallenen Schweizer errichtet ist, von Ahorn aus Constanz nach Thorwaldsen's Gipsmodell unter der Leitung des Obersten von Pfyffer ausgeführt. Der Riesenlöwe, aus dem senkrechten Felsen gehauen, ruht in einer Grotte. Von der Lanze durchbohrt, deckt er sterbend sein Lilienschild — ein Bild opfernder Schmerzenstreue, todesmuthig hinsinkender Heldenkraft. Der Ausdruck des Kopfes — wie ganz der Natur abgelauscht und doch so vergeistigt! Der Genius hat den Moment errathen, wo, beim lezten Sprengen des Körperbandes, vielleicht beim Uebergange zu andern Bestimmungen, erhöhten Lebenskreisen: die Thierseele in Einen lezten Blitzstrahl ihre ganze Gewalt ahnungsvoll zusammenrafft.

Ein Veteran aus den Reihen jener Schweizer, bewacht das Denkmal in der Uniform seines Regiments. Der weißbärtige, muntere Greis ist chevaleresque gegen Frauen. Das naive Ende seiner geschichtlichen Erklärungen lautete: „Sie kamen Alle um. Ich war auch dabei. --" In der kleinen Kapelle neben an, wird am 10. August ein feierliches Todtenamt gehalten. Die Altardecke ist von den Händen der Herzogin von Angoulème gestickt: auf rothem Grunde ein Lamm mit einer Aureole (1825).

Wir hielten vor einem alten Hause. Mit biederer Freundlichkeit kam mir ein Greis entgegen, ein schöner Kopf, voll Geist und Leben, fast jugendlich; eine vornehme Adlernase; prächtige Augen mit dem Stechblicke; er trug den St. Louis- und St. Maurice Orden: der Oberst Ludwig Pfyffer von Altishofen, der Capitän im Schweizerregimente war, das am 10. August erlag. Er befand sich damals gerade auf Urlaub in der Heimat. Nachmals trat der Oberst in sardinische und englische Dienste und errichtete auf eigene Kosten eine Compagnie. Er zählt jetzt nahe an 80 Jahre und hat 24 Kinder und Enkel. Zwei seiner Töchter sind aus freier Wahl Kapuzinerinnen. Wir saßen plaudernd um den Theetisch. Da ist Nichts von Modetand in der Umgebung — Alles einfach und würdig. Das ganze Familienbild hat so etwas mittelalterlich Biederes, man dünkt sich in treuherzige, deutsche Vorzeit entrückt. Die Kinder sagen zu dem Vater „Ihr," was traulich lautet und doch ehrfurchtsvoll. Aus alten Kelchen mit dem goldenen Wappen der Pfyffer tranken wir Muskatwein und mußten Alle „patschen" (anstoßen). Vom Pfeiler schaute ein herrlicher Mann in reicher, liliengeschmückter Kriegertracht, meinem Wirthe sprechendähnlich: sein Ahn, Oberst Ludwig Pfyffer, der Karl IX. Krone und Leben rettete. Es sind Spuren von geistvoller Auffassung in dem Gemälde. „Eine Copie nach van Dyk," sagte der Hausherr; „das Original befand sich in der

Gallerie Orleans, die zerstreut ward." — Den aufbewahrten Briefen dieses Vorfahren sieht man es nicht an, daß sie mit derber Kriegsfaust geschrieben. Auch wurden mir gute Kupferstiche gezeigt, die Hauptmomente von Pfyffers Thaten im Hugenottenkriege, nach Gemälden im Stammschlosse Altishofen, wo noch ein großer Pokal bewahrt wird, den die wackern Hauptleute der 6000 Schweizer ihrem Führer schenkten.

In den Ebenen von Dreux hatten die Schweizer dem Prinzen Condé 12 Fahnen genommen. Ludwig von Pfyffer, schon im 32. Jahre Oberst, zieht an der Spitze der Hülfstruppen in Frankreich ein. Katharina v. Medicis erfährt, daß der Feind zu Châtillon die Absicht hege, den Hof festzunehmen. Sie schließt sich sammt ihren beiden Söhnen in Meaux ein und entsendet Boten auf Boten an den Oberst Pfyffer nach Château-Thierri. Die Schweizer marschiren um Mitternacht ab und treffen in unglaublicher Eile noch am nämlichen Tage zu Meaux ein. Der Rath versammelt sich, schwankt aber unentschlossen. Da tritt Pfyffer ein. Er sagt zu Katharinen, indem er auf den König und seinen Bruder zeigt: „**Confiez vous seulement avec ces jeunes garçons à nous autres suisses**." Schon um Mitternacht verläßt das Regiment die Stadt und stellt sich eine Viertelmeile vor dem Thore in Schlachtordnung auf. Die Königin Mutter, Karl IX., der Herzog von Anjou und der ganze Hofstaat folgen auf Seitenpfaden. Die Schweizer singen muntere Lieder und es ist ein wunderlicher Anblick, all' die schönen, zarten Frauen dieses schimmernden Hofes, bebend in der Mitte der gewappneten fremden Krieger. Pfyffer, nach dem Vorbilde seiner Ahnen, welche die Schlachten von Morgarten, Laupen,

Morat also gewonnen, kniet mit seinem ganzen Regimente nieder, faltet die Hände und läßt das herkömmliche Gebet sprechen. Darauf springen die Schweizer auf, schließen ihre Glieder enger, kreuzen die gesenkten Lanzen und setzen sich in Bewegung. Dieser glücklich ausgeführte Rückzug war ruhmvoller, als eine gewonnene Schlacht. Am folgenden Tage ritt der König den Schweizern an das Thor vor Paris entgegen und hing um den Hals ihres Obersten den St. Michaels Orden.

Ich vermochte nur einzelne Züge aus der Unterhaltung festzuhalten, die voll Reminiscenzen war aus einem bunten Leben. In Piemont, auf dem Marsche über einen Berg, sah der Oberst ein Nebelbild: sehr deutlich in Farben, die ganze Compagnie. Jeder hatte einen Heiligenschein um den Kopf. Da ließ der Oberst seine Schaar manoeuvriren — und die in den Wolken thaten's ihr nach. „Sardinien erwies sich als Militärstaat uns immer besonders väterlich," erzählte der Oberst; „so gehörte z. B. unter die Vorrechte der Soldaten, daß bei jeder Bauernhochzeit, welche durchs Thor zog, um sich in der Stadt trauen zu lassen, der befehlende Offizier der Wache, von der Braut einen Kuß bekommen mußte; doch durfte der auch losgekauft werden, und immer, wie oft auch Hochzeiten gefeiert wurden, immer zählten die Bräutigame das Geld hin, zu unserem großen Aerger, denn die Piemonteserinnen sind bildschön."

Der Oberst gedachte der Belagerung von Philippsburg. Der Befehlshaber, der die Schweizer nicht leiden konnte, wählte vorzugsweise den tapfern Galatin aus Graubündten: „Gehen Sie hin, besetzen Sie die Mühle und lassen sie sich in die Luft sprengen." Galatin gehorchte. Es ist schmerzlich, wenn solche Begeisterungen kriegerischer Treue dem Vaterlande, der Humanitätsentwicklung verloren gehen. Wenn aber einmal ein Eid geleistet — so ist jede Todestreue groß und edel, ein andächtiges Geistesopfer für eine heilige Idee, für einen Glauben, aufflammend vom Altare der Pflicht — und die Treue ist ein allgemeines, ewiges Vaterland. In diesem Sinne neige ich mich vor der Seelenschöne dieser militärischen Erscheinungen, und betrachte den silberhaarigen Obersten als ehrwürdiges Denkmal.

Pfyffer redigirte früher den Waldstädter-Boten und lieferte den Blättern aus Prevorst schätzbare Beiträge. Er gab sich viel mit Magnetismus ab, scheint hiezu mit seltenen Gaben ausgerüstet und hat merkwürdige Erfahrungen gemacht. Ich behielt mir nur die Aeußerung einer seiner Somnambülen: „Wie gut ist's doch, wenn man keinen Kopf hat!" So wohl fühlte sie sich im Schlafwachen. „Im Kanton Uri," versicherte der Veteran, „sind unter den Landleuten Viele, die das zweite Gesicht haben. Der verstorbene Barfüßerabt von St. Urban in Luzern entdeckte — ohne Wünschelruthe — über dreißig Quellen; eine derselben vom dritten Stocke, unter dem Gefängnisse, in das sie ihn gesperrt hatten."

Ich saß neben dem ritterlichen Greise. Er hat gewiß mit seinem Arme viele Wunden geschlagen — und mindestens eben so viele mit den Augen, und denen sieht man diese Todtschlägerei noch weit mehr an als der zitternden Hand. „Früher, da freuten mich die Frauen, der Krieg und Bücher" — sagte er — „jezt ist Alles aus, mein einziges Glück der Schlaf. Ich mag nur noch alte Hanswurstenkomödien lesen. Wie oft bin ich dem Polichinel nachgelaufen, wie oft hab' ich ihn selbst nachgemacht mit dem Schnupftuche und dabei in Paris gar manches Taschentuch verloren! —" Wir unterhielten uns auch von meinem neuen Freunde, dem Pilatusberg. Er hat etwas Zauberhaftes mit allen seinen Sagen und Geheimnissen. In Tannengrün liegt auf der Bründlisalp der Pilatussee. Nach der Tradition wäre Pilatus von diesem Wasser verschlungen worden, und der kleinere Sumpf das Grab seiner Frau. Wenn man absichtlich Etwas in den See wirft, wird die Umgegend durch Ueberschwemmungen und andere Landplagen verheert. Pilatus soll sich alljährlich einmal im Festgewande auf der Flut zeigen, und wer ihn erblickt, kann diese Erscheinung nicht ein Jahr überleben. Tödtende Kälte strömt aus dem Mondloche, wo sich die Mondmilch vorfindet, welche die Hirten noch immer als Wundermittel betrachten. Diese Grotte geht durch die ganze Felsenmasse und mündet jenseits in die unersteigliche Dominikhöhle, an deren Eingang man auf schwarzem Felsenvorsprunge eine riesige Gestalt erblickt, vom Bergvolke St. Christophle, oder der Oberst, auch „unser Cornell" genannt, von andern als Bildsäule des h. Dominik bezeichnet. Sie scheint 30 Fuß hoch und aus weißem Gestein, stellt ziemlich deutlich, so weit man es aus der Entfernung beurtheilen kann, einen sitzenden Mann dar, welcher den Ellenbogen auf einen Tisch stüzt. Niemand sah die Figur in der Nähe. Ein Bewohner des Pilatus, bekannt durch kühne Wege, die er (1735) bahnte, um die Herden auf die schroffsten Weiden des räthselvollen Berges zu führen, wollte durchaus in die Höhle dringen. Er ließ sich an einem Seile vom Felsen nieder, konnte die Grotte aber nicht erreichen, wegen einer Kante, welche um mehrere Fuß vorsprang. Man mußte ihn wieder hinaufziehen und er versicherte seinen

Genossen, daß die Bildsäule, von welcher er nicht mehr fern war, kein Spiel der Natur, sondern von Menschenhand sei. Zum Zweitenmale wagte er sich hinab, eine Stange mit einem Eisenhacken in der Hand, um sich an irgend einen Spalt der unersteiglichen Wand zu klammern. Allein der Strick, vom langen Reiben abgenüzt, riß, und der Unglückliche sank in einen entsetzlichen Abgrund, wo sein Körper, in tausend Trümmer zerschellt, die Beute der Alpengeier ward.

Manche Sage erhielt sich hin und wieder bei den Älplern. Sie meinen noch jezt den Hufschlag der Alpengeister zu vernehmen, die zu Pferd im Gefels Schlachten liefern, oder die Höllenmusik der Hexen, wenn sie zum Sabbath fahren. An manchen Quellen erscheinen im Frühlinge gespenstische Frauen, die zwei Ziegen an Bändern führen, schwarze, wenn das Jahr schlimm, weiße, wenn es gut sein soll. — Schlangen pflegen an den Kühen zu saugen, was nur verhindert wird, wenn ein weißer Hahn sich in der Sennerei befindet. — Beim Tode des Hausherrn fliegen alle Bienen davon, wenn man versäumt sie durch Rütteln an den Körben gebührend von dem Trauerfall in Kenntniß zu setzen.

Leopold Cysat, Verfasser einer Beschreibung des Vierwaldstädtersees (1661 gedruckt), erzählt als Augenzeuge von der Witwe eines Luzerner Rathsherrn, die aus Ueberdruß an der menschlichen Gesellschaft — man möchte fast sagen, um auf dieselbe eine vielseitige Satyre zu machen — 22 Thiere verschiedener Gattungen aufzog, sie nach der Reihe zähmte und gewöhnte, friedlich in derselben Stube zu hausen, ja es zulezt durch rastlose Geduld und Pflege so weit brachte, daß Alle auf Einem Zimmerboden ihre diversen Nahrungsmittel, als gebildete

Leute mit Anstand speis'ten — Hund, Katze, Murmelthier, Fuchs, Hase, Marder, Igel, Eichhorn, Schildkröte, Krähe, Wachtel, Henne, Haselhuhn, Amsel, Drossel, Staar, Rabe, Meise, Turteltaube, Sperber, Buntspecht — ein origineller Salon! Das ist Altweiberwirthschaft mit Genialität getrieben.

Den 5. Juli.

Ueber die Reußbrücke, die mit altersbraunen historischen Malereien geziert ist, wandelte lauter schmuckes Volk an mir vorbei in die Kirche; gar sittige Weiblein, das Gebetbuch im Arme, ein goldnes Kreuz am Halse, schwarze Spitzen um's ovale Gesicht, blendende Hemdärmel, farbige Röcke; vielerlei Trachten; auch zwei bärtige Kapuziner kamen des Wegs. Im kleinen Nachen wiege ich mich auf dem Vierwaldstädtersee. Ist's denn noch derselbe? gestern diese Leidenschaft und Verzweiflung — heute ganz Frieden und Wonne! So strahlt Liebe in nachtumhüllte Seele. Aber man fühlt, es kann nicht lange so bleiben — es wäre zu schön. Der See feiert seinen Gottesdienst — das chrysoprasgrüne glatte Wasser, der Firnen Silberschmuck ist so sonntäglich, und hochauf athmen die Alpen und wirbeln dem urewigen Aetherblau von mackellosen Altären Weihrauchdüfte zu. —

Mit voreiligem Heimweh nach Luzern, setze ich mich in den Wagen. In einer Felsennische der Vorstadt ein Cruzifix, das Haupt von Flitterblumen und Tand beschwert. Heiland! sie haben dich oft schon mit Kränzen behangen, die dir schlimmer sind als deine Dornenkrone. – Brücke über die kleine Emme. Die Entlibucherberge. Flachgestreckte Wälder. Im Dorfe Neuenkirch ruft tiefer Glockenton zur Kirche und im Sonntagstaate strömt das Landvolk zu. Niemand bettelt: die Kinder gehen am Wagen her und lachen hinein. Rechts der Straße das Schlachtfeld, wo Arnold von Winkelried sich opferte. Die Kapelle, der blaue See von Sempach; das Städtlein. Man bestattete Leopold von Oestreich nach der Schlacht, mit vielen Grafen und Rittern im Kloster Königsfelden, brachte seine Leiche in der nämlichen Kiste hin, in welcher man die für Sempachs Einwohner als Fesseln bestimmten Stricke verwahrt hatte.

Wir fahren am niedern Gestade. Ueberall auf dem blauen Gefild jagt der Wind Silberschäfchen auf. So sehnend wallt der See — er ist Fremdling hier unter den Hügeln. Aber um so zärtlicher schaut das Flutenauge zum Himmel empor. Die Kapelle Mariazell blinkt durch Uferbäume von jenseits herüber. Der Friedhof von Oberkirch. Unter den Säulen des Portals, das eine Vorhalle der Kirche bildet, sind blanke Kreuze aufgehängt zum Gedächtnisse der Entschlafenen, und links davon, auf dem Gottesacker, ein ganzes Beet voll blühender Nelken. Häuschen an Häuschen, in jedem ein Kreuzlein, etwa wie ein Hölzchen, hingesteckt um die Pflanze zu bezeichnen. Ausfluß der Sur. Vor dem Thore von Sursee ist ein Kapuzinerkloster. Auf der Rückseite des Hügels birgt sich Beromünster, Troxlers Geburtsort. Der artige Mauensee mit der Insel. Auf lichter Matte, einen Bergkegel krönend, eine graue Warte in Waldeskranz, Reste der Burg Castel. Hier biegt der Weg ein nach dem zwei Stunden entlegenen Schloße Altishofen. Im Nachbardorfe Ettisweil viel Bewegung; alles Volk strömt herzu; die Bauern führen „eine Komödi“ auf im Wirthshaussaale: „die Erlösung. —“ Hier ruht die Natur; es ist blos ein heiteres Vegetiren. Zuweilen spricht ein Fichtenwald ein ernstes Wörtchen d'rein. Am Wege erdbeersuchende Kinder, drollige Mädchen, die kaum laufen können, mit hochweißen Florhauben. Wir passiren eine welke Triumphpforte, noch vom „Herrgottstag“ her, und sind bald im Berner Canton. Huttweil heißt der Ort, glaub' ich. Ueberall lebhaftes Sonntagtreiben: die Männer in den Schenken am Kegelspiel, die Weiber mit den Kindern vor den Hausthüren. Das gruppirt sich alles so von selbst, vollendet, als wäre es zum festlichen Schauspiele für uns angeordnet. Gleich einem Könige fährt der Reisende hindurch — Alles ist für ihn! Wie jedes Loos, jede That des Einzelnen, Wort und Gedanke, unwillkürlich den großen Geschicken dienen muß, als Arabeske sich in's Weltgebäude schmiegen: so folgt auch Jeder unbewußt, bei Arbeit oder Erhohlung, Lust und Leid, dem Gesetze allgemeiner Schönheit und Harmonie, wo selbst die Abweichungen zur Regel gehören, gleich den bizarren Fratzen, die in's Steingewebe des Doms eingeflochten sind. Diese allgegenwärtige Schönheit hat ihre Fittige über Alles gebreitet; kein Kräutchen, sei es noch so gering, kein Strauch, kein Stein entgeht ihr, Alles gestaltet sie zum Gemälde, zum Gedicht, zum künstlerischen Dasein. Selbst die Menschen, welche sich weit in den Wüsten der Kultur verliefen, konnten der Schöpferin nicht ganz entrinnen. Auch die modernen Stoffe des verflachten Städtelebens müssen

4*

sich ihr, mindestens massenhaft, unterwerfen. Welch ein Reichthum liegt in unserm Blicke, diesem Diener des Geistes! Was ich schaue, was mein Auge mir spiegelt, das kann ich im Geiste besitzen, unveräußerlich. Verstehst du nun Wanderglück? Wähne sie aber nicht stiefmütterlich — diese waltende Schönheit! Sie, die eigentlich Liebe ist — oder glaubst du Liebe jünger als Schönheit? — bleibt wie die Gottheit, untheilbar und überall. Im Sonnenstrahle, der sich in dein Stübchen stiehlt und tanzende Rebenschatten an die Wände malt; in der Rosenknospe, die am Fenster schwankt; im treuen Kuckukruf durch's heimische Thal; im Abendrothe, das schwermüthige Wipfel vergoldet; in jeder Wolke, die über dein Erdwinkelchen hinzieht; in jedem Sterne, der zu dir hinunter winkt! Du hast nirgend nicht weniger, nicht mehr, als du mit ganzer Inbrunst zu umfassen vermagst. Besitz im Kleinen ist ein concentrirtes Glück, ein nahes Glück, das uns ehrlich Aug' in Auge schaut. Je weiter sich die Strahlen vom Sonnenkreise ausdehnen, je schwächer werden sie. In Einer Blume lieb ich alle Blumen, in Einem Herzen alle Herzen! Und wenn sich Ohr und Auge dir verschließen, wenn außen dich Todesnacht und Todesstille umarmen — tauche unter in Seelentiefen, wo ewiges Leben quillt in Bildern und Tönen, in ahnenden Verklärungsträumen. Wäre dir die ganze Welt verloren, die Scheinwelt, die nur vom Geiste wiederglänzt und ohne ihn zerfällt: — Du hast im Geiste die unvergängliche Welt der Wahrheit, den unendlichen Tempel der Allmacht, in welchem dein Genius kniet. Ja, Glück und Schönheit, Heiligkeit und Schönheit sind Eins, wie Liebe und Gott! — In dem Geist ist das All' geboren. Wir können Außen nur suchen, was wir Innen haben.

Die Häuser werden jezt schmuck und charakteristisch: oft ein Portal, ein Vordach auf Holzsäulen; um den ersten Stock eine Gallerie; Fenster an Fenster. In den unmäßigen Florhauben sehen die Weiberköpfe wie Fledermäuse aus. Eben kam ein wunderzierliches Bauernmädchen des Wegs: Gestalt und Tracht so fein, leichte Haltung, schelmisch aufgestülptes Hütchen — ganz die Bernerin. Wir sind im untern Emmenthal. Lachende Triften, von schwarzem Tannenhorst umarmt, im Abendschmelze. Conducteur und Postillon jodeln unter lustigem Peitschenknall.

Bern den 6. Juli.

Ich fand gestern eine Gefährtin in einem Fräulein aus althelvetischem Stamme. Bald erkannte ich sie als ein Kabinetstück, eine von den seltnen alten Jungfrauen, welche mit allem Takte, aller Sicherheit der Frau, die Zartheit eines Mädchens verbinden, mit männlicher Festigkeit und Thatkraft weibliches Gefühl, und bei denen sich unerfüllte Liebessehnsucht in allgemeinen mütterlichen Sinn verklärte. Solche in und durch sich selbst ergänzten Wesenheiten, die wahren Heroen unseres Geschlechts, stehen nothwendig höher, als die trefflichste Gattin. Mein Fräulein entwickelte eben so viel Heimatsliebe, als Theilnahme am weiten Gebiete fremder Erscheinungen, eben so viel praktischen Verstand, hausmütterliche Sorge, als ideale Begeisterung. „Ich sah Sie schon gestern auf dem Dampfboote," sagte die Dame, „und äußerte gleich gegen meine Kammerfrau, Sie wären die Einzige im ganzen Schiffe, mit der ich ein Gespräch einfädeln möchte." — Einer von den tausend Beweisen, wie vernehmlich immer gleich die Sympathie in uns das Wort führt. Es gibt eine Region der Himmel, in welcher sich Wesen begegnen werden, deren Herz sich in Einem Blicke für einander entschied, und die sich nur flüchtig nachwinken konnten aus vorübereilenden Nachen. Die einzelnen Goldfäden, welche uns zugeworfen werden, ohne daß wir sie zu haschen vermöchten — sollten sie nicht zu künftigen Lichtgeweben bestimmt sein?

Spät vertauschten wir das Coupé mit dem finstern Wagen. Bleiches Mondlicht sank auf die träumenden Landschaften, die an uns vorüber gleiteten. Um Mitternacht fuhren wir in die schwarze schlafende Stadt — ein Kirchhof der Lebendigen. Machtlos liegt das Leben gebunden hinter drohenden Mauerschatten; diese Ruhe thut nicht wohl; es lauert so viel Angst dahinter. Mich umschwirrten die Gespenster der Lebendigen, und die Gespenster der Gespenster: ihre Wünsche und Entwürfe. Mit Mühe und Mühe ward der Gasthof erreicht. Die aufgescheuchten Gesichter zeigten sich kraus, die alten hohen Zimmer unheimlich.

Ein freundlicher Beschützer holte mich am Morgen ab: ein Gelehrter, dessen weittönenden Namen ich ohne Erlaubniß nicht zu nennen wage, weil ich noch mancher Mittheilung des Ersteren zu gedenken wünsche. Bern ist reich, schön, großartig, bald in modernen, bald in alterthümlichen Bildern. Die gewölbten Gänge unter den Häuserreihen haben etwas Scheues und Klösterliches und hemmen das Straßenleben. Von der

Münsterterrasse sandte ich den Oberlandsalpen, die im Silbernebel schwammen, einen ahnungsvollen Gruß. Die gothische Kirche ist ein ehrwürdiges Denkmal *). Nach den Tapeten und Gewändern Karls des Kühnen verlangte mich's nicht. Desto länger ergözte ich mich am Schnitzwerke der Chorstühle, an denen der Witz des 15. Jahrhunderts sich charaktristisch ausprägte. So bemerkt man u. a. ein Mönchlein, das ein halboffen Buch hält; schielt man hinein — ist's ein Dambret. Auch bei den Glasmalereien hat sich die Satyre eingeschlichen. In einem Patricierhaus aß ich zu Mittag, „die Schaffnerei," die dem Kloster von Interlacken gehörte. Die kleine allerliebste Hausfrau zeigte sich in der Gesellschaftssprache als elegante Französin; mit der Familie und den Dienern redete sie bernerisch; das brach wie Volkspoesie aus ihrem rosigen Munde vor. Ihre Großmutter war eine Bonstetten. Auf dem Hügel am linken Aarufer liegt Bonstettens Villa, in welcher Matthison wohnte. An die Schaffnerei gränzt Niedeck, ein uraltes Jagdschlößchen, jezt reformirte Kirche.

Man hatte mir im Hôtel zu meinem Empfangzimmer einen Audienzsaal mit leeren weißen Wänden, Marmorkamine und rothen vergoldeten Damaststühlen angewiesen. Hier unter den steifen Formen bestäubter Pracht hauchte mich urplötzlich freie Alpenluft an im Gruße eines kräftigen Dichtergemüths, dem das Lied in sprudelnder Frische entquillt. Der junge schwäbische Sänger ist hier im Lehrfache ernsthaft angestellt. Ihm hat aber auch der Genius des Gebirgs die Stirne geküßt, und ihn zum Herold geweiht: — Ein Lied von Ludwig Seeger,

*) 1421 — 1503 erbaut.

auf dem Faulhorn gesungen, hat mich hoch in den Aether getragen, über Felsen und Wolken zu silbernen Gletschern, und entrollt zu meinen Füßen die sammetgrünen Thäler in all' ihrem Friedenszauber.

Als ich Abends in die Wohnung des Gelehrten trat, der mich nur als Kerners Freundin kannte: fiel mein Blick — auf das ritterliche Bild meines Vaters. Der Hausherr bemerkte, daß ich es fixirte, und ohne die Beziehung zu ahnen, sprach er wie von einem Schutzgeiste mit leuchtenden Augen von dem edlen Manne, dem er vor Jahren in dessen Heimat begegnete. Wie sind solche Lebensfügungen doch so wundersamrührend in ihrer Einfachheit! Die abendrothen Berge sahen uns in's Fenster. Um den blinkenden Theetisch hatte sich ein kleiner Kreis versammelt; die Dienerin in schmucker Bernertracht vollendete das heiterfestliche Bild. Der verehrte Freund, so darf ich ihn nennen, tritt wie Schpleiß zugleich als Naturforscher und Apostel auf. Ich freute mich, in Gedanken die beiden bedeutenden Männer nebeneinander zu stellen, mit denen mich meine Sterne in wenig Tagen zusammenführten, und mich wollte bedünken, Lezterer sei mehr der Petrus, Jener eine weichere Johannesnatur.

Man erwähnte eines Vorfalls, den der Gelehrte mit folgenden Worten bestätigte: „In der Nähe der Stadt ward kürzlich ein Mensch ermordet. Er lebte noch, als man ihn fand, obschon mit zerschmettertem Haupte. Bis zum lezten Athemzuge machte er umsonst ängstliche Versuche zu sprechen; man sah, er hatte noch etwas anzudeuten, vielleicht über den Mörder. Man secirte die

Leiche. Thatsache ist, daß dreimal nacheinander und und namentlich so oft das Messer edle Theile berührte, die Thüre des Lokals, in welchem die Professoren und ihre Zöglinge ꝛc. die Arbeit vornahmen, mit Ungestüm aufgestoßen wurde, obgleich man sich auf's Genaueste überzeugte, daß niemand in der Nähe. Viele von den Augenzeugen lachten; Einige schüttelten den Kopf."

Die Unterhaltung wendete sich dem Magnetismus zu. „In meinen Erfahrungen," sagte der Gelehrte, „habe ich gefunden, daß dergleichen Erscheinungen immer eher von bösen, als guten Einflüssen bemeistert werden. Jesus that auch keine Wunder, um zu erwecken, sondern nur seine Sendung zu bekräftigen. In einer größeren Stadt des Auslandes kannte ich eine Somnambüle, deren Mutter, aus Jammer über den Vater, das Kind verfluchte. Schon als Säugling träumte sie stets und gestikulirte heftig in der Wiege. Durch viele Krankheits-Zustände ging sie nachmals zum Hellsehen über. Man bat mich zu ihr zu kommen. Es lag immer ein Kissen auf dem Boden. Ein königlicher Prinz, seine Gemahlin, sein Leibarzt, knieten oft vor dem Lager der Kranken und beteten. Ein Künstler zeichnete sie in allen Stellungen, bald als Ruhende, bald als Verklärte. Wie eine Heilige, wie ein Engel ward sie verehrt und bewundert. Einmal sagte sie zu mir: „„Der schrecklichste Zustand ist das Selbstsehen. Verhüte Gott, daß sie es je an mir gewahren!"" Ich durfte in ihrer Nähe weder Pelz tragen, noch zuvor Rauch- oder Schnupftabak gebraucht haben — sie merkte es gleich. Das nächste Mal steckte ich eine kleine Bibel zu mir. „„Sie haben Etwas bei sich,"" sprach sie. Nein erwiderte ich, keinen

Pelz, keinen Tabak, kurz Nichts, was Sie stören könnte. Plötzlich fiel sie in das Selbstsehen; es war grausig — wie eine Schlange; sie stürzte zum Bette heraus. Dann kam sie zur Besinnung. Aber der Anfall wiederholte sich gleich. Da ging ich. Ich kam wieder, sezte mich an das Lager und zog meine Bibel heraus. Ich wollte nicht auf dem Kissen knieen, stellte im Gegentheile die Füße darauf. An diesem Tage ging es schon besser. „„Ich habe auch ein solches Büchlein,““ sagte sie; „„man gab es mir, allein ich kann nur immer Eine Zeile darin lesen, denn ich bekomme gleich Krämpfe — aber es ist herrlich das Büchlein — das hebt mich empor!““ Sie zeigte es mir: es war Thomas a Kempis. Sie lesen nur den Leibarzt, versezte ich; hier müssen sie schöpfen, den Herrn selbst hören.“

„Ich äußerte einmal, sie solle mir doch auch die Geister schicken, welche ihr erschienen. Es wäre zu meinem Schaden, meinte sie. Nachts hörten ich und meine Frau in unserm Schlafzimmer starken Lärm: Werfen, wie mit Erbsen, Rauschen wie mit Papier u. s. w. Ich wollte ein Wort sprechen, um den Spuck zu scheuchen, lag aber wie im Starrkrampfe, obwohl ich gar keine Furcht hatte, sondern wirklich Wunsch und Willen die Sache zu prüfen. Am folgenden Tage fragte die Somnambüle: „„Haben Sie etwas gesehen? —““ Nein. — „„gehört auch nichts? —““ Ich schwieg. Sie sagte, „„Was einmal gekommen ist, kann auch wieder kommen: kann dreimal kommen.““ Der Arzt behauptete, sie stürbe, wenn sie Nahrung nähme, und die Kranke selbst theilte diese Meinung. Ich steckte ihr eines Tages etwas Kartoffel in den Mund, mit dem Wunsche: Gott segne es! Zu meinem Erstaunen bekam es ihr ganz gut. Als ich heimkehrte, fand ich inzwischen in meinem wohlverschlossenen Arbeitszimmer eine fingerdicke Glaskugel, die ich zu Experimenten gebraucht und kurz vorher, in ein Tuch gewickelt, vom Hörsaale selbst mit nach Hause genommen hatte, wie zu Staub zerrieben. Ich wüßte nicht, wie das zugegangen? sogar wenn Menschen oder Thiere während meiner Abwesenheit in die Stube eingedrungen wären. Das Drittemal vernahm ich furchtbares Getöse in meiner sonst so ruhigen Wohnung und fand meinen neuen Reisebarometer, ein kostbares Geschenk, zertrümmert, das chemische Feuerzeug, welches auf dem Schreibtische stand, zerstört und in Lezteren ausgeflossen, wo es alle meine weltlichen Papiere, Documente, Diplome, Briefe von fürstlichen Personen ꝛc. ꝛc. durchfraß, vernichtete; ein ganzes Päckchen mit religiösen Schriftlichkeiten, die beisammen lagen, aber völlig unberührt ließ."

„Ich hatte einen langen Brief an eine Freundin abgesendet, der ich ein Tagbuch über die Somnambüle schrieb. Als ich wieder zu ihr eintrat, rief sie: „„da kommt man freundlich zu mir, und spricht doch von Besessenen u. d. m. O ich hab' es gelesen, in Briefen, die weit weit gehen!"" Und nun sagte sie mir den ganzen Inhalt. Ein Andermal hatte ihr meine Frau ein Billet geschrieben, um ihr für die Zusendung kleiner Eßgeschenke zu danken. Nein, das ist doch gar zu bernerisch trocken! meinte ich. Bring' doch noch Etwas hinein, eine Freundlichkeit, ein Gefühl, das mir auch bei ihr hilft. — „„Ja ich kann doch unter Nichts meinen Namen setzen, was ich nicht selbst empfinde!"" — Ich machte einige Veränderungen in das Blatt und gab es meiner Gattin zum Copiren zurück. Am nächsten Tage sagte die Somnambüle: „„das Billet, das du mir schriebst, hat mich gefreut.““ — Ich nicht, meine Frau. — „„Nein, diese Zeilen hast Du geschrieben!““ — Und sie las mir wirklich daraus vor, was ich hinzugesezt! — Gewiß, ich hab' es nicht geschrieben! — „„Nun so hast Du es doch mit dem Geiste geschrieben!““

„Eines Morgens besuchte ich die Leidende und fand sie so angegriffen, ganz blaß, mager, verfallen. „„Warten Sie nur““ sprach sie; „„wenn ich schlafe werde ich mich schon erholen.““ — Und wirklich! kaum gerieth sie in's Schlafwachen, als sie sich zu erholen schien, zu verschönern. Ihr Wangen rötheten sich. Sie wurde voller. Ihr Arm, der eben noch so abgezehrt da lag, rundete sich sichtlich — es war, wie ein Zauber: Ich würde es Niemand glauben, wenn ich es nicht selbst gesehen hätte. Ich rührte den Arm an: er war völlig wie aufgedunsen; es blieb der Eindruck von meinen Fingern darauf zurück — mir ward ganz weh. Dies war mir wirklich das Schauerlichste.“ — Bei diesen Worten holte der Hausherr das Portrait der Somnambüle, eben von jenem Künstler gezeichnet, dessen Ersterer bereits gedachte. Es macht die Wirkung einer vom Dämon besessenen Schönheit. Es ist ganz Geist — nie sah ich an einem Gesichte so ergreifenden Ausdruck von Leben, von erhöhtem Seelenleben. Kein anderes Gemälde gibt das so. Unter langen Wimpern schießt der Blick Glanzpfeile in die Wolken. Verklärung leuchtet aus allen Zügen — aber es lauert hinter dem seligen Lächeln doch wie ein Abgrund, wie Hohngelächter böser Geister — ein grauenweckender Reiz. Ja, es ist etwas Inspirirtes darin, aber vom Satan: seine Genialität im Lügen! Eine von den Damen erinnerte an den Bibelspruch: „Er wird von den Engeln die Lichtgestalt borgen." Dies Schriftwort ist hier verkörpert. Da erfährt man, wie die Hölle, um ganz Hölle zu sein, Himmel sein muß. Ach! das ist ja die alte Erfahrung, welche in jedem Herzen, in jedem Leben wiederkehrt! Was ist mehr zu fürchten, denn unheilige Begeisterung, unwahres Entzücken, das uns in Wahsinnwirbeln zur Tiefe reißt, während wir in den Himmel zu kommen wähnen, weil wir fliegen? Du schönes süßes Lockbild mit dem anbetenden Strahlenauge der Selbstvergötterung — in dir sehe ich mein Geschick, meine Sehnsucht, mein Erdenglück — und mir schaudert vor dir — aber dich zu hassen ist schwer! —

„Ich bestand darauf," schloß der Gelehrte seinen Bericht, „daß die Kranke sich fest entschließe, nicht mehr hellsehend zu werden, sich aller Ekstase zu enthalten, demüthig in der Schrift lese und bete, keine Besuche mehr annehme, noch artistische Akademie halte, sich vor Allem die langen Locken abschneide und Speise und Trank genöße. Eine Weile ging Alles gut; bald fiel man aber wieder in die alte Abgötterei. Da zog ich mich warnend zurück. Nach Jahr und Tag kam schon die Nachricht, daß jener Künstler einer tugendhaften Braut treulos geworden. Er heirathete das unglückliche Mädchen, dessen Krankheitsgeschichte ich erzählte. Die Familie sank von Elend in Elend."

Noch immer ruft die Stimme des Heilands den gekreuzigten Schächern. Ihnen tragen noch immer seine Jünger die Segnungen göttlicher Barmherzigkeit zu. Das gehört auch zu den schönen Lebensaufgaben jenes edlen Mannes. Treulich besucht er das hiesige Strafhaus. Seine Berichte darüber sind Erbauungen. Er erzählte uns von einer andern Magdalena, die auf

15 Jahre verurtheilt ist, wovon drei verstrichen. „Es war ihr wie ein Bann angethan," sagte der Gelehrte. „Ihr Vater war Metzger. Schon als kleines Kind starrte sie Blut an; wo Blut war, da stand sie, es dünkte ihr wunderschön, schöner wie Gold. „„Das Göttlichste ist Blut,"" sagte sie oft. Jedoch seit dem Kindsmorde in ihrem 28. Jahre hat sie den größten Abschen vor Blut; ihr wird ganz übel, wenn sie es sieht. Ihre Mutter, treulos verlassen, kam einst in der lezten Stunde hier in's Spital, um von dem Kinde zu genesen. Sie ist nicht von Bern, man weigert ihr den Eintritt. Hülflos sinkt sie auf freiem Felde nieder. Verzweifelnd geht sie an einen Brunnen und hebt das Neugeborene einen Augenblick über das tiefe Loch, in der Absicht jenes hinein zu werfen. Es weinte. Da wich der böse Feind. Aber dieser einzige Moment ließ vielleicht den Sündenfluch auf des Kindes Seele übergehen?! Seltsame Warnungen gingen Magdalenens That vorher. Der Geliebte, welcher sie zur heimlichen Berathung über die Schritte erwartete, die das drohende Verhältniß forderte, verirrte sich in der Dunkelheit und kam dreimal zum Hochgerichte. In der Nacht vor dem Morde sah Magdalena im Traume drei kleine Kinder auf einem Tische liegen, die sie ermordete und denen das so gut that. Dies entschied."

„Es war ein prämeditirter Mord. Man nahm Magdalena noch mit dem Päckchen fest. In den ersten Stunden ras'te sie. Der Geistliche, welcher zu ihr geschickt wurde, fand eine Furie. Sie hatte ihre Kleider zu Staub zerrieben. Er konnte ihr gar nicht nahen. Er stellte sich nur an den Ofen und blieb eine Stunde; dann ging er weg. Jeden Tag kam er nun so und sagte: „„Ihr wollt ja Nichts von mir; Ihr habt vielleicht recht: ich könnte Euch doch nicht helfen. Da bete ich nun alle Tage eine Stunde, daß Euch Gott helfe."" Ein Gensdarme aber, der machte ihr weiß, er sei in sie verliebt, er wolle mit ihr davon gehen und sie heirathen. Als er nun Alles aus ihr herausgelockt, sie ihm Alles gestanden hatte, ging er gleich hinunter und gab es an. Da sie vom Verhör wieder herauf kam, senkte sie den Kopf und sagte zum Geistlichen: „„Jezt könnt Ihr herkommen, jezt hab' ich bekannt und jezt will ich beten."" Von hier an war nun gleich die ganze Bekehrung — eine völlige Wiedergeburt! Aus einer rohen Bauernmagd, eigentlich mehr Knecht als Magd, die mit vier Pferden fuhr und den Pflug führte, wurde nun eine zarte Seele voll Klarheit, mit tiefem kindlichen Scharfblick begabt. Und das alles so einfach, so natürlich! Sie ist ganz heiter. Dabei ist viel größeres Wunder als bei jener Magnetischen. Magdalena ist Einen Tag wie den andern die reuevolle, demüthige, tiefzerknirschte Sünderin, der Gott Gnade geschenkt, kein Haar breit besser oder höher in ihren eigenen Augen, oder weiter im Fortschreiten. Ich besuche sie wöchentlich einmal, aber vom Tode sprechen wir nicht: „„das macht mir zu viel Freude,"" sagt sie, „„das zieht mich von dem ab, was ich tragen muß."" — Sie ist dabei immer ruhig, immer freudig. Anfangs war es ihr schwer, daß sie den Tod nicht erleiden sollte; sie wünschte keine Begnadigung, sehnte sich ihre Strafe zu dulden, um dort Gottes Verzeihung zu genießen. Mehrmals hat man ihren Prozeß wieder aufgenommen. Als der große Rath die lange Sitzung über ihr Todesurtheil hielt, standen zwei Christen auf mit der Bibel in der Hand und sagten: „„Wir dürfen hier nicht unserm Gefühle folgen; da steht es: sie muß verurtheilt werden.““ Einer fragte auch mich. Ich entgegnete: „Ich bin nicht mehr im großen Rathe, ich kann hier nicht sprechen.“ Von verschiedenen Seiten aufgefordert, sagte ich zulezt: „Meine Herren, Gott ist barmherzig, und wir sollen es auch sein.“ Sie ward begnadigt. Ich hatte mir vorgenommen und ihr versprochen, wenn sie verurtheilt, noch selbst hinauszufahren nach Nidau, und es ihr anzukündigen. Jezt wollte ich ihr aber doch auch das Andere mittheilen. Sie sah zur Fensterlucke hinaus. Von Vorübergehenden hatte sie sagen hören: „Jezt wird die Kindsmörderin verurtheilt, und das ist Recht 2c. 2c. —“ Nun rief sie freudig: „das is mi Professor!“ und sprang mir die Treppe hinunter entgegen, weil der Thurm blos unten verschlossen war. — „Mädle, was wünschet Ihr Euch, daß ich Euch bring?“ — „„Wie Gott will! Ich denk was Ihr neulich gesagt habt: Sterben wir, so sterben wir dem Herrn, leben wir, so leben wir dem Herrn.““ Ich staunte über diese Ruhe und Ergebung. Solche Wunder kann nur der Glaube schaffen! Ich eröffnete ihr die Begnadigung. Da weinte sie und küßte mir die Hand: die Liebe zum Leben erwachte in diesem Augenblicke. Meine Frau hatte in der ersten Zeit der Bekehrung gesagt:“ „Habt nur Acht, laßt Euch nicht täuschen, es gibt noch feine Weiber unter denen!““ Ich führte meine Frau selbst hin, bei Nacht, weil sie nicht bei Tag in's Gefängniß wollte, und seitdem theilt sie ganz meine Ansicht. Man hatte nach der Begnadigung Magdalenen das Halseisen umgeschmiedet und das braune Strafkleid angethan. Als wir hinkamen, weinte meine Frau, da sie Magdalena sah. Diese sagte: „„Sie müssen nicht weinen — O jezt bin ich schön! früher war ich häßlich."" Sie ist jezt Unteraufseherin, hat ein schweres Amt, muß Alles angeben, für Alles sorgen, und waltet mit der größten Treue im Kleinen, leidet aber an heftigem Bluthusten. Sprechen darf sie nicht, allein ihr Schweigen, ihre Ruhe wirken doch auch mitunter auf die Andern, und wenn sie vorbeigeht, sagt wohl Eine zur ihr: „„Betet für mich."" —

Den 7. Juli.

Bern wich hinter uns in bläulichen Morgenduft. Der Baron und seine Frau saßen bei mir im Cabriolet. Ich bat sie, mir von einer Perle ihrer Vaterstadt zu erzählen, von Julie Bondeli, der Freundin Rousseaus und Wielands, von welcher Ersterer sagte: „c'est l'esprit de Leibnitz avec la plume de Voltaire." Sie soll die einzige Person sein, mit der Jean Jacques sich nie zerwarf. Er lernte sie in Motiers-Travers kennen. (Julie 1731 geb.) gehörte einem alten Patriziergeschlechte; ihr Vater war erst Schultheiß in Burgdorf, später Mitglied des großen Raths zu Bern. Durch ihre Pflege gedieh eine höhere Geistesblüte der Geselligkeit. In diesem Kreise tritt u. a. ein Fräulein von Saussure auf und der Alterthumsforscher Samuel Schmidt von Rossens. Man sezte die alten Liebeshöfe wieder ein und krönte Julie als Königin. Zu ihren Geistesverwandten gehörte auch der Prinz Ludwig von Württemberg, und Zimmermann, der

Arzt und Schriftsteller, welcher eigenmächtig einen Brief-Auszug von Julie, unter dem Titel: „**réflections sur le tact moral,**" im Gothaer Merkur drucken ließ. Im Schreibtische, welchen Sophie La Roche herausgab, erschienen die ersten Briefe der Bernerin. Ein seltsames Weib, die ihr Herz der Algebra schenkte, eine Heldin in der Mathematik! Sie zeichnet sich haarscharf als Verstandswesen. **C'est du vrai que nous vivons, et non pas du haut.**" lautet ihr Wahlspruch. Und doch! ist's nicht eine ehrene Fessel, die sie dem innern Rebellen anlegt, eben weil sie ihn fürchtet? Würde Julie so streng das Gefühl fliehen, wäre ihr dessen Uebermacht ganz fremd? Wer endlich ihre Seele recht gekannt hätte! War's nicht vielleicht glühende Sonnenregion? Warf sich Julie nicht wohl gar nur ins Objective, um sich vor der allzugewaltigen Subjectivität zu retten? Und darum der Fanatismus gegen lyrische Begeisterungen. Wie dem auch sei: Juliens Leben war der Wahrheit, der Freundschaft treu geweiht und unabläßig streute sie Geistessaat. Sie starb zu Neuchâtel nach langem schmerzlichen Siechthume bei ihrer Freundin Frau von Sandoz. „**C'est du vrai que nous vivons et non pas du haut.**" Als ob nicht jede Wahrheit eine hohe wäre! Wir müssen nur nicht uns in ihr suchen. Alles Niedere aber ist Wahn und Schein. Wir können nie genug das Ideal lieben und erstreben. Es erfüllt, was es uns verhieß. Zu ihm müssen wir uns durch jugendliche Illusionen hinarbeiten. Immer das Beste in uns und Andern müssen wir für wahr erkennen, denn es kommt von Gott, der sich im Menschengeiste spiegelt. Das Schlimme kommt vom Teufel und ist Lüge. — Was wir verneinen, zerstören wir, mindestens für uns. Verläugnung ist geistiger Mord. Alles Gute braucht zur Blüte Aetherthau und Sonnenstrahl, Liebe und Vertrauen. Was ich anerkenne, das habe ich auch schon geweckt, ob der Keim noch verborgen im Finstern schwelle. Jedes Gute dringt zum Lichte und sprengt die Hüllen, wenn es Zeit ist. Die Ueberzeugung aber dringt in den reinsten Momenten frühlingsheiß auf mich ein: alles Echte können wir nie genug empfinden; nie zu innig uns begeistern; nie zu glühend lieben göttliche Schönheit, göttliche Wahrheit!

Inzwischen haben sich die blauen Berge von Gruyère keck erhoben. Einige Kuppen sind, wie vom Titanenkampfe, hingeschleudert. Auch der Moléson, der Rigi der welschen Schweiz, ragt hervor, an welchem die von der Mutter des Grafen v. Gruyère (1367) gestiftete Karthause de la Part-Dieu liegt. „Der lezte Graf von Gruyère," sagte der Baron, „ist eine Art Henri IV. für sein Ländchen. Sein Name lebt noch im Volke; manches Liebesabenteuer von ihm, sowohl bei seinen reizenden Unterthaninnen — die Frauen vom Greyerserland sollen die schönsten sein der Schweiz — als zu Paris und Burgund; mancher Zug der Großmuth, Tapferkeit und Herzensgüte geht noch von Mund zu Munde. Mit altritterlichem Geiste huldigte er der Schönheit, und troß Verschwendung und Leichtsinn umglänzt ihn romantischer Zauber." Die Welt verzeiht doch viel, wenn man liebenswürdig ist! Auch gab dem lezten Grafen von Gruyère das Unglück die Weihe. Er sah sich genöthigt sein prächtiges Erbe den zwei Cantonen Bern und Freiburg zur Tilgung vorgestreckter Summen hinzugeben. 5000 Mann hatte er für Frankreich gewaffnet, das ihm die Unkosten nie ersezte. Arm starb er (1570) auf seinem Schloße Thalonnès in Burgund, und hinterließ keine Kinder von seiner Gemahlin Madelaine de Miolaud. Man hat noch zwei Briefe von ihm, die er einige Jahre vor seinem Ableben an die Republik Freiburg schrieb. Im ersten erzählt er ganz naiv, daß der kleine Hund der Frau Gräfin Band und Siegel von dem Bürgerdiplome der Stadt abriß, als der Gemahl darin las, weßhalb er um ein zweites Document bitte.

Guggisberg, dessen Einwohner eigenthümlich in Kleidung, Sitten und Sprache erscheinen; und am Fuße vom Hochgurnigel, tannenumkränzt, das Schwefelbad. Das hochgelegene Schloß von Laupen. Von einem Hügel überschauen wir rechts in blaugrüner Ferne, das weite fruchtbare Bernerland bis an seine Gletscherwälle, links die grauen Freiburgerberge. Ein schwarzer Jesuit streicht, wie ein Nachtschatten über die Straße. Plötzlich in der Tiefe das romantische Freiburg, ein malerisches Gewimmel von Felswänden, Kapellen, Schluchten, Auen und Wäldern, Kirchen und Ringmauern, Thürmen und Dächern, in den mannigfachsten Farbenstufen, alle Schattirungen von grün und braun. Es ist hier ein Mummenspiel zwischen Stadt und Land. Phantastische, außerordentliche Formen. Natur, Geschichte — Alles in einander geworfen. Die Dächer der Einen Straße, bilden das Pflaster der Andern. Es ist eine poetische Verrücktheit in dem Orte, und das macht ihn gerade so wundersamschön. Freiburg gehört zu den wenigen Gemälden, vor denen man begreift, daß eine Stadt schöner sein kann, als einsame Gegenden. Aber die Natur preßt auch die Stadt hier leidenschaftlich in die Arme.

Es ist hier ein vulkanisches Ringen der Zeit: die Vergangenheit bäumt sich immer wieder auf. Mit kalter Stirne und unbeugsamem Willen schaut das neue Jesuitencollegium St. Michel auf den Gassenknäuel, einer Römercidatelle gleich. Die Drahtbrücke, wie von Geisterhand über den Abgrund geworfen, bringt etwas arabisch Märchenhaftes in das Bild. Der Münster trägt seine Mauerkrone hoch in den Aether. Im Hintergrunde steht eine blaue Bergreihe, wie Trabanten. Zur rechten das Felsenthal, durch welches die Saane schäumt und wo sich in waldbelaubter Schlucht die Magdaleneneinsiedlei birgt: Kirche, Hallen, Küche ꝛc. ꝛc. — Alles in Stein gehauen. Der Felseneinsiedler ertrank vor mehreren Jahren, als er trotz stürmischer Witterung Studenten überschiffte. Ein alter tauber Bauer hat die Niederlassung gekauft, und zeigt sie den Fremden. Die schwere Diligence rollt auf luftiger Brücke in schwindelnder Höhe über die Saane. Weiter unten in wildverschlungener Felsenenge, wo sich das Festungsgemäuer, im Gebüsche verliert, wird eine zweite Drahtbrücke geworfen, noch achtzig Fuß höher über dem Abgrunde, und jezt eben zieht man die zwei Hauptdrähte. Für einen Augenblick birgt sich die ganze Stadt im Grün, blos der graue Dom steigt, wie ein Riesengespenst, aus den Bäumen. Bald jedoch rollen wir durch enge Gassen. Von der Höhe betrachtet, ist die Romantik immer schöner als in der Nähe. Ueberall sehe ich alte Weiber mit gewissen monstruösen Hauben, weißen oder schwarzen, weit in die Stirne gedrückt. Die jüngeren tragen geschmacklose, abnorme Haarwülste. Es liegt eine Welt von Wahn, Finsterniß und Fanatismus in diesen Kopfbedeckungen. Bei lezteren muß sich nothwendig der Sinn am schärfsten charakterisiren. Der ehrwürdige Münster *) mit der Seele tief innen, mit Moosers Orgel! Hinter dem Teiche sieht das Jesuitencollegium herüber. Jede Fensterritze vom Reithaus ist ängstlich verwahrt. Die Campagne, wo die Zöglinge Einen Tag der Woche zubringen und Gymnastik üben, fiel mir durch neidisches Doppelgitter auf.

Das fruchtbare Land am Jura entrollt sich. Der Neuenburger- später der Murtnersee erglänzen. Für Payerne gewinnt nur die Theilnahme an der guten Königin Bertha, welche an der Seite ihres Gatten in der Michaelskapelle ruht. Sie war eine Tochter Burkhard's, Herzogs von Allemannien, und in zarter Jugend mit Rudolph II., Herzog von Kleinburgund vermählt. Ihre Tochter Adelheid mit Lothar, König von Italien, und in zweiter Ehe mit Kaiser Otto verbunden, ward nach ihrem Tode heilig gesprochen. Bertha reichte als Wittwe dem welschen Könige Hugo ihre Hand. Seine Untreue verbitterte das Leben der frommen Königin, die ihre einzige Zerstreuung darin fand, zu spinnen, Klöster zu stiften und Elend zu lindern. Schon ein Graf von Glane, ein reicher wohlthätiger Ritter, wollte im Kloster von Payerne bestattet sein. St. Maire, Bischof von Lausanne besaß dort eine Meierei, die er mit eigner Hand bestellte, und daselbst ein Gotteshaus baute, das 581 geweiht ward. Damals gründete sich hier ein Kloster, das Bertha (966) in eine Benedictinerabtei verwandelte und ihr zum Oberhaupte

*) St. Nikolaus. 1182.

den Abt von Cluni, Mayole, bestätigte, einen von Gott begnadigten Mann. Unter den waadtländischen Kindern hat sich sein Name als Freudenschrei, auch als Schmähwort bis auf unsere Zeiten erhalten, weil, wie man behauptet, der fromme Abt von allen Unterdrückten angerufen ward. Die Berner hoben 1536 das Kloster auf, ließen aber das Vermögen für wohlthätige Stiftungen. Man bewahrt noch Berthas Reitzeug, den Sattel mit einer Vorrichtung für die Kunkel der fleißigen Königin.

Mürrische Landschaft. Mit aller Muse blicke ich in den weiten wolkendurchjagten Himmel, denn bereits mehrere Stunden erzählt mir ein junger empfindsamer Marseiller seinen Herzensroman — es wären sicher schon drei Bände. In Savoyen hat er eine Liebe, „une âme pour son âme;“ seit Payerne sind wir am gestohlenen Tagbuche, das ihm zuerst die Gefühle des Mädchens verrieth und — von ihm heimlich abgeschrieben wurde! Lucens liegt an der Broye. Oben im Schlosse *) ist eine Erziehungsanstalt. Moudon mit seiner Veste Carouge blinkt uns entgegen. Die Broye schäumt im Felsenbette. Ueber dem Rathhause eine Römerschrift. Pipin der Kleine erbaute hier (750) eine Burg. Fahre wohl Marseiller! kein Ohr mehr für dich! Jezt kommen Berge von Gruyère, weiterhin Schneegipfel, Savoyeralpen — mir wird das Herz so weit! da glänzt Wasser: Byrons lac of beatuy! Willkommen! Der Dom von Lausanne. Wir fahren am Moutbeuon mitten durch ein Lager — die Zelte, die Soldaten, die lustigen Gruppen machen sich hübsch unter breitschattigen Bäumen.

*) 1161 von Bischof Landrich von Lausanne erbaut.

Wie in einem Park, weiter am See, der irisartig schimmert: die zartesten Farben. — meergrün, röthlich, lila. Wasser und Himmel im harmonischweichen Colorit. Das heitere Seestädtchen Morges. Die heimatliche Campagne.

Den 8. Juli. Morgens.

Beim Erwachen grüßen mich in meinem Stübchen die kahlen Scheitel der Savoyeralpen, blauschimmernd durch hohe Wipfel. Der Lorbeerbaum unter meinem Fenster, der sich vertraulich an eine dunkle Fichte lehnt, und auch im Winter mit ihr grünt, breitet glänzende Blätter aus im Sonnenschein. Berauschend duftet der feine weiße Jasmin mit tiefgrünem Laube, der epheuartig die Mauern der Villa umfängt. Die Luft ist hier wie ein Kuß, Alles so sanft, so schmeichelnd und weich: Athem, Licht und Farbe und Töne! Wie schmelzend die unzähligen Vogelkehlen, deren Lied auf und niederwallt! Statt dem zudringlichen Sperlinggezwitscher, locken im Gebüsche Zeisige, Grasmücken, Finken, Schwarzplättchen. Linder Regen säuselt in die südliche Blütenpracht. Die Pappeln an der Genferstraße neigen sich; alle Bäume freuen sich über die Silbertropfen, die ihnen der Morgenwind in die duftenden Locken streut.

Abends fuhren wir gegen Lausanne. Man kommt durch Preverenges; über die Venoge, welche dem See zueilt; in die Ebene von Vidy, wo das alte Lausonna stand. Wir begegneten Weibern mit Ungeheuern von Hauben und Hüten, aus denen meist häßliche Gesichter sahen. Die grauen Häuser und Mauern, die hohen Blechröhren auf den Kaminen, die dichten Epheutapeten, die **chars de côté** – kleine Wägelchen, in denen man **en profil** wie aus einem Guckkasten herausschaut; die vielen Landhäuser mit geschlossenen Läden und dem Namen am Portale in Goldbuchstaben: **délices; beau regard etc.**: Alles war mir fremdartig. Lausanne lagert terrassenförmig verstreut am Berge, ganz morgenländisch; der Dom, alle die Häuser mit Blechkronen, blinkten beim Sonnenuntergange. Wir kamen an der neuen Kirche von Ouchy vorbei. Um den alten Thurm unten am Hafen drängt sich eine Häusergruppe. Cour, zu den Füßen von Lausanne, ist ein Nest von Campagnen, in Parks und Gärten versteckt. Bei Elysée stiegen wir aus, eine großartige Villa, von einer englischen Familie bewohnt. Gegenüber vom Garten glühten in wilder Größe am Dent d'Oche die Felsen von Meillerie. Auf der Heimfahrt waren nur mehr die Felsspitzen purpurn; die übrigen Massen dunkelviolet. Gleich einem Hohenpriester, im blendenden Unschuldkleide, erhebt sich der Montblanc. Die Sonne brannte auf dem Jura, wie in einer Opferschale. Wie aus dem irdischen in ein freieres, höheres Leben, starrte ich von den verflachten Ufern der Civilisation nach dem himmlischen Gestade der Wahrheit und Natur hinüber. Dieser See ist gleich einem Naturgebet. Die blauen Berge waren so sehnsuchtvoll — aber im Erinnern — ohne Hoffnung. Das Mondauge sah in die Flut, die dem Liebesblicke entgegenwallte.

Den 9. Juli.

Auf der Höhe über Morges thront das graue ungebeugte Schloß Wufflens. Der Styl scheint vorgothisch massenhaft. Es mag schönere Burgen geben, aber diese steht lebendig da, ein unerschütterter Koloß, und blickt zwingherrlich auf den Leman nieder. Die Gegenwart vertreten nur wenige moderne Fenster an der Seite. Auf dem Hauptgebäude bemerkt man vier gleiche kleine Thürme: Einem Ritter wurden vier Töchter geboren. Im Zorne darüber, denn er hatte sich einen Erben gewünscht, ließ er für jede einen Thurm bauen und sie darin einsperren. Keine wußte von der andern. So wuchsen sie auf. Auch die Mutter wußte nichts von ihren ersten drei Kindern, nur von der vierten Tochter, mit der sie sich einsperren ließ. Der Vater erkrankte. Auf dem Sterbebette fühlte er Reue, ließ Gattin und Kinder rufen und bat sie um Vergebung. Für jede der vier Töchter fand sich ein edler Freier.

Beim Souper waren unsere alten Herrn gesprächig. Man erzählte von dem Kreise der Madame Montolieu (Madame Charrière u. s. w.). Diese Damen hießen: „la société au point d'Aiguille. Mad. Montolieu, die Verfasserin der châteaux Suisses war aber gar nicht „Précieuse" gleich den Uebrigen, sondern einfach und gut. Sie gab alles her, was sie hatte; um nur zu leben, mußte sie sehr viel übersetzen, z. B. alle Romane von August Lafontaine!! Auch Schriften von Karoline Pichler, und Fouques Undine hatte sie übertragen. Der Erste, Beste, mußte der Dame den

Text wörtlich übersetzen und dann „arangirte" sie es. In den Liebesgeschichten ihrer Schwester Mlle. Bottens, einem würdigen Fräulein, welche vor nicht allzulanger Zeit in ihrem 60. Jahre starb, figuriren wunderschöne Jünglinge, welche sich mit bejahrten Jungfrauen vermählten. Bottens, Geistlicher zu Lausanne, hatte 24 Geschwister und gehörte einer, seit der Reformation, in der Schweiz angesiedelten altfranzösischen Familie. Er hatte Voltaire in Deutschland kennen lernen, Briefe mit ihm gewechselt und in ihm den Wunsch erweckt, sich in der Schweiz niederzulassen.

Den 11. Juli. Morgens.

Gestern Nachmittags, im stolzen Hôtel Gibbon zu Lausanne, eilte ich durch den Speisesaal auf die Terrasse. Zu meinen Füßen lag Ouchy. Wie ein Herz voll Liebe wallte der See dem Gebirge entgegen. Links, im Gärtchen, rahmte ihn eine alte Eiche ein, von einer Bank umringt. Sann vielleicht hier der Historiker? Die Akazie, deren Gibbon erwähnt, und von welcher Byron seinem Freunde Murray ein Zweiglein sandte, suchte ich vergebens, sah nur junge Akazien auf der Terrasse angepflanzt, unter denen sich breite Engländer die Stirne trockneten. In einem Winkel zwischen dem Postgebäude und der Franziskanerkirche ist das Gibbonhaus eingeklemmt (Nro. 5). Es hat etwas Klösterliches: durch ein Gitter abgeschlossen, grau, alle Läden zu, zweistockig; Parterre; links von der Hausthüre saß eine Frau in einer weißen Haube am Fenster und nähte.

Hier, in dem stillen Hause, ward die römische Geschichte niedergeschrieben.

Auf vielen Holzstiegen kletterte ich zum Dom, ein gothischer Prachtbau, von alten Bäumen umkränzt, die Stadt, den See zu Füßen, die blauen Berge als Nachbarn. Die Kirche hat der Bischof Heinrich (1000) gegründet, Papst Gregor X. (1275) geweiht. Auch im Innern ist's ein Heiligthum alter andächtiger Kunst. Das runde Riesenfenster im Chor, mit Bibelgemälden, heißt la Rose — sie ist ganz mystischschön diese Rose voll brennender Wunderfarbe. Unter ihr das Denkmal von Papst Felix V. gleicht einem rohen Blocke. Unübertrefflich das Laubwerk an den Chorstühlen geschnitzt. Ringsum im obern Theil der Kirche sieht man Grabstätten. Das Denkmal der Gattin des Gesandten Stratford Canning, aus weißem Carraramarmor (1817), nicht von Canova, sondern von Bartolini aus Florenz; ein Täfelchen am Gitter besagt's, denn der Bildhauer erfuhr den schmeichelhaften Irrthum. Der Bischof Heinrich auf einen Stein am Boden ausgehauen, in Lebensgröße, den Krummstab in der Hand. Auch der Ritter Othon de Grandson ausgestreckt auf seinem Grabe. Er liebte rein und treu die Dame von Estavayer, deren Schloß, gegenüber von Othon's Väterburg sich im Neuenburgersee spiegelt. Als der Gemahl vom Kreuzzuge heimkehrt, dringen falsche Anklagen zu seinen Ohren. Ein Zweikampf wird als Gottesurtheil anberaumt. Othen unterliegt. Man verdammt ihn, haut ihm beide Hände ab. So ist er auch dargestellt. Noch weiter oben als der Dom, sieht das Schloß herunter, dessen Bau im dreizehnten Jahrhundert begonnen ward.

In den finstern engen Gassen geht es jäh bergauf, bergab. Viele blanke Läden, lebhaftes Treiben; mitunter großstädtische Elemente. In süßer Liebe ruht die Zauberflut, umfangen vom Gebirge. Die ernsten Felsenstirnen glühten zärtlich im Abendglanze. Ein Mädchen mit schwarzseidener Haube, das ein Kind auf dem Arme hielt, fragte ich nach einem der Granithäupter: — „le Montblanc!“ und nach welchem Berge ich fragen mochte — es war immer der Montblanc. Ich ließ mich von ihr in die Vorstadt Estraz hinunter führen. Vergebens suchte ich bei der Campagne Villamont — ein rosa Haus mit grünen Läden — das einfache Denkmal, welches der Banquier Haller seinem berühmten Vater setzen ließ, bis mich ein Paar höfliche Kinder zu den Weinbergen hinaufführten. In Villamont nahm Napoleon auf seinem Wege nach Marengo ein Mittagmahl. Haller war sein Geschäftsmann. Der große Haller hieß, weil er sehr lang war, schon auf der Universität so, bis er auch wegen seinem Geiste „le grand Haller“ wurde. Ein Enkel von ihm lebt noch. Villamont gehört jezt der Familie Blonay, und war früher im Besitze der Königin von Schweden. Nahe dabei blinkt das Belvedere von Monrepos hoffährtig aus den Bäumen. Hier wohnte Haller bei Voltaire einer Vorstellung der Zaire bei, worin Lezterer selbst eine Rolle übernommen. Man fragte den gelehrten Berner über die Tragödie: C'est la premiére fois que j'ai vû donner un rendez-vous pour se faire bâptiser,“ sagte er. Man hinterbrachte es dem Hausherrn: „il est heureux pour moi,“ meinte dieser, que ce malin suisse n'ait pas tenu ce propos au parterre de la comédie francaise, car ma Zaire était — perdue.“ Es ist am Lemanufer Vieles Vergangenheit. Graues Alterthum lebt wie eine Dichtung wieder schöner auf im jungen Grün, das aus Ruinen erblüht. Aber neue Vergangenheit mit Staub und Spinnweben, die ist wirklich, und zwar so nüchtern als möglich todt.

Den 11. Juli. Abends.
La Cordonne.

An der Straße nach Genf birgt sich eine gothische Waldkapelle im helldunkeln Park, die Villa Fraid-Aige (frisch-Wasser im Patois), von einem geistvollem Einsiedler, einem holländischen Grafen nach eigenen Grundrissen gebaut. Das Fischerdörfchen St. Prer ruht auf einer Erdspitze im See. Die Römermauern und das braune Kirchlein zeichnen sich auf den Hintergrund von blauen Alpen. Wie ein Scottisches Schloß sieht Allaman aus dem Walde. La Cordonne, eine griechische Rotunda mit Säulen winkt vom Uferhügel. Die Schwester des Besitzers führte uns — ich glaubte an italienische Ruinen zu kommen — zu der angrenzenden Wollenspinnerei. Mir war's wohl als ich wieder von den stöhnenden Maschinen weg kam, und hinaufsteigen durfte im Park, wo durch junges Gehölz die kleine rieselnde Cordonne dem Leman zuhüpft. Oben von der Bank, die ein Kirschbaum beschattet, sahen wir auf die nachbarliche, rebenbedeckte Côte — ein Jurahang, der von Aubonne bis Prangins geht und den besten Wein trägt, den Côte-Wein. Zwei Dörfchen lagen nahe: Bougi und Fechy, lezteres gar traulich an das Rebengelände geschmiegt, mit seinem Kirchlein grünumrankt — ein Friedensbildchen. Auch Aubonne schaute mit dunkelm Thurme her. Der holländische Graf baute 1805—10 die Cordonne, in jener Zeit, wo Napoleon den Scepter der Geschicke zu führen schien. Es schwebte ein Geheimniß über der Bestimmung dieser Villa. Noch jezt wird ein stilles Gemach mit sanften Fresken, Landschaften Neapels darstellend, das Zimmer der Großherzogin von Hessen genannt. Im Salon sind gute Stuccaturarbeiten von einem welschen Meister, Alberti. Durch die offnen Thüren sieht man vorne zwischen Statuen und Säulen die Flut, das verschleierte Gebirg; rückwärts auf den schattigen Brunnen: in kühler Nische plätschern Silberfäden; weißer Jasmin deckt die hohe Mauer, Hortensien prangen oben in Vasen und darüber auf dem Rasen wölben breitästige Linden flüsternd ihr goldgrünes Laub. Was für Elfengedichte in diesem Blütenhauche?!

Ich schreibe vor der Rotunda. Auf der Wiese zeichnet die Künstlerin. Neben mir sizt die feingestaltete Amazone im braunen Kleide mit schwarzem Sammet; der grüne Schleier wallt vom runden Hute um das sanfte Gesicht. Sie wiegt die Gerte in der Hand; zu ihren Füßen ruht der Pintscher. Am Fenster des Cabinets, als Gegenstück zum Hellenenthum, ein niederländisch Bild: der holländische Handelsherr rechnet mit seinen Arbeitern. Im Busche keift der Hofhund. Ehemals stand nur eine Mühle hier. Durch Zweige glänzt das Wasser. Von hohen Pappeln eingerahmt, an der Savoyerküste blinkt Thonon. Auf beiden Seiten der Villa breitet die Akazia Parasol ihr Gezelt aus. Links das Gewächshaus mit Aloen auf dem Plattdache. Als

Wächter davor ein Granatbaum mit glänzendem Laube, voll brennender Blüten. Ringsum amaranthblättriger Oleander und weiter her eine schwarze Fichte, an welche sich die Silberpappel (saule d'argent) liebebebend schmiegt. Der See, die Alpen scheinen schlafdurstig und meine Linden streuen Wunderdüfte in den Traum hinein. Der Abend ist müd vor Sehnsucht.

Den 12. Juli.

Durch einen kühlen Fichtengang fuhren wir bei der Kapelle Fraid-Aige an. Unter der Pforte empfing uns mit ritterlicher Galanterie der Burgherr; ein klassischer Kopf, schöne Augen, die so scharf fixiren als wollten sie durch und durch sehen. Er scheint kaum 60 Jahre zu zählen, ist bieder wie ein Eremit, fein wie ein Weltmann. Eine angenehme Vornehmheit, die sich nicht blos auf Formen gründet. Zuweilen fließen auch kriegerische Elemente ein. Modische Diener rißen die Spitzthüren auf. Im gothischen Salon erwarteten uns die Damen in eleganter Toilette. Die entsagende Trauer in den Zügen der Hausfrau spricht an mein Herz; diese Augen will ich nie vergessen: es ist ein trüber Tag, an dem im Verborgenen Nachtigallen schlagen. Sie hat geliebte Kinder verloren. Ihre Nichte, eine anmuthige Erscheinung, ist die Witwe eines deutschen Ministers. Die Freundin, eine kleine, schwarze, lebhafte Pariserin voll Verstand und Talent, war Erzieherin im Hause der Herzogin von Berry, erlebte am Hofe die Julicatastrophe und begleitete ihn nach Cherbourg, Schottland und Prag.

Durch die hohen Fenster und die offnen Glasthüren des Balkons schimmerte der See. Karoline sezte sich an die kleine Orgel im Erker. Andächtige Klänge verschwebten in der hohen Wölbung. Da wirbelte plötzlich ein Straußwalzer auf. Wahnsinnig geberdete sich die mißhandelte Orgel; der Graf wandte sich zürnend nach ihr. Als ich die gothische Kapelle zum erstenmale von Außen sah, däuchte es mir unrecht, diese erhabene, heiliger Innenwelt entsproßene Gestaltung, den ernsten Seelenausdruck, zur Spielerei herabzuwürdigen, zum Alltagleben. Bald erlag ich aber, als ich erst in der Villa war, dem romantischen Einfluße. Wie die Seele sich der Umgebung mittheilt, so hat auch diese eine Rückwirkung. Geist wird immer den Geist electrisch berühren. Und so könnte denn geistige Scenerie in unsere Wesenheit dringen, sie erheben und tragen? So versteht auch — man erkennt es leicht — unser Wirth den Kultus der Form und huldigt in ihr nur dem Gedanken, den sie verkörpert.

Die Waldglocke tönte. Der Speisesaal mit seinem Gitterwerk hat etwas Klösterliches. Wie in einem Refectorium nehmen Diener die Schüsseln in Empfang, welche unsichtbare Hände hinreichen, wodurch das Serviren so stille geschieht, wie von Geisterhand in einem Feenschloße. Der Graf, welcher in der Marine diente und auf langer diplomatischer Laufbahn Länder, Städte und Höfe genügend kennen lernte, belebte vielfältig das Tischgespräch. Nach der Tafel ging man in den Garten, mit dem der Leman plätschernd kos'te. Da steht es, das graugrüne Kirchlein, mit seinen Ogiven, Thürmen, Söllern und Altanen zwischen flüsterndem Gezweige. Ueber dem Hauptbalkon das roth und weiße Zelt. Auf dem

Dache der geknickte Anker. Unten im Grottenbaue, auf welchem die Villa sich erhebt, die Einsiedlei: Studirkabinet, Schreibzimmer 2c. 2c. Hier lebt der liebenswürdige Sonderling, unter seinen Büchern, sieht, wenn die Gräfin fern, wochenweise keinen Menschen, nur den See, die Alpen; den alten Thurm von St. Prer auf der Landzunge; die Brigg, welche sich im Vorgrunde schaukelt und mit welcher der Eremit tagelang auf dem See umher manoeuvrirt. Vom Gewimmel, vom Glanze des Weltlebens, wird der Mensch übersättigt, vom Naturweben nie. Auf der äußersten Linie der Verfeinerung und Ueppigkeit bleibt ihm nichts mehr, als überzuspringen zu kindlicher Einfalt, zum Frieden des Weisen.

Gegenüber am Savoyergestade schimmerte Evian, dann Thonon, und auf der Höhe das weiße Schloß Allinges. „Es gehörte einem alten Geschlechte, das kürzlich in seinem lezten Sprossen erlosch," berichtete der Eremit. Triton, sein zottiger Newfoundländer mit der Floßenpfote, sprang auf den Gebieter zu. „Hier standen früher nur drei Bäume," sagte dieser, vergnügt umhersehend. „Alles war Moor. Mit Wasser und Wärme will ich auch einen Stein fruchtbar machen." — Was nicht im Freien überwintert, mag der Graf nicht. „Was sich nicht durchhelfen kann, soll erfrieren," sagt er, und ich finde es hübsch, daß er der Natur keinen Zwang anthut, nur freiwillige Gaben von ihr erbittet. Sogar Feigenbäume breiten da ihre fächerartigen Blätter aus. Viele Gewächse, die oben an der Straße nicht gedeihen würden, kommen unten am See fort. Er gibt im Winter Wärme, theilt die Glut wieder aus, die er im Sommer eingesogen.

Nun zu den Wirthschaftsgebäuden. Der Eremit hat

einen „Heuberg" (mit beweglichem Dache), wie man es in Holland heißt, eingerichtet. Dort nisten, besonders auf diesen Heubergen, unzählige Störche, die dem Holländer heilig sind; Keiner würde ein solches Thier tödten. Am Leman ist es nicht heimisch. Vor mehreren Jahren flog ein großer Zug von Störchen hoch über den See. Als sie in die Nähe des einsiedlerischen Heubergs kamen, nährten sich einige aus der Schaar, umkreis'ten, beschauten ihn und sezten dann erst ihre Reise fort.

Wenn der Graf ein neues Haus bauen und bewohnen sollte, was ich nicht verschwören möchte, denn ein energischer Geist gefällt sich mehr im Schaffen als im Genießen — so müßte jenes im Styl der Renaissance sein. Dann hätte der Ermit die Kunstgeschichte praktisch durchlebt. Von der immer heitern Wellenlinie griechischer Schönheit ermüdet, hat er sich in die Gedankenstrenge und das ahnungsvolle Aufstreben christlicher Formen geflüchtet, wie die schärfsten Gegensätze dem Menschen oft Bedürfniß sind und sich einander bedingen. Ein Lohnbediente führte einst Fremde an die Waldklause und sagte: „à la Cordonne vous avez tout vû rond, ici tout est pointu, et c'est le même fou qui a bâti ça." Der Klausner hörte es, im Gebüsche versteckt, und erzählte es uns lachend.

Den 13. Juli. Abends.

Der See schäumt gegen den Hafen von Morges. Auf den Fahrzeugen Thätigkeit; ringsum drängen sich Schiffleute mit Strohhüten. Unter den Baumkuppeln

6*

Netze ausgespannt. Die schwarzen Gebirgskanten versilbert frischgefallener Schnee. Auf dem Montblanc bis in den See hinein wölbt sich die farbenglänzende Brücke, das Liebesband zwischen Flut und Himmel. Dunkelgraues Gewitter senkt sich herab, die Alpen deckend. Davor der See ganz grün, endlos tobend, wie das Meer. Mit Liebesschauern seh ich die Wogen an mich herkommen und wähne freudebrausende Seemänner und Weiber weit weit im See auftanzen zu sehen, wo die Wellen blitzen. Stundenlang möchte ich hineinschauen und horchen dem gewaltigen Liede, denn nimmer müde werde ich der Naturlaute in ihrer unergründlichen Eintönigkeit. Bangt mein Herz den Tag über in Sehnsucht, wenn ich dann zur Natur komme — O wie ich alle erseufzte Liebe, ferne oder verlorene, wieder finde! Alles ist da vor meiner Seele, urerschaffen, Liebe und Glück und Schmerz, und der Schmerz schwimmt im Glück über. Aber eine mächtige Natur muß es sein, in die mein Wesen versinken will, die mich an ihr Riesenherz drückt, um mein Schreien zu beschwichtigen. In den Alpen da liegt solch' ein Zauber. Bei ihnen nur fühl' ich, daß ich ewig lebe, daß der Geist nie altert, daß ich ewig liebe. Sie gehören zu mir, ich gehöre auch hinein in das Weltgedicht, mit jedem Pulsschlage — und jeder Tropfen Blut wallt für dich, allumfassende Schönheit. Meine Braut! Meine lebenslange Sehnsucht! Begreifen soll ich, daß ich in dir Alles wieder habe. Ueberall leuchtet der Himmel über der Erde, überall grünen Bäume und Blumen — und nur wir arme Menschen können uns nicht wegheben mit unserm Sehnen über Trennung und Ferne? Warum fehlt uns Glaubensschwachen Begeisterung und Kraft zu einem Herzensbanne:

immer in Liebe zu besitzen Gott und die Gottgesandten? Mit starkem Muthe will ich tragen, mich freudig gedulden — in Freuden lieben, nie entsagen im Herzen. Ja, ich will jung bleiben, jung sein — das jauchze ich euch jezt zu, ihr Alpgipfel, dir, du donnernder See! Ich will Freude, will Liebe hegen in meiner Brust. Ich will nicht im Staube keuchen, will fliegen, fliegen mit Glaubensfittigen hoch in den Aether zum Sonnenfeuer.

Den 14. Juli.

— Darin besteht der Unterschied: daß Liebe auf Erden Schmerz ist, im Himmel Freude.

— Jeder Gedankenkeim drängt in die Knospe. Aller Geist ringt nach Form. Darum ist uns in der Natur so wohl, weil wir unter lauter Gottesgedanken umhergehen. Darum ist Alles Poesie, was reine ursprüngliche Natur.

— Alles Unglück kommt daher, daß Jeder das Glück anders versteht.

— Mir ahnet, daß wenn Freude und Jugend vorüber sind, man im Schmerze noch eine Jugend erleben kann.

— In der Region des Wahren begegnen sich das Gute und das Schöne. Darum ist die echtbegeisterte Kunst nicht nur Gottesdienst, sondern auch rein christlich: in der höchsten Kunst muß immer Wahrheit sein.

Den 16. Juli. Morgens.

Wie kleine Kristallberge wälzen sich die Wellen bis an meine Füße. Lustig Wetter heute für die Meerfeien!

aber eine tolle ausgelassene Lust, Humor, das Vergnügen der Verzweiflung. Die Bise wühlt den See durcheinander. Die Wogen und der Sturm, welcher die hohen Pappeln sausend beugt, suchen einander zu übertosen. Dazu ist der Himmel ganz blau; die Sonne trifft mit Demantpfeilen; Regenwolken sind gewaltsam hinter die schneeglänzenden Berge zurückgedrängt. Die smaragdgrüne Flut mit Juwelen übersäet. Hineinstürzen möchte man sich in den jubelnden Wellenreigen. Mir ist wohl! Heute sind einmal die Naturgeister Herr, auch hier an der feinen glatten Küste. Wie weiße Seepferde springen die Wellen auf. Zauberhaftes Silbergewimmel tief hinein — lauter riesige Delphine. Da schießt plötzlich aus dem Hafen, wie ein Ungeheuer, ein Wallfisch, das Dampfboot Leman. Seine Maste und Seile zeichnen sich scharf auf den Savoyeralpen, gleich einem Netze darüber geworfen. Die Wellen umhüpfen das Schiff — man weiß nicht ob dienend, ob spottend, und schütteln es derb, die Wasserkobolde; jezt ist es schon weit weit — und fliegt dem lichten Salève zu, den Genferufern, die im röthlichen Dufte ruhen. Einzelne schwarze Vöglein kreisen ängstlich über dem Wasser. Die Bise ist spitz und scharf, der See aber seufzt ganz warm auf. Wie die Wellen so zu mir herkommen, ist's, als wollten sie mir den Nacken bieten, mich hineinzutragen in die wundersam verschlungenen Rhoneberge.

Dieser See, ist er nicht wie falsche hinreißende Liebe? So schön und übermüthig, so unwiderstehlich und verderbend! Gefährlicher Zauberer! Du öffnest uns die Arme, verlockend Lächeln auf deinem Angesichte, ziehst uns hin — an deinem Herzen ist tausendfaches Sterben.

Wie silberblau jezt plötzlich —: der gelogene Himmel voll Untiefen! Und doch möchte man in deinem Anschauen, treuloses Lieb, mehr als Ein Leben verträumen!

Abends.

Die Bise macht mich krank: Kopfweh, Fieber, Schwindel. Man wird zornig, möchte weinen — kurz sie schadet auch der Liebenswürdigkeit. Draußen muß man mit dem Sturmwinde rasen. Zu Hause schläft man vor Betäubung ein. Fast Niemand geht aus, auch wenn der Orkan, wie öfters im Winter, drei Wochen währt. Dann ist's die Bise noire — Alles grau und schwarz. Ein Britte behauptete, daß sie alle Geißeln der Erde vergegenwärtige. Sie ist der Fluch dieses Paradieses, fegt uns aber doch das Wetter rein.

Ich stehe unten an den Weiden, wo die Wellen sich in langen Zügen am Gestade brechen. Das Abendgebet der Alpen: die ganze Schöpfung hingeschmolzen im Feuer göttlicher Andacht! Auf dem Dent d'Oche zwischen weißschimmernden Schneefeldern und Purpurauen, auch einige scharf lichtblaue Flecke. Ich habe solche Lichtströme nie gesehen. Alles Rosenschein. Der See tobt sonnenverlassen zu den vergoldeten Ufern hinan, begeifert sie hie und da mit schwarzen Zornwellen. Der Montblanc in seiner Himmeleinsamkeit, schweigend dem Aether zugewendet, wie ein Genius, der allein auf der Erde ist, dem sie zu klein.

Signal de Bougi den 15. Juli.

Wir fuhren über die sausende Aubonne. Die Burg im alten Alpona *) blickt fast morgenländisch aus den Reben. Hinter dem Städtchen bogen wir in das fruchtbare Jurathal. Nur der lezte steilere Theil des Bergrückens ward zu Fuße erstiegen. Gleich einer ungeheuren Landkarte entrollen sich Alpen, Wasser und Gestade von einem Seeende zum Andern. Zu unsern Füßen Rolle **). Ich schaue auf das allseitig ausgebreitete Treiben der Menschen nieder. Ueberall haben sie sich da unten im Grünen Nestchen gebaut. Die Küste ist wie Mosaik: Wiesen, gelbe Kornfelder und graue Steinhaufen. Auch auf der savoyischen Seegrenze lagern Ortschaften, zahlreich wie weidende Herden. Ein kleines weißes Segel glänzt so verloren und doch so rührend hoffnungsvoll auf der Wasserwüste. Die Alpen vom Chabelais, von Faucigny und Wallis. Anfangs kommen Schichten von Wäldern und Granit, dann leichte Wolkenzüge, und auf den lezten Stufen, aus den Nebeln hoch und frei hinein in den warmdurchhauchten Aether, starrende Eisspitzen. Wie Geheimnisse, tauchen neue, entferntere Häupter empor. Weithin gegen Genf schmiegen sich heiße Dünste zärtlich um Gebirg und Auen. Der Jura wellenförmig gegen den See abgedacht, kleidet sich violet. Dort rauscht's, wie mit Geisterfittigen — räthselhafte Windzüge durch das unsichtbare, von Fichtenbäumchen verdeckte Thal, während an meiner Bank

*) Aubonne.

**) Die Barone de la Mont gründeten das Städtchen Rolle 1261.

nur die Grashalme schwanken. Hier oben ist doch auch etwas verwahrlos't Gestrüppe; ein Finke pfeift nach Herzenslust und die Grillen und Heimchen zirpen recht ungestört. Zwischendurch rufen die Uhren in den Städten und Dörfern ein tiefklingendes Wort. Du hellglänzendes kleines Segel — gerade unter dem Montblanc — nur zu! nur zu! sieht man auch kaum, daß du weiter gleitest. Dort — und dort, schwimmt noch eins! Ihr seid so fern, so einsam in dem blauen Ocean, ihr stummen sehnsüchtigen Schiffchen! Jedes für sich pilgert durch die Wellen. Die Sonne sinkt tiefer zum Jura. Abendruhe kommt über die Gefilde, die Berge aber steigen auf, wie edle Vorsätze und begeisterte Thaten. Am Montblanc erhebt sich meine Seele und sammelt sich wieder, bedrängt von zu viel Schönheit. Wie eine Stufe zum Himmel ist er — seine reine Größe hat weniger irdischen Reiz und Leidenschaft; er ist über so viel hinaus, hat so viel überwunden. In den Alpen ist aufjauchzende Liebe in Schmerz und Lust — im Jura schöne stille Freundschaft.

Ein kleines Mädchen mit schwarzer Seidenkappe bettelt für ihren Katechismus. Der Pintscher leckt ihre nackten Füßchen und hoch über ihrem Kopfe schwirren wilde Tauben Das Rauschen am Jura ist wie leise Erinnerungen, wie Gedanken und Reden von Entfernten, jezt verhallend im Flüstern. Gegen Genf wallen blaue Nebel auf. See und Alpen wickeln sich in Schattenflöre. Die kornblauen Juraspitzen la Dôle, le Mont tendre, le Châtel, zeichnen sich scharf. Auf dem Gipfel der Dôle ist ein Rasenplatz, von wo man den ganzen Leman überschaut; hier werden an den zwei ersten Augustsonntagen Hirtenfeste gehalten. Der Sage nach, kam vor mehr als zwei Jahrhunderten eine Hochzeit vom nahen Dorfe zu der Feier. Die Braut that einen Fehlschritt auf der Felsenkante, der Gatte wollte sie halten und stürzte mit ihr rettungslos in den Abgrund. Noch meint das Volk ihr vereintes Blut in röthlichen Flecken an der Klippe zu erkennen.

Den 17. Juli. Auf dem Dampfschiffe Leman.

Auf dem Jura liegt Schnee. Der See ist azurblau. Das Schiff kommt mir vor wie eine große fliegende Mühle. Fraid-Aige, St. Prex, La Cordonne schwimmen vorüber. L'Aigle mit seinem riesigen gemalten Adler rauscht an uns vorbei. Le Signal de Bougi; das Dorf Perroi. Ein Fahrzeug mit zwei Segeln. Das heitere Rolle. Eine Blumenwiese steigt auf aus dem Wasser. Diese mit vielen Kosten angelegte Insel wurde als Denkmal für den General La Harpe aus den Wellen gezaubert, der unter Napoleons Befehlen ruhmvoll in Italien diente. Hier ist der Leman am breitesten. Die Savoyerberge voll krausem Gewölk, treten verdrießlich zurück vor dem farbiggeputzten Schweizerufer. Um die Campagne Choisy drängen sich kleine graciöse Landhäuser, so bunt und frisch wie ein Blumenbeet, mir aber halb versteckt durch den seidengestickten Schirm einer eleganten Dame. Fischernachen, die ihre Netze auswerfen. Mit jungem Grün neigt sich der Wald von Prangins, in welchem Bonstetten und Matthison zusammen den Oberon lasen, zu den Wogen.

Zwischen großen Bäumen sieht das graue Schloß Prangins, hinter dem sich höher und waldiger der Jura erhebt, ernst herunter. Hier wohnte Voltaire mit seiner Nichte *). Ein stattlich Schiff mit aufgerollten Segeln, einen Kahn nachschleifend. Zwei Männer in blauen Blousen rudern am lachenden Ufer. Ein reisender Ingenieur, der von allen Monarchen Aufträge hat, Alles weiß, Alles gesehen hat, breitet Zeichnungen, Gedichte und Journalartikel vor mir aus. In den ersten fünf Minuten, in Einem Athemzuge erfährt man alle seine Thaten, Verdienste und Talente. Ein vielgereis'ter, bejahrter Lausanner scheint Mitleid für mich zu fühlen und mich der Kunstausstellung entziehen zu wollen. Es ist vorzugsweise viel Beweglichkeit in den französischen Schweizern, welche die Fremde sahen, gemüthliche Grazie. Das landvogtliche Schloß von Nyon, mit vier Spitzthürmen und seiner Warte, erhebt sich im Blätterkranze. Hier haus'ten Bonstetten, und als Gäste Matthison und Friederike Brunn. Nyon hat aber auch seinen eingebornen Dichter, Flechère**); er widmete sich frühzeitig in England dem geistlichen Stande. Sein christliches Gedicht, „la louange", hat 10 Gesänge, ein anderes, „la grace et la nature", vierundzwanzig. (!) Hinter dem Städtchen liegt die Stammburg Gingins. Dort fand 1535 eine Schlacht statt, in welcher 400 Berner 3000 Savoyarden erschlugen. In den Reihen focht eine Neuenburgerin an der Seite ihres Gatten, sank erst, als sie

*) 1754. Joseph Bonaparte kaufte das Schloß 1816. Im März 1841 ward es für die Königin Christine von Spanien gemiethet.

**) Aus einer alten Familie, gest. 1785 im 55sten Jahre.

vier Gegner getödet hatte, und wird noch heute in ihrer Heimat Virago (starkes Weib) genannt.

Coppet *)! Vergangenheit erwacht: die Baumgänge, die Gemächer, füllen sich mit bekannten Gestalten. Ueberall seh ich Corinna, deren Lorbeern unserer kleinen Bettina so viel zu schaffen machten. Verlorene Klänge ziehen durch die Räume. Um grüne Tischrunde reihen sich edle Freunde, eifrig knistern die Federn auf glattem Papiere, ein stummes Gespräch voll sprühender Ideen, ein Freundschaftsfeuerwerk: „la petite poste" — unsichtbares tête à tête in zahlreicher Gesellschaft. Einer besonders, ein herzliebes Bild! Einer, der deutsche Innigkeit und Treue in französische alte Chevalerie verschmolz, ein tiefes Gemüth, ein echter Ritter und Sänger, der mir hier wie Heimatgruß erscheint. Der deutsche Chamisso! Er folgte „der hohen Herrin" auf ihr Schloß, ließ sich von ihr über Eleganz und gegen das Rauchen predigen, beutete die Alpenflora aus und lernte im blauen Leman schwimmen. Ich höre jenen gern die Freundin zeichnen. Er findet in ihr Glut des Südens, Ernst der Deutschen, Form der Franzosen, verbunden. Sie ist vornehm, eine Person der Tragödie, sagt er von ihr, Kronen muß sie empfangen, schenken, oder auch wegwerfen. Sie ist für Freiheit und Ritterthum gleich begeistert, hat Geradheit und Enthusiasmus, faßt alle Ideen mit dem Herzen an, ist leidenschaftlich und stürmisch, lebt nur in Tönen: Musik muß um sie sein, wenn sie schreibt — und sie schreibt auch im Grunde nur Musik.

Das Dasein großer Menschen gewinnt für uns an

*) Das Schloß brannte 1536 ab, und wurde im vergangenen Jahrhundert aufgebaut. Die Anlagen pflanzten die Grafen von Dohna.

den Stätten, wo sie weilten, eigenthümliche Frische und Wirklichkeit. Ob das Bewußtsein geistiger Gegenwart erhöht wird? Wird uns das Leben der Gefeierten dadurch positiver, so wird es auch ihr Tod: sie sind nicht mehr da, sind gegangen. Und selbst die Umgebungen scheinen zu trauern, wohl je mehr ihnen geistige Ausstrahlungen vererbt. An solchen Orten sehen mich Blumen und Bäume so klagend an; vielleicht weil sie unverstanden, unerlös't verlassen wurden. Wir schiffen dicht unter dem Schlosse vorbei, das Pappeln und dunkle Fichten umschatten und dessen große Fenster mit grünen Läden geschlossen. Welche Electricität strömte von da aus! Und nun Alles verrauscht. Da schlafen sie stumm und fest in ihrer kühlen Gruft beisammen. Nun ist Ruhe nach so viel Bewegung. Alles kommt einmal zu Ruhe. Die Witwe des jungen Staël wohnt in Coppet.

Der See verengt sich. Gegen Vevay ersterben die Berge im Dufte. Eine neue Welt von Felsenhörnern und Eiszacken in der Richtung von Wallis. Malerisch abgestuft erhebt sich Savoyens Ufer bis zum Montblanc; in erdrückender Pracht steht er da. Der Molé. Die Voirons und dazu der lachende Vordergrund. Hier ruht Cologny am Rebengelände, schimmert von einer Weinterrasse die Villa Diotati, von Milton's Freund erbaut, wo Byron den Sommer 1816 verlebte. Sie gehört einer ursprünglich italienischen Familie in Genf; drei Fenster in einer Reihe, grüne geschlossene Jalousien. Hinter dem zarten Rebengrün glänzen die weißen Schneegipfel. Schwere Wolken ballen sich um den Montblanc. Der steile Felsenwall, der Salève, thürmt sich uns entgegen. Dann flacht sich das Land gegen den Jura ab. Rechts eine Pappelreihe und auf einem Weinhügel ganz schlicht und lieb Genthod der Herd des Patriarchen Bonnet, der unter seine Schüler Johann Müller, Bonstetten und Saussure zählte. Dichtgeschaart entsteigt Genf, das eine geistige Weltstadt geworden ist, der himmelklaren Flut. Wie viele Strahlen trafen von jeher in dem kleinen Brennpunkte zusammen! Und dann, was für Schätze von Wissenschaft, Geduld und Fleiß häufen sich hier! Schon darum mag man Genf als europäisch betrachten, weil sich hier der Geist mehrerer Völker verarbeitet zu einem Gesammtbilde. Eine Art von intellectuellem Schmelzofen. Es fließen zunächst französische und italienische Elemente in einander, aber auch deutscher Geist und englische Sitte: Alles strömt in einen gemeinsamen Bildungsherd. Männer gingen aus Genf hervor, welche der Welt geistige Gesetze gaben. Die Frauen sind ernster, häuslicher als in Frankreich, und durch gediegenen Unterricht zur Erziehung befähigt, darin das moralische und geistige Uebergewicht des Genfervolks begründend.

Genf.

Frankreichs erster Bildhauer ist auch ein Genfer. Wir wallfahrten zu Pradier's Meisterwerk. Auf dem kleinen Kettenwege, welcher die Rousseauinsel mit der Rhonebrücke verbindet, begegnen uns zwei junge Männer, die ihre Strohhüte noch einmal zurückschwenken nach der Broncestatue. Da sitzt Jean Jacques unter luftigem Blätterzelte, das Buch auf dem Knie, den Griffel in der Hand. Sprechend und edel der Ausdruck des gesenkten Kopfes. Wie viel Lieb und Leid, was für tiefe Gedanken glühen unter den buschigen Braunen. Das weichste Gefühl spielt um den Mund. Du Märtyrer der Menschheit! Deine Träume, deine Ideale sind die unsern, deine Wunden brennen in unserer Brust, und du hast deine Prophetenstimme den armen verirrten Fremdlingen geliehen, die sich aus der Wüste an das freie warme Mutterherz der Natur heimsehnen. Wie ein Freund blickt die Statue auf mich herunter. Mir ist als möchte ich ihm Alles vertrauen. Ihm hilft aber jezt all unsere Liebe nicht mehr! Schwalben umkreisen ihn; zu seinen Füßen spielen Kinder. Selbst das „je le dirai à Mama“ der Bonne, tönt unter seinen Augen bedeutsam. Besternte Herren mit Ordensbändern warten ihm auf. Auf die Bank sezt sich eine müde Bäuerin: Allen gehört er.

Das Glockenspiel auf dem Dom leiert Rousseaus Compositionen. Wir fragten uns nach der Straße Rousseau durch: schlechtes Pflaster; immer bergauf; das vorlezte Haus links; zwischen Kaffee- und Kaufmannsschilden die Schrift: „ici est né J. J. Rousseau le 28. Juin 1712, restauré en 1827.“ Das Gebäude war nur halb so breit — man hat es ganz eingerissen und wieder neugebaut!

Das Hôtel des Bergues, nahe der Rousseauinsel, an welcher der invalide Winkelried vor Anker liegt, ist ein Riese und hat seinen Namen von einem Deutschen: Berger, der im 16. Jahrhundert die unlängst abgerissene Mühle in der Rhone baute. Es fiel Theuerung ein. Er ließ Getreide aus seiner Heimat Baiern kommen und rettete dadurch die Stadt vor Hungersnoth. Genf gestattete ihm, sich selbst den Lohn zu wählen. Er bat, noch zwei Mühlen errichten zu dürfen, und zog nachmals mit seinem erworbenen Reichthume nach Lyon. Das Waschhaus, welches zum Gasthofe gehört, erhebt sich wie ein Schiff in der Rhone. Jede Wäscherin hat ihr Fensterluckchen und ihr Brettchen davor, und so stand nun gleich einem Regimente in Reih und Glied das formidable Corps mit Dormeusen, und klopfte wie wahnsinnig das Linnen.

Genf hat eine großstädtische Physiognomie. Vorne am See herrscht elegantes, in der Altstadt industrielles Leben. Die Damen waren gar nicht wieder wegzubringen aus den Bijouteriegewölben der stattlichen Straße La Coratterie, welche Empfangsälen gleichen. Man verarbeitet hier nur reines feines Gold und zwar verhältnißmäßig sehr billig. Die Uhrmacherwerkstätten, welche wegen der Helle alle unter dem Dache sind, heißen cabinet d'horlogerie. Saussure's schönes Haus mit einer Terrasse, ziert die Coratterie. Die Pädagogin Madame Necker Saussure ist schon Großmutter. Den edlen Sismondi vermuthete ich auf seiner Campagne Chênes, hörte aber, daß er mit der Gattin nach England geschifft. Sie ist eine Schwester von Makintosh, der im Verein mit Wilberforce 20 Jahre im brittischen Parlamente zur Befreiung der Sklaven wirkte. Sismondi hat, seit er am Gehör leidet, seinen Salon geschlossen, sieht nur wenige Freunde. Seine Frau macht den Dolmetscher, die Vermittlerin zwischen ihm und der Welt. Mit einem Seufzer warf ich den Brief an ihn in die Postlade — ich hätte darum nicht hundert Stunden weit zu kommen brauchen.

In der Vorstadt Montbrillant wohnt der Verfasser des Mädchens von Ithaka. Der vielseitige Mann empfing mich freundlich und führte mich auf die Höhe St. Jean, welche Napoleon befestigen wollte. Nachdem die Capitulation abgeschlossen war, durch welche die freie Republik Genf Frankreich einverleibt, verfügten sich die Schultheißen feierlich nach dem Riesenkäfig an der Rhone, worin gleich den Bernerbären, die Adler (Stadt und Landwappen) ernährt wurden, öffneten ihn und ließen die königlichen Aare frei in die Lüfte fliegen. Die Campagne St. Jean gehört der Familie Constant; die Villa Les Délices ward von Voltaire bewohnt. In Abendpracht lag Genf mit seinen Thürmen da. Wo zu Römerzeit ein Sonnentempel stand, erhebt sich jezt die Peterkirche. Der Inselthurm. Das uralte Kirchlein St. Gervais, die eigentliche Wiege der Reformation. Im obern Stadttheile hat die Aristokratie ihre Palläste; daher die Bezeichnung **gens du haut et gens du bas**. Seit 12 Jahren erfuhr Genf die moderne Umwandlung: der neue Hafen, die vornehmen Häuser ꝛc. ꝛc. Ein ungeheurer Schnitt trennt den großen und den kleinen Salève, aber die Felsbänder schlingen sich gleichförmig um beide. Zwischen jenen erhob der Montblanc sein Haupt in Wolkendecken Am kleinen Salvèe blinkt die Warte von Montier, deren Gebieter einst das Land befreiten und wohin die Felsenstiege **pas d'Echelle** führt. Wir kletterten bis zu einer romantischen Wildniß am Rhoneufer. Die Arve, „das Gletschermädchen," wie mein Begleiter sagte, ergießt sich in die wunderschöne Rhone. Die Arve bleibt weiß, die andere tiefblau; noch lange fluten sie so nebeneinander: „Es ist keine gute Ehe." — Wir sahen dem Strome lange nach in die weichbeleuchtenden Berge von Fort Ecluse. Da zieht sie gen Frankreich, die herrliche blaue Schlange, die sich noch erst durch den Festpokal, den Leman gewunden! der Molé spizte sich blau hinter der Stadt zu. Die weite Landschaft schwamm in Gold.

Auf dem Balkon.

Die französischen und deutschen Kammerfrauen einbegriffen, bilden wir eine weibliche Colonie, die sich in der neuhergestellten Couronne niedergelassen. Ich blicke hinunter auf das Gewimmel am Hafen; vor mir der See, die Schiffe. Ihre Maste ragen ins späte Abendroth. Auf den Voirons und dem fernen Gestade liegt Nebel. Es schlägt 9 Uhr. Ueberall entzünden sich rothe Lichter. Die Laternen am Quai, auf den Campagnen, glänzen im See. Unter meiner Altane wandelt die Menge, wie bei einem Feste. Kein Lüftchen weht. Sterne gehen auf. Es ist ein liebeheißer Abend. Aber da hinaus ins Graue, wo See und Himmel in weiße Nebel zerrinnen, ist viel Sehnsuchtweh. Die duftige Weite gemahnt mich wie ein Gespenst; mir bangt davor, und doch ist's, als läge dort ein Glück — wenn auch ein begrabenes.

Das Tönen, die Stimmen nah und fern, all das Regen und Weben; die Schiffe zu meinen Füßen so erwartungsvoll, verheißend; die Lichter und ihr Spiegeln in den Wellen — Alles ist wie ein lieber Herzenstraum — ein Sommernachttraum. Gern mag ich noch einmal meinen Nachen auf diesen geistigen Fluten schaukeln: — ich habe diesen Südtraum oft geträumt, im Winter am Ofen, oder wenn der Schlitten über den krachenden

Schnee fuhr, durch bereifte Fichten; oder wenn ich im Herbstuebel hinausschaute auf fallende rothe und gelbe Blätter. Jezt seh ich das Bild in Wahrheit auftauchen und ergebe mich an diesen süßen süßen Reiz — ein Gemisch von Genuß und Verlangen. Ich sinke dieser Nacht an die warme Brust. Alle Nächte Italiens klingen und duften um mich, und die Sterne da oben, das sind Liebesaugen. Es ist nicht Frieden wie in einer deutschen Nacht — aber viel Lust und holde Räthsel. Schräg über der Altane schimmert das Siebengestirn, der Wagen, wie über meinem Vaterhause. Es sind überall unsere Sterne, die nämlichen, auf daß kein Erdenspiel uns verwirre. Die Nacht kommt hier als Zauberin, verwischt alle gemeinen Züge, lös't jeden Mißklang. Da wird gar mancher Wunsch entfesselt, aber auch manch Ungestüm beschwichtigt. Das Gesetz der Schönheit waltet.

Von meinem herkulanischgemalten Salon, in welchem die Kerzen aus den Spiegeln, den Vasen und Broncen des Marmorkamins wiederscheinen, trete ich von Neuem hinaus auf den Balkon. Noch immer schwimmen die Lichter im See. Aber jezt — Himmel und Flut und Ufer füllt Nebelglanz — es kommt ein anderer Herr: die armen Lichtlein bleichen vor dem Monde. Aus dem Nebenhause tönt von weiblicher Stimme ein deutsches Lied:

Du hast mich angesehen
Mit warmem Augenlicht,
Geflüstert Liebesflehen,
Was Herz zum Herzen spricht.
In dieser Stunde selig bang,
Ich hör es ach! wohl lebenslang. —
Man stirbt am Glücke nicht!

Da wir uns wiederfanden
Mit kaltem Augenlicht,
So fremd, so ferne standen,
Daß noch das Herz mir bricht:
Hast du dich von mir abgewandt,
Hast meinen Namen nie genannt. —
Man stirbt am Schmerze nicht!

Den 18. Juli. Morgens 6 Uhr.
Villa Diodati.

Ich weiß nicht wie lange nach Mitternacht ich auf der Altane saß und mit der Freundin schwazte, bis endlich ein Paar Fledermäuse, als wollten sie Polizei halten, auf nächtlicher Ronde an uns vorbeijagten, wie an Gespenstern, und uns in's Bett trieben. Der Mond streute Silberflocken durch die Balkonfenster, und heute früh weckte mich die Frühsonne: Glückliche müssen nicht viel schlafen; und in Genf ist man glücklich.

Durch la Porte de Rive ging ich aus der Stadt. Ein nußbrauner Bauer von La Caille machte meinen Cicerone. Ich dachte, die weitläufigen Wälle nähmen kein Ende. Auf der Straße nach Cologny drängten sich viele eselbespannte Wägelchen, die zum Markte fuhren. Fast auf jedem saß ein strickendes Weib. Nachdem ich eine Visitenkarte an die englische Familie abgesandt, welche die Villa bewohnt, erschien der Kammerdiener und führte mich in den Garten. Die Tempelstille fern vom Marktgewühle thut mir wohl. Die Schwelle besonders zieht mich mit einem stillen Reize an. Alte

Kastanien beschatten die Terrasse. Die Fenster sind offen: ein Balkon mit weiß und blauem Zelte läuft um das Haus. Französischer Jasmin umwindet die Säulen. Rechts zeichnet sich eine goldgelbe junge Akazie auf den lichtblauen Aether und die duftige Wasserferne. Die Reben steigen bis zum silbernen See hinab, in welchem sich drüben am Ufer die Campagnen eitel betrachten. Rosig der Jura; glänzend das wellenentstiegene Genf: Jede Spitze seiner Thürme, jede Linie der hohen Häuser und flachen Dächer scharf wie mit Goldstift gezeichnet. Alles badet sich trunken im Frühlichte. Oft schweiften wohl des Dichters Blicke über diese Fernsicht. Hier athmete er magische Melodien aus und ein. Was weht geheimnißvoll durch die Schattengänge? Welch süßes Duften? Wie singen hier die Vögel so seltsam leis und hold? — Es ist ja ein Altar, wo der Genius und die Natur im Flammenkusse verschmolzen, ihr Seufzen ineinander floß, wo sie in einem Traum urewiger Jugend versanken, Seligkeit schöpfend aus Schmerzenstiefen. Die himmlische Vermählung feiert hier noch jeder Abend, noch jeder Morgen. Gewiß! wir sehnen uns nicht allein nach der Natur. Sie neigt sich auch liebeflehend zu uns. Sie dürstet nach uns, wie wir nach ihr, weil wir zu ihr gehören: ihr mächtigster Theil! denn wir tragen in uns, sie aus stummem Banne zu erlösen, die Zauberformel. Keine Liebe ohne Gegenliebe: In aller wahrhaften Liebe begegnet sich Geheimniß tiefinnerer Lebensbedürfnisse. —

Auch zum Landungsplatze stieg ich hinunter, von wo das Segel den Dichter auf leisen Schwingen hinaustrug in die silberblauen Wellen, deren Rauschen, wie sanfte Schwesterstimmen, beschwichtigend in den Orkan dämonischer Leidenschaften klang. Bald sah ich den kleinen Nachen hingleiten beim Morgenscheine über das friedliche Strahlenbild vom Montblanc und Mont Argentière im Flutenauge, bald auf mächtigen Wellen tanzen, versilbert vom Monde; vernahm wie der Wind fernhin trug über die dunkelnden Wasser verhallende Töne eines albanischen Sanges oder eines Tyroler Freiheitsliedes; bald sah ich Lord Byron am Gestade unter einer Gruppe schwarzköpfiger Bauernkinder, deren Spiel er belauscht, und die er mit vollen Händen beschenkt. Der Vampyr verdankt sein Dasein einigen Regentagen, wo die Freunde sich in Diodati mit deutschen Geistergeschichten die Zeit verkürzt. Auch mit Copet ward Gastfreundschaft gepflegt: „Madame war glänzender als je,“ heißt es in einem Briefe, worin Byron den ehrwürdigen Greis Bonstetten schildert, mit welchem Ersterer dort zusammengetroffen. In ihrem Hause fand er Frau von Staël liebenswürdig, in jedem andern unausstehlich. Desto mehr pries er ihre Tochter, die Herzogin von Broglie. Als ihn jene zur Versöhnung mit seiner Gattin ermahnte, antwortete er mit dem Motto zu Delphine: „un homme doit savoir braver l'opinion, une femme s'y soumettre.“ Doch brachte ihn Corinna zu einem milden Briefe an Lady Byron. Ehe ich von Diodati schied, pflückte ich einen Jasminzweig für einen Freund in Schwaben: Hermann Kurtz hat uns in seinem Gefangenen von Chillon u. s. w. den Zauberschmelz der Byrondichtung in aller Ursprünglichkeit musikalisch wiedergegeben. Es ist keine Uebersetzung: ein deutsches Gedicht in fremder Farbenglut.

Carouge an der Arve bildet jezt eine Vorstadt Genfs. Der Weg geht zwischen dem Jura und Salève. Zu St. Julien fahren wir durch eine Reihe sardinischer Schnurrbärte in Savoyen ein. Rechts Fort Ecluse. Der nahe Saleve ist hier weicher geformt. Auf einer Matte das Chalet. Blechbeschlagene Dächer blinken. Eine Gruppe Mähderinnen. Zu Chable die Douane. Die Straße zieht sich um den nachbarlichen Sion. Abbaye des Pommiers ruht zwischen Bäumen an einer Felspartie vom Salève. Ueppiges Grün. Crucifixe hie und da an der Straße. Ueberall lugen Strohdächer vor. Durchblicke nach fernen Hügelreihen und heitern Gefilden. Auf der andern Seite treten energische Alpgestalten überraschend auf. Von umbuschtem Felskegel funkelt ein Kirchlein. Wir trödeln dahin durch das sonnenglühende Land. Wie durch ein Felsportal fährt man in Cruseilles ein. Die Schwalbennester, Haus an Haus, an den Berg gemörtelt. Mit verwogenen Linien — kolossaler Uebermuth — taucht hinter dem Dorfe eine Alpenreihe auf. Darunter „Le Permelan,“ eine schroffabgeschnittene, senkrechte Wand. Rechts davon „Les deux Torrens; L'eau d'Avierne“ verstecken „La Tacherette.“ — Mehr bring ich nicht aus dem Patois der Landleute heraus. Auch die Montblanckuppel. Im Vorgrunde auf zwei Felsklippen, jede von 600 Fuß Höhe, durch einen Abgrund von mehr als 600 Fuß breit getrennt, 60 Fuß hohe Quaderthürme, wie Römerwerke. Von Einem zum Andern, hoch in den Wolken, schwebt eine geisterhafte Brücke, welche ganze Völkerschaften durch die Lüfte tragen kann, ungefähr um 100 Fuß höher als der Straßburger Münster und St. Peter zu Rom. Vor 30 Jahren baute man eine Steinbrücke über den Felsenschlund, durch welche in schwindelnder Tiefe, „la rivière des Usses" flutet. 1813 stürzte jene Brücke ein. Die Regierung gab 90,000 Franken zu dem neuen Unternehmen, das der französische Ingenieur Le Haitre leitete. In weniger als 18 Monden war es vollendet. Die Freiburger Elsenbrücke ist ein Kind gegen dem Pont Charles Albert, der sich wie ein Wunder in der Bergeinsamkeit erhebt. Die Arbeiter beim Bauen mußten zwei Stunden Umweg machen, wenn sie von einer Seite zur andern kommen wollten. Am 11. Juli 1839 fand die Einweihung durch den Erzbischof von Anneci statt, im Beisein des Gouverneurs von Savoyen. 10—12,000 Menschen deckten beide Ufer im bunten Gewimmel. Die blaue Fahnen mit weißem Kreuze wehten auf den vier Thürmen. Die kriegerische Musik, das Musketenfeuer, Trommeln und Kanonendonner erschütterte das Alpen-Echo. Mitten auf der Brücke hatte man eine Art Kapelle erbaut, in welcher der Erzbischof die Messe las. Es mag eine großartig romantische Scene gewesen sein.

Wir steigen aus und gehen über die knarrende Brücke. An dem im Winde bebenden Drahte hängt ein Arbeiter hoch über dem gähnenden Abgrunde, wie eine Lerche in der Luft, und singt eine innige schwermüthigeintönige Weise in den Himmel hinein. Durch das südliche Portal schimmert ganz nah der Lacaille-Berg, an welchem sich die Straße nach Chambery und Aix hinwindet, ihn zu zwei Hälften durchschneidend. Wundersam hebt sich sein helles Grün gegen den tiefblauen

Himmel: wonnige Farbenglut, ganz getränkt von südlichem Sonnengolde. Rechts und links über das Brückengeländer der Ausblick nach blauen Bergen aus der Schlucht, die mit meisterhaftkecken Strichen, bald nur glatte Wände und Stufen von Granit, bald mit Gestrüpp umgrünt, sich in ungeheure Tiefe senkt, wo das halbvertrocknete Wasser im Finstern schleicht. Man wirft Steine hinab; die größten verstäuben unten; lang, lang, währt der Fall; man sieht sie immer, wie durch Magnet festgehalten, in der Luft schweben, und endlich ist's, als donnere ein Kanonenschuß durch den Abgrund, in welchem das Schwefelbad von Lacaille eingeklemmt liegt. Der kleine Savoyardenbub sezt sich mit lustigen Augen in den leeren Schubkarren, auf dem sein Vater die Steine herfuhr. Gleich Fliegen fallen uns die schmutzigen Kinder an und laufen mit aufgehobenen Händchen, hurtig wie die Windspiele, am Wagen her, und sehen einen mit den großen schwarzen Augen so bittend an.

Cruseilles.

Gleich einem Ritterfräulein von Cervantes, gemahne ich mich auf der Gallerie der Herberge La Balance, einen landwirthschaftlichen Dunghaufen vor mir, statt dem Blumengarten. Ueberall italienischer Schmutz. Aus Zerstreuung und zumal im Affecte pflege ich die Leute deutsch zu haranguiren — sie sehen mich mit offenen Mäulern an und ich wundere mich, daß sie wie versteinert da stehen, bis mich das Lachen meiner Gefährten zur Vernunft bringt.

Ringsum nichts als Bettler, Wahnsinnige und Cretins. Einer hüpft in langem Kittel umher; unter der spitzen Mütze schaut die Thierphysiognomie vor; obschon eisgrau und voll Runzeln, ruft er mit fletschenden Zähnen fortwährend: „Papa!“ hülflos, furchtbarkläglich; der Wirth jagt ihn jeden Augenblick mit der Peitsche weg, heulend entläuft er und steht in der nächsten Minute wieder unten, unabweisbar wie das Unglück. Dort am Crucifix, auf einem Steinhaufen wärmt sich der Cretin im Sonnenbrande. Weisbärtig und eingeschrumpft naht ihm ein Zweiter. Sie sitzen stumm neben einander am Kreuze, als zöge ein Instinkt sie hin. Ihre Jammertöne stöhnen aus tiefer Versunkenheit herauf. Zwei kräftige Stiere werden vorbeigetrieben. Eine drollige Reisefigur reitet auf der Straße. Hähne krähen. Im Nachbarhause taucht bald an diesem, bald an jenem Fenster ein Soldatenkopf auf. Sie putzen ihre Waffen. Soldatenlieder, eintönige Weisen, schallen herüber. Auch im Gärtchen gehen schmucke Soldaten auf und ab. Um die Ecke das kleine Haus — ein Maler könnte sich's nicht besser wünschen: auf dem Altanchen an der Thüre sitzt die ganze Familie arbeitend am Boden; rechts sieht man in die schwarzgerauchte Werkstätte. Räder lehnen an der Hütte. Hinter ihr ein glatter Berg; oben Felsgeröll. Weiterhin über die grüne Höhe ferne Kuppeln. „Papa! Papa!“ da steht er unter meinem Balkon mit den armen nackten, ganz weißbestaubten Füßen, und schaut unverwandt herauf, lebhaften Auges, instinktartig wie ein Hund. Postillons traben auf ihren Gäulen durch das Alpendorf. Zwei vierspännige Reisewägen. Aus dem Einen steigt ein Herr mit dem Ordensbande und nimmt das kleine bleiche

Kind auf den Arm und küßt es, und die Mutter kommt auch aus dem Wagen und herzt es und gibt es der Bonne lange nicht zurück. Die hübschen Knaben in Blousen springen um den Hofmeister mit schwarzem Käpplein. Der Cretin drängt sich dicht heran und schreit: „Papa! Papa!“ Die Bedienten helfen der Herrschaft in den Wagen, springen flink auf den Bock — und davon ging's. Niemand gab den armen Narren etwas, die herumstanden und nachsahen: „Papa! Papa!“ kreischte es erbärmlich nach. Es ist ein seltsamer Gegensatz, wenn man aus der strebsamen, väterlichbehaglichen Schweiz nach Savoyen kommt, durch dessen Schluchten und tiefe Thäler Blindheit und Krüppelhaftigkeit, Lüge und Verzagtheit schleichen, jeglich Menschenelend; um dessen Gipfel aber unzerstörbare Freiheitsgedanken schweben.

Genf.

Bei der Heimfahrt trat der Permelan hie und da vor, gebietend in abendlicher Beleuchtung. Ein Fuhrwerk kam uns entgegen, die Pferde mit buntflatternden Bändern umgarnt. Am Salève weideten Herden. Kupfrig von der Sonne, stand er über der Stadt und glich mit seinen Felsenringen einer majestätischen Arena. Wir sahen in den etwas tiefgelegenen botanischen Garten hinunter. Auf der Promenade Plain-Palais nichts als Bonnes, Kinder und Esel.

Die Sonne ließ kein Abendroth zurück, nur Silberwolken, und nun ist Alles in Gold aufgezehrt. Das

Dampfboot, eben eingelaufen, speit Menschen aus; und schwarzer Qualm zieht über das Lichtmeer. Nahe vor mir auf den Wellen schwimmt das Inselchen, auf dem sich Jean Jacques bescheiden hinter Bäume zurückzieht. Von allen Seiten kommen Segelschiffe heim und kleine Nachen landen, wie Vöglein, die sich Abends im Neste bergen. Der Golf ist weithin mit Kähnen übersäet. Mit dem 9. Glockenschlage von der Kathedrale, der mitten vom See her zu beben scheint in tiefem Wohllaut, entzünden sich plötzlich ringsum die rothen Leuchten — jezt ist wieder alles gestrige Magie. Auch auf den Campagnen funkeln Lichter auf, gleich Glühwürmern im Grünen. Noch immer gleiten Barken in den Hafen.

Jeder Ort redet seine eigene Sprache, deren Eigenthümlichkeit klarer hervorgeht in den Tönen, die durch Dunkelheit und Stille, einzeln, unverwirrt, um so tiefer in die horchende Seele dringen. Gern mag ich den ruhigen Athemzügen des schlummernden Lebens lauschen, wohl gar Worte erhaschen, in denen es träumend sein Inneres verräth; mag den Charakter jeder Stadt, jeder Gegend aus ihren Nachtstimmen erforschen, deren Melodie, wie Freundeslaut rein und treu, Beschwichtigung bringt, und zu Einem Choral zerfließend, im Echo meiner Brust verhallt: Aus einem fernern Garten ziehen Hörnerklänge wie Heimatgrüße herüber und scheinen, über die Wellen zitternd, im Grenzenlosen zu verwehen. Das lezte Segel, das durch die Dämmerung schimmerte wird eingezogen. Vom Hafen klirren Ketten. Ein Mann sizt am Wasser und spricht mit seinem Hunde. Den Damm entlang schmettert ein Posthorn, immer entfernter, wehmüthig verhauchend. Mädchen lachen, Reiter sprengen. Ein Pfiff gellt. Jemand geht vorbei, der ein deutsches Alpliedlein pfeift. Seltsames Rufen vom See, ein Art „Juckſen.“ Ein Vorübergehender ahmt allerlei Vögel nach. Dazwischen unter dem Balkon Castagneten, recht südländisch lustig. Mitten in der Flút werden Raketen abgebrannt. Ein Feuerrad. Nun wirds stiller. Nur mehr fernes Wagenrollen. Hinter den Voirons, wie eine Goldgondel, schwebt der Vollmond empor — ringsum der Himmel ganz Glut. Zweige einer nahen Allee umranken ihn mit einem Kranze. O des liebkosenden Abends! Von fernher kommt ein Balsamduft. Ist's Jasmin von Diodati, der geisterhaft über die Fluten zieht? Geheimnißvolle Silberklarheit umfließt die Berge, ahnende Zauberhelle. Was weht wie weiße Flöre über den See? Vielleicht von Copet nach Diodati her und hin — doch nein! das wären phosphorische Ringe, die ich schon lange hier im Geiste sah, bei Tag, bei Nacht. Wenn ich in den Mond schaue, der jezt höher im Aether hängt, und auf die Alpen voll Nebelglanz, und die dunklen gezackten Bäume davor, muß ich immer wieder an Byron denken, an seine Nachtigallentöne, an die electrischen Funken, die er, der Flammensprühende, aus unserer Seele lockt. Doch Ruhe! Ruhe! In Diodatis Schattengängen, durch die der Mond nun Silberblüten streut, ist ja jezt auch Frieden. Wie dort umweht mich's — und nicht nur im Geiste: der weiße Jasmin liegt in meiner Brieftasche und berauscht mich mit süßem Dufte. Lebwohl Genf! Lebwohl holde Traumnacht! Die meisten Geschicke erfahren wir in unser innern Welt. Gefühle sind mehr als Ereignisse. Wie viel meine ich auf diesem Balkon erlebt zu haben — und es waren doch nur Gedanken und Stimmungen.

Den 19. Juli.

Ueberall in der Stadt verkündet sich Wohlbehagen, ein gewisser Luxus der Zweckmäßigkeit. Angenehm tritt bei den untersten Volksklassen selbst, Höflichkeit und Gesittung hervor, ja noch mehr, freies Wohlwollen, nicht Zwang, eine höhere Höflichkeit. Vom Place du bel air laufen die Omnibus Voltaire aus. Ich schiffte mich in der Complaisante ein. Ihre Führerin „La Maîtresse" im weißen Kleide, Strohhut, mit Stumpfnase, Papilloten und himmelblauen Berlocken, stieg fast an jedem Hause aus und ein, bis wir das Thor Cornoin erreicht hatten. Der große und kleine Salève bauen ein Amphitheater im Halbkreis um Genf. Gleich einer Pyramide thürmt sich der Molé. Mich fesselt ein madonnenartiges Gesicht, sanft und blaß, im großen feinen Strohhute. Neben ihr sitzt die ältere Begleiterin und wiegt ein schwarzes Hündchen auf dem Schooße. Mir gegenüber ein merkwürdiger Weiberkopf — ein Rembrandt: gelb, verschrumpft; eine gefältete Haube, darüber ein Tuch und ein zerrissener Strohhut. In der Ecke ein Herr mit Brillen, so verdrießlich und zerstreut, theilnahmlos, wie es dem Ueberdrusse dem egoistischen Unmuth entspringt. Man will doch Ferney gesehen haben, das Rococo, die geschichtliche Kuriosität. Das ist recht der Weg dahin: auf der bestaubten Heerstraße. Es geht dem Jura zu. Mir ist es lieb, daß Voltaire sich so weit als möglich von den Alpen angesiedelt hat; er paßt nicht auf die andere Wasserseite. Der Gegensatz: Ferney und das vollblütige, pulsirende Diodati! Ohne

Einbildung, diese Landschaft hat etwas Herbstelndes. Warum sollte sich die Wirkung bedeutsamer Geister nicht auf die nächste Scenerie, die Gegend erstrecken, in welcher jene leben, da doch jeder Mensch die eigene Wesenheit auf seine Stube überträgt? Der Geist, als der mächtigere, eignet sich die todte Umgebung zu. Gleich beim Eintritt in ein Haus, begegnen wir dem Sinne der Bewohner — nun volleuds ein Zimmer! das ist entscheidend wie die Physiognomie — eine Lebensbeschreibung. Der scharfe Luftkreis Voltaire's, dieser Eishauch, der vom ihm ausgeht, scheint noch jezt Ferney zu durchdringen. Es ist so gläsern, als man im Angesichte vom Montblanc sein kann. Der Jura dehnt sich herrschaftlich aus, gebietend, aber nicht überwältigend, nicht über die Linie des Herkommens. Zum Schlosse — „Le nid d'un oiseau noir" — sagte Bonnet — kommt man durch eine lange, aber nicht üppige Kastanienallee: Blätter und Zweige sind hier nicht von Träumen geschwellt. Wie kümmerlich Voltaire's Kirche! Die berüchtigte Inschrift ist abgekrazt. Man möchte sagen zur Sühne steht auf der neuen katholischen Kirche im Orte: 1826. Deo prim. max. sacra. Seit vielen Jahren gehört Ferney einem Grafen Budet. Man läutet zur Kirche. Voltaire ist längst Staub — hell schallen aber noch immer die Glocken gegen den Jura.

Die Schloßbesitzerin gestattet nicht, daß man die Gemächer während dem Gottesdienste sieht. Ich war schon im Begriffe umzukehren. Mühsam bahnte mir eine Visitenkarte den Weg. Ich wurde nicht bei der Hauptthüre, sondern auf ausdrückliches Gebot durch ein Nebenpförtchen hereingeführt. Voltaire ist also jezt gleichsam bei sich selbst auf feindlichem Terrain. Durch einen

Vorsaal tritt man gleich aus dem Garten in das Schlafzimmer. An der Wand rechts vom Bette hängt die Silhouette der Kaiserin Katharina, in einem Blumenkranze, von ihr selbst gestickt. Gegenüber die Marquise von Chatelet. Unter dem grünlichen verbleichten Damasthimmel Le Kain's Portrait, der eine dicke Lorbeerkrone trägt. Auf der Einen Seite des Lagers das Bild Friedrichs des Großen, auf der Andern Voltaire in der Jugend. Am Kamine lächelt die Nichte des berühmten Mannes, Madame Denis. Alles blieb, wie er es verließ; selbst die Feuerzange liegt noch da. Ich möchte in diesem Zimmer nicht zur Nachtzeit weilen, in diesem Bette schlafen. Man müßte meinen, das knöcherne Gespenst mit der Satyrmiene würde unter den vergelbten Baldachin hereinsehen. Am Kamine eine Büchse mit der Aufschrift: „Pour entretenir aux écoles les enfans des pauvres."

Dailledouze hieß Voltaire's Gärtner. Sein Sohn trug in den lezten Lebensjahren des Gebieters, diesem auf seinen Spaziergängen die Mappe nach und den Feldstuhl. Damals zählte der Knabe 14 Jahre, der jezt ein Greis von 77 Jahren ist und im schlechten Anbau hinter der Kirche wohnt. Man kommt durch die Küche in die mit Kupferstichen tapezirte Stube. Auf dem Lehnstuhle am Fenster thronte der Gärtner; er war im verflossenen Frühlinge krank; seitdem blieb sein Arm gelähmt. Dailledouze ist lang und stark, gar nicht übel, hat eine Habichtnase, und saß da vor mir wie ein ziemlich dressirter Schauspieler einer Landtruppe. Gewisse abgeschlagene Dummheit spricht aus dem Gesichte. Er sieht noch wohlerhalten aus, Voltaire's Gärtner, fast wie ein nachgemachter. Vor dem Fensterchen blühen

Hortensien. Es geht auf den Garten, der sich mit einigen altfranzösischen Heckenmauern brüstet. Hie und da öffnen sie sich zu einem Ausblicke nach dem Montblanc. Die Natur ist hier entgeistert, Alles nur Materie, Stoff.

Der Gärtner plappert wie ein Papagei, eine Menge halbverwes'ter Geschichten her, die überall gedruckt zu lesen sind, nichts wirklich Erlebtes — kein einziger frischer Athemzug. Er behauptet, Zeuge vom Gibbon's-Abentheuer gewesen zu sein und verkauft es in einer Brochüre, auf die er Voltaire's Siegel gedrückt hat. „Mit meinen eigenen Augen," sagte er, „sah ich, wie Gibbon stehen blieb in der Allee und die Hände über dem Kopfe zusammenschlug." Der Alte kramte Voltaire's Tintenfaß vor mir aus; sein Journal de Dépenses, eine eigenhändige Vertheidigungsschrift über einen jungen Menschen, den der Geistliche wegen einer Liebesgeschichte mißhandelt hatte; ein Heft voll Siegel geklebt von allen Briefen vornehmer Leute, die Mr. de Voltaire erhielt. „Vor seiner Abreise nach Paris," log mir der Gärtner vor, „ließ er mich in sein Cabinet rufen, und übergab mir das Cahier zum Andenken. Ich weinte sehr und hab' ihn nicht wieder gesehen," sezte er sentimental hinzu. Ich lächelte, als er mit besonderer Weihe aus seinen Heiligthümern die silbergestickte verblichene Schlafmütze des Gebieters vorzog — und doch sah ich im nächsten Augenblicke Voltaire's Schädel vor mir. Der eitle Greis hätte eine Krone aufgesezt, wo möglich. Sein Gärtner erzählte, wie tief man den Hut vor dem Herrn ziehen mußte, wie unterthänig zu ihm sprechen. Immer hatte er seine Schreibtafel in der Hand und trug Notizen ein. Der Diener schilderte die Nichte, Madame Denis, als eine dicke, rothe Frau, dem Trunke ergeben. Sie heirathete, glaube ich, im 69. Jahre einen jungen Mann, der ihren Prozeß geführt hatte und machte ihn zu Voltaire's Erben.

Man stößt hier überall auf Armseligkeiten eines großen Mannes, und das ist am Ende mehr erhebend als demüthigend für die Menschennatur. Geist können wir nicht haben, so viel wir wollen, aber Herz nach Verlangen und Bedarf. Und ein Kind mag einsehen: Jeder kann mit dem Herzen mehr leisten, als jener Verstandesprinz mit dem Hirne.

Ich begegnete einem Zuge Ursulinerinnen in schwarzen Gewändern und Schleiern, die Zöglinge zur Kirche führend, und freute mich, als ich in meinem Char de Côté mit tapezirter Decke wieder hinaus war aus Ferney. Viele sonntäglichgeputzte Leute bewegten sich durch die hellen Gassen, aber es ist doch im ganzen Städtchen so etwas Heruntergekommenes oder mindestens Vergangenes. Schon in Saconnex athmete ich freier. „Haben sie denn am Montblanc das Bild Napoleons erkannt?" fragte man mich. An der Kuppe, liegend, im Sarge glaube ich, das Gesicht, der Hut, Alles. So sind diese Menschen! Sie können die Natur um ihrer selbstwillen nicht mit unbefangenem Blicke ansehen, tragen in sie nur immer die eigenen Spielereien hinein.

Auf dem Dampfschiffe.

Ein Gewühl von gaffenden Gesichtern über die Dammbrüstung. Die vornehme graciöse Stadt mit den lieblichen Ufern und großartigem Hintergrunde schwindet.

Die Byronvilla, gleich an der gelben Akazie mir kenntlich! Mittagshitze brütet über dem See. Trennung, nichts als Trennung! Auch Diodati bleibt zurück. Hinten steigen Gletscher auf. Der Steuermann singt sein eintönig Lied im klagenden Moll. „Wie heißt dies Dorf und Schloß dort in Savoyen?“ — „Bellerive“ erwiedert er; mir fliegen alle Visitenkarten aus der Brieftasche, in die Wellen, aufs Verdeck; er jagt ihnen nach — ist das nicht französische Galanterie? — und das Schiff bleibt indessen ohne Steuermann. Mein Auge sucht die Savoyerküste. Hermance, Yvoire, das alte Thonon schweben vorbei. Weiterher die Karthause Ripaille, die Ruine Pradier, das Bad Amphion, Evian. Berggipfel tauchen auf und unter während der langen Fahrt. Von Nyon schiffen Musikchöre zu uns herüber. In allen Ortschaften schaulustige Sonntagsmenge und lebhaftes Aus- und Einschiffen. Die Wellen tanzen und rauschen. Unser Orchester spielt unausgesezt. Meine Nachbarinnen, die Französinnen, lassen sich vom Britten den Hof machen. Die Eine fürchtet das Wasser, die Andere ist seekrank und deckt ihr Gesicht mit dem Fächer. Ihre Dienerin liest andächtig in einem kleinen schwarzen Gebetbüchlein mit großem Drucke. Sardinische Offiziere lehnen im eifrigen Gespräche an der Ballustrade. Weiße Vögel streifen fast den See, der wunderblau und durchsichtig ist. Gegen Genf Gewitterluft, gegen Lausanne glänzende Segel. Das Schiff tanzt so ungestüm, daß man sich halten muß, um nicht zu fallen. Ringsum bleiche, kranke Gesichter. Zu der kleinen Schaar, die mit mir das Schlachtfeld behauptet, gehört ein etwas bejahrter Lord, eine Erscheinung voll Vornehmheit, mit dem ich mich über seine vaterländischen Dichter unterhalte.

8*

Ich glaube wir fliegen schneller als das Gewitter, das hinter uns herkommt. Die Wogen bäumen sich zu Hügeln. Wie das wallt! — Es ist eine Musik in diesen Wellen, ein mächtiger Geist. Ist das die Gewalt der Wasserliebe? Mir bangt beinahe, es könnte mir endlich den Sinn verwirren und mich hinabziehen ins blaue Kristall. Es ist eigentlich kein Wasser, es ist flüßiger Saphir. Wir werden nach Morges ausgeschifft; bald sinkt der volle Kahn tief hinunter, bald dreht er sich oben auf einer Woge; am Boden sitzt eine seekranke Frau, und hält ihr Kind umschlungen, das aus Angst seinen Kopf in ihrem Schooß verbirgt.

Venanton in Cour, den 20. Juli.

Die Catalba prangt überall wie Christbäume, in voller Blüte. Wir kamen an Montrion vorbei, das der Prinz Ludwig von Württemberg bewohnte, eine edle Erscheinung, tiefverzweigt mit dem damaligen geistigen Streben der Schweiz, allen Guten verbunden, und für alles Schöne begeistert. Er gründete zu Lausanne die „Société morale“ (1766). Ihre Denkblätter kamen wöchentlich als Zeitschrift unter dem Namen „Aristide ou le citoyen“ heraus.

Ich schreibe unter einem mit Epheu überkleideten Kastanienbaume — das ist überall eine solche Eintracht in der Natur, so festes Umschlingen! Reben und Ranken umgrünen das malerische Vordach der Villa, hängen in Festons nieder und bedecken die Säulen. An den Fenstern und in der anstoßenden Serre die seltensten Blüten

— asiatische Blumenpracht. Das Haus ganz Comfort, englisch wie der Park. Der Rasen kurz, dicht und grün wie Moos, überall große Sträuche: dort ein Busch von rosa und blauen Hortensien; daneben, auf beiden Seiten vom Wege, ein Wald von hohen prangenden Georginien. Geranium in Hecken. Niederes Gesträuch von kleinen, vielfarbigen Blumen; das Basin, von Schilfsträußen umgrenzt, aus dem die Wasserstrahlen plätschern. Ganze Baumfamilien bis hinunter an die Flut, hier die Seeferne einrahmend, dort das Creux du Rhone, die Dents d'Oche mit ihrer Runenschrift. Heut' ist Alles Stille und süße Melancholie, kein Lüftchen geht, kein vorlauter Lichtstrahl stiehlt sich durch die Himmelsflöre. Alles umschleiert, Luft, Gebirg und Wasser. Kleine Wellen kosen mit dem Rasen. Feine Tropfen säuseln in die duftenden Aeste. Die Vögel flöten. „**Jour des dames**“ nannten die Gefährtinnen einen solchen Tag ohne Regen, Wind und Sonnenschein.

Unten am Strande steht ein halbverfallener Leuchtthurm, aus dessen Ritzen Gras wächst. Ein junger Baum breitet mitleidigschützend am Gemäuer Liebesarme aus. Weiterhin sieht Ouchy vor; gegenüber das Gestade von Meillerie. Die Wasser brausen auf mich herein. Lind und warm, wie von Gärten unter der Flut — Nixengärten — duftet der See. Wir sitzen auf dem Damme. Fips theilt mit seinen schwarzen Pfötchen in muthwilliger Grazie die Wellen, während der weiße Hund, eine schottische Schöne, jenen immer bis auf die lezten Steine folgt, ihm nachkeift, neidisch über sein Schwimmen, just wie eine nüchterne, prüde Natur, die Poesie und Jugend verdammt, weil diese Herzenswogen nicht Jeden tragen. Mir war als hätte „Scheck“ eine weiße Haube auf — eine verherte Philisterin.

Den 22. Juli.

Auf unserm Wege nach Tolochenaz fuhren wir am Châlet vorbei, das die Herzogin von Otrante (Fouché's Witwe) bewohnt, und hielten vor einer traulichen Meierei. Im Garten empfing uns der Hausherr, der die Sommermonate hier als Landwirth, den Winter als Hofmann im Haag verlebt, was dem lebhaften Manne keine unangenehme Mischung von Eleganz und Gemüthlichkeit verleiht. Verwundere ich mich auch nicht mehr naiv über Individualitäten, welche sogar treuherzig zwei entgegengesezte Lebensrollen mit Glück spielen, so überrascht es mich doch immer von Neuem, daß es Menschen gibt, welche mehrere unabhängige, ja selbst wiederstreitende Persönlichkeiten in sich zur Erscheinung und Durchbildung bringen.

Der Salon mit dem freundlichen Kreis am Theetische, den Blumen, Früchten und Lampen, der Kindergruppe in einem Winkel, stellte ein Bild froher Häuslichkeit dar. Ein kleines rosiges Mädchen schleppte den feinhaarigen Hund: „Oh! que la fidélité me pèse!“ rief einer der Männer. William, ein achtjähriger allerliebster Windbeutel, sang hübsche Lieder. Mit einem Schrei sprang ich auf. Alles fuhr durcheinander. Ein greller Blitz hatte mir ein schauerliches Gesicht gezeigt, das zu den niedern Fenstern hereinschaute. Man lachte. Es war der Russe, der im Garten wandelte. Jener fiel mir schon zuvor auf: ein weißes Gesicht, fast in Eine Farbe mit Bart und Haar zusammenfließend; lezteres lang und stramm niederhängend; die runden hellblauen Augapfel beinahe sonder Wimpern und Braunen, rastlos verfolgend, ohne Liebe und Haß und doch kei■ Loslassen; ohne Gedanken und doch stets gestachelt; gespensterhaft, wie aus hohlem Nichts herausstarrend. Ich hätte solche Unheimlichkeit in blauen Augen nie vermuthet. Man begegnete ihnen stets, glaubte sich stets von ihnen allein betrachtet, Jeder fühlt sich in ihrem Banne. Sie erinnerten an jene Bildnisse, deren Blicke uns überall begleiten, wir mögen stehen wo wir wollen.

Das Gewitter, welches schon lang am Jura gedroht hatte, brach los. Der Donnerkeil dröhnte. Der Regen prasselte. Wir rückten näher zusammen. Der Wirth wurde nicht müde mich über mein Grauen von vornhin zu necken, und suchte Anlaß, es zu nähren. Aus Scherz ward Ernst. Jener erzählte: „Ich habe einen Freund in Italien, der sein eignes Haus, ein altes Gebäude, bewohnt. Er stand im Begriffe eine Reise mit seiner Tochter anzutreten. Ihre Freundin, eine junge Hofdame, sollte sie begleiten und übernachtete vor der Abfahrt im Hause. Das Apartement war abgelegen. Die Dame wachte auf. und hörte, daß Jemand im offnen Nebenzimmer auf dem Klavier spielte, vernahm aber keine Töne; nur die Tasten klapperten, als wie von knöchernen Fingern angeschlagen. Sie mußte dabei an ein Gerippe denken. Bald darauf kamen schwere Tritte aus jenem Gemache in die Schlafstube und gegen das Bett. Schaudernd steckte sich das Mädchen unter die Decke; ihr war, als wollte ihr Jemand den Hals zusammen pressen. Sie wurde ohnmächtig, erwachte erst aus ihrer Betäubung, als die Tochter eintrat, und antwortete auf die Frage: „hast du gut geschlafen?“ mit einem Strome Blut, der aus dem Munde quoll. Erst nach Jahr und Tag gestand die Hofdame ihrer Freundin jenen Vorfall, und jezt erst besann sich diese, daß sie auch früher einmal in dem bewußten Zimmer geschlafen habe und durch Tritte und anderes Geräusch beunruhigt wurde. Sonst aber erfuhr man nie, weder vor- noch nachher, etwas Spukhaftes in jenem Hause.“

„Ich will die Worte meiner Tante berichten,“ begann Mylady langsam: „Wir Geschwister alle waren an bösartigem Nervenfieber erkrankt. Unten lag ich und eine Schwester; im Nebenzimmer die andere, über dem Gange der ältere Bruder, und im obern Stocke mein Bruder Henry, welcher um 5 Uhr Abends verschieden war, was man uns noch nicht gesagt. Jedes hatte seinen besondern Krankenwärter. Um 11 Uhr in der Nacht rief die Schwester: „Ich glaube das Nachtlicht will ausgehen.“ Es erlosch wirklich, und unsere Pflegerin ging zu meiner Schwester Ellen, die ein Cabinet von uns trennte, um das Nachtlicht bei dem ihrigen anzuzünden. „Bei uns ist es eben auch ausgegangen,“ sagte die Wärterin. Nun ging eine von den beiden hinüber zum Bruder, dessen Wärter gerade aus der Thüre trat, um seine gleichfalls verlöschte Lampe bei uns anzuzünden. Inzwischen kam auch eine von den Leuten herunter, die oben bei der Leiche wachten. Auch da war das Licht ausgegangen. Ich hörte Außen im Corridor ganz deutlich die gellende Stimme der Todtenfrau: „jezt ist nirgend ein Licht.“ Wie das unsere erloschen war, bewegte sich die Thürklinge etwas, als ob man darauf drücke, und die Thüre ging auf. Unser

Arzt, der die Leute sämmtlich am andern Morgen verhörte, glaubte uns jezt doch den Verlust mittheilen zu müssen, und erklärte uns jenen Vorfall als ein leztes Zeichen des Verblichenen an die Geschwister."

Alles schwieg eine Weile. Der Deutsche äußerte, er fühle sich zu heimatlichen Erinnerungen geleitet, die aber nicht hierher gehörten. Wir drangen in meinen Landsmann. Nach langem Bitten ließ er sich also vernehmen: „Mein Onkel bewohnte in der vaterländischen Universität ein altes ehemaliges Collegienhaus, das im Vierecke gebaut ist. Zu meiner Cousine kam eine Anverwandte als Gast. Weil das Fremdenzimmer entlegen war, betteten sich beide Mädchen, um nur recht ungestört plaudern zu können, in Eine Stube, welche in den Hof hinaus auf die gegenüberstehenden Mauern des Gebäudes sah und auf die Fenster der Gänge, die man ganz überschauen konnte. In der Nacht erwacht eines der Mädchen an starkem Getöse. Sie sieht die Fenster gegenüber hell erleuchtet und weckt die Gefährtin. Es war, als brenne es lichterloh, und beide gewahrten deutlich prächtiggepuzte Frauen und Ritter auf schönen weißen Pferden durch die Gänge des obern Stockes reiten; ein langer Zug, so herrlich, daß die Mädchen sich daran ergözten. Erst als er vorbei war und Alles plötzlich wieder finster, empfanden sie Schauer und steckten sich tief in die Kissen. Morgens standen die Cousinen frühzeitig auf, gingen zur Tante hinunter und erzählten ihr Alles; aber der Onkel brach kurz ab und schalt über Träume. Da kam der Diener hinzu, welcher unten wohnte, und versicherte, er habe heute Nacht große Helle gesehen und viel Lärm gehört, und Viele hätten es noch gesehen und gehört. Der Oheim hieß ihn schweigen, sprach sich aber doch später in einem Männerkreise dahin aus, daß in jener Nacht Etwas vorgegangen sei, und er selbst das ungewöhnliche Geräusch vernommen, aber nichts erblickt habe, weil seine Fenster auf eine andere Seite gingen. Es verlautete von einer Sage: daß das wilde Heer von Zeit zu Zeit durch das Gebäude ziehe, weil es ein entweihtes Kloster, woselbst man zuweilen Bälle hält und einen Fechtboden eingerichtet hat."

Wir horchten Alle gespannt, als jezt der Russe mit feiner, etwas heiseren Stimme das Wort nahm: „Eine russische Schildwache, welche unter Elisabeths Regierung eines Abends an den Thüren des Thronsaals Wache hielt, sah plötzlich die Kaiserin im vollen Ornate auf dem Throne sitzen. Der Soldat meinte wirklich, es sei die Monarchin, obschon man wußte, daß diese bereits sich zu Ruhe begeben hatte. Er wurde abgelös't. Sein Nachfolger sah auch die Herrin auf dem Throne. Die erste Schildwache meldete es dem Offizier vom Dienste; dieser verfügte sich mit mehreren Soldaten an die bezeichnete Stelle und Alle gewahren das Nämliche. Darauf weckt der Offizier die Kammerfrau der Kaiserin, und erfährt auf Befragen, daß diese ruhig in ihrem Cabinet schlafe. Indessen erwacht sie an dem ungewohnten Geräusche und klingelt der Kammerfrau, welche vergeblich Ausflüchte sucht und endlich die Wahrheit gestehen muß. Die Kaiserin begibt sich in den Thronsaal, begleitet vom Offiziere und der Kammerfrau, sieht sich selbst — und beide sehen es mit der Herrscherin — auf dem Throne sitzen. Sobald sie jedoch den Fuß auf die Schwelle sezte, war Alles verschwunden. Eine Hofdame der Kaiserin Elisabeth hat es ihrem Enkel erzählt, aus dessen Munde ich es mittheile."

Der Erzähler hatte schon lange geendet und noch immer sahen wir ihn erwartend an. Wirklich begann er noch einmal: „Zwei Freunde, vornehme Russen, führten ein zügelloses Leben. A. folgte bald einer hohen Laufbahn, die ihn längere Zeit von der Vaterstadt entfernte. Als er heimkehrte erfuhr er auf seine Fragen nach S., dem erwähnten Genossen, daß dieser an einer dem Aussatze ähnlichen Krankheit schwer darnieder liege, verlassen von allen Menschen. A. entschloß sich augenblicklich, seinen Freund aufzusuchen, sich von aller Welt zurückzuziehen, um dem Kranken zu warten, den er, das Gesicht von Tüchern ganz verhüllt, getroffen hatte, und der sich überrascht und gerührt zeigte, von so viel Aufopferung. Nach anhaltender, sorgsamer Pflege starb S. In der ersten Nacht nach dem Tode des Letztern erwachte A. plötzlich und sah jenen vor sich stehen, verhüllt wie in der Krankheit. Die Gestalt sprach: „„Dankbarkeit treibt mich dich zu warnen. Das Leben, das wir zusammen führten ist nicht der Weg zur Seligkeit. Ich werde noch öfter zu dir kommen."" A. schnitt jede weitere Ermahnung ab, indem er sich schaudernd unter die Decke verkroch. Am folgenden Tage erzählte er den Vorfall seinem Adjutanten, gestand diesem, die nächste Nacht nicht allein schlafen zu können und bat ihn, da zu bleiben. Er, der seinen Chef schon in mancher Schlacht muthvoll gesehen, begriff doch gleichwohl dessen Bangen und erfüllte das Begehren. Wieder zeigte sich die Erscheinung — von Beiden gesehen — sprach die nämlichen Worte wie gestern und fügte zulezt noch hinzu: „„Ich komme noch einmal zu dir, kurz vor deinem Tode, denn du sollst nicht ohne Reue und Vorbereitung sterben.""

„Dreißig Jahre waren vergangen. A. hatte sich

vermählt und seine glänzende Stellung behauptet. Einst saß er bei seinem Sohne und ließ sich von diesem vorlesen, schlief aber darüber ein; plötzlich erwacht der Vater; er, wie der junge Mann, sahen die Gestalt mit verhülltem Angesichte, welche nach einigen Augenblicken verschwindet. Jener fragt den Sohn, ob auch er die Erscheinung bemerkt. Als Lezterer bejaht, ohne jedoch die näheren Beziehungen zu kennen, schickt ihn der Vater zu Advokat und Geistlichen, vertraut Alles der Gattin und stirbt, nachdem alle Angelegenheiten geordnet, noch am nämlichen Tage."

Der Hausherr bestand darauf, daß ich auch meinen Tribut zahlen sollte. Ich hatte ohnehin schon Etwas auf dem Herzen, und fing an: „Eine Bekannte von mir verlor vor einiger Zeit ihre junge Tochter. Die ältere, am gleichen Orte verheirathete Schwester rüstete an Weihnachten oder einige Tage vorher die Christbescheerung für ihr Kind. Da überkam sie mit besonderm Weh die Erinnerung an ihre Schwester, welche ihr im vergangenen Jahre bei diesem Geschäfte noch half." „„Ach jezt muß ich's allein thun, jezt ist sie nicht bei mir!"" „„sagte die junge Frau und brach in Thränen aus. Da that es an einer Glasglocke auf dem Schreibtische einen vernehmlichen Klang. Diese stand über Blumen, welche die Verstorbene selbst gearbeitet hatte. Sie war also doch bei der Schwester."

Ich fuhr fort: „Eine Dame reis'te mit ihrer Tochter. Sie kamen im Salzkammergut an den Gemunder-See; dort ist ein Berg, dessen Kante ein menschliches Profil bilden soll. Sie suchten lange vergebens danach. Da bemerken beide weiter unten eine Kluft oder Schlucht, die ihnen ein Profil zeigt; sie erkennen in demselben einstimmig das auffallend ähnliche Portrait eines Freundes, den sie in Constantinopel wußten; nur erschrecken sie darüber, daß dieses Bild den Ausdruck eines Sterbenden trägt: eingefallene Augen u. s. w. Einige Zeit darauf lasen jene Damen in der Zeitung, daß ihr Freund am nämlichen Tage zu Constantinopel starb, und konnten, als sie nachmals noch öfter des Weges kamen, wie sehr sie sich auch mühten, das Profil nie wieder finden."

Der Russe sezte noch leiser als das Erstemal hinzu: „Eine Polin, deren Jugend nicht vorwurfsfrei blieb, bekehrte sich mit den Jahren, erhielt einen Ruf von Frömmigkeit und vermachte bei ihrem Ableben ihr ganzes großes Vermögen einem Kloster in Polen. Die Nonnen wollten sich dankbar beweisen, und ließen einen Denkstein errichten mit prunkvoller Inschrift voll hohem Lobe der Verstorbenen — Alles in großen goldnen Buchstaben. Bald nachher kam ein furchtbares Gewitter. Der Blitz fuhr an dem Grabmale hinunter, zerstörte viel, und riß eine Menge goldner Buchstaben mit fort, so daß nur mehr Einzelne stehen blieben. Als man diese der Reihe nach zusammensezte, bildeten sie gerade die Worte: „„Sie ist auf ewig verdammt."" — „Nicht mehr und nicht weniger Buchstaben waren zu finden."

Noch hatte er das lezte Wort nicht ausgesprochen, als das Haus von einem Schlage erzitterte. Wir sprangen bleich von den Stühlen auf. Das Gewitter war mit erneuter Macht wiedergekehrt. Die Wagen kamen uns zu holen. Es ist jezt weit über Mitternacht. Ich habe nicht den Muth den Kopf zu drehen: Mir ist, als müsse mir der Russe mit seinen kalten, neugierstarrenden Augen über die Schulter sehen.

Den 23. Juli.

Ich stand heute bei einer Chaloupe Gevatter. Wir segelten aus dem Hafen. Die jungen Leute feuerten nach allen Richtungen Pistolen ab. Die rothe Fahne, welche die Mädchen gestickt hatten, wurde aufgezogen und flatterte in den Lüften. Hortense hielt eine kleine Rede: den Namen ihrer fernen Schwester soll die Chaloupe tragen, und der Freundinnen, welche darauf fahren, und alle diese Namen sollen in Einem verbunden werden: „la Rosière.“ Abermals Pistolenschüsse. Zu Ehren des Täuflings Champagner geleert. Die graziöse Chaloupe schaukelte sich hin und her, ja schien zulezt mit Gestad und Walken, Wind und Welle zu kokettiren. Der Abend war träumend; dazwischen, gleich Visionen, wundersame Lichtspiele.

Buntes fröhliches Jugendtreiben an Bord. Hübsche Gruppen. Schlanke Mädchengestalten in hellen leichten Gewändern, mit denen, wie in den aufgelös'ten Haaren, die Luft kos'te. Hortense besonders! das weiße, sammetne, lieblichgerundete Gesicht, die braunen Augen mit schwarzen Wimpern, die langen, dunkeln Locken rings um das Köpfchen — reizendes Gemisch von Sanftmuth und Schalkheit. Wie eine Undine schlüpfte Hortense umher, wiegte sich in den Strängen, schwebte auf dem äußersten Rande des Fahrzeugs, war überall wie ein guter Geist; Allen diente sie; Alle huldigten ihr. Es war ein Jubel, ein Regen und Weben So glich die hingleitende Barke selbst einer Jugendphantasie auf der großen Strömung des Lebens. Hortense hatte ein weißes Schürzlein umgebunden, bereitete den Thee, machte allerliebst die Wirthin. Am Steuerruder saß ein ernster Mann in weißem Rocke und Strohhut, gutmüthig-klug, mit klaren Augen und freundlichem Munde. Ich fragte ihn, ob es Seefrauen gäbe? „Syrènes!“ fiel Jemand erläuternd ein. — „Die Syrennen haben wir an Bord,“ — versezte der Erstere und nahm eine Prise. Die kleine Zärtliche, Stürmische neben mir: ach! alle Freudeschauer, alle Glanzbilder der Kindheit und Jugend wogten in ihrem Herzchen. Bald schlang sie den Arm um mich, bald küßte sie mir die Hand.

Als nun der See dunkel ward, Alles sonnenlos, da wachte ein Schmerz in mir auf, um alles Vergangene, was nie wieder kommt, was mir entrissen, was ich verscherzt, entbehrt; Alles tauchte wie Schatten vor mir auf und floh den schwindenden Bergen zu. Der weite Kreis der Lebensgebilde schien sich in leises Weinen aufzulösen: von den Alpen her, aus der Luft, tief aus dem Wasser, und noch tiefer aus dem eignen Herzen ein Seufzen! Ich wußte nicht, war Innen oder Außen das Echo. Alles grau und schwarz, alles versunken — und so wird man hingetrieben auf finstern Wellen!

Pauline sang einige Couplets: „**Adieu, beaux jours!**“ Der Refrain tönte ganz seeligweh. Die Stimme verschwebte über dem Wasser. Wie Seeratten liefen die jungen Leute über die Chaloupe hin nach dem angebundenen Nachen, wo das Feuerwerk abgebrannt wurde. Einer sezte sich, auf die Chaloupe und ließ die Beine im Kahne ruhen. Wie die Raketen über die nächtige Flut weg hoch in's Gewölk fuhren! die armen Funken, so herabfallen in's Wasser nach kurzaufblitzender Lust! bei jeder neuen Rakete — der Stern eines Augenblicks — wurden die jungen Stimmen laut: „belle étoile!“ — „Adieu!“ — „Grüß dich Gott!“ — „Lebwohl! bon voyage!“ — Auch vom Hafen Jubel. Kähne schwammen um uns her: „Vive la Chaloupe!“ riefen hie und da Kinder. Bevor wir eingelaufen, knallten die Feuergewehre noch nach allen Seiten. Im Wasser auf dem Damme klang eine Stimme: „Il ma tiré ma perruque en l'air.“ Ringsum schmetterte Lachen.

Den 25. Juli.

Daß sich der Lac mit der „bonne compagnie“ so gar gut verträgt, macht mir ihn mitunter ein wenig unausstehlich; auch die stete Anbetung, die ihm widerfährt trägt dazu bei: Schöne Personen gefallen minder, wenn man ihnen zu sehr ansieht, daß sie sich schön wissen. Die Flut, die ich im Goldlichte des Abends sehe oder im bläulichen Dämmerungsflore, bewacht vom Mondauge — das ist mir ein ganz anderer See, mein See, nicht ihr „Lac!“ —

Der Tag ist hier südlichträge. Auch ich kann gar nicht abschütteln die Schwere auf den Augenliedern. Menschen, Blumen, Thiere, träumen angenehm hin. Ringsum ein brütender Wohlsein. Wir ruhen unter Lorbeer-, Myrthen- und Oleanderbäumen — kein Hauch regt alle die glänzenden Blätter; selbst in den höchsten Gipfeln nicht, über denen sich der Himmel dehnt in grenzenloser Bläue. Auch die Luft schläft. Die Jagdhunde recken sich. Alles gähnt, Alles nickt ein, hier wie auf der Rousseauinsel, wo Einer nach dem Andern ankam, sich setzte und entschlief. Und man wird selbst mit hinein gezogen, es ist wie Verherung — am Ende träumt man alles das nur: diese weite eintönige Wasserebene, die Campagnen, sich hinter Bäumen bergend, die ferngerückten, verschleierten Alpen, das üppige Vogelgirren. Und da nebenan die niedern, übergrünten Gräber — das sieht gerade aus als wären die da unten in der allgemeinen Müdigkeit eben auch recht fest, ganz tief eingeschlafen.

Die Chronik, welche ich heute vor mir aufgeschlagen, rüttelte mich gerade nicht aus der allgemeinen Verzauberung auf. Es hieß darin ungefähr: „In jenen Zeiten lebten die Savoyer als Korsaren. Wenn man ihre Fahrzeuge gewahrte, flüchteten die Bauern in die Herrnburgen. Hart bedrängt war besonders der Flecken St. Prex, was das Kapitel von Lausanne bewog, den Ort befestigen zu lassen. Der Name wird von St. Prothais oder Prothase hergeleitet. Er stammte aus Italien, war um das Jahr 530 in Avenches oder im Waadtlande Bischof und beschloß, sich in Lausanne niederzulassen, damals nur ein kümmerliches Nest. Er stieg auf den Jura, um Holz für die begonnenen Bauten fällen zu lassen, starb plötzlich oberhalb dem Dorfe Bière und ward in einer der St. Jungfrau geweihten Kapelle bei Morges bestattet, im Orte Basuges, den man von nun an St. Prothase nannte. Bis zur Reformation beging man alljährlich am 8. November ein Fest zu Ehren des Heiligen. Eine Handschrift im Archive von Moudon berichtet, daß man das Grab 1400 öffnete und die Reliquien nach Lausanne brachte. Erst ein halbes Jahrhundert nach dem Tode des Heiligen nannten sich seine Nachfolger „Bischof von Lausanne.“

Diese Studien sollten mich vorbereiten auf unsere Abendfahrt. Wir stiegen in St. Prer aus. Wie eine Fischeridylle ruht dieß Proteusgrab am See. Netze sind unter den Ulmen ausgespannt. Nur der alte Thurm sieht vor, und am Strande hüpft ein grünes Kähnlein, zu dem wir den bärtigen Schifferfiguren folgen. Wir schweben, aufgerüttelt aus romanischem Hinträumen, im lustigen Tanze über die Wogen. Von den zwei langen, schmalen Rudern rinnen Demanttropfen. Glatt runden sich die grünen Matten am Savoyer Berge gegenüber. „Wie heißt er?“ frage ich den Fischer: „les Alpes.“ — „Ja, aber die Berge haben doch noch besondere Namen.“ — „Mir sind in der Geographie keine andern bekannt,“ sagt er sehr gelehrt und bestimmt; „sie heißen les Alpes, wie die Berge in Spanien les Pyrenées.“ Gegen solchen Richterspruch ließ sich nichts einwenden.

Lausanne gleicht einem rosengewebten Teppiche mit Juwelen besäet. Durch die Fenster vom braunen Buffensthurme blickt der Himmel. Auch der Montblanc enthüllt seinen Purpurthron. Diese ganze Musik des Alpenabends — eine Hymne in Farben: die begeisterten Gipfel, der wallende See — nie wünscht mein Geist Schöneres zu erleben! Freudetrunken fliegt er grüßend von Spitze zu Spitze. Dieß hingebende Bewundern fühl' ich dem Liebesfeuer für die höchsten, besten Menschen verwandt. O etwas Erhabenes zu lieben, stärkt und verjüngt! Wir richten uns an unserer Liebe auf. Die Begeisterung macht die Brust so weit. Mir ist's vor diesen Alpen, wie vor den Idealen meiner Seele.

Den 26. Juli.

— Im Schweigen verrathen sich die innigsten, stärksten Gefühle, wie Violen ihre süßesten Düfte nur durch die Nacht streuen.

— Gemüth ist das Herz, das man für alle Leute hat. Ein Herz ohne Blut und Leidenschaft. Ein Herz, das denkt. Die Vorhalle des Herzens möchte ich sagen.

— Ja, in der Gefühlswelt drängt sich auf kleinem Raume eine Summe von Erlebnissen. Ein Blick des Geliebten — liegt da nicht eine Ewigkeit, fliegt man da nicht wie in die blaue, sonnenduftige Unendlichkeit empor? Und dann — kann uns nicht auch Ein Wort in Minuten greisengleich machen? stürzt es uns nicht bergetief?

— Die Natur liegt stummverzaubert. Nur Liebe kann den Bann lösen. Nur die Liebe versteht die Liebe. Nur ihr wird Gottes Sinn lebendig. Nicht durch den Verstand läßt sich Gott fassen, nicht in Schranken das Unendliche sich zwängen. Wir müssen lieben, müssen glauben — das gibt ungemessene, beflügelnde Kraft. Unser Herzschlag muß den Takt halten mit dem pulsirenden All — dann wird uns Antwort, dann das Seufzen zu einander verstanden. Das Seelenleben der Natur, ihr Harren auf Erlösung, haben jene Griechen wohl empfunden und ausgedrückt. Die Menge bemächtigt sich dieses feinen Erkennens höherer Menschengeister, zum plumpen Materialismus; dort sah sie einst unheiliges Gewimmel bunter Gestalten; hier sieht sie nur eine todte Werkstätte, da, wo dem innerlichen Menschen

9*

göttliche Offenbarungen in Licht, Farbe, Ton und Form erklingen.

— So eine rechte Hauptliebe — die wacht immer wieder auf, wie der Frühling immer wieder die Erde mit seinen farbenheißen Strahlen wach und blühend küßt nach noch so tiefer Erstarrung.

Den 27. Juli.

Gestern war viel zorniger Jammer in der Natur. Abends fuhren wir gegen Lausanne über die Höhe. Der Jura sandte uns Einen Regenschauer über den Andern. Aber es gab auch wundersame Lichtblicke auf Savoyen, und einen Irisbogen, der sich schimmernd über die Granitzacken in die Flut senkte. Wir kamen durch Préverenge, St. Sulpice und Ecublanc, wo wir seitswärts von Lausanne, für das die Sonne doch noch immer Einen Feuerkuß hat, Bussigny liegen sahen, die Campagne der Frau von Montolieu.

Die Dents d'Oche grüße ich immer zuerst aus meinem Stübchen. Ihre blauen Hörner starren in den Aether. Weiter unten in den Klüften bergen sich, wie Herden, weiße Wolken. D'rüben an der Straße macht Meister Martin mit seinen Gesellen hämmernd die Runde um ein Riesenfaß. Der Rauch zieht über Bäume. Als ich heute früh mein Fenster öffnete, sah ich nebenan einen Mann mit weißen Haaren, kurzes Pfeifchen im Munde, ein neues Grab bereiten. Auf die schwarze Todtenbahre, welche hinter ihm im hohen Grase stand, hatte sich ein Knabe geschwungen; zwei Kleinere mit hochrothen Mützen standen unten. Als der Todtengärtner fertig war, legte er das Werkzeug weg, ging langsam durch den Friedhof und schloß die niedere Thüre hinter sich zu. Ohne Sang, ohne Klang bettet man die Schläfer hier. Hie und da rollen Erdschollen dumpf auf den Sarg — das ist Alles. Bei der Bestattung steht das Gefolge ruhig umher. Nur an der Kirchhofthüre wendet sich wohl zuweilen Einer und winkt noch einmal mit dem Hute zurück. Alles grün ohne Kreuze; blos Stöckchen; ein Paar junge Bäume da und dort verstreut; nur Ein glühend rother Strauß und mitten im lichten Rasen eine ernste Pinie; an der grauen bemoosten Mauer, überhängt von Ephen und Schlingkraut, einige alte Bäume. Schon oft beschäftigten mich die Gegensätze diesseits und jenseits der hohen Mauer: dort nur Gras und halbversunkene Gräber; hier Blumen an Blumen, breite Wege und Blütensträuche, zwischen denen geschmückte Menschen umhergehen mit all' ihren Hoffnungen, Wünschen und Schmerzen.

Den 28. Juli.

Der See ist so friedlich, daß man das Dampfschiff glucken hört wie eine große Bruthenne, und die Fischerbarken ächzen unter den Weiden; das Kähnlein dort scheint über eine Alpspitze zu schweben. Die Uferbäume beschauen sich in den Wellen. Kein Hauch bewegt die kurzen Schilfe und Seekräuter. Zwei kleine braune Mädchen, die Eine mit der ominösen schwarzen, die Andere mit der rosa Dormeuse, suchen Steinchen am Strande.

— Gedanken und Gefühle sind in's Licht geborene Seelenkeime.

— O laßt uns doch den Geliebten Schönes und Schmeichelndes sagen, sie schmücken mit den Blüten unserer Liebe, aus dem ganzen Seelengarten Worte wie zu Kränzen um sie flechten! Mag man doch mit geschäftigen Fingern leuchtend und farbreich zieren, was man hoch hält, Menschen und Bilder: Kerzen um sie anzünden, sie in Rauchwerk und Frühlingsdüfte hüllen — und den geistigen Liebesschmuck wollt Ihr uns besteuern und wehren? —

— Nicht Alles ist Täuschung im Jugendlieben. Es sind Skizzen, wie eine feurige Schülerhand sie hinwirft im Drange nach dem Ideale. In diesen Leidenschaften und Herzgewittern doch Ein goldner Wahrheitskern: die Begeisterung. Es ist doch Ein göttlicher Moment in solcher Liebe; immer eine poetische Wahrheit: Darum kein Jugendlieben ganz verfehlt und zerstoben, auch wenn der Gegenstand und mit ihm das Gefühl in Nichts zerrann.

— Der Gottessohn ward Mensch, uns in Fleisch geborene Gotteskinder zu erlösen. Wir müssen dem Wege folgen, den er vorausgegangen. Jede Seele muß in ihrer Lehrzeit im Körper, gleich dem Heilande, in Kreuzigung und Tod, den Geist bewahren, die lebendige Wahrheit. Christus erlös't uns durch uns selbst. Der Geist muß sich wiedergebären. Der Geist muß sich in sich nähren. Muß nicht auch erst die Sonne die Nacht überwinden? Der Magnet lernt nur durch Uebung schwer und schwerer tragen. Im Ringen stählt sich Kraft. Der Schmetterling fliegt erst, wenn er Stärke hat, den Raupensarg zu sprengen. Ohne Schmerz gibt es keine

Geduld, ohne Prüfung keine Tugend, ohne Urtheil keine Gerechtigkeit. In Freiheit besteht das Höchste. Frei muß das Göttliche erkannt und gewählt werden, wie Liebe nur um Liebe wirbt. Wir sind erfunden, entdecken müßen wir uns selbst, denn Unschuld ist noch nicht Tugend, Ahnen noch nicht Bewußtsein, Liebe noch nicht Treue — und ohne Treue ist Liebe nicht Liebe! —

Den 29. Juli.

Wir waren auf einem Balle: Die eleganten Salons, die Beleuchtung, das Gewimmel, die Contredanses, die Spieltische, die frischen Toiletten, die Blumen, das Eis, der gute Ton, die feine Unterhaltung — man glaubt sich in Paris; vielleicht mehr Höflichkeit als dort; feine Höflichkeit noch aus der guten alten Zeit, und wirklich mit so viel Wohlwollen in der Aeußerung, daß man es für Höflichkeit des Herzens nehmen möchte. Man ist gütig gegen Fremde. Viele Ausländer wogten durcheinander. Ich sah den Sohn des holländischen Finanzministers; die Herzogin von Otrante, die leidend scheint: eine kleine zarte Gestalt im braunen Ueberrocke, schlichter, weißer Haube; blaß, geistreiche Züge, dunkle Augen. Hier der schöne griechische Frauenkopf mit dem Diademe; dort die Creolin mit dem Lavaauge. Engländer, einheimische Uniformen. Es näherte sich mir eine Dame, feinconventionell, von gediegener Bildung. Wir plauderten lange. Sie war zu Genf im Casino, als der junge Herman, Schüler von Liszt, ein Conzert gab, in welchem Lezterer auch spielte. Plötzlich richteten sich alle Lorgnetten auf Einen Punkt — Madame Dudevant erschien: kleine runde Gestalt, edles Profil, lange Locken, eine rothe Blume darin. Die Züge erinnerten meine Dame augenblicklich an Manuel, den edlen Prediger in Lausanne, der damals noch lebte, und den sie genau kannte. In den nächsten Tagen schon kam sie mit ihm zusammen und erzählte nur, daß sie George Sand gesehen. Der fromme Mann lächelte vor sich hin und sagte: „seltsam, daß man oft schon Aehnlichkeit in ihren Zügen mit den meinen hat finden wollen.“ — Auf dem Dampfboote bemerkte man Madame Dudevant in Männertracht.

Meine Dame erzählte auch von Cooper, dem sie in Vevay oft unter den Kastanienbäumen begegnete, und beschrieb ihn als scheu. (Er wohnte am Ufer bei den Bädern und gab in seinem Scharfrichter von Bern eine mißglückte Beschreibung der abbaye des vignerons*). Wahrscheinlich wird dieses uralte Fest, das immer nach 29 Jahren wiederkehrte, künftig nicht mehr gefeiert, weil es zu viel kostete und Aergerniß gab, denn die Gesellschaft ist dort sehr ernst geworden. Man soll es den Mädchen mißdeutet haben, die das leztemal Ceres und andere heidnische Göttinen darstellten.

Als ich heimkam und vor dem Spiegel stand, um die rothen Geranien aus meinen Haaren zu nehmen, schlug es gerade Mitternacht. Mir fiel die Sage ein, daß der Teufel einem aus dem Spiegel entgegenblickt, wenn man Nachts um 12 Uhr hineinsieht. Es war auch ein besonderes Grauen, mit dem ich mich jezt betrachtete,

*) Der Sage nach von Mönchen gestiftet. Ein Gemisch von christlicher und heidnischer Darstellung. Ein Winzer macht den Bachus, der Andere den Noah. Das Archiv der Bruderschaft verbrannte 1688.

wie ein fremdes Wesen. Unheimlich sah ich mich an aus großen Augen — da lag so viel dahinter, Untiefen. Ganz garstig! Nie erschien ich mir schlechter, innen und außen. Ich warf die Blumen weg. Die wahre Medusa ist doch ein Jeder sich selbst: unser eigen Angesicht, wenn es gedankenlos, wüst uns anstarrt aus dem Glase, mit weit offenen Augen, die kalte Schrecken in uns gießen.

Den 30. Juli.

Auf dem Berglein Boirons.

Unten geht die Straße vorbei nach Genf. Da fährt ein Mann, eine Frau, zwischen beiden ein Kind, hinten ein Faß, Alles von einem Grauschimmelchen gezogen. Die Sonne ruht noch einen Augenblick auf dem unwaldeten Jura. Der Abend ist nur Süßigkeit und Anmuth. Diese Gegend trägt den Ausdruck eines durch Gottesliebe gestillten, geläuterten und erfüllten Geistes. Auf Evian liegt noch ein später Liebesstrahl. Wie verlassene Opfersteine der Druiden ruhen Meillerie's Felsen halb im Nebel. Gegen Vevay ein glänzendes Berggewimmel, frischgefallener Schnee, roth angehaucht. Es geht ein Seufzen durch die jungen Kastanienbäume und Akazien, die mein Bänkchen umgrünen; das Heidekraut zu meinen Füßen zittert. Vögel hüpfen vertraulich um mich her und wiegen sich in den Aesten. Von Morges tönt städtisches Geräusch. Da unten schneiden noch zwei Männer mit Sensen das gelbe Korn. Bekannte fahren vorbei und winken mit den Taschentüchern herauf.

— Wer hat nicht schon den Segen in Liebe und Gebet, in Vertrauen und Glaube empfunden, geahnet die Hölle im Fluche? Wenn es wie Wehen von fernen Himmeln um unser Haupt zieht, lichte Gedanken sich in uns erheben, beschwingte Gefühle — empfindet man da nicht oft, daß es Wunsch von treuen Seelen ist? Wer kann sie ergründen die Mysterien der Liebe, die sich beflügeln zu den Wundern göttlicher Liebe? Und je seliger wir dieß stille Frühlingswalten der Liebe an uns und Andern erfahren, desto mehr durchgraus't uns die Ueberzeugung, wie auch der Haß zu einer geistigen Gewalt anwachsen könne, deren sich Satan bemächtigt: Lieben heißt, für den Himmel, hassen, für die Hölle arbeiten.

— Wenn unser Hoffen und Erinnern, unsere Liebe, alles Streben, Sehnen und Entsagen, das wir in einer treuen Brust niederlegten, in einer verschwiegenen und nun ganz verstummten, mit ihr im Grabe liegt, ist doch auch schon ein großer Theil von uns verstorben, zu Staub geworden. Aber zugleich gibt es auf der Erde kein so rührendes Bild der Treue, als dieß kalte, bleiche unter der Erde, eine Treue, die mit dem Tode unsere Geheimnisse besiegelt hat. —

Den 31. Juli.
In einer Barke auf dem See.

Wie Ultramarin breitet sich der See aus, dem Meere gleich. Neben dem jungen Fährmann mit dem niedern, grobgeflochtenen Strohhute, den großen Augen im braunen Gesichte, dem feinen freundlichen Zuge am Munde, ein Schifferjunge, der ganz zornig rudert mit wildbraunen Augen, aber doch die weißen Zähne in die Lippen beißt vor Lachen, wenn wir deutsch reden. Die Damen zeichnen und sticken. Ein Kahn mit vielen bärtigen, sonneverbrannten Männern fliegt an uns vorbei. Die Cathedrale von Lausanne schaut ehrwürdig nieder.

Später.

Das Hôtel de L'ancre in Ouchy, wo wir ausstiegen, sieht mit Uhr und Thürmchen einem Rathhause ähnlich. Hat da wohl Byron gewohnt, als er mit einem Freunde durch schlimme Witterung zwei Tage festgebannt, hier seinen Gefangenen von Chillon schrieb? das Hafenleben ist bewegter und gedrängter als in Genf: Schiff an Schiff. Menschengewimmel. Rauhe Stimmen. Kettengerassel. Blau und weißgedeckte Gondeln, Nachen kreuzen nach allen Richtungen; die Ruder blinken wie weiße Flossen. Lastschiffe. Der Omnibus von Lausanne voll Reisender für das Dampfboot. Ein blasses Mädchen mit großem Strohhute hat neben sich auf die Hafenmauer den verdeckten Korb gesezt und das reinlich weiße Päckchen, und liest in einem ganz kleinen Büchlein, das nur ein Paar Sprüche auf jedem Blatte enthält. Der alte Thurm *), an welchem neue Häuser angemörtelt, ist der Vetter von dem zu St. Prex. Zwischen Segeln und Maste hindurch schaut man auf die Felseneinsamkeiten der Dents d'Oche.

*) Ueberrest einer Veste, welche der Bischof Landerich von Dornach 1160 baute.

Wir gehen eine Strecke auf dem Uferwege, der nach Denantou führt. Der See ist voll Fischerkähne, die so faul da liegen. Mitten durch, hart an uns vorbei, schießt das Dampfschiff. Die Menschen, die darauf sitzen — wie fliegen sie so fremd, und doch so schicksalsverwandt an uns vorbei! Wir verspäten uns; die Gefährtinnen fürchten Nacht und Wetter, und wollen zu Wagen heimkehren. Es fehlt ein Platz und ich freue mich, geschüzt vom deutschen Diener, wieder in den Nachen steigen zu können. Ringsum dunkelblaue Dämmerung. Nur im West noch ein gelbrother Streif. Die lustigmuthigen Gesichter meiner Schiffer beruhigen mich. „Nous sommes comme des canards elevés dans l'eau," sagt der Aeltere, den man „Diable des bois" nennt, weil er so entschlossen und geschickt ist. Es kam ein Regenguß, der aber bald wieder aufhörte. Die Schaumfloken („Lamperln") heißen hier auch „moutons." Ich fragte den Diable des bois, ob er schon Gespenster auf dem Wasser gesehen; er schüttelte den Kopf. „Es gibt keine," meinte er und sezte hinzu: „Ah! si j'étois un revenant je savais ou j'irais ..... j'irais bien à votre porte, Mademoiselle, puisque vous êtes si prés du cimetière."

Die Luft erhebt sich; sie lassen die Ruder sinken. Das Wasser plätschert an den Kahn. Einsam treibt er auf den bewegten Wellen. Da fahre ich so verlassen hin, fern von allen Theuern, eine hier fremde Welt im Herzen, kann nicht einmal in Lauten der Heimat es erzählen, was im Halbdunkel der Seele webt: so ist wohl auch oft mein Schicksal gewesen! Der Nordwind weht stärker. Savoyen schwindet in Nacht und Nebel. Die Schiffer wechseln schnelle Reden in ihrem rohen

Patois. Wir segeln dem Ufer näher. Ich unterscheide Saint Sulpice *). Einzelne warme große Tropfen fallen mir ins Gesicht. Ueber dem Jura thürmen sich schwarze Wolkenschichten. Aus ihnen schlüpft, wie ein Goldschiffchen, die reine Mondsichel. Der Diable nimmt die blecherne Schaufel: „à votre santé, mademoiselle!“ trinkt in vollen Zügen aus den Wellen und gibt dann dem Hunde zu saufen, der sich an meine Kniee schmiegt. Gerade über unserm Segel schimmern die Sterne aus zerrissenen Wolken.

Wie ein Papagei plappert der Schiffer deutsche Worte her, die er von Reisenden aufgeschnappt. Er hätte gern viel lernen mögen, sagte er, „aber ein armer Bursche, der sein Brod verdienen muß, hat keine Zeit dazu.“ — Der kleine wilde Junge will nur mehr das Segel halten. Der Andere schilt. Jener flucht vor sich hin und zerbricht sein Ruder. Ich redete ihn freundlich an, um ihn zu besänftigen. Er antwortete kurz aber ganz artig. Ich tauchte die Hand ins Wasser; die warmen Fluten liebkos'ten meine Finger. Mir war doch wohl, wie der Kahn nun so schnell hinglitt! der Wind kühlte mir die Stirne und die Ruderschläge hatten so etwas Sehnsüchtiges. Gern hätte ich glauben mögen, daß ich nun durch finstere stumme Nacht zum höchsten Erdenziele hingetragen würde.

Gegen Prévereuges sind Steine im See, die meine Fährleute ängstlich mieden. Wir geriethen auf Sand. Es war jezt windstill. Langsam ging es voran. Welche Ungeduld mag das Herz erfassen beim gemessenen Takte der Ruder, wenn man so nächtlich irgend einem großen

*) Halbweg Morges.

Schicksale, einer Entscheidung, oder der Liebe entgegen geführt wird! Ich begann ein wenig in die Traumwelt hinüber zu nicken. Da traten wohlbekannte Bilder und Töne vor meine Seele, wie blauem Heimatnebel fern entschwebt, und es gestaltete sich wie eine Erinnerung:

Wenn im ersten Monate des Jahres die Sonne warm vom blauen Himmel blickt, jeder Strahl, jeder Lufthauch „Frühling, Frühling" flüstert, und doch die ganze weite Erde tiefer Schnee überzieht, aus dem die Bäume schwarz und müdgeweint hervorgucken — da wundern sich die Menschen, suchen im Kalender, gebieten dem unverstandenen innern Jubel ein vernünftiges Schweigen, und schmähen den Winter einen alten Gecken, der jugendlich thun will. Berge und Wälder, Luft und Wolken wissen es aber besser, sie lachen über die klugen Leute, und feiern heimlich die Geburt des Lenzes. —

Da liegt nun der kräftige Knabe unter weißen Linnen, schlägt und strampft ungeduldig mit den kleinen Füßen, und Strauch und Hecke tropfen von seinen ersten eigensinnigen Kinderthränen. Wie lächelt die Sonne über den Ungestüm! Selbst der strenge Vormund, der graubärtige Winter, hat Wohlgefallen an dem Neugeborenen und stört nicht die Feier. Aber das währt freilich nicht lange: Schneegestöber und Frost zeigen gar bald, daß der unmündige Königsohn noch nicht mit zu reden hat, daß des Vormunds strenges Regiment noch gilt. Und da tritt dann die mütterliche Sonne siebenfach verschleiert leise hinzu, besticht den Sturm, daß er sein Liedchen pfeift, und immer wieder pfeift, bis das Kind fest, fest einschläft und nichts merkt von dem wilden Getriebe; und befiehlt dem treuen Knechte Februar den Schlummer des Lieblings zu bewachen. So kommt es, daß der

Vormund oft beinahe das Dasein des kleinen gefährlichen Nachfolgers vergißt; und erwacht dieser einmal dazwischen für kurze Zeit, nimmt der Vormund das Kind wohl in guter Laune sogar auf den rauhen Arm, trägt es fort, und läßt es durch große Scheiben in hellerleuchtete Räume schauen, wo schöngeschmückte Frauen und Mädchen tanzen und plaudern: da klatscht der muntere Knabe freudig in die Händchen, lächelt holde Jungfrauen schelmisch an, oder schneidet tolle Gesichter über geschminkte Wangen und unnatürliches Wesen. —

Mittlerweile verstreichen Wochen; das Bettchen wird zu eng; die Decken zerreißen, liegen in Stücken umher, und die Sonne denkt nun ernstlich an die Erziehung des wilden Jungen: der blonde März muß Bäche und Flüsse von Bergen und durch Ebenen jagen — so lernt der Knabe laufen. Amseln leiten den ersten Sprachunterricht, und die Schwalbe wird von weither verschrieben, um ihm den Gebrauch der bunten Fittige zu lehren. Hui! wie das huscht über Wiesen und Felder, Versteckenspielt hinter den Stämmen des Waldes! Jeder Fußtritt, jeder Flügelschlag, jeder Hauch des lieben Kindermundes, ruft zarte Halme aus der Erde, lockt neugierige Keime aus dürren Zweigen. Da hat die Sonne gut mahnen: „Gemach! gemach! laß deine Getreue ruhen, bis du sie einst vor jedem Feinde zu schützen weißt.“ — Der Kleine hört nicht, oder bettelt mit so klaren Aeuglein, daß die freundliche Frau selbst alle Vorsicht vergißt, und nachhilft am Baue und des glänzenden Spielzeugs. Was aber sagt der Winter? Ach, der sieht nun schon lange die Gefahr, will nur sein Herrscher- und Vormundrecht behaupten und denkt: „der Knabe soll einen tüchtigen consequenten Hofmeister bekommen, und dazu ist der April mein Mann.“

Jezt geht der Unfug erst recht los; immer Zank und Neckerei! der Hofmeister weiß nur zu strafen und nichts zu lehren. Er will nichts als Ernst, immer Ernst — der Zögling fühlt mehr und mehr die wachsenden Kräfte, den heitern Lebensberuf: Zorn von der einen Seite — muthwilliger Eigensinn von der andern, stürmen und lachen durcheinander. Am Tage ist der Lenz im Vortheile, von Allen geliebt: Jeder hilft ihm gerne, und tausend Schlupfwinkelchen bleiben ihm offen. Wenn er dem April einen Streich gespielt, und der Hofmeister, ihn wildverfolgend, endlich still stehen muß, weil er nicht mehr weiß, wohin der neckende Flüchtling gekommen — da kichert und lacht Groß und Klein vom lezten Gräslein bis zur Sonne und den riesigen Bergen, die im donnernden Gelächter rollende Schneemassen von den Häuptern schütteln. Kommt aber die Nacht, dann rächt der April den Spott grausam, und am Morgen blickt der reifende Jüngling wehmüthig auf die vielen kleinen Blumenleichen ringsum; er freut sich wohl auch am treuen Bache, der, über ungerechten Drucke murmelnd, die nächtlichen Eisfesseln kühn abstreift, und geht dann muthig aufs Neue an sein Schaffen. Mehrere Wochen sieht der Vormund das tolle Treiben im stummen Grimme mit an; unterdessen rückt der Tag immer näher, an dem sein Mündel den blühenden Thron besteigen soll; der Winter weiß keine Rettung mehr, und müde, alterschwach, sehnt er sich selbst nach Ruhe, und beschließt vorerst noch zu dem Bruder Norden zu gehen und sich dann auf seine Privatbesitzungen, den schimmernden Gletschern, zurückzuziehen. So läßt er es denn ruhig geschehen, daß auch der April das saure Amt endlich leichter nimmt, und nur hin und wieder die Freuden des Jünglings durch Gepolter zu stören sucht. Und dieser! der hat gar bald jeden Hader vergessen; sanfter geworden, wandelt er am liebsten seligträumend verborgene Wald- oder Bergpfade, schleicht sich zu jeder Hütte, um wohlzuthun, und lächelt schelmisch, wenn sich in seine frohen Kinderspiele allerlei Liebesgedanken stehlen wollen. Jezt beginnen auch die Menschen vom Lenz zu sprechen, und sagen: „bald muß er kommen;" denken aber nicht, daß er es schon ist, der ihren Kindern die Osterfreude ausschmückt, und daß, während die Kleinen jubelnd in Hecken und Gärten nach den bunten Eiern suchen, der Liebliche in jedem Eckchen lauscht, und zum erstenmale den strengen Vormund flehentlich bittet: „nur diese Lust nicht verderben — nur heute keinen Schnee!" - Erst am Pfingstfeste, wenn der Frühling schon König geworden, Hand in Hand mit der holden Braut, der rosigen Jugend, sein weites Gebiet segnend und singend durchstreift: erst dann glauben die Meisten endlich an seine Gegenwart; dann erst ist er ihnen plötzlich geboren, und freudig hängen sie sich an seine Gewänder, umschlingen liebend seine Füße.

Was bleibt nun noch zu sagen? Wer weiß nicht von der goldnen Zeit zu berichten, in der jenes königliche Paar und der Mai als allerliebstes Ministerlein regieren? Wer kennt nicht das schwirrende, jubelnde, flimmernde Lenzgefolge? — Möchte aber Jemand noch wissen, wie der Frühling die Braut fand, so will ich ihm gern erzählen, daß es in den argen Streittagen des Aprils geschah. Dem hartbedrängten Lenze jagte sein Lehrer zornig verfolgend nach — in der größten Angst hatte der Frühling eben noch Zeit in ein unbefangenes Mädchenherz zu schlüpfen, um dem Feinde zu entgehen. Aber wie gefiel es da dem Wildfange! Wie zahm schmiegte er sich, und ach! wie selig, wie begeistert schlug plötzlich das liebe Herz, das — sein Glück nicht begreifend — gar nicht wußte, was sich in seinen Tiefen zugetragen! Dort war es, wo der Frühling die Jugend kennen lernte, und als er den schönen Ort wieder verlassen mußte, um sich in der Welt noch recht zu tummeln, zog es ihn immer wieder dahin zurück, bis er endlich die Braut heimführen durfte, mit ihrem ganzen Geleite von Liebe und Hoffnung. — Das Herz war nun ausgestorben — nur die Sehnsucht nach der verklommenen Herrlichkeit blieb zurück. Es hat die Leere nicht tragen können; gebrochen ruht es unter einem frischgrünen Hügel, auf den in stiller Mondnacht das Königspaar seine Rosen streut; und wenn dann die Nachtigall ihr wunderbares Sterbelied d'rüber hin flötet, dann durchzittert beide das erste Weh, was nie wieder ganz schwindet: und das ist es, was uns so oft geheimnißvoll aus Frühling und Jugend entgegenweht — immer verwandt und nimmer verstanden.

Hundegebell weckte mich. Lichter blinkten durch's Ufergrün. Wir schifften in Morges zwischen den zwei Bernerschildwachen *) durch. Mitternacht war vorüber.

Den 2. August.

„Quel désert aquatique!" rief einst Kaiser Joseph am Leman. Wir zählten nur auf kleinem Raume zwölf weiße Segel, die meisten mit doppelten Schwingen, wie

*) Die Berner erbauten die Hafenthürmchen.

Riesenschmetterlinge auf einer Au. Bald schwamm das Dampfschiff, welches heute sonntäglich die ganze Länge des See's zweimal befährt, nahe am Gestade vorbei, ganz voll, Kopf an Kopf. Auf dem Lande dagegen eine gewisse festliche Ruhe. Ueppige Rebenstöcke, trefflich gepflegt, schmücken die Höhen. Ein Mann kam heiter des Wegs mit sauberm Körbchen. Auf einem Felde ruhte eine ganze Gesellschaft von Landleuten, hübsch gruppirt, ohne Trank oder Speise, in traulicher Abendfeier. Ueberall sitzen sie so beisammen und erzählen sich. In den Dörfern vereint man sich auf einem Platze, oder in den Straßen, unter Bäumen, und plaudert und erzählt. Da tritt schon das Gesellige, die Causerie der Franzosen vor, und zugleich das Improvisiren der Italiener. Unsere Pferde liefen rasch. Weit hinter St. Prer saus't die Aubonne in den See, und bald darauf hatten wir Allaman erreicht, das sich in seinem Parke walterscottisch birgt. Am Wirthshause standen Schützen. Eine Horde barfußer Buben lief hinter einem Esel d'rein, auf den sie einen ganz kleinen Jungen gesezt hatten. Ein armlanges Mädchen mit feiner Nase, Schwarzaugen und altkluger Dormeuse, lächelte mich fein an und machte einen tiefen Knix.

Der silberhaarige Kastellan öffnete uns das Gitterthor. Die Wasserfälle sind vertrocknet, die Schattengänge des Parks verwildert, aber das stört nicht bei der bemoosten Burg. Der Schwalben Kreisflüge an den Ringmauern. Der Schloßhof voll thurmhoher, uralter Akazien, welche weit die Zinnen überragen, grüne, lustige Warten, in deren sonnenhellen, wiegenden Blättergezelte die Blicke sich verfliegen; ganz oben glühen noch einsame, rothe Blüten.

Wie in einem Ritterromane saßen wir auf dem Söller, der an die Ecke des Hauptthurmes gebaut ist, von einem Baldachin gedeckt, welchen Lanzen tragen, und ein geschlossener Helm krönt. Auch das gräfliche Wappen der Sellon fehlt nicht: ein Rabe, drei Tauben und die Devise: „Fait ce que dois, advienne que voi.“ Dieß Alles gothisch, grau und roth gemalt, etwas neu und theatralisch. Zwischen den Baumpartien schimmern starre, kühngebildete Alpengipfel und krause Felsrücken herüber. Eine Denkschrift im Hause besagt, daß Napoleon in Allaman verweilte, und Graf Sellon hier den Vertrag zwischen Genf und dem Waadtlande unterzeichnete. Das Schloß kam von der Familie Langallerie an die der Sellon und scheint ursprünglich zur Vertheidigung der tiefen Schlucht zwischen der Aubonne und der Veste von Morges bestimmt. Als Voltaire Allaman kaufen wollte schrieb er: „J'ai besoin d'un tombeau agréable.“ —

Der Mond sank zärtlich zu den Bäumen herab und die bleiche Landschaft glich einem Elfengebilde. Wir begegneten einem jungen Manne, an jedem Arme zwei weißgekleidete Mädchen, in einander eingehängt; und später singenden Burschen, auf den Hüten Johanniswürmer, die ihnen heimleuchten mußten.

Den 3. August.

— Zutrauen will Vertrauen werden.

— Ein Schmerz löſ't den Andern ab, um Schildwache zu stehen bei der Seele.

— Wer kann mir sagen, ob nicht Gedanken und Wünsche, Ausstrahlungen treuinniger Liebe, magnetische

Kränze um ein geliebtes Haupt schlingen, es mit höherem Glanze weihen, mit einem Geisterdiademe krönen? — Es gibt Tage, die wie mit Todtenglocken um unser Ohr läuten. —

Gipfel an Gipfel stand das Gebirg, höher aufgerichtet, vor Gott da, wie zum Gebete. Der Sonnenuntergang ist die Stunde des Gottesdienstes in der Natur. „Ist hier eine Aeolsharfe?" fragte ich und nahm lauschend den Hut ab. Nein, es war der Wind, der nur in den höchsten Gipfeln melodisch rauschte. Mücken schwirrten noch überall im Abendpurpur. Ein rehfarbener Jagdhund, der Kette entronnen, wälzte sich freiheittrunken auf grünem Rasen, umkreiste mich, sprang an den See und trank, und sah hinein; folgte mir auf den elastischen Boirons, schaute verwundert die schwarzen Schafe an; eins ging auf ihn zu, lief ihm nach; erschrocken wich er; so trieben sie ihr Spiel, und der spannenlange, sonnenverbrannte Junge, der halbnackt mit einem Stöcklein bei den Lämmern saß, sprang auf allen Vieren unter ihnen umher, schrie wie sie und ahmte sie nach. Am Ufer schwamm ein reines Feuer, zuletzt nur mehr wie ein Lichtlein erlöschend fern in den Wellen. Kinderjubel schallte herauf.

Vuflens, den 4. August auf dem Hauptthurme. *)

Gleich der Eingang durch Seitenpförtchen und finstern Gang in den Hof ist mittelalterlich. Ich liebe Ruinen — Trümmer gehören zum Vergangenen — aber diese wohl-

*) 175 Fuß Höhe. 199 Stufen.

erhaltene Veste macht doch die Vorzeit jung und lebendig vor uns. Schon im 14. Jahrhundert wird vom alten und neuen Schlosse gesprochen. Die Küchenhalle im Thurme ist noch in gutem Stande; auch einige andere Säle mit mächtigen Kaminen. Jene zeigt man als Wohngemächer der Königin Bertha und ihrer Kinder, welche die Mutter der Armen und Nothleidenden war. Sie hatte eine Stunde bestimmt, um jeden Tag Bitten und Klagen der Hülfbedürftigen anzuhören. Die fromme Fürstin verwaltete ihre Meiereien selbst, wie Karl der Große, und vermehrte durch weise Sparsamkeit das reiche Witthum. Immer lebt Bertha's Name unter dem Volke: „Da war noch gute Zeit, als Bertha spann!" Ein Siegel stellt sie mit dem Rocken auf dem Throne dar. Bei Orbe — heißt es in einem alten Tagbuche — begegnete sie einem jungen Mägdlein, das spinnend Schafe hütete, und sandte ihm eine kostbare Gabe zum Lohne des Fleißes. Am andern Tage erschienen mehrere Edeldamen bei Hofe mit der Spindel, aber die königliche Spinnerin schenkte nichts, sondern sprach: „Die Bäuerin ist zuerst gekommen und, wie Jakob, hat sie meinen Segen weggenommen."

Der Schloßherr schlug mir seine Chronik auf — das Archiv und andere wichtige Papiere verbrannten die Franzosen: — Seit 900 soll die Burg stehen. Die Tradition nennt als Erbauerin die Königin Bertha. Wilhelm Buflens kommt 1200 vor. Die Veste ging auch an die Familie Colombier über, eine der edelsten des Waadtlandes, jezt erloschen, gleich den Buflens, und kam 1641 an die Vorfahren des gegenwärtigen Besitzers. Beiläufig gesagt, man lachte über Alex. Dumas, dem es gefiel von hiesigen Crénaux zu sprechen, während es gerade der Ahnenstolz vom neunthürmigen Buflens ist, keine Schießscharten zu haben.

Auf dem schmalen Gange hoch oben, voll Löcher, umringt von gekreuzten modrigen Balken, kroch ich umher. Jeder der 24 Fensterbogen rahmt ein besonderes Landschaftsbild ein; das Meine, vor dem ich schreibe, ist der rosenfarbene Montblanc. Unten badet sich Morges, halb in Bäumen versteckt, im See. Seine verschwenderischen Ufer, Lausanne, Evian, Thonon, alle die Lemanstädte auf und ab. Der Jura voll Gold mit einem purpurnen Saume, und alles Land bis an seinen Fuß nichts als Ein dichter Rebenteppich; darauf Dörfer gesäet, Campagnen, Felder, Bäume. Dorf Buflens zu Füßen der Warte. Unter mir, wie Zuckerhüte, die kleinern Thürme. Mir schwindelt vor dem Gebälke, den riesigen Mauermassen, in die ich hinabschaue. Es dämmert schon in der Tiefe des Gebäudes. Ich meine die weiße Gestalt der Königin Bertha müsse aufsteigen und — der Wind saus't auch wie eine Geisterstimme der Vergangenheit — zu mir sprechen: „Menschenkind! Es sind überall dieselben Leiden und Freuden; auch ich habe geweint, gehofft, — und jezt Alles vorbei!“ — Ja, da spann sie, die gute Bertha, und spann alle Gedanken und Gefühle, die noch heute Frauengemüther bewegen, hinein. Bertha's Herz ist Staub, ihr mächtiger Thurm halbzerbröckelt, die Menschengeschlechter ringsum sind dahin, sind wie Rosen und Rebenblüten entkeimt und verwelkt — aber noch steht der Granit der Savoyeralpen, zu dem so viele nun verglühte Augen aufgeschaut; und wenn die meinen längst gebrochen, werden Andere wieder hinblicken und von unserer Zeit sagen: „und jezt Alles vorbei!“ Ein

Gehen und Kommen, aus und ein in der Herberge. Wenige Namen bleiben an den Wänden unverwischt. — Man ruft mir. Lebwohl, Berthathurm! Melodisch seufzt die Luft, durch die Fensterlücken streifend.

Später.

„Der Geist der Königin Bertha!“ riefen sie, als ich in meinem weißen Mousselinetuche, das mich völlig einhüllt, wieder in den Hof hinaustrat. „Ich bin mir wirklich da oben beinahe wie ihr Geist erschienen,“ sagte ich, und folgte der Gesellschaft in das sogenannte neue Schloß — der bewohnte und ausgebesserte Theil — gegenüber der Thurmstiege, über dessen Thüre das Wappen des Eigenthümers: drei Sterne. Schon im Corridore grüßen Ahnenbilder. Der Salon führte uns in schöne Häuslichkeit, in welcher ein Segen der Väterzeit fortzuleben scheint, gehütet von den festen Mauern. Nie sah ich ein glücklicheres Paar — so ganz Zufriedenheit und heitere Liebe. Der Hausherr, ein starker, großer Mann, ein biederes Gesicht, treu und schlicht — wie ein Ritter, der das Schwert im Frieden weggelegt hat und das Land seiner Väter baut. Die junge, rothwangige, blonde Frau mit lieblichem Wesen; die zwei stämmigen Knaben, der Eine, die ersten Schritte im Zimmer taumelnd, der Andere schlafend auf dem Arme der Wärterin: Alles Freude und Vertrauen.

Wir hatten, auf die Teraffe hinausgetreten, einen Bruder unseres Wirthes durch Reben den Burgweg herauf reiten sehen. Der herzliche Ton zwischen den drei Geschwistern war wohlthuend. Das Seitenstück zu diesem Familienbilde machte ein anderes, welches in Lebensgröße gegenüber dem hohen Kamine hängt: der Vater des jetzigen Schloßherrn, ein hübscher Mann in holländischer Uniform. Auf der andern Seite seine Schwester Henriette, mit dem feingeformten Arme auf den Sticktambourin gelehnt; neben ihr die zweite Schwester, Victoire, einen Griffel in der Hand und ein Blatt, auf welches sie des Bruders schönes Profil skizzirt. Beide Jungfrauen im Alter von 18 — 20 Jahren; reizende Gestalten, holde Köpfe, so ähnlich und so verschieden. Gepuderte Haare, Atlaskleider mit Pelz besezt. Victoire soll viel schöner noch, weit regelmäßiger gewesen sein. Auf dem Bilde sieht sie kälter aus. Die Andere ist voll Grazie, Geist und Leben, und wird auch sehr anziehend geschildert. Mein Herz war gleich für die. Ich meine sie ganz zu kennen. Möchte man nicht die Geschichte dieser zwei Tanten schreiben? Sie blieben unvermählt. Nach ihnen sind ihre Neffen genannt, Henri und Victor. Die Lebensbestimmung der alten Dame war ihre Sorgfalt für die zwei Pathen, für die Söhne eines zärtlichgeliebten Bruders. Vor drei Jahren starb Victoire in Lausanne, einige 70 alt; 10 Jahre vorher verlor sie die Schwester, und wird von Allen, die sie kannten, gerühmt als edle und liebenswürdige Erscheinung bis zum lezten Lebenstage. Wie rührt mich, wenn ich mir die Greisinnen denke, ihre rosige Jugend, die der Maler gefesselt! Noch ahnet man keine von den Furchen, welche Gram und Erfahrung zogen. Die treuen Tanten sind jezt Staub, aber ihre Frühlingsgestalten lächeln in unvergänglicher Blüte auf die Kinder des Neffen herab, den Victoire und Henriette auf den Knieen gewiegt. Wer weiß, ob die Tanten nicht jezt wirklich Schutzgeister geworden sind des kräftigen

Geschlechts? Zwölf schwere, alte Lehnstühle im Salon, amaranth mit Blumen in weißen Medaillons, von den schönen Händen der Tanten genäht, erzählen ihren Fleiß. Wie mancher Jugendtraum, wie manch' verwehtes Hoffen ist da mit hineingestickt in diese hunderttausend petit Points!

Als man uns in den erhellten Speisesaal führte, der blankgetäfelt ist, geschmückt mit den Wappen aller Besitzer des Schlosses, durch so viele Jahrhunderte, und vor den blinkenden Tisch: war es wie zu einem mittelalterlichen Bankett. Nachher musizirte man im Salon, schwazte, stöberte in Albums und Mappen, in Gruppen vertheilt, auf welche die Tanten fast neugierig herunter sahen, aller Zeit, aller Lebenssorgen vergessend, ordentlich als wie vom Enkelglücke wieder jung geworden. Spät verließen wir Buflens. Das Gestirn des Wagens stand über der Burg, die sich in die Nacht thürmte, und noch oft sah ich, bereichert mit den Bildern dieses friedlichen Glücks, die ich wehmüthig mit mir forttrug, nach dem Lichtscheine der Fenster.

Den 5. August.

Und gibt eine Blume dir all' ihren Duft,
Wie liebende Bitten dem Kelche entsteigen,
Wie schwesterlich Seufzen in Maienluft —
Die Blume, die Blume gehört dein eigen.

Und gibt dir ein Herz all' sein Weh, all sein Glück,
Wie Weihrauchflammen dem Altar entsteigen,
Wie Heimweh in ferne Himmel zurück —
Das Herz, das Herz es gehört dein eigen.

Und ob du die Blume magst treten in Staub,
Ob frei an dein Herz sie zum Lichte erheben —
Es ist ja dein eigen das Blütenlaub:
Sie hat dir in Düften die Seele ergeben.

Den 6. August.

Wir fuhren fast bis zum Signal de Lausanne auf grundlosem, steilen Wege in einem Char de Coté. Drolliges Fuhrwerk: Einseitig und beschränkt ist da der Blick in die Welt. Man erzählt sich die Anekdote von einem Engländer, der die ganze Tour um den Leman machen wollte, aber gleich bei der Abfahrt zufällig die offene Seite des Wägelchens den Bergen zukehrte, also mit dem Rücken gegen den See saß, und bei der glücklichen Heimkehr sich wunderte, ihn gar nicht gewahrt zu haben. Noch eine Art von ambulanten Lehnstühlen wird gebraucht, „les obligeantes," in denen sich die Damen Abends in Gesellschaft fahren lassen.

Rings um das Tempelchen gruppirten sich Franzosen, Britten, Italiener, Nord- und Süddeutsche. Zu unsern Füßen breitete sich Lausanne über Berg und Thalgrund. Ein Gewimmel von alten, hohen Häusern, Dach an Dach. Weiteroben das Schloß, der Dom, dessen Thurm von vier kleinen gekrönt, sich scharf auf dem lichten See zeichnete. Zwischendurch guckt, wie ein Söhnlein, das am Strande spielt, der Thurm von Ouchy vor, um den sich weiße Segel entfalten. Mütterlicher Glockenklang bebte vom Münster über die summende Stadt hin. Links, tiefunten, von schmalen Wegen durchschlängelt, die Schlucht, in die sich noch einige Häuser klemmen.

An der gelben Steinwand Hütten, aus denen bläulicher Rauch wirbelte. Rechts das weiche, üppige Waadtland. Die Sonne hinter goldgefiederten Adlerschwingen, von Purpurnebel umwallt. In den rosigen Fluten spiegelten sich die Dents d'Oche vom Haupte bis zu den Füßen. Nachbarlich dem Signal steigt auf der Vaud-Höhe la Tour de Gourze empor, den Bertha oder ihre Zeit gegen die Sarazenen erhoben, ohne Thüre gebaut, nur mit der Leiter zugänglich. Wir standen so weit oben und doch regte sich nicht Ein Akazienblatt — die Bäume waren alle wie gemalt.

Als wir herunterstiegen auf den Montbenon, funkelten schon einzelne Lichterchen an dem Häuserberge. Wir sezten uns gegen den See. Der Mond warf eine goldne Nixenbrücke bis nach Savoyen, webte ein schimmerndes Netz über die Landschaft. Wohlgerüche zogen durch die Nacht. Johanniswürmer leuchteten. Hoch über uns die Milchstraße — so fern, so ahnungsreich zitterte das weiße Lichtmeer. Mir kam, voll himmlischer Weihnachtsfreude, ein Hauch zu, wie Blütenduft von diesen ewigen Sonnengärten.

Den 7. August.

Beinahe trugen wir, die Künstlerin und ich, Bedenken, uns in St. Prex dem kleinen allzuzierlichen Nachen anzuvertrauen, der wie ein Pfeil vom Ufer flog. Unser Batelier, ein Bursche in blauer Blouse mit Strohhut und fröhlichem Gesichte, sollte uns Etwas erzählen, begehrte ich. Ist euch denn nie etwas Ungewöhnliches begegnet? Er besann sich lange: „Einmal, ich war noch ein kleiner Gamin und mit zwei Andern auf einer Barke mit zwei Segeln — ich sprang hinauf und wollte mich an die Segel hängen — da schlug die Barke um und wir schwammen ans Ufer. Alle Leute liefen herbei „de nous voir culbuter.“ Es war das einzige Mal, daß ich ins Wasser fiel.„ Ich erkundigte mich, ob sich Niemand in den See stürzte. — „Nein, ich habe nur einmal „un noyé“ gesehen, vorigen Winter; er war 5 Tage unter dem Wasser. „C'était affreux à voir.“ Das benimmt einem die Lust zu ertrinken: „il faut attendre la volonté de l'être suprême,“ setzte er hinzu.

„La montagne du Boirons“ zeigte uns der Schiffer unter dem Namen: la crête des fourches. „Vor einigen 20 Jahren — ich war noch nicht auf der Welt — arbeiteten zwei Freunde, zwei Maurergesellen bei einem Meister. Der Eine nahm seinen Abschied. Sein Freund begleitete ihn — der Wandernde hatte 4 Franken bei sich — und stach ihn in einem Wäldchen hinter St. Prex in Arm, Fuß und Kopf. „La victime“ stellte sich todt. Der Mörder ging fort. Da fiel ihm ein: „aber wenn er doch wieder zu sich käme!“ Er kehrte noch einmal um, und überzeugte sich, daß sein Opfer ruhig da lag. Darauf entfernte er sich wieder. „La victime“ schleppte sich zu einem Herrn in St. Prex, der mit zwei Gensd'armes den Mörder festnahm. Eben auf jener Crête ward ein Schaffot errichtet und er enthauptet.“ — Schauerlich — das schöne Plätzchen! Auch von der anstoßenden Campagne La Caroline berichtete der Fährmann: wie sie vor Zeiten „un mauvais cabaret“ gewesen, in welchem man den Reisenden auflauerte, sie umbrachte, beraubte und Nachts in den See warf. „Nos pères" erinnerten sich, daß man in St. Prex altes Geräthe, Marmites u. s. w. ausgrub, und in den Weinbergen Goldmünzen, weil früher hier eine Stadt lag."

Der Schiffer erzählte von seinen sieben Geschwistern. Vater und Mutter leben noch. „Nous sommes bien gouvernés," versicherte er, „nous sommes contents," und fragte, ob sie in der deutschen Schweiz denn mehr Abgaben hätten. Wir erkundigten uns nach dem Pfarrer vom Dorfe. „O das ist ein wackerer, lieber Mann, der die Kranken oft besucht, und überall hilft und räth!", Vor einigen Jahren hat der wackere Mann auch „une bien brave femme" geheirathet. Selbst die heimatlichen Glocken haben ein „beau tintement," und als wir nach dem Kirchhofe von St. Prex fragten, weil die Künstlerin an diesem ihrem Lieblingsorte bestattet sein wolle, rief der Schiffer äußerst gastfreundlich und naiv: „Venez seulement — O il y a place pour tous — vous seriez satisfaites!" — Ich sezte hinzu: er müsse dann meinen Sarg in seinem grünen Kähnlein überschiffen. Wir ließen uns seinen Namen sagen — Henri Depeusatz. Der zufriedene, ergebene Sinn des Jünglings stand im Einklange mit dem Frieden des Abends, mit der Seestille.

Den 8. August.

In den Alleen am Ufer hielt die Gesellschaft „des archers" ihr jährliches Scheibenschießen. Sie besteht nahe an hundert Jahre, hat ein reiches Kapital und verwendet den Zins zu Preisen in Silberzeug. Auch in Lausanne, in jeder Stadt ein solcher Verein —

altsavoyische Sitte, die sich hier erhielt. Die Damen, welche dem Wettkampfe zusahen, saßen unter Nußbäumen — jeder ein Dom. Ungefähr in einer Entfernung von 50 Schritten, auf beiden Seiten des Schießplatzes kleine Erdwälle, an welchen die weiß und rothen Scheiben befestigt sind. Die Schaar von Kahlköpfen mit Brillen, den mannslangen Bogen in der Hand — ungelenke Cupido's, gruppirt sich zu mannigfachen Carikaturen. Für galante mythologische Propos, noch aus der Jugendzeit datirt, gab es ein weites Feld. Es fehlte auch nicht an jungen Männern, welche mit Zierlichkeit den Bogen spannten und viel Coketterie hineinlegten. Unterhaltend war's, wenn sie in unserer Nähe abschossen. Jeder hatte dabei eine besondere Art; in all' den kleinen Geberden und Mienen lag ein Charakterstudium. Standen die Schützen auf der entgegengesetzten Seite, dann flogen die Pfeile nahe bei uns in Wall und Scheibe, so lautlos! da stacken sie — man hörte nicht einmal Schwirren in der Luft. Viel tragischer als beim Feuergewehr: Knall und Blitz! Hier hört man's nicht, aber da sitzen sie fest — die rechten Herzenswunden! Niemand ahnt es — und man kann doch oft den Pfeil nicht herausziehen, ohne daß alles Herzblut nachströmt. Doch ich verfalle in die Manier der graubärtigen Amors. Früher war das Bogenschießen mehr Gebrauch. Man übte sich täglich, auch die Damen. Auf jeder Campagne waren Scheiben. Sonntag Nachmittag pflegte man sich zu versammeln, der Reihe nach auf den Landhäusern.

Abends besuchten wir die Besitzer von Tenants, die Nachbarin von Buflens, obschon minder betagte Greisin, die überdieß einen neuen Rock bekam. Der

Schloßthurm schaut aus Rebengrün hoch hervor. Jede Ritze an den Savoyerfelsen glänzte wie Silberadern in einem Bergwerke. Zu Tolochenaz plauderten wir im Vorübergehen mit unserm Wirthe am Gespensterabend. Ersterer wies mir einen kolossalen Blumenstrauß, der vom Erntefeste an der Scheune hing. Wenn Alles vorbei ist, fahren Schnitter und Schnitterinnen, Paar und Paar, schöngeputzt, mit diesem Riesenbouquet umher, vor das Gut, und singen.

Den 10. August.

Rothe Vogelbeerbäume reichen hoch hinauf zum Bufflensthurme. Aus der Schenke tönte ein Charivari. Eine große Trommel, ein Clarinet und eine Fidel spazirten vor; darauf Paarweise Tänzer mit Strohhüten, Tänzerinnen in weißen Dormeusen. Wir fuhren wohl noch über ein halbdutzend Dörfer, immer auf der Schweizerhöhe hin. Eine Fichte, um die sich ein Weinstock geschlungen, den Stamm bis hinauf umkränzend; darüber ein ganzer Zug schwarzer Vögel, vom stillsten Abendhauche gehoben. Vergoldete dampfende Wälder. Auf Villars, am Saume des Forstes, lag ein Abschiedstrahl. Und die Alpen! Auf diese Granitaltäre möcht' ich alles Liebe, alles Schöne tragen zur Verklärung, daß es entzündet würde in Eine Glorie, lodernd im Sonnenfeuer.

Nach dem Souper hinaus in die Nacht. Die Pappeln, in engen Reihen, wuchsen riesig. Der Mondrefler im Wasser einem unterseeischen Feuerwerke ähnlich; ein Gewühl von tanzenden Goldfünklein: „wie Dukaten, die man in einem Seidennetze schüttelt," sagte einer der

Begleiter. In solchen Stunden sieht man recht, welch' Zauberer der Mond ist. Was der Alles hervorzieht! — Schlafende, und Todte aus ihren Grüften — ich will's glauben! — und eingewiegte und eingesargte Wünsche. Weit hinein ging ich in den See auf der Hafenmauer. In meinem Rücken die Veste von Morges, der Hafen — Alles traumentstiegen, geisterhaft. Ein großartiger Maler ist der Mond. Wie schwindet in den grandiosen Massen alles Kleinliche, Unschöne, wie verschmelzen Licht und Schatten harmonisch in Weichheit und Kraft! Mit solch' mächtigem Künstlerauge, wie er, sollte man Jegliches betrachten, Leben und Menschen. Weiße Florschleier wallten dem Creux du Rhone zu. Man mußte an Elfen denken. Ueberall Lustwandler; nie sieht man diese Alleen am Tage so belebt. Blütenduft wehte durch die helldunkeln Baumgänge und hie und da fiel ein warmer Mondstrahl auf mein Gesicht. Jede Welle, jedes verschwiegene Blumenblatt nimmt ihn auf, als wäre er ihnen eigen. Solche Nacht! das ist freilich mehr als Tag: — Nachtigallentag! Tag der Poesie.

Den 12. August

— Hochmuth ist gedrückter Stolz.

— Wenn wir Gott nicht kännten und suchten, für unsere Lieben hätten wir ihn finden müssen.

— Die Philisterei ist in all' ihrer handgreiflichen Realität doch nur eine Scheinwelt, eitel Wahn. Das ideale Sein besteht blos in Begeisterung, ist ohne sinnliche Wirklichkeit, ein Traum der Phantasie und doch unwandelbar in Wahrheit, Jugend und Lebensfülle.

— Lieben vervielfältigt das Dasein. Man trägt auch der Geliebten Leben in der Brust. Wie ein Diamant spiegelt unser Herz das eingesogene Licht zurück. —

— Tugend umfaßt die Kunst zu leben. Alles Vollendete in Kunst (Poesie) kommt von oben, wie aus der Sonne Licht, ist Eingebung. Diese wird dem Genie. Tugend ist also die schönste wahrste Genialität, von der alle andere Kunst nur Strahlenbrechung. Tugend ist freiwillig. So ist jeder Mensch ein geborner Künstler.

— Unglück macht den Geist freier als Glück.

— Daß Weltglück etwas Satanisches hat, erkennt man leicht, wenn man die Leute der Reihe nach betrachtet, denen es so recht eigentlich lächelt. Ja, Weltglück, Weltpracht ist vom Satan. Spiegelt er sich nicht in Atlas, Sammet und Juwelen? Greift er nicht mit verführerischer Lust aus jedem Schmucke und Kleinod an unser Herz. Treibt er nicht ganz besonders in goldnen Sälen seinen Spuck, in jeder Falte glänzender Stoffe, lacht er nicht teuflischschön aus Spiegel- und Marmorwänden? Der Teufel ist auch ein Genie — er hat auch seine Schönheit, seine Kunst, seine Begeisterung. Er war ja auch einst Engel, hat den Himmel nicht vergessen, äfft ihn nach, kann heimatlich locken, süß verzaubern. Plumper Schülerwitz, den Feind schreckend und häßlich zu malen, wie er uns erscheinen sollte! Daher viel Irrthum in der Person. Weltglanz ist vom Satan — diabolische Poesie.

Den 13. August. Morgens 6 Uhr.
In einer Barke auf dem See.

„Ah! le tems est parfait, il est si bon qu'on peut le tenir entre deux mains," hatte gestern Abend der alte, zerlumpte Vater vom **diable des bois** gesagt, als wir ihn beim Donnern des Sees zaghaft nach dem Wetterstande fragten, und hinzugesezt: „**Je Vous connais, Mesdames vous aimez un petit tremblement sur l'eau.**“ Nun ist's doch schön geworden zu der Fahrt, über die ganze Breite des Sees *). Ein Morgenstrahl gleitet über St. Prex. Buflens schimmert wie ein Krönlein gerade über dem Schlosse von Morges. Aus den Dents d'Oche raucht's wie aus drei Kratern — dort wird wohl ein Cyklopenfrühstück gekocht. Der Montblanc zwischen schwarzen Felsenbergen vortretend. Hoch am Jura glänzt eine Sennhütte. Frischer Wind schaukelt uns auf der dunkelblauen Flut, zwischen den beiden buntgestickten Ufern von Savoyen und der Waadt. Wir erreichen die Mitte vom Leman; der Montblanc versteckt sich. Die Segel werden eingezogen; der See erhebt sich unruhig. Klarer entsteigt das savoyische Gestade; die Dransebrücke in heller Beleuchtung, jeder Bogen kenntlich. Auf waldigem Gipfel die Ruinen der Burg Allinges — lauter Maroniers, durch die besten Kastanien bekannt. Die Kirche von Amphion. Schloß und Dorf Publier auf langgestrecktem Bergsattel. Die Schiffer klagen über den „**Contrecoup,**“ und die Seekrankheit nimmt bei uns überhand. Zwei Savoyerbarken mit Doppeltsegeln, Kopf an Kopf, wogen auf dem wilden See, wie Möven fernverschwindend. „Die Savoyarden haben schlechte Böte,“ sagte man mir, „und schiffen keck und sicher wie die Teufel durch Sturm und Gewitter, kreuz und quer, unbeschädigt, während die Schweizer bei weit besseren Fahrzeugen oft die Segel verlieren und keinen Strauß mit dem zornigen See wagen.“ Das alte Evian badet sich im Leman. Rechts

*) Drei Stunden.

noch zwei Dörfer, la grande Rive et la petite Rive. Die schwarze Spitze von St. Gingolph tritt vor. Dahin zu streut die Sonne Diamanten. Das Schweizerufer verflacht. Wie gering der Jura! Auch die Savoyerfelsen tauchen allmälig hinter der grünen Uferhöhe unter. Weiße Segel blähen sich im Hafen von Evian. Man hat den Leman durchschifft und ist in einer neuen Welt.

St. Paul auf dem ersten Plateau der Dents d'Oche.

Zum Sterben krank stieg ich aus, und konnte selbst den Anblick der wuthschäumenden Wellen nicht mehr ertragen. Es ging aufwärts durch die unsaubere Stadt, die italienische Züge trägt. Reben wölben sich über die Straße, an hohen Ulmstämmen gezogen und zu üppigen Gewinden verschlungen. Bleiche Kinder mit prächtigen schwarzen Augen springen überall vor und rufen lächelnd: „donnez moi quelque chose.... s'il vous plait," setzen die Größern hinzu. Kleine barfuße Mädchen laufen strickend hinter großen Schafen her und machen uns einen schönen Knix. Alles Volk sieht blaß und hager aus, grüßt aber überaus gutmüthighöflich. Ueberall melodisches Läuten von Herden. Kühe und Lämmer in Eintracht. So kamen wir auf steinigem Wege an Häusern und armen Dörfern vorbei. Hier haben sie Christum nicht an's Kreuz gehängt — überall sieht man blos das Kreuz hochaufgerichtet, und an jedem der drei Ende eine Dornenkrone; kurz vor St. Paul stand eines mit frischen Kränzen behängt. Ich hatte mich

Anfangs nur mühsam fortgeschleppt; aber die Bergluft stärkt. Nach zweistündigem Steigen nahten wir dem Alpendörflein, wo man nicht mehr der Gebirge Fuß, sondern beinahe nachbarlich, nur ihre wolkenumwehten Häupter sieht.

An einem der schmuckſten Häuser, das wir für eine Herberge hielten, klopften wir mit der Frage, ob wir uns in's Gärtchen setzen dürften. Ein „frère de la doctrine chrétienne“ — wie uns der Führer später bedeutete, sah heraus zum Gartenpförtlein, im schwarzen Gewande; hinter ihm d'rein eine Menge zerlumpter barfußer Buben, welche er in die Freiheit ließ. Drei Ordensbrüder versehen dieß „collége,“ das den Eltern nichts kostet. Wir lagern und speisen beim Brunnen an grüner Schlucht, unter einer hundertjährigen durchgoldeten Linde; ihr Stamm mag über 20 Fuß im Umfange zählen. Helles Mittagläuten vom Kirchlein oben, das mit silberblinkendem Knopfe in den dunkelblauen Himmel ragt. In unserm Rücken die mächtigen Zinken der Dents d'Oche; die Hauptspitze in Wolken — diese Haube wahrsagt Regen. Urkräftige Felsenmassen; waldbewachsene Wände; auf lichter Matte eine Sennerei. Zu unsern Füßen in der Tiefe funkelt durch Aeste die Saphirflut. Unser Führer, Claude Bonnevie, ein lieber Alter, ein Rembrandtkopf, hat dicken, rothen Wein im Pfarrhofe geholt. Es ist nämlich kein Wirthshaus da, und wir wollten für unsern Guide den Wein kaufen: „O er kostet Nichts! wenn ich aber gewußt, daß er mir gehören soll, hätt' ich ihn nicht geholt.“ Das nächste alte Haus heißt „Schloß.“

Am Hafen von Evian, 4 Uhr.

Wenig Gräber auf dem Kirchhofe von St. Paul. „Hier sterben nicht Viele," sagte Claude. Nur ein niederes, schwarzes Kreuz auf einem frischen Grabe. Rings um das Kreuz, wie ein Reif, ein hellblaues Band gewunden und vergelbte Laubkränze; auch das Grab mit solchen lichten, feinen Blätterkränzen umlegt. Nebenan das Klösterlein der soeurs de St. Paul (de la charité.) Wir traten durch die Küche, in der am Kamin gekocht wurde und sahen naseweis in das Speisezimmer, wo Schwestern und Novizen mit schwarzen und weißen Kopftüchern an zwei Tischen saßen „Sortez!" rief man uns entgegen. Laienschwestern führten uns in die Pharmacie, wo ein geschmackloses Bild hing, ein durchstochenes Herz. Wir baten um Vergunst, das Kloster zu sehen. Die junge rothbackige Nonne in ihrem schwarzen Kleide und schwarzen Schleiertuche verweigerte uns kalt und trocken den Einlaß.

Claude schlug einen andern Heimweg ein und erzählte mit Naivität: „St. Paul war ein Feind von Christus, ritt auf dem Pferde in die Kirche und hieb mit gezogenem Schwerte auf das Kreuz ein, an dem Christus in Holz geschnizt hing. Und das Schwert wandte sich gegen den Thäter selbst — Niemand war sonst in der Kirche. So bekehrte er sich, und ward ein großer Heiliger." — Zuerst kamen wir an einen Tannengrund, wo in der Tiefe Wasser plätschert, dann in einen Wald von uralten, zahmen Kastanien. Prachtleben der Natur, berauschende Farbenglut. Da gab es Stämme von 30 — 40 Fuß im Umfange. Der Hain, das ungemessene, smaragdne Zelt mit Sonnenfäden durchwebt, voll phantastischem Zauber, voll Feenträume. Daneben weiche Alpenwiesen, und hinaus über die heldenhaften Wipfeln, und zwischen den zärtlichverschlungenen Zweigen, das Ultramarin des Lemans, hochschäumend im mattgrünen Kelche. Lausanne, Vevay. Die Dents d'Oche im Profil. Auf meine Fragen ob es hier im Volke auch Gespenstergeschichten gäbe, erwiederte der ehrliche Claude: „Il y a des revenans ici comme il y en a partout. Les uns voient ce qui les entoure, les autres pas.“ Er erzählte mir, wie er einmal auf freiem Felde um drei Morgens einen grauen Mann schaufeln oder hacken sah; Abends beim Heimgehen vom Fischen einem Geisterhund begegnete, und in der Umgegend einen nun verstorbenen Freund hatte, der, sobald die Dämmerung einbrach, seine Hütte nicht mehr verlassen durfte, aus Furcht, allerlei Gestalten zu erblicken.

An der Mühle mit dem großen Rade ging es vorbei, und wieder auf den alten steinigen Weg; von da in die Traubenalleen. Welch' verschwenderisches Gehänge! Näher strahlte nun, wie aus einem Arabeskenrahmen, durch das milde Grün der Ranken, der See voll blitzender „Moutons.“ „Unmöglich ist heute die Rückkehr nach Morges, der Sturm zu heftig,“ hatte der Führer schon oben im Walde behauptet. Jezt bestätigten es die Schiffer, welche mißmuthig mit verschränkten Armen hier sitzen: „Es ist nicht mehr von Gefahr die Rede,“ versichern sie, „sondern von Unmöglichkeit.“ Wild schüttelt der See die größten Barken, wirft die kleinen auf und nieder. Der greise Thurm von Evian nimmt sich gar romantisch aus.

Ich wünschte das alte Kloster der Cordeliers zu

sehen und kam zu den Schwestern vom Orden des heiligen Joseph, die es jezt bewohnen. Erstere wurden seit der Revolution aufgehoben. Ich ging in die Pharmacie, die nun einmal hier zugleich Sprachzimmer zu sein scheint, und kaufte mir süße Mandeln bei einer Nonne mit anziehendem Gesichte. Alles stand zierlich in Vasen umher. Im Fenster eine goldgekleidete Muttergottes von Holz mit blauem Mantel; davor ein frischer Blumenstrauß; seitwärts ein Globus. Es lag behagliches Stillleben und eine gewisse Koketterie darin. Eine andere Schwester erschien, um mir das Kloster zu zeigen: groß, schlank, schöne, schmachtende Augen, lieblicher Mund, majestätischer Gang und doch schwebend. Schwarzes Kleid, weißer Kragen, schwarzes Kopftuch; ein Kreuz über der Brust hängend; eine goldne Uhr, die zu einer gewissen Weltlichkeit der ganzen Erscheinung paßte.

Zuerst in den Garten. Kinder- und Mädchengruppen: frische, neugierige, lachende Gesichtchen; Zöglinge aus allen Nationen. Meine Nonne nahm vor 18 Jahren mit 18 Jahren den Schleier, sieht aber noch jugendlich aus. Sie ist gewandt, voll Anstand. Etwas Gemachtes, Absichtliches schimmert wohl durch. Ich glaube in weltlicher Tracht würde ich sie sehr liebenswürdig finden mit diesem vorherrschenden Zuge von Feinheit und geistiger Gewalt. Bewundern mußte ich das Geschick, mit welchem die Klöster ihre Leute auf den rechten Punkt zu stellen wissen. Wir gingen in dem hohen breiten Rebengange auf und ab, wo die Trauben in Fülle so verheißend aus den Blättern schauen. Die Schwester erzählte mir, daß sie in der Ordenstracht jüngst mit den Zöglingen 7 Stunden weit ins Gebirg gegangen, wo die Mädchen glücklich waren in einer Sennhütte übernachten zu dürfen.

Wir stiegen in den Salon hinauf: Ein artiges Oelgemälde, von einer der Lehrerinnen stand auf der Staffelei. Auch eine Skizze von einer der Eleven, eben jene geschichtliche Sennhütte. An den Wänden Zeichnungen der Kinder. Das Piano nicht zu vergessen In einer Stube lasen kleine Mädchen laut; aus einer andern schallten Klaviertöne; in einer dritten, durch welche wir gingen, war eine Nonne mit kunstvoller Stickerei beschäftigt. Die Fenster mit der Aussicht auf See und Gebirg. In den Dortoirs alle die reinlichen, friedlichen Bettchen neben einander. Die stillen Gänge, in denen nur hie und da eine Nonne, nach stummer Verneigung, an uns vorbei schwebte. Ueberall ein Geist des Schönen; so auch der feine Blumenflor des kleinen Klostergärtchens neben dem Kreuzgange: Es that mir leid, als die Pförtnerin die Thüre hinter mir schloß.

Später.

Die Wogen stürzten immer höher, tobender heran, als wollten sie uns nie wieder heimlassen. Es lag so viel Verzweiflung darin. Man fühlte Heimweh und eine Art Verbannung. Abgesehen davon, wußten wir uns zu Hause mit Angst erwartet, denn die Fahrt nach Savoyen, im Nachen, ist stets ein Unternehmen. Peinlich war die Spannung. Wir irrten in der Stadt umher, sahen das Bad, das moderne Schloß in enger Gasse, freuten uns an Ueberresten von halbverfallenen Stadtmauern und Thürmen, durch welche hin und wieder aus spitzem Fensterbogen, von Ephen umrankt, oder aus gewölbtem Pförtlein, die Flut erglänzt. Vor den Häusern saßen die Weiber mit ihren Kindern, arbeitend und plaudernd — Alles grüßte so freundlich und traut. Ueberall streiften Militärs umher: Soldaten, die schlagfertig aussahen, und Civilisten zu Roß und Wagen, mit hübschen Gesichtern, martialischen Schnurrbärten und rothen Ordensbändern. Claude kam uns athemlos nachgesprungen, hoch in der Hand ein kostbares Armband, das eine der Damen im Walde verloren und bis jezt noch nicht vermißt hatte. Für den Armen wäre es ein Vermögen gewesen, und doch weigerte er sich eine Belohnung anzunehmen. Endlich überraschte uns der Schiffmann mit der Nachricht, daß er doch noch die Heimkehr versuchen wolle. Zehn Minuten hinter der Stadt, hieß es, liege der Nachen bereit. Es ging nun durch Weinberge, an hohen Rebenwänden hin, durch Dornensträuche, über Gräben, am Ufersand, so nah, daß die Wellen unsere Füße nezten; zulezt auf der schönen Straße am See. Bei jeder Bucht ward unser Hoffen getäuscht. So immer fort, weiter als eine Stunde, bis nach Amphion, wohin sich unsere Fährleute mühselig gekämpft hatten, um von hier möglicherweise die Richtung zum Heimwege zu gewinnen.

Das Kurhaus von Amphion — ein griechischer Pavillon — schien verlassen. Ueber die gelbe Mineralquelle sezten wir mit leichtem Sprunge. Einige überfüllte Omnibus fahren auf der Genferstraße. Kuhgeläute tönt. An der baumreichen Höhe hängen verstreute Bauernhütten, vom Abendstrahl verklärt. Die höchste Spitze der Dents d'Oche sieht dahinter vor. Weil hier viel ursprüngliche Natur und Einsamkeit ist, scheint es weniger verödet, als am eleganten Schweizerufer. Gegen 7 Uhr stiegen wir in den Schicksalskahn. Lieblich sieht die Kirche von Amphion aus den Wipfeln. Die Dranse-Brücke erhebt sich stolz. Nahe am Gestade das Schloß Ripaille, einst (1014) Augustiner- dann Karthäuserkloster. Mir klopft das Herz vor den schwarzblauen Wasserhügeln, die sich gegen die arme Barke wälzen; bald sinkt, bald steigt sie, und scheint fast zu ächzen unter den gewaltigen Stößen. Es wäre nicht großmüthig die leichte Beute zu verschlingen! Die Wogen spülen zuweilen über den Kahn hin. Wir waren ganz durchnäßt. Nach und nach milderte sich das Drohen; es war bald nur mehr dumpfes Murren. Schattenumhüllt lag Evian tiefunten am Fuße des Berges. Jezt schlüpft auch das Haupt vom Montblanc vor, mattsilbern über der dunkelgrünen Höhe. Gegen Genf ein abendrother Streif. Am Waadtufer eine hochlodernde Flamme; die weiße Rauchsäule zieht wie ein Riesengespenst durch die Dämmerung.

Gegenüber geht der Vollmond auf, zerreißt die Nebelhülle an den scharfbeleuchteten Kanten, selbst wie ein Goldschiff um diese Felsenriffe schwimmend. Der Abendstern ringt mit Wolken. Die Wogen drängen sich nicht mehr in den Nachen hinein, aber verliebt und froh tanzen sie der Luna entgegen. Der große Schiffmann und sein Gefährte, eifrig rudernd, sind phantastisch vom Mondlichte beleuchtet. In unserm Rücken zieht ein Gewitter heran. Blitze spalten die dunkle Decke. Aber wir nahen dem sichern Porte. Schon winken die Kerzen. Weiß schimmern die Gebäude herüber. Buflens, gleich einem Geisterschlosse. Meint man doch die Königin Bertha müsse mit weißem Gesichte und wehendem Schleier aus den Fenstern sehen.

Den 14. August.

— Wahres Glück auf Erden ist eben so selten als ernst. Ein heiliger Schmerz umschwebt solch Glück und weiht es für den Himmel. Ach! keine frohe Sicherheit des Besitzes; stets droht der Verlust; endlich — das steht fest! — muß doch ein Abschiedwort für lange gesagt werden: und so drückt sich beinahe der süße Verein in Freundschaft und Liebe, gleich einem Dolche, in unser Herz — lächelnd verbluten wir. Hier soll nun einmal kein Glück sein, höchstens ein flüchtiges Grüßen: es flieht in den Himmel, aber es wendet sich nach uns, winkt uns wehmüthig zu.

— Eine Gattung von Frauen erhielt als Ersatz für den Verstand eine gewisse instinktartige Verschlagenheit.

— Es gibt Naturen von solcher Treuherzigkeit, daß sie sich sogar durch ihre Lüge bessern, denn sie müssen flugs alles Angenommene zum Eigenen machen. Auch mit dem schwärzesten Willen haftet an ihnen nicht Heuchelei, wie an Andern nicht Wahrheit.

— Erfüllte Wünsche machen träg.

— Was wir fühlen, was wir sinnen, das wogt in uns wie einsame Töne, die sich schüchtern in Melodien ergießen möchten. Aber wenn wir lieben — da braus't ein volles Lied durch die Brust: der Schüler ward zum Meister.

— Kindliche Liebesgedanken tragen, wie Cherubimchen, auf rosengoldigen Schwingen, unsere Erwählten hoch hinauf in die Himmelsverklärung.

— Alles ganz Heimische oder ganz Fremde ist mir recht, nur was dazwischen liegt, von Uebel.

— An den mehr durchgearbeiteten Menschen bewirkt der Schmerz Milde und Weichheit. Andere sehen aus, wenn sie trauern, als zürnten sie: es ist auch ein Trotzen der minder erzogenen Kinder.

— Hoffen, selbst ohne Hoffnung, erhalte uns Gott.

— Zu viel Vertrauen ist für manche Freundschaften ein weit gefährlicherer Feind, als zu wenig Vertrauen. Man läßt sich hinreißen zu Geständnissen, die man später bereut, und vergibt es den Vertrauten nimmer, vor ihnen erröthen zu müssen. Man fürchtet sie, weil Verrath Schaden brächte, und Furcht ist kein Band — nur eine Kette.

— Tragt doch nicht stets ein Normalmenschenmaaß herum, das ihr an Jeden legt. Nehmt die Menschen wie sie sind, als Pflanzen, die Gott wachsen läßt. Macht es euch zur Aufgabe, an Jedem das Gute, das Angenehme herauszufinden, und vereint das zu Einem großen, schönen Menschheitsbilde. An Einem gefällt mir, daß er schweigt, am Andern die Gesprächigkeit, an Diesem der Ernst, an Jenem die frohe Laune u. s. w. Alles Charakteristische ist naturbegründet und hat also ein Recht da zu sein, verdient meine Beobachtung. Auch die hohle Menge; nun, die erlustigt als „Kunstfiguren." Alles, was da ist, ist werth da zu sein.

— Nach einer Krankheit ist der Kopf so aufgeräumt. Man stolpert nicht über altes Rumpelwerk beim Denken.

— Wenn man sich recht unglücklich fühlt, thut dunkle Nacht wohl, die Alles auslöscht, Alles verdeckt; und doch schrickt man plötzlich zusammen, wenn es schwärzer und schwärzer um uns wird, als wüchse die Finsterniß bis an unser Herz heran.

— Der Liebesegoismus ist doch noch der erträglichste von Allen.

— Ein Mann, der stickt oder strickt, eine Frau die Politik treibt: unversöhnliche Gegensätze! da hilft keine Emancipation.

— Vor den Klaren im Geiste, den Scharfverständigen, dürfen wir es uns nicht eben anrechnen, wenn wir uns schneller dem Empfinden und Ahnen vertrauen. Jene haben mehr aufzugeben und besinnen sich daher länger.

— Der Schein ist die Tugend gewisser Leute — und ihnen überdieß noch hochanzuschlagen.

— Alle guten Geschichten und Histörchen, die von Mund zu Mund gehen, sind erlebt, nicht erfunden — es ist nicht so viel willkürlicher Witz auf Erden. Das Erlebte muß stets das Beste sein: wie kann es Menschenwitz dem Weltwitze zuvor thun?

Den 15. August.
Auf dem Dampfschiffe L'Aigle.

Es hängen wilde Wetter über Savoyen. Durch die Fenster vom Münsterthurme zu Lausanne scheint der Himmel. Mir gegenüber sitzen zwei alte Köpfe von Denner, die zusammen in der Bibel lesen. Cully, ein altes Städtlein, wo man Trümmer vom Bachustempel fand. Hoch darüber auf dem Jorat, der mittelalterliche Tour de Gourze. Die bebänderte, steife Uferwand

La Vaud: die terassenförmigen Weinberge von Gestein durchschnitten, voll Niederlassungen, wie auf einer Landkarte, Bildchen an Bildchen, gleich anmuthigen, leichten Anfängen zum Landschaftszeichnen; nur Häusergruppen, fast kein Baum, auf den hellen sonnigen Rebenteppichen. Gegenüber biegt sich wildreizend Meillerie mit den Geschichtstafeln treuer Liebe, am Fuße der schwarzumschatteten Alpen. In diesen Steinbrüchen, welche die Simplonstraße bauten, holt man auch das Material zu den meisten Häusern nach Genf. Beinahe wäre hier, wo der Leman am tiefsten ist, Byron mit seinem Freunde in einem Unwetter gescheitert. Die leichte Dichterbarke kämpfte sich aber doch durch und landete zum Staunen der Einwohner bei St. Gingolph, auf der Grenze zwischen Savoyen und Wallis. Unfern davon Römerstadt und Kastell Tauretunum, durch einen Bergsturz der Dents d'Oche (563) begraben, der alle Uferortschaften, besonders das alte Lausonium (Lausanne) verwüstete. Schloß und Flecken Boveret liegen schon in Wallis.

Ein Dorf, Ein Kirchthurm, Ein Schloß nach dem Andern tritt in Scene. Bei diesem traumhaften Hinfliegen, wo Bild an Bild so unaufhaltsam entgleitet, bleibt man Fremdling, fühlt, daß man im Dampfschiffe außer der Natur ist, Zuschauer. Oft kommt mir's vor, als hätte ein Zauberer eine große Meßbude aufgeschlagen, und zeige uns die wundersamsten, buntwechselnden Dinge: Alles, womit der Mensch die Natur überbieten will, wird dämonisch.

Auf lichte Alpenflecke, als wären sie zu heilig, breiten sich Wolkenvorhänge mütterlich hütend. Auch die Vaud schmückt sich jezt künstlerisch. Ein Wasserfall beim

Dörfchen Rive. Das alterbraune Schloß Glerolles, einst Sommersitz der Bischöfe von Lausanne. Unter Feigen St. Saphorin. Darüber der sechsfache Wasserfall bis herab in den See, wie wehende Silberbänder. Unter der Masse von Reisenden, welche den „bateau à vapeur" bevölkern, macht sich brittische Impassibilität breit. Ueberhaupt alle diese indolenten Gesichter — wie ein Heer Beschauender in einer Gemäldegallerie, gleichgiltig umhergehend unter Götterwerken. Von Vevay grüßt uns Mittagsläuten. Alle Terassen und Altanen der schmucken Stadt sind auf der Seeseite voll Menschen. Es kommen neue Gefährten an Bord. Unter diesen zwei Engländer. Der Eine erschreckte mich schon im Kahne. Eine hohe Gestalt, ein bleiches Gesicht, erloschene Augen, wie eine wandelnde Leiche. Um den Arm einen schwarzen Flor. Mir wird weh zu Muthe bei diesem Trauerbilde mitten in der sonnenheitern Scenerie. Ueber die Stadt wacht die Kirche St. Martin. Hier liegt der General Edmont Ludlow bestattet, der 32 Jahre verbannt war, einer der Richter Karls I., und unfern von Jenem Andreas Brougton, der dem unglücklichen Stuart das Todesurtheil las. Hier ist Karl Abélie geboren, der den Westmünsterbau unternahm, an welchen sich kein brittischer Meister wagte, und auch unter den Augen des Prinzen von Galles den Plan zum Jamespallast entwarf, sich nach Paris zurückzog und dort als achtzigjähriger Greis arm und unbekannt starb *).

Im Rücken der Stadt öffnet sich ein lockendes Thal. Unter Pappeln am Ufer La tour de Peilz **). Romantisch sieht die Geisterburg Blonay ***) nieder,

*) 1781.

**) 1239 von einem Grafen von Savoyen erbaut.

***) Im 10. Jahrhundert erbaut.

die sich wolkenumflattert an den **Col de Jaman** schmiegt. Dort wird, laut der Volkssage, so oft dem Geschlechte der Blonay ein Trauerfall bevorsteht, drei Tage zuvor ein kolossaler Ritter in voller Rüstung geschaut, dessen Bart wie ein Kometenschweif leuchtet. Niederer, auf einer Rebenhöhe am See, thront das Raubschloß Le Châtelard, von Johann von Gingins (1441) erbaut.

Clarens, im Wäldchen versteckt! Byron, der Rousseau's Spuren folgte und, die **nouvelle Heloïse** in der Hand, glühende Stanzen sang, fand nur Weingärten, wo er das „**Bosquet de Julie**" suchte. So nennen noch immer die Winzer diese Stelle, obschon seit lange die Bernhardsmönche, denen sie gehörte, das Gehölz niederhauten. Wohl mochte der Brittendichter fühlen, daß nirgends, wie hier, heiße, treue Liebe, der dieß Gestade heilig, eine würdigere Heimat fände; daß aber auch ein höherer Zauber als subjective Leidenschaft, über diesen Wassern, Matten und Felsen schwebt: unendliche göttliche Liebe, in die wir andächtig hinschmelzen.

Das lorbeerumgrünte Montreux mit seiner hochgelegenen Kirche ruht lieblich unter der Steinwand. Weit darüber in grauen Wolken Sennhütten auf Alpenweiden. Eigenthümlich die Kopfbedeckung der Bäuerinnen von Montreux und Umgegend: mächtige Strohhüte mit kleinem spitzen Kopfe, einem Bouteillenpfropfe nicht unähnlich. Eine Nachbarin erzählt mir, daß die hiesige Freimaurerloge sich „**la réunion des cultivateurs du bosquet de Clarens**" nennt, und daß der vielbesungene idyllische Kirchhof von Montreux in den lezten Jahren in Gartenanlagen umgeschaffen wurde, damit die Reisenden bequemer ausruhen und die Fernsicht betrachten können. Die Grabstätten verlegte man unten an den

Berg. O Barbarei des Comforts! Dort das einsame Wallis mit den senkrechten Wänden voll Granitschrunden. Schloß Chillon, das unerbittlich aus blauer Flut steigt, sich trotzig und scheu zugleich gegen den Berg zu lehnen scheint, gethürmt auf einem in den Leman gestürzten Felsen *). In den Gewölben unter dem Seespiegel schmachtete ein Freund der Menschen, ein Märtyrer der Freiheit **): Franz Bonnivard, ein Savoyer, Prior von St. Victor zu Genf, der die Unabhängigkeit dieser Stadt vertheidigte und ihre Büchersammlung gründete. Zwischen Chillon und Villeneuve, das neue Hôtel Byron, trotz seiner Pracht kindischanmaßend gegen die Alpenschluchten und schwarzen Felsenmauern. Dort schwimmt ein Inselchen auf der weiten Wasserfläche, nur ein Paar verlassene Bäume, als hätten Kinder damit gespielt. Die Nachbarin erzählt mir von den Nixen, die im Schilfe bei Villeneuve hausen. Wir nahen dem obern Ende vom See, dem die **eau froide** durch Sümpfe zuschleicht. Das Hospiz im Städtchen ward durch das Haus Savoyen (1246) gestiftet.

Später.

Die Alpen umschließen jezt den See im Halbkrei e. In Villeneuve bestieg ich den Omnibus von Lavay, „**la Dame du lac**," einer Arche nicht unähnlich. Mir zur Rechten eine dienstwillige, gesprächige Frau, die ein junges miauendes Kätzlein im Strickbeutel auf dem Schooße hält; zur Linken eine weinende Gouvernante,

*) 1238 erbaut.

**) 1530 — 36.

welche die kostbare, in Genf gemalte Miniature von Mylady auf dem Dampfboote zurückließ; den schnarchenden Mops am Boden nicht zu vergessen, und einen Fuß mit Schreckensstiefel, der von der Impériale herab am Glasfenster baumelt; dazu ein störriges Pferd als drittes vorgespannt, das in jedes Hausthor, um jede Ecke rennen will und sich so wahnsinnig geberdet, daß die Leute am Wege die Hände über dem Kopfe zusammen, schlagen.

Wolken senken sich auf die Gipfel von La tour de Mayen und la tour d'Ay. Das Dorf Renaz bezeichnete mir gleichsam die Grenze vom Leman- und Rhonethal. In Roche ein Schloß mit artigem, etwas steifem Garten. Da wohnte Haller. Das lachende Thal; rechts und links Alpen, die sich vornehm einhüllen. Ein Weinberg mit Fensteraugen: nur die Scheiben sehen aus der Erde und den Reben vor. Es mag sich hübsch in dem grünen Hause wohnen. Bei Aigle erschließt sich zur Linken das malerische Thal Ormonds. Die Strohhütchen der Bäuerinnen: schmale Ränder, schwarz gefüttert; um den Kopf handbreite Seidenbänder, turbanartig, roth mit goldnem Börtchen, oder schwarz, oder blau mit Silber.

Eine bewaldete Felsenwand, wie in das Thal hineingeworfen, eine Bergruine voll knospendem Leben: die schwarzen Marmorbrüche, grün umkränzt; auf dem Abhange des Hügels (La Motta), das Dörfchen St. Triphon. Den Gipfel krönt eine bemooste Warte *). Im Hintergrunde erhabene Berggestalten, prophetengleich von weißen Schleiern umweht, hoch über den Nebeln in einem neuen Wolkenmeere sich verlierend. Goldstrahlen

*) Aus dem 10. Jahrhundert.

12*

tanzen auf den senkrechten Sammethängen. Hell leuchtet das Grün da oben, das über den Wolken ist an der Himmelssonne. Verhüllt euch nur, ihr Seher, vor den unheiligen Augen der Menschen, die kaum werth sind, daß sie eure Füße küssen, geschweige eure Stirne schauen! Rechts, am Ausgange des Lie-Thals, Monthey mit seiner umschatteten Burg. Waldumgrenzt liegen die Trümmer des stattlichen Châtel de Ver, das die Berner verwüsteten *). Im Salinenstädtchen Ver bestieg ich den Char, vom Maulesel gezogen. Würdevoll thürmt sich links der Dent du Midi auf, phantastisch zur Rechten der Dent de Morcles. Mittendurch wälzt die Rhone ihr Gletscherwasser. Die trotzigen Kegel bilden bei St. Maurice ein Portal, durch das sich der Strom drängt. Man konnte ehemals mit einem Thore an der, auf römischer Grundlage errichteten Rhonebrücke, welches jezt abgetragen, das ganze Thal oberhalb sperren. Diese kühne Brücke in Einem ungeheuern Bogen *); in schwindelnder Tiefe die schäumenden Wasser; das alte Schloß hoch oben an die Felsen gedrückt. Hier hausten (939) Sarazenen, nachdem sie das St. Bernhardkloster in Brand gesteckt und das Städtchen St. Maurice eingenommen hatten. Sie plünderten alle Pilgerzüge, welche Durchgang nach Italien versuchten, nahmen Mayole, den Abt von Payerne, gefangen, der von Rom in sein Kloster heimkehrte, und nicht ohne starkes Lösegeld entkam.

Wir werden auf der Brücke angehalten. Südlich zeigt sich eine neue weißumflorte Berggruppe: „**La Catogne,**“ wie der Maulthiertreiber sie schilt. Ein hübscher Walliserfoldat mit rothen Epaulettes zählt mir die Sous

*) 1475.

**) 70 Fuß lang.

auf die Hand. Der Kutscher knallt wie ein Narr, daß alle die jungen Weiber mit den gelben, grünen, blauen Bandhüten lachen. Ein Madonnenbild im Gestein. Ueberall freundliche Gesichter. Die Felsen schauen himmelhoch in die engen Gassen. Um die Ecke mit hellen Glöcklein eine Herde Ziegen, schlank wie Gazellen. Ueber St. Maurice, am senkrechten Geklüfte vom Dent du Midi, nistet die **Eremitage de notre dame de Sex**. Noch höher oben als die Siedelei, auf grünem Rasen, das Kirchlein von Veriolez, die Märtyrerkapelle, wo nach der Sage Kaiser Maximinian die Thebaische Legion mit ihrem Anführer Mauricius hinrichten ließ *), daher der Name der Stadt. In der Gegend soll eine der großen römischen Grabstätten gewesen sein. Die Abteikirche von St. Maurice war vor Zeiten mit römischen Leichensteinen gepflastert.

Das Bett des wilden Bergstroms, Mauvoisin (schlechter Nachbar) genannt. Lavey, das Rhonebad, am brausendenden Strome, ein freundliches Haus mit grünen Läden, schimmert zu Füßen vom Dent de Morcles, der sich jezt, abenteuerlich gebildet, gerade über uns enthüllt. Gebirgsöde ringsum. Ein Meer von Kies. „Das hat der **Torrent du bois noir** vor zwei Jahren angestellt," berichtet mein Fuhrmann. Die Steine am Ufer sind wie Silber polirt. Die kläglichen Dörfer Evionnaz und Boisnoir bezeichnen das Grab der Stadt Epaunum, welche der Dent du Midi verschüttete **). Cretins kauern an den bewaldeten Trümmerhügeln Dem grauen Dent de Morcles sezt die Sonne eben einen Goldkranz auf. Ein Kamerad meines Führers

*) 302.
**) 562.

hat sein Maulthier, heimkehrend, dem unsern zugesellt, und tüchtig wird das Doppelgespann angetrieben, unter stetem Gewelsche der zwei lustigen Kutscher. Glückselig juckſen ſie in ihre Alpen hinein. Dort aus Baumwipfeln der Kirchthurm von Collonge; hier ein schmales Silberband, das der Berg ausgehängt. Am Wege weidende Pferde. Vor uns neue Bergbilder, darüber ein flammender Gewitternebel. Im Dörfchen Mieville sitzen sie friedlich vor ihren Häusern so nahe beim tosenden Falle der Pisse Vache, die am Tour de Saillière aus einem kleinen See entspringt. Die Erde scheint zu zittern. Links von der Straße wogt die Rhone, rechts stürzt, fliegt die Sallenche nieder, blendendweiß aus der schwarzen Felsenwelt, donnernd, zerstäubend. Wie das schäumt — freudebrausend! O da ist Lust im Schmerze, Begeisterung, Jugend! Das erfrischt: dieß Vertoben, Aufjubeln, Zerschellen! Wir jauchzen mit hinein. Weithin, bis in den Wagen, spritzen die Strahlen und nässen mir das Gesicht — ein Gruß von Gletscherblumen und Alpengeistern.

Oft sah ich noch zurück, sah auch in der Dämmerung den Trient aus weitgespaltenem Höllenrachen sprudeln. Wie viele Ahnungen von Schönheit und Größe, die in der Seele lagen, werden hier wahr! Als die Nacht schweigend sank, war mir's so traut, gar nicht leid, so ganz zu Hause, als braucht ich mich nun nicht mehr hinauszufinden — recht mit dem Lieb' allein. Gern fuhr ich durch die Finsterniß und staunte die maaßlosen Formen an, die der Phantasie unendlichen Raum gönnten. Gleichwie die Ruhe erfüllter Sehnsucht, der große Frieden geliebter Nähe, alle Sicherheit heißerwünschten Glückes über uns kommen kann: freute ich mich nun bald von diesen Bergen gehütet zu schlafen. Wild drohte die Dranse unter ihrer bedeckten Brücke. Martigny lag als Räthsel da. Im Regen saßen drei Mädchen, eng an einander gedrückt, auf dem Bänkchen vor einem Hause — was hatten sie sich wohl so eifrig zu erzählen? La Tour heißt der Gasthof, wohin man mich empfahl, ehemalige Abtei, noch kenntlich an den schmalen Klostergängen, in deren Tiefe die Kerzen wie Irrlichter auf- und untertauchen. Ich sank schläfrig auf's Kissen. Nach kurzer Rast war mir, als hörte ich die Thüre knarren, die ich doch verschlossen hatte. Im bleichen Mondlichte sah ich ein Bergmännlein eintreten; er sezte sich an mein Lager, schlug einen Folianten auf, den er unter dem Arme trug, und las:

Aurikelmärchen.

Aurikelchen war ein liebes gutes Kind, in einem dunkelbraunen Sammetspencerchen; es wohnte im stillen Garten und wußte nichts von der Welt, als daß sie noch ein Bischen weiter gehen mußte wie die Gartenhecken, weil über diese herein blaue Berge aus der Ferne schimmerten. Die Primel, Aurikelchens Jugendgespielin, hatte auch ein Spencerchen, aber nur von schlichtem Tuche, und dazu ein Häubchen von Seide. Die Freundinnen waren lange Ein Herz und Ein Sinn, obschon innerlich gar sehr verschieden: Primelchen lachte und weinte Alles aus der Seele heraus, und wenn etwas Ungewöhnliches hinein kam, mußte es Aurikelchen alsbald erfahren; diese hingegen hatte gar viele Gedanken, die sie selbst nicht ihrer Primel sagen mochte — ob sie ihr zu lieb dazu waren, weiß ich nicht: — sie sprach sie nicht aus. — Oft machten die Beiden Pläne für die Zukunft; wenn dann die Primel lang genug jugendlich geschwärmt hatte, sagte immer Aurikelchen: „Meine Zukunft steht fest; wenn Du in der Welt fortleben willst, kann ich es nicht verhindern — aber ich gehe in ein Kloster, und zwar so wie ich mündig bin.“ Und dabei schlug sie die großen Augen mit den dunkeln Wimpern ernsthaft nieder und bemerkte nicht, wie die niedlichsten Mückchen und Käferlein an ihr vorüber tänzelten, und Vögel schmachtende Lieder sangen. Primelchen versuchte auch, sich Klostergedanken anzuschaffen, aber es wollte niemals recht gelingen, und das Seufzen, was sie dabei gleich befiel, stand ihr gar nicht gut. —

Es war wirklich Aurikelchens fester Wille, in ein Kloster zu gehen; sie dachte sich's oft aus, wie sie ihre Wanderung antreten werde, und da mußte das Kloster immer weit, weit draußen in der Welt liegen, — bei den blauen Bergen: die waren ihr ganz besonders lieb, und alle Träume hingen ihr an den lichten Gipfeln. Die Primel konnte das nicht begreifen, schüttelte oft das Köpfchen und meinte: Aurikelchen solle im Garten umherschauen und fröhlich sein. Wenn diese aber nicht darauf merkte, versuchte die Primel das Gebirge auch so anzusehen, wie es die Freundin that mit den dunkeln Augen; doch wurde sie immer bald müde und scherzte lieber mit den Nachbarblumen, oder guckte verstohlen in die Zweige der Bäume, und wartete auf ein ganz besonderes Glück. In den Zweigen saß, nicht gerade ein besonderes Glück, wohl aber ein allerliebstes Minnesängerlein: ein leicht befiedertes Rothkehlchen; schon trug es die Farbe seiner Dame, und das war Primelchen mit dem rothen Spencerlein.

Rothkehlchen weitgereist, hatte in manchem Walde mit vielen berühmten Meistersängern um die Wette gesungen, und wußte gar schön zu erzählen — von Elfen und Bergmännlein — von Steinen und Blumen — Quellen und Bergen; aber jedes Lied endete stets mit dem Lob und Preis seiner Dame, — da war es kein Wunder, wenn die Primel horchte und bald wußte, wem der Gesang gälte. Sie bemühte sich auch gar schnell, nicht mehr das ferne Gebirge sehnsüchtig mit ihren hellen Aeuglein — die ohnedieß nie gern sinnend ausruhen mochten — anzuschauen, sondern gewöhnte sich immer mehr, vor sich hin oder heimlich hinauf in die Zweige zu lächeln. — Aurikelchen sollte um dieses Liebesverständniß alsobald wissen — selbst hätte sie es wohl kaum bemerkt — aber die Primel hatte keine Ruhe: die Freundin mußte Alles erfahren — täglich davon hören. Diese entsezte sich anfangs, weinte, daß die Primel sicher nicht mit ins Kloster gehen werde, und stellte ihr vor: es sei ja gar keine Aussicht mit dem Rothkehlchen, und Vögel seien ein leichtes Volk, beinahe so schlimm wie Schmetterlinge. Primelchen schwieg gutmüthig, doch als das lezte Thränentröpflein, von der Abendsonne beleuchtet, über das dunkelbraune Sammetspencerchen der Gespielin herabrollte, bat sie schmeichelnd ihre Aurikel um fernere Liebe, und sagte: „das ganze Leben ist ja nur Freude und Glück: so schön! Alles wird prächtig werden, du sollst es sehen; ich weiß zwar noch nicht recht wie? aber das ist auch unnöthig.“ —

Rothkehlchen mußte nun den beiden Blumen oft und viel, viel vorsingen. Da wußte es Primelchen immer so einzurichten, daß ihr Meistersängerlein, wenn Aurikelchen auflauschte, von den blauen Bergen erzählte: dann wurde dieß liebe Kind auch so fröhlich und freute sich so sehr an den schönen Liedern. Nur das war der Aurikel nicht recht, daß niemals ein Kloster, gebaut auf dem höchsten Berge, in den Gesängen vorkommen wollte, und sie hatte doch tausendmal davon geträumt; auch fragte sie danach, aber Rothkehlchen wußte keinen Bescheid und meinte, ein Blumenkloster müsse ein häßlich Ding sein; es habe wohl schon einmal hinter Gitterfenstern arme Blüten gesehen, — das könnte vielleicht ein Kloster, könnten Blumennönnchen gewesen sein, doch die kleinen Gesichter hätten traurig ausgesehen, und statt auf schönem Berge, sei es auf häßlichen Mauern gestanden. Die Aurikel wurde ganz irre, horchte aber nur um so aufmerksamer den Bergsagen, die Rothkehlchen sang.

Besonders oft kamen darin zwei Gebirgskinder vor, Bruder und Schwester: Edelweiß und Alpenrose. Es lautete gar lieblich, wenn ihr Leben auf den luftigen Höhen beschrieben wurde, und ich will einiges aufzeichnen, von dem, was das Rothkehlchen davon sang — schlicht wie ich es vermag, denn des Meistersängerleins Melodien sind mir leider verloren gangen:

* * *

Edelweiß liebt sein Schwesterchen, das frische Alpenröslein innig. Sie spielen zusammen allerlei fröhliche Spiele, auch Verstecken; das kann die Schwester besser als der Bruder: husch! ist sie so unter die dichten Blätter verkrochen, daß kein Auge sie erspähen kann. Dann streckt sich Edelweiß, lugt und lugt, und wenn das muthwillige Ding zu lange nichts von sich sehen und hören läßt, so schaut Brüderchen in die Wolken, die so nahe heranstreifen, winkt den Engelchen oder Koboldchen zu, welche darin sitzen, und läßt sich vom nachbarlichen Brünnlein erzählen, wie es unten in dem dunkeln Bergschacht hergeht. Das Brünnlein hat schon oft gesagt: „Stürz' dich herein zu mir, ich bringe dich in die Tiefe; da sollst du die Herrlichkeit, die Pracht selbst sehen: schimmernde Steine und Gold — und da wird gehämmert und geklopft! hier ist es doch gar zu still und einförmig für dich!" Edelweiß wollte aber nicht. Wohl hätte er Lust gehabt, die Wunder da unten zu schauen, und manchmal, wenn er lange in den Brunnen geblickt, in welchem sich der Himmel dunkelblau spiegelte — da wäre er beinahe der Lockung gefolgt; aber wenn sein Blick auf Alpenröslein fiel, das tiefer thalwärts traurig das Köpfchen hing, weil es die Gedanken des Bruders errieth, — ja, dann hörte gleich die Versuchung auf, und Edelweiß sagte zum Brunnen: „Es scheint zwar, als hättest du auf deinem Grunde auch einen Himmel, aber ich kann nicht so recht daran glauben, und deßhalb will ich den meinen, der sich so schön, so hoch wölbt, nicht verlassen, und die Sonne nicht, und nicht mein Schwesterlein und Alles nicht, was mir sonst hier oben noch so lieb ist. Mir flimmert der Schnee genug mit seinen Juwelen, und das Sonnengold und die silbernen Strahlen des Mondes können sicher von eueren Metallen auch nicht übertroffen werden; was aber die Stille anbelangt, so kann ich dir nicht recht geben: hörst du denn nicht die tausend Stimmen und Stimmchen — das Lied jedes Kräutleins? Und wenn die Sterne sprechen, so geheimnißvoll und doch so herrlich!

Wenn sie uns in den Schlaf singen! Das ferne Ziegengeläute — ach! und die Einsamkeit selbst, Bergeinsamkeit! singt die nicht schöner als sonst irgend jemand auf der weiten Welt? — Aber, Brünnlein, ich weiß schon: du kannst das Alles nicht so hören wie ich, weil du selbst einen, zwar recht angenehmen, aber doch gar starken Baß murmelst" — Es ist ein Glück, daß der Brunnen freundlich gesinnt ist, es ganz ehrlich meint, denn wollte er das Edelweiß bei seiner Schwäche packen und es der Furcht vor der Bergdunkelheit beschuldigen, so wäre Alles vorbei: der kühne Knabe stürzte sich gewiß hinunter in die Flut und in den Tod, denn Edelweiß ist stolz und muthig, und was finge da Alpenröschen an! —

* * *

Die Geschwister haben zwei Tanten: Eis und Wärme. Diese Lezte wohnt nicht eigentlich auf den Bergen, sie hat im Thale zu viel zu thun — aber zum Besuche kommt sie, und dann liebkos't sie die Kinder mit großer Zärtlichkeit — besonders Alpenröslein, dem sie das rosa Seidenröckchen immer wieder hübsch herrichtet und putzt. Edelweiß macht sich weniger aus der Tante Wärme: ihn zieht Eis, die andere Tante mehr an, die ganz hoch auf dem Gipfel des Berges wohnt, nie schönthut und kos't, aber doch oft zu dem Neffen herunterkommt und ihm dann blitzende Juwelen zuwirft; sie hat ihm auch sein warmes, weißes Sammtwams bestellt, damit er es in ihrer Nähe aushalten kann. Die Tanten vertragen sich nicht; Wärme möchte Eis gern bekehren — meint immer Alles wäre gut, wenn Eis nicht so starr sein wollte, und wenn manchmal beide oben auf der Höhe eine Zusammenkunft haben, dann umarmt Wärme die Schwester so innig, so bittend und fest, daß der stolzen, alten Frau die Thränen aus den funkelnden Augen stürzen — doch da ruft sie auch immer gleich: „fort, fort! Du bist mein Tod! Hier ist **mein** Reich. Gehe hinunter in dein verblendetes Thal, aus dem du mich immer und immer wieder vertreibst, — das dein kleinliches Farbenspiel mehr liebt, als meine königliche Pracht." Und Wärme geht mitleidig und traurig hinweg, wirft dem Neffen Edelweiß und der Nichte Alpenrose noch lang Kußhände zu, und wendet sich oft, oft nach ihnen, während sie immer weiter ins Thal hinab steigt; linde Lüftchen schmeicheln den Kindern: es sind die Grüße und Gedanken der liebenden Tante. —

Den Blumen ist der Tantenstreit sehr traurig: Alpenröslein vergießt manches Thränchen darüber im Abend- und Morgenroth; und doch sind dieß gerade die schönsten Augenblicke auf dem Berge, und doch freuen sich die Blumen immer mit zitternder Freude darauf. Edelweiß und Alpenröschen hätten von jeher ganz entsezlich gern gewußt, wo die Sonne eigentlich hingeht am Abend, und wo sie am Morgen darauf wieder herkommt? Wie sie es anfängt, daß sie nicht im Meere ertrinkt und daß ihre Kleider nicht tropfen, wenn sie so in der Frühe auftaucht? — Sie wollen deßhalb jeden Morgen und jeden Abend recht genau Acht geben, aber noch wissen sie es immer nicht, denn es gibt jedesmal zuviel zu staunen, und über dem unwillkürlichen Gebete, das ihnen entsteigt, vergessen sie stets alles Andere, und der Vorsatz fällt ihnen erst dann wieder ein, wenn es zu spät ist, ihn auszuführen. Die Berge selbst — so geht die Sage — theilen diese Neugierde mit all' ihren Bewohnern, und deßhalb strecken sie sich und werden sie so groß beim Sonnenauf- und Untergang. Die Sonne will aber ihre schönsten, wunderbarsten Geheimnisse nicht so verrathen sehen, und die hohen Herrn sollen nicht mehr von ihr wissen, als das lezte Gras; und so wirft sie jedesmal bei ihrem Kommen und Gehen, allen Bergspitzen und Gletschern rosa Flöre über die Häupter: da sind sie geblendet und kein vorwitziger Blick dringt durch. —

* * *

Mit den Kobolden und Engelein in den Wolken sind die Bergkinder stets im Verkehre. Alpenröschen fürchtet sich wohl manchmal vor den häßlichen Gestalten, die zwischen dunkeln Gewitterwolken hervorschauen; doch der Bruder lacht, wenn sie recht toll aussehen und man nicht mehr weiß, wo Mund, Nase und Augen stehen sollen.

Auch dann noch bleibt er ruhig, wenn Alpenröslein sich lange verkrochen hat, und die Kobolde zackige Blitze schleudern ab- und aufwärts, daß sie donnernd über die Welt hintosen. Oder Edelweiß schüttelt sich wohl auch aus zornigem Mitleid mit all' den Vielen, die erschreckt und gepeinigt werden durch das Treiben der grimmigen Wolkengeister. Am Aergsten ist es aber den Geschwistern, wenn sich Hagel, der ungerathene Sohn der Tante Eis blicken läßt, und sie nun, wenn er schon lange wieder polternd fortzog, all' das Unglück sehen müssen, was der unbändige Vetter in der Ebene angestellt hat. — Dagegen kann Alpenröslein nie freudiger lächeln, als wenn so ein kleines schneeweißes Wölkchen durch den blauen Aether geschwommen kommt: da sitzt dann immer ein kleiner Engel darin mit einem allerliebsten Kindergesicht; der klatscht in die Händchen und winkt den Blumen und fragt, was sie brauchen? gar holdselig! Das sind kleine Boten, die sich umsehen müssen, ob Bäume und Strauch — Blume und Saatfeld, des Regens bedürfen. Und die Geschwister hören auch wie diese Engel Segenlieder über die Erde hintragen.

* * *

Tante Eis hat neben dem ungerathenen auch einen guten Sohn: das ist Schnee, der fürstliche Knabe. In besseren Zeiten, als Feindschaft und Haß noch nicht so in der Welt wucherten, hatte die sanfte Wärme Pathenstelle bei dem kleinen Schnee vertreten — das ist nun Alles lang vorbei, aber der gute Junge kann immer noch nicht vergessen, wie ihn die Tante einst getragen, gewiegt, mit ihm gekos't hat; er fühlt sein Innerstes mit ihr verwandt, und so schafft er heimlich noch immer in ihrem Sinne, und hilft ihr, wo er helfen kann. Die strenge Mutter ist noch niemals dahinter gekommen: sie meint, der Sohn will nur ihr Recht schützen, — ihr Reich schmücken, wenn er sich ausbreitet, glänzend und schön über Feld und Garten; aber Wärme weiß dann wohl, daß der liebe Neffe dabei an sie denkt, daß er dann für niemand anders sorgt und wirkt als für seine Frau Pathe. Immer ist Schnee bemüht, die Härte, das Unrecht seiner Eltern, — Frost und Eis — gut zu machen, und tausendmal gelingt es ihm, die Welt mit jenen auszusöhnen, die er doch innig liebt, und die gar nicht so schlimm sind als Viele meinen. Dabei ist Schnee ein großer Kinderfreund und recht schelmisch obend'rein. Die Blumengeschwister lieben diesen Vetter auch ganz besonders, und es ist ein Jubel, wenn er mit ihnen spielt. Alpenröschen fürchtet sich nicht einmal vor seinem Ungestüm, wenn er sie auch neckend ganz überschüttet mit kalten, schimmernden Nadeln; sie schüttelt sich fröhlich und guckt rothwangig und holdselig hervor, daß Schnee seine Freude haben kann an dem muthigen Bäschen. Edelweiß aber sieht im Schnee sein Ideal aller Pracht und Ritterlichkeit.

* * *

Wenn die Geschwister den muntern Gemsen zusehen, die über ihren Häuptern leicht hinwegsetzen, ohne ihnen Schaden zu thun; wenn sie sehen, wie jene haushalten, sich berathen, — Wachen ausstellen und vor dem Jägersmann flüchten oder sich gar zur Wehr setzen — dann träumt Edelweiß sich selbst zum Könige und denkt sich aus, wie er regieren würde. Alpenrose hilft mit dazu, und der Bruder nennt sie „Prinzeßchen," und dann lachen sie und necken sich. Schwesterchen zeigt dem Bruder, Gensiana, die tief unten gebückt steht, und verstohlen heraufblickt mit ihren dunkelblauen Augen. „Ist das die Königin?" fragt Alpenröslein neckend; da wird dann Edelweiß ernsthaft, schüttelt den Kopf und aller Scherz hat ein Ende. Wenn dann der Bruder hinabschaut von seinem Berge über die weite weite Ebene hin, über alle die Seen, Flüsse, Felder und Hügel, — da kommt Wanderlust in sein junges Herz — er kann sich selber nicht verstehen mit seiner Sehnsucht, ob auch die Wurzeln nicht lassen möchten vom felsigen Grunde. — Gensiane bekommt keinen Blick: die Königin muß da unten sein in der Ebene.

* * *

Alpenrose und Edelweiß sollen auch gar schön singen und jodeln, aber nur wenn sie Einsamkeit begleitet mit ihrem tiefergrifenden Alt; d'rum hat noch kein Mensch diese Gebirgsblumen-Lieder jemals vernommen.

Das Alles und noch viel mehr sang Rothkehlchen den Blumen. — Aurikelchen hatte darüber das Kloster ganz und gar vergessen, aber nach den Bergen schaute das liebe Kind noch öfter, noch inniger wie früher: es sehnte sich sehr die Blumen dort oben zu sehen, immer mehr kam es heimlich dahinter, daß dem Herzen Brüderchen lieber war wie Schwesterlein; aber es schwieg — sann und sann — ach! und hätte so gern Boten entsendet und Kunde erhalten; doch dem Rothkehlchen und der Primel konnte es nichts sagen; es wußte selbst nicht warum? — So wollte die liebe Blume auch jeder Wolke Grüße mitgeben: tausendmal versuchte sie das! aber die Wolken alle flogen so rasch — da fehlte der Muth und sie blieb stumm. Am meisten

Vertrauen hatte sie zum Abendsterne; sie faßte sich auch endlich ein Herz, und wenn er kam und ging, duftete sie nun so laut, so laut sie vermochte, und dachte: „der wird mich verstehen — mir helfen — der Bote meiner Liebe sein." Und der Stern verstand sie wirklich, wußte bald mehr um ihre Liebe als sie selbst und hatte den Wunsch, ihr beizustehen: ihn rührte das stille Kind mit der großen Sehnsucht, — so sang er denn leise leise Lieder von der Blume, ihrer Lieb' und ihrem Leid, dem Brüderchen hoch auf dem Berge ins Ohr, daß diesem sein Blumenherz schwoll vor schmerzlicher Seligkeit; doch blieb für ihn Alles nur Ahnung — denn wer versteht auch der Sterne Gesang! da mußte Hesperus auf andere Mittel und Wege denken.

Unterdessen wurde die Aurikel immer stiller und stiller — sie wußte nicht, was der Stern für sie that — und in den Wimpern hingen große Thränen. Das Meistersängerlein ward aufmerksam, — Primelchen aber erschrak sehr, denn es hatte bis dahin noch gar nichts von Allem bemerkt. Als beide baten und in die stumme Freundin drangen, gestand sie endlich halb ihre Liebe und Trauer. Die Primel war auf's Neue höchlich verwundert, und konnte wieder einmal ihre Aurikel gar nicht begreifen; Rothkehlchen indessen verstand schon besser die schüchternen Worte. — Nun ging es an ein Berathen und Sinnen! Die gute Primel meinte, es wäre ja ganz leicht: Rothkehlchen müsse Post fliegen; wenn sie Flügel hätte, wollte sie es gern selbst thun, würde dadurch Aurikelchen nur wieder froh. Rothkehlchen sprach: „Das ist schnell gesagt; meine Flügel reichen aber nicht so weit: da hinauf komm' ich nicht." Da erzürnte sich Primelchen und forderte als einzigen Liebesbeweis,

Rath und That für die Freundin. Ach, Rothkehlchen hätte selbst helfen mögen! Es war eine große Verlegenheit. Endlich beschloß der Minnesänger, hinauszuziehen in die weite Welt, und dort zu versuchen, was für Aurikelchen zu thun sei. Vielleicht konnte er sich auf die Schultern der Tante Wärme tragen lassen zu den Gebirgskindern; oder es fand sich ein Freund, der den Flug für ihn unternehmen wollte. — Der Abschied war kurz: Rothkehlchen sang noch ein schönes, muthiges Liedlein, flog grüßend um die Blumen einigemal herum und dann schnell fort ins Blaue. — Zum erstenmale neigte die Primel ihr Köpfchen recht traurigwahr. —

Rothkehlchen war lange fort, und immer noch nicht wiedergekommen, da plauderten die beiden Blumen einmal wieder zusammen von der schönen Zeit, wenn Alle, die sich in der Ebene und auf den Bergen lieb haben, beisammen sein werden ohne Trennung, und sie meinten: Die Zeit kommt gewiß! Warum sollte sie auch ausbleiben? und sie freuten sich sehr und waren voll Hoffnung. —

* * *

Aber während die Blumen lieben, weinen und sich freuen, lieben auch die Menschen unter Thränen und Freuden, und so stand denn jezt des Gärtners junges Töchterlein stumm vor den Blumen — stumm aus Glück. Aurikelchen sah jedoch in den Augen alle erfüllte Seligkeit der reinen Seele, und wußte schnell, daß dem Mädchen nun seine schönste Stunde aufgeblüht sei, und der heimlich Geliebte ihr zum erstenmale heute sein Herz geöffnet. Wie sich nun die Beiden so ansahen, Mädchen und Blume, im geheimnißvollen Verständnisse, da — das Mädchen wußte kaum wie? — da hatte ihre Hand die Blume gepflückt und mit sich heimgetragen: Aurikelchen, das liebe gute Kind mit dem dunkelbraunen Sammetspencerchen! — Die arme Primel! Doch sie blieb nicht lange einsam zurück. Der Gärtner kam, sah wie ihr Köpfchen hing, wollte helfen, und pflanzte die kleine Blüthe in einen niedlichen Scherben; so kam Primelchen in ein Blumenklösterlein hinter Gitterfenster auf hohen Mauern. Da hat sie oft hinausgeguckt und gespäht, ob der Meistersänger nicht käme? Aber sie sah ihn nimmer wieder und hat verwelken müssen. —

Nachdem Rothkehlchen weit, weit herumgeflogen war, und viele Abenteuer bestanden hatte, ohne jedoch das Geschwisterpaar zu finden, kehrte es endlich heim zum lieben Garten. Aber der Lenz war lange vorüber und ein Frühschnee lag auf den Beeten; da war kein Blümlein zu sehen, und wie auch Rothkehlchen das Köpfchen suchend hin und wieder bog: die Freundinnen waren nicht zu finden. Nun fehlten dem Meistersänger alle Lieder; er dachte, „unter dem Schnee liegen sie begraben, die Lieben.“ Und er wurde gar sehr traurig. Leise hüpfte das Vögelein auf dem Beete hin und her, daß die kleinen Füße allerlei Striche und Punkte auf den Schnee zeichneten: so schrieb es den Blumen eine Grabschrift. Schweigend saß es noch einige Zeit auf dem nächsten kahlen Aste, dann zog es fort nach Süden, weit weit in die Ferne, und ist nimmer wieder gesehen worden.

Aurikelchen hatte noch den ganzen Tag am Herzen

des Mädchens gelebt; der Abendstern aber sah, wie es das Haupt neigte zum schönen Sterben. Und das Mädchen küßte die kleine Blumenleiche und legte sie in ein frommes Buch: darin schlief Aurikelchen wie in einem Särglein. —

Des Mädchens Glück währte nur kurz: der Geliebte mußte fort, auf Nimmerwiederkommen, und in der schweren Stunde der Trennung, mit dem lezten Schwure der Treue, gab er dem Mädchen eine Blume — die hatte er hoch oben für sie gepflückt, auf dem Berge als kühner Jägersmann.

Der Liebste war fort — die Blume welk — da strömten die Thränen des Mädchens; sie holte das kleine Buch, und neben das liebe Aurikelchen legte sie — wie neben Schmerz, Freude, — die Abschiedsblume: das war Edelweiß; so hat der Abendstern die beiden doch noch zusammengeführt.“—

Den 16. August.

Sonntagsläuten über das Thal hin. Blauer Himmel um die Hörner der Diablerets. Ringsum Glöcklein der Herden. Von meinem Zellenfenster schon sah ich die schokoladefarbenen Burgtrümmer auf schroffem Felsen, den mein Führer die „Ravoire“ nennt. Ein Morgenstrahl fällt jezt auf die Warte: das Schloß von la Bâtia — so heißt auch die elende Vorstadt ihm zu Füßen. Vormals hielt das Volk die Diablerets für die Vorhölle. Mit sanftem Schritte trägt mich das Maulthier den Forclaz hinan. „Le cadet“ heißt es der Führer, und erzählt mir, daß (1595) bei Martigny ungeheure Lawinen in die Rhone stürzten, welche einige hundert Häuser mit ihren Bewohnern vernichteten. Ich reite im Schatten vielarmiger Kastanienbäume, in deren Laubzelt, Sonnenfunken schweifen. Freundlich grüßen die Landleute: Weiber mit bunten Bänderhüten, und Mädchen mit Körben voll duftender Himbeeren. Die Drause rauscht unten in der grünen Schlucht, bald nur mehr ,wie eine Silberschlange anzuschauen. Ordentlich wohl thut mir's, wenn mein Maulthier auf dem äußersten Rande des schmalen Weges schreitet. In die Berge muß man gehen, um wieder jung zu werden! Die Sonne liefert eine Wolkenschlacht. Ueberall Herdenmusik; dort sitzt eine alte Frau, wie aus der spanischen Schule, und neben der Hexe weidet eine schwarze Kuh. Der Rauch aus den Häusern mischt sich mit dem Dampfe der Berge. Am Wege sprossen kleine weiße Pensées — unschuldige Kindergedanken. Ich reite neben einem Gießbache, „le torrent de St. Jean," steil hinan. Wunderschöne Blicke zurück ins Thal der Rhone, die aus ihrer Gletscherwiege heraussprudelt; Martigny, wie eine weiße Herde; die gerade Schnur der Simplonstraße. Aus weißem Nebel blitzend die deutschen Hochwarten G e m m i, J u n g f r a u, F u r k a, oft mit den Wolken verwechselt; darüber zieht sich ein blauer Himmelsstreif. Dieß Alles in meinem Rücken, und zu gleicher Zeit, als ich die höchste Zinne des Forclaz erklimmt hatte, vor mir alle Eisgipfel Sardiniens in mystischen Flören. Wenn man nicht mit den liebsten Menschen reisen kann, dann muß man allein reisen: ich ziehe nicht einsam über die Berge, alle meine Lieben gehen mit mir, und ich jauchze ihnen zu, in den blauen Aether hinein.

Riesenhafte Mauern bauen sich vor mir auf. Der

Trient wälzt weißgrüne Wogen durch's tiefe Alpthal, springt so zu sagen nur durch in lustigen Sätzen. Jugendlich athmet die Erde. Trient, ein Dorf von Sennhütten, ganz senkrecht zu meinen Füßen, wie in einer hohlen Hand, in der grünen Tiefe am schäumenden Wasser. Rechts ein prächtigrother Felsberg. Es geht so steil hinab auf schneckenartig gewundenem Pfade, daß ich vom Maulthiere steigen muß. Wie einladend weit weit da unten die Häuserfamilien! Schon vernimmt man das helle Meßglöcklein, das hinein ruft ins gewaltige Lärmen vom Trient.

Bei Krümmungen des Weges hatte ich schon früher einen Reisenden bemerkt, der vor uns herritt. Er stieg eben vom Maulthiere, als wir an die Herberge kamen: ein Mann von mittlerem Alter und mittlerer Größe, geistige, aber bleiche, fast leidende Züge, wie mir däucht etwas Schwermüthiges in den schwarzen Augen. Er begrüßt mich, sezt sich neben mich auf eine Bank vor der Hütte. Ich kann das Gespräch nicht ablehnen, obschon ich, wie man geizt nach Alleinsein mit Geliebten, neidisch bin mit meiner Alpeneinsamkeit. Die Seine scheint ihn zu drücken; er klagt, daß er eben im Leuker Bad gleichgestimmte Freunde verließ. Ich mache ein inhumanes Gesicht und versichere ihm, wie man im Gebirge keine Menschen bedürfe und die ganze Natur hier Seele und Mittheilung sei, weßhalb ich auch ohne Begleitung auf die Wanderschaft gegangen, da man mir betheuert, daß es nicht wider Herkommen und hinzugesezt: „Alles was Sie riskiren, ist — für eine Engländerin gehalten zu werden.“ Ich sprach diese Worte mit einiger Grandezza. Er merkt es gar nicht, bleibt unbefangen und freundlich. Ich schäme mich und er spizt mir den Bleistift, während ich meinen Sonnenschirm flicke. Vor der Hütte rothbackige Kinder, die noch kaum die ersten Schritte versuchen, unter weißen Tauben spielen, mit ihnen um die Wette girrend. Im rohgezimmerten Alpkapellchen, vor welchem um ein großes Holzkreuz Landleute standen, kniete ich zwischen andächtigen Weibern, auch mein Vaterunser zu beten; aber ich konnte nicht: „Warum denn nicht draußen?" rief's in mir.

Der Reisende folgt mir über Matten ans Ufer des Bergstroms, der seinem grausen Felsenthore zujagt, aus dem ich ihn gestern hervorbrechen sah. Das Arom der Alpenkräuter ist berauschend. Wir setzen uns auf Steinkegel, die umhergestreut liegen. Mein Gefährte, den ich, obschon er Paris bewohnt, Indier nennen will, weil er wiederholt seine Handelsbesitzungen am Ganges besucht hat, umringt mich mit bunten Gegensätzen durch lebendige Schilderung dieser zweiten Heimat, „le pays de la mollesse." Dort ein Herr von Dienern; ein besonderer zu jedem kleinsten Geschäfte, so zu sagen eine lebendige Bürste, einen Fächer, Kamm u. s. w. Ueppige Baldachine, nur um über die Straße getragen zu werden. Hier dagegen das kräftige, mühreiche Alpenleben.

Mein Gefährte ist krank; am Körper etwas, an der Seele mehr. „Ich hatte mich in den Strudel der Vergnügungen, der Arbeiten gestürzt," sagte er. „Bald war ich satt; dann klammerte ich mich an die Wissenschaft, ergab mich vor Allem der Mathematik mit Leidenschaft, im Drange nach klarer Gewißheit. Nichts freut mich mehr. Ich leide viel, ich zweifle an Allem." Er senkte den Kopf auf die Brust, wie unter einer Last. Mir war, als kauere hinter ihm, gleich einem Alp,

Langeweile, die Pest des Jahrhunderts. Blasirte heißen sie, die modernen Kranken. „Erschöpft und zulezt versiegt!“ dachte ich; „erst Genuß und dann Zahlen: das ist der Weg.“ — Wir schwiegen eine Weile. Das Meßglöcklein rief wieder mit reinen Tönen, wie Freundesstimme, durch die tosenden Wasser. „Man ist sehr glücklich, wenn man glaubt,“ fuhr der Indier fort; „es ist mir ernstlich um Wahrheit zu thun.“ — „Wie kann man nur zweifeln, mit dem Verstande, wie mit dem Herzen, wenn wir ihn nicht freiwillig verdrehen und verdrechseln!“ entgegnete ich. „Auch der Verstand hilft uns glauben. Vergessen Sie Alles, was Sie, statt gelernt, erlernt haben, und horchen Sie in Ihr Herz hinunter und hinaus in die Natur. Sehen Sie die Vögel an und die Blumen, die Menschen, ihre Freuden und Schmerzen, Wiedersehen und Trennung, Wiege und Sarg. Sie können nicht glauben? Ist Ihnen denn noch gar nichts Wunderbares begegnet, an sich oder Andern? Wimmelt nicht selbst die Wissenschaft von Wundern, von Geheimnissen, die Menschenwitz nicht herausklügelt? Ist ihm denn in der Natur Alles handgreiflich? schwebt nicht ein Geist unsichtbar um alle Materie? Leugnen ist Schülereigensinn. Nehmen Sie sich nicht vor, kindisch zu verneinen; dann wird überall das große Ja volltönend auf Sie eindringen. Wenn man nicht bei den Lieben ist, so denke man ihrer doch nur recht heißwünschend. Sehnen Sie sich nur immerfort innig nach Glauben: Sie werden einst glauben können. Ich weiß es gewiß. Erinnern Sie sich dann, daß ich es Ihnen hier sagte. Sehen Sie sich doch nur hier um! fühlen Sie denn nicht Gott in der Majestät dieser Granitvesten? Glauben Sie zuerst nur an die Wunder, welche kein Unglaube ganz zu nehmen vermag. Ueberlassen Sie sich dem Hauche der Liebe, der Sie umfleht, bei Ihnen um Sie fleht. Und wenn Sie recht durchdrungen sind von dem Vatersinne, der über Ihnen waltet, dann lauschen Sie wie ein Kind, in Einfalt und Vertrauen, den heiligen Worten der Offenbarung, und Sie werden glauben in alle Ewigkeit."

Er lächelte gutmüthig, ich möchte sagen beinahe dankbar über meinen Eifer, den er nur hie und da mit einem Achselzucken unterbrochen hatte. Wie sehr wünschte ich Beredsamkeit! Wir sprachen über Christenthum. In solcher Kirche wäre leicht predigen. Wer weiß, wie lange wir noch auf den Steinen am Trient gesessen, der ein gewaltiges Orgellied rauschte: wenn uns die Führer nicht geholt hätten. Der Indier, der mir alle Qualen der Civilisation in diese jungfräuliche Urwelt schleppte, mußte doch auch gerade wieder mitten in der erschütternden Scenerie das Höchste anregen. Wir waren Bekannte: Es gibt Stunden, die für Jahre gelten.

Wir ritten zuerst eine Strecke am Trient hin und kamen bald an die Felsentreppe Mâpas (**mauvais pas.**) Welche Zerstörung! Ohnmächtige Riesenstämme, von wüthenden Elementen über die Flut geschleudert. Durcheinander gewürfelte Blöcke, schon wieder im lichten Mooskleide. Alles unsäglich malerisch, wild, unerhört. Es muß einem wohl sein in diesem Graus, auch dem Unglücklichen: es ist eine Erhebung in der Verzweiflung. Rechts **La Prise,** links **la tête noire**, mitten durch das **eau-noire** in seinen tiefsten Schlünden kochend. Vor uns **les Grands.** wolkenumflattert; ein stilles Dörflein, Finoo, darauf angenistet. Ein Silberstrahl: **La cascade du chatelat:** Senkrecht geht es hinunter, über tausend Fuß, und haarscharf auf der äußersten Linie des Weges schritt mein Maulthier, bog traulich den Kopf über den Abgrund. Das Gestein glänzt vom rinnenden Wasser. Wir reiten durch eine Höhle. Unter einem Trümmerblocke, Barme rousse, finden 30 Personen Schutz. Auf allen Seiten thürmen sich unermeßliche Pfeiler und Wölbungen. Mittendurch unser gefährlicher Wolkenpfad. Kleine schwarze Kröten huschen, wie Teufelchen, um das Geklüft. Das war ein Rauschen von Alpenströmen und Wasserfällen! Man geht wie in einem gewaltigen Concert hindurch. „Allons, étudiez un peu vos mathématiques!“ rief ich dem Indier zu. „Méchante!“ erwiderte er und wies auf die schwarzen Felsendome, um die wir uns wanden: „C'est religieux!“ sagte er.

Meine Seele ward zur Hymne. Ein Sturm des Entzückens faßte mich. Aus übermächtigen Lebensquellen sprudelt hier Gottesgeist, urfrischer Gottesathem. Ist's denn möglich? Solche Schönheit! Wahrlich, ich fühl's, dieß einmal geschaut zu haben — es ist wie wenn man recht glücklich war, recht geliebt hat und geliebt ward: man kann's nicht wieder vergessen, geht fremd, gleichgiltig, durch die andere Welt. Aber zu wissen, daß es da ist, das Ideal, es erblickt, begriffen zu haben — das ist eine ewigjunge Begeisterung. „Jezt bin ich heiter,“ sagte der Indier: „Das thut mir Alles wohl! Heute früh, als ich im Nebel den Forclaz hinaufritt, fühlte ich mich sehr unglücklich.“

Karavanen kletterten uns entgegen. Wie man in der drohenden Urwildniß auf engem Felsenstege, schwindelnd, so nah, daß sich Hand und Hand fast berühren, an einander vorbereitet, um sich zum ersten und leztenmale zu sehen! Man blickt sich freundlich an, wie Verwandte. Selbst die Britten grüßen hier. Ein schöner hoher Mann kam allein, mit ritterlichem Gruße und Lächeln. Später zu Fuße ein Regiment hübscher Knaben in blauen Blousen mit fröhlichen Hoffnungsgesichtern; hinter ihnen das Maulthier belastet mit Felleisen.

Man nährt sich dem **eau-noire**, dem die **cascade de la Barberine** zuschäumt. Die halbverfallene Grenzveste, eigentlich nur ein Portal. Gleich jenseits, in Savoyen, eine steinerne Nische: die Schmerzensmutter mit des Herrn Leichnam. An der Mühle, bei einer Brücke beginnt das Thal Valorsine, das den Uralpen im Schooße ruht. Im Süden **Les aiguilles rouges**, von Gewölk umweht, als hätten sie Federn aufgesteckt. Niedere Gräber und kleine Kreuze um die Kirche von Valorsine, die mit einem Lawinenbrecher versehen ist. Die Vesperglocke tönt melodisch über die süßen Auen, die sich demüthig hinschmiegen an die Sohlen der zaubernden Gebieter. In Osten **Col de Balme**; **L'aiguille de Mousse**; **L'oria**; und weiter zurück, westlich, **Le buet** mit dem brückenähnlichen Gletscher. Von da strömt **L'eau noire**.

Blauer Himmel voll Schaumwolken. Lichtgrüne Matten, vom Wasser überrieselt, wie unter einem Silbernetze. Rosenwangige, lächelnde Kinder. Hübsche junge, und selbst lauter anmuthige alte Weiber beim Kirchgange, Gebetbücher unter dem Arme, am Halse große goldne Kreuze, sittig und heiter grüßend. Schöne Mädchen mit schwarzen Häublein werfen mir im Vorbeigehen Rosen zu. Plätschern und Lallen der Bäche. Kirchenläuten, Herdenglocken — Alles klingt hinein ins schwellende Rauschen der Ströme und Wasserfälle. Wie in einem göttlichen Traume zog ich dahin, wie in einem ewigen Gedichte. Ich redete sie deutsch an, diese Felsen, diese Gletscher, die sich silberblinkend erheben, und sie hörten es gern. Zauber der Heimat, Reiz der Fremde — wie streitet ihr Euch so wunderlich im Herzen! Absichtlich blieb ich zurück bis ich den Indier lang aus dem Gesichte verloren hatte. Ich mußte hier allein sein vor der Natur, wie man vor Gott, beim Gebete will einsam sein.

Alle Geduld und Sorgfalt stellte mein Führer auf dem langen beschwerlichen Ritt *) all' meinem Ungeschicke, jeder Laune meiner Weichlichkeit entgegen: gerade wie eine vortreffliche Kindswärterin. Der Weg durch die steinigen Montets ermattete mich. Ein Kreuz bezeichnet das Grab von einem Bewohner dieses Thals, der im Sturme umkam. Königlich ragt die Montblanckette herein, der Thron göttlicher Majestät — riesige Granitgiebel mit ihren Scheedecken und Gletschern: **L'aiguille verte, L'aiguille d'Argentière, L'aiguille du tour.** Ich trat in eine Welt der Wunder, in ein fremdes, neues Dasein, von dem meine kühnsten Märchen nicht träumten. Aehnlich möchte ich mir das Erstaunen der Seligen denken, wenn die lezten Schleier sinken, Alles heilige Ueberraschung ist, niegeahnte Fülle. Laßt mich niederfallen und die Erde küssen!

Wir biegen in das Chamounythal **). Rührend liegt im Grünen das Dorf Tour zu Füßen dem blendenden Tourgletscher, aus dem die Arve übermüthig stürzt zum jugendlichen Tanze durch das Thal. Ich hatte eine Strecke zu Fuß zurückgelegt. Bei Argentière und seinem Glacier stieg ich wieder auf. Ein altes Weibchen ließ

*) 9 Stunden von Martigny bis Chamouny.

**) 4½ Stunden lang, ¼ — ½ St. B.

sich nicht nehmen, mir die Zügel zu halten — nie sah ich einen lebendigern Kopf! Ein Mädchen lächelte mich ernst an im Vorbeiwandeln. Mit liebevollem Schauer blickte ich ihr nach: sie glich vollkommen einer verklärten Freundin. So sollte mir doch ihr Bild entgegentreten im Lande unserer Wünsche, das ich endlich erreicht, allein erreicht, während sie den Weg in ein anderes Land der Sehnsucht gefunden hatte!

L'aiguille du Dru hat die Gestalt eines gothischen Portals, aus dem sich ein Eisstrom ergießt. Der Montblanc mit allen seinen Granitnadeln, wie ein kaiserlicher Riese, umringt von seinen Rittern, steht im Süden, und gleich weißen Fahnen hängen sechs mächtige Gletscher herab ins Mattenthal. Im Norden der Brevent, als Wächter. Auf der Abendseite geringere Vasallen, der Lacha und Vaudagne; östlich der Col de Balme. Der goldführende Aveiron strömt gebieterisch aus seinem Eisdome am Glacier des bois. Ueberschwänglicher Zauber breitet sich aus vor den schüchternen Augen. Ein dichterisches Bild der Gottheit spiegelt sich tief, unauslöschlich in der lautlosen Seele, drückt dem Geiste ein ewiges Siegel auf. Wie leicht athmet man in der freudigen Luft! Es ist eine Wiedergeburt, in der man neue und alte Mühen vergißt. Mit zutraulichem Frieden hütet der Kirchthurm von Prieuré die würzreichen Auen.

Abends.

Ich sitze auf der Kirchhofmauer. Unzählige Herdenglöckchen läuten die Abendhora empor zu den Münstern von Granit und Schnee. Rein und hehr, gleich Gottesgedanken, steigen sie auf. Wenn wir Kleinen sehnsüchtig Blick und Arm erheben zu diesem Aethergeschlechte, das mehr den Himmeln gehört, als der Muttererde — wie verwandt müssen sich ihm große Genies fühlen — so zu sagen eingepfarrt in diese ewigen Cathedralen! Wer weiß, ob nicht manch' verirrter Riesengeist, den hienieden ein sterbliches Gewand umfloß, dort oben wandeln muß, von Geiern umkreist? Wie ein erstarrter, titanenhafter Wasserfall breitet sich der glacier des bois aus. Ein Goldstrahl über dem Bossons-Gletscher. Die Aiguilles schauen jezt, eine Reihe von Riesenburgen, aus den Wolken. Der Montblanc strahlt in kalter einsamer Höhe. Aus den stillen Hütten d'rüben am Waldsaume kräuselt sich blauer Rauch. Die Luft ist kühl in dem tiefen Thale. Ueberall weiden die langsam heimkehrenden Herden.

Ich kniete im Kirchlein: das Abendroth und die ewige Lampe kämpften mit der Dämmerung. Kleine Buben balanciren auf der Kirchhofmauer. Schwarze Hauben rotten sich um mich her. Gewiß, nun hab' ich nichts mehr! Am Ende müßte ich selbst heimbetteln. Aber hübsch ist's, daß die netten Kinder so ehrlichlustig bitten, gar nicht heuchelnd.

Einige Spitzen flammen. Der Montblanc hat sich seine Krone aufgesezt; er läßt Flöre niederwallen, und vom Hauptaltare dampft. Purpurqualm. Ueberall sonst graue Schatten. Gute Nacht, du Wartthurm über Europa! Jezt ist Alles aus. Die ungetreue Sonne grüßt kühnere Alpgipfel, andere Meerwogen. Leg' dich schlafen, alte Welt! die Glockenharmonie ringsum verstummt; nur die Arve tos't — Leidenschaft schläft nicht.

Es wird frühzeitig Abend in Chamouny. Prieuré selbst zeigt sich zu städtisch, zu fashionable, voll Hôtels und Buden. Angenehm ist's, besonders für eine Dame, die allein reis't, durchgängig nur gute Gesellschaft zu finden. Im **Hôtel d'Angletere** brodelte die mütterliche Theemaschine am Kamin. Wie mit einer Nebelkappe saß ich, meinen Gemsbraten verzehrend, unter einer ganzen Völkerschaft Altenglands. Ein Einziger unter all' den Britten bestätigte mit einem Lächeln mein Dasein, ganz zulezt, als man einen Schweinskopf mit so vielsagenden Zügen vor uns hinstellte, daß sie sogar britischen Ernst bezwingen mußten. Auch der blaße Reisegenosse von Vevay mit dem schwarzen Flore saß bleich und traurig am Tische, starrte vor sich hin und berührte weder Speise noch Trank.

Den 17. August.

Hinaus in den frischen Morgen! Der gigantische Alpenkönig erhob sich im Strahlenkleide *). Mein Führer nannte mir alle Gipfel und Felsnadeln: **L'aiguille de Gouté; le dôme de Gouté; la bosse de drommedaire. Les monts maudits. L'aiguille du midi; L'aiguille du blanc. L'aiguille de Blaitière; L'aiguille du Crepon. Les charmeaux** rc. Schwarz sehen **les grands mulets** aus dem Schneemantel, an denen man bei Besteigung des Montblanc die erste Nacht Ruhe hält, und hinter deren Spitze Saussure's Hütte steht. „**Elle n'est pas monté, nous l'avons portée.**"

*) Gegen 14,000 F. hoch.

sagen die Guides von der abenteuerlichen zweiten Ersteigerin des Montblanc. Eine Bewohnerin des Thals war die erste Frau, die ihn erklimmte *).

„Wir haben ein Sprichwort," sprach mein alter Guide, „un don de nos ancêtres: Immer ist Eine Hälfte vom August schlecht, die Andere gut." — Das gebildete unterrichtete Wesen bei so schlichter Bauerntracht überrascht; dabei ein gewisser Adel der Bewegung; lange Augenwimpern; feingezeichnete Nase. „Ich heiße Michel Joseph Paccard," erwiederte er, als ich ihn um seinen Namen fragte, und sezte nicht ohne Selbstgefühl hinzu: „mon nom est connu dans les deux mondes." Er ist seit 42 Jahren Führer. Sein Vater war, wie der Sohn „doyen des Guides;" der Großvater diente den Entdeckern des Thals als Cicerone und beherbergte Saussure drei Wochen; Michel erinnert sich aus seiner Knabenzeit noch gar wohl des Gelehrten.

„Der Flor, den man dort oben am dôme de Gouté bemerkt, ist kein Nebel," bedeutete mir der Führer, „sondern frischgefallener Schnee, vom Winde gejagt." Blaugrün öffnet sich die Feengrotte des Aveyron. Am Fuße von Mont Anvert wird jeder Ankömmling mit einer Bettelfanfare begrüßt, die weithin gellt, stets neue Wanderer verkündend. Gemsengleich klettert das Maulthier den steilen Weg des Planats. Die Sonne ist noch nicht in Prieuré. Morgenläuten im Thale, das wie die Kindheit, wie ein Frühlingstraum, weit weit hinter uns liegt in der grünen Tiefe, auf weichem Sammetgrunde. Wir durchschneiden ein wüstes senkrechtes

*) Der neapolitanische Naturforscher Imperiale di Santangelo ist der 34. bekannte Reisende, dem es gelang (am 27. August 1840) den Montblanc glücklich zu besteigen.

Geröll: „un grand couloir d'Avalanches," sagt Michel. Rast an der Fontaine des Caillets, wo Florian seinen Roman Claudine anknüpfte. Kinder bieten Milch und Erdbeeren. „Mein Oheim," erzählte Paccard, „war der Guide des Dichters; seinen Begleiter, einen Engländer, führte mein Vater, und hier bei dieser Quelle begegnete „Monsieur de Florian la bergère," eine Hirtin des Thals. Michel schickt sich an, mir förmlich in meine Brieftasche zu diktiren: „Avant d'entrer à la Filla, le chemin des cristalliers," ein schmales Pfädlein, das die Aelper gebahnt haben „en allant à la chasse du cristal." Unfern liegt eine Kristallgrotte. Am schmalen Stege, auf dem man hoch wie ein Vogel über dem grünen Abgrunde schwebt, umkreis'te mich wiederholt der Schwindel mit schwarzen Fittigen. Fernes Brausen vom Aveyron Hinter Tannenwipfeln der Glacier des bois. Ueber ihm l'aiguille à Bouchard. L'orda. L'aiguille de Charmoz ragt magisch verschleiert über den Mont Anvert. Wir erreichen die Herberge (à la nature).

Mer de glace *).

Michel diktirt mir: „Das Eismeer ist hier zwischen dem Charmoz (S.W.) und der Aiguille de Dru (N.O.) eingepreßt, zwei Stunden lang, eine halbe breit, und theilt sich 2½ St. weiter oben am Felsen les Periades in zwei Arme: Glacier de Tacul und Glacier de Lechaud. Lezterer zieht sich zum Talafre-Gletscher hinauf, in dessen Mitte der Jardin liegt. Von Montauvert aus sieht man neben den genannten Spitzen: le

*) Drei Stunden von Prieuré an das Eismeer.

géant; la Noir; le Tacule; les grandes Jorasses; les petites Jorasses. (die Grenze zwischen Piémont und Savoyen); **L'aiguille du moine. L'aiguille verte.** Zu unsern Füßen das **Mer de glace**: aufgeregte Wogen — wie eine erstarrte See. Wir kommen beim Herabsteigen an eine Granittafel, „**la pierre aux Anglais**," auf welcher roth eingegraben steht: **Poock. Windham** 1741. Darunter eine Höhle, in der sich 15 Personen bergen können, vormals die einzige Zuflucht hier. Jene beiden Engländer, erzählt Michel, welche vor 100 Jahren Chamouny entdeckten, hatten in Genf die hohen Berge gesehen und zogen zu Pferde von daher aus mit 5 — 6 bewaffneten Dienern; in Prieuré angelangt, spannten sie ihre Zelte auf. „**Le curé**" ging hin, redete die Fremden an und fragte, was sie wünschten. Sie erzählten ihm ihre Absicht; er lud die Herren in sein Haus ein. Lautet das nicht, wie wenn etwa Weltumsegler auf einer unbekannten Insel der Südsee empfangen werden? Poock wohnte beim Pfarrer. Die Diener blieben im Zelte. Lezterer empfahl seinem Gaste zu Alpenwanderungen Michels Großvater. Ich beneide die, welche ein solches Thal entdecken durften — aber Jeder entdeckt es eigentlich, weil Keiner sich vorstellen kann, wie schön es ist. Als Jene fort waren, vergingen Jahre bis sich wieder Reisende einfanden. Zuerst Briten; es währte lang bis Frauen kamen. Seit 15 Jahren ist ein Maulthierweg auf den Mont Anvert gebahnt.

Beschwerlich ging es über die Moraines dem **Mer de glace** zu. Was von der Höhe heftigen Wellen glich, ist unten wie Berg und Thal. Ueberall Karavanen auf dem Eise, mit Stöcken bewaffnet. Muthwillig kichernd hüpfen elegante Damen umher. Auch ich sprang

14 *

am Arme Paccard's, der meinem Muthe die obligate Bewunderung nicht vorenthielt, auf den Eiswogen, besonders über die Spalten mit lustigem Graus — es liegt eine Ironie in diesem Tummeln. Tief durch die geheimnißvollen blaukristallenen Klüfte sieht man Wasser. „Wer in diese Spalten fällt, verwes't nicht so bald," sagt Michel. Schön ist's, wie das Eis nichts Unreines behält, es wieder ausstößt, damit das Gemeine vergehe, und nur das Reine, erstarrend zwar, aber auch erhaltend, umschließen will! „Nie bleibt das mer de glace ganz bedeckt, auch nicht beim Regenwetter; immer heben sich die Wolken von Zeit zu Zeit auf ein Paar Stunden," versicherte mein Guide und zeigte mir zwei mächtige Granitblöcke, welche seit wenig Jahren um 80 Toises vorschritten. In 8 — 10 Jahren werden sie im Thale sein beim Aveyron. 1817, fuhr der Guide fort, war ungewöhnliche Bewegung in den Gletschern. Man hat im Mai bemerkt, daß der Glacier des bois sich um Einen Fuß in 24 Stunden vorbewegte. Den Gemeinden im Thale bangte sehr; man hielt Prozessionen und errichtete Kreuze am Fuße vom Gletscher."

Aus Mantel und Schwal bereitete mir Michel, wie er sagt „un fauteuil" auf einem Steine am Mont Anvert, dessen Seite mit einer Decke von Rhododentrum überkleidet ist — in der Blütenzeit ein rother Teppich um die lichtgrünen Felsen. Unter mir starren die Kristallklippen. Ringsum Graus der ewigen stummen Granitwelt, die Urstätte des schaffenden Geistes. Alle diese Thürme, Pfeile und Spitzen im reinen tiefblauen Aether! Weiter unten wallt ein Wolkenkranz. Nur auf den petites Jorasses die Schichte von Silbernebel. Mir gegenüber l'aiguille de Dru mit dem eingewitterten

Portale. Riesenhäupter schauen in schweigsamer Strenge herab und die Wasserfälle rauschen gewaltige Melodien. Lawinen donnern. Die ganze Poesie des Winters, den strengen Styl, das Geheimnißvolle, Duftige, Ahnende; die Leichendecke, unter der so viel Auferstehen und Hoffen keimt: Alles werde ich künftig besser verstehen; ein Gruß wird es mir dünken von dem weißen Titanengreise auf den Alpen, der dann mit seinem Scepter herunterlangt, und Diener sendet in die Thäler, und Boten bis in die Ebenen: Der Montblanc ist der königliche Winter auf seinem Eisthrone. — Hier in diesem Chaos, vor dieser Planetengeschichte, von welcher einzelne zerrissene Blätter umher liegen — wie klein erscheint die Welthistorie der Menschen! Was sind hier Umwälzungen, was Herrschergewalten? In Napoleons Seele war Etwas von dem Stoffe, der hier gebietet: Granit und Eis. Seitwärts sieht der Brevent vor. Die Flegère mit ihrem Pavillon. Um die nahe Herberge Gruppen von Maulthieren und Reisenden; Führer, welche die Aiguilles herzählen, wie man ausgestopfte Vögel im Naturalienkabinet weist.

An der Grotte vom Aveyron.

Gern ruhten, beim Herunterklimmen, die Blicke auf dem Smaragdthale aus, das uns im Brautschmelze grüßte. Manche Karavane zog uns entgegen, den Berg heran. Mein Bekannter von gestern, den Sympathie über einen Schweinskopf mir zugeführt, lächelte mir zu im Vorbeireiten. Bald nach ihm kam eine dicke Frau, welche ängstlich auf dem Zelter hing. Ich erkannte sie sogleich; auch die junge Dame, mit dem rosigen Gesichte, das ich auf dem Vierwaldstättersee gesehen; lebhaft sprach sie mit einem schlanken Manne, wenn ich nicht irre, derselbe, welcher sich im Hôtel Bauer in den einsamen Reisewagen warf. Noch fernher tönte das elfenhafte, neckische Lachen. Wo war die schöne Bleiche mit den kornblauen Augen geblieben?

Auf duftendem Moose, unter Fichten, reite ich im Thale am Aveyron, der in seinem Granitbette der Arve zuschäumt. Wie das dahin braust! Glückselige Wellen, die auf ihren freien, stolzen Rücken kein Joch tragen mögen, tragen müssen! Ueberall liegen Eisbrocken zwischen dem weißen, zermalmten Granit. Gestern hat der Gletscherstrom ein großes Eisstück fortgeschwemmt und zerschellt, das seine Quelle einen Augenblick hemmte. Der Glacier des bois hängt vom Mer de glace am Dru nieder, zwischen den Wäldern vom Mont Anvert und Bouchard. Tiefhimmelblau winkt unter dem Gletscher die Grotte, wie in einem Zauberspiele, wie von der Nixe lockend aufgethan am Fuße der hehren Schrecken. Es gleicht beim Näherkommen einem kolossalen Thore. Ueber Granitblöcke kletterte mein Maulthier. Die Bergwasser, welche überall vorschäumen, im Thale, durch Wälder, über himmelhohe Wände rauschen; die Wolken, welche ohn' Ende kommen und gehen, in immerwechselnder Gestaltung um die Dome von Granit wehen: — Alles gibt der Alpenwelt stete Bewegung einen hochschwellenden Rythmus der Farben, ein geistiges Regen und Weben. Wie es tos't! Ringsum schauen junge Tannen knabenhaft d'rein. Die Sonne brennt zwischen den Felsplatten. Kleine Mädchen mit appetitlichen Körbchen voll Erdbeeren und

Milchgläsern verfolgen mich; Buben werfen geschäftig Breter über die vorquellenden Fluten. Donner und Krachen von Lawinen und einstürzendem Eise. Die Grotte ist lichtblau, grün in der Tiefe; blendendweiß in der Wölbung; wunderbar darüber der dunkelblaue Himmel. Tausend und tausend Pyramiden, aus der Ferne wie Marmorbilder anzuschauen, thürmen sich am Gletscher; Wasserbänder rauschen herab; frischgefallene Lawinen liegen hingeschüttet. Der Dru ragt wie eine Warte herein mit blitzenden Schneezinnen. Wenn ich hinauf starre in diese Felsenkuppeln, ist mir's, als stünden unerhörte Gedanken und Schicksale da oben eingeschrieben in gigantischen Linien. Wieder donnert's. Mein Führer läßt mich nicht weiter vor, wie gern ich auch möchte. Er stand im vorigen Jahre viel ferner, als wie heute; da fiel ein Stück Eis; er und eine Dame aus Lyon waren nahe am Ersticken vor Wasser, Sand und Eis.

Später.

Das Thal ist seit 700 Jahren bewohnt. Zuerst stifteten Benediktiner hier ihr Kloster (1090), nach welchem sich Prieuré noch immer nennt. „Im Kirchenarchiv sind lateinische Chroniken, aber niemand kümmert sich darum,“ sagte Michel, als ich mich nach Sagen erkundigte: „nous avons des traditions latines.“ Nach der Heimkunft ging ich hinaus gegen den Bossonsgletscher. Weiterhin auf der Straße nach Genf folgen noch zwei kleinere: Glacier de Gria und Glacier Taconay. Auf dem Platze vor der Kirche rennen alle Nationen auf und ab. Der

Indier kam auf mich zugelaufen. Er hatte eben erst herausgebracht, daß ich im nämlichen Hôtel abgestiegen, wie er. „Auf dem Mont Anvert," sagte er, „überall, wo ich hinkam, waren Sie schon. An der Grotte erfragte ich Sie bei den Kindern, die Ihnen Früchte und Milch boten." Bis zum Jardin war er geklettert, der gute Indier schilderte mir die zauberische Raseninsel mitten im ewigen Schnee, auf welcher Alpenblumen im üppigen Strauße blühen, schilderte entzückt den majestätischen Kranz von Cathedralen hoch im Himmel: „das war andächtig!" sagte er: „Ich erinnerte mich lebhaft an unser Gespräch zu Trient und hätte viel darum gegeben, wenn Sie da gewesen." —

Ueber der Kirche steht: Deo 1602. Wir hatten einen Feldweg eingeschlagen. Von der Stelle, wo wir standen, schien der Hahn, statt auf dem Thurme, mit pfauenartigem Gefieder gerade mitten auf der Hauptspitze des Montblanc zu sitzen. Die Uhr schlug fünf. Das Auge des Indiers verweilte nachdenklich auf den Zeigern. „Vulnerant omnes, ultima necat!" flüsterte er vor sich hin. Ich sah ihn an. „Alle verwunden, die Lezte tödtet," sagte er. „In Spanien las ich das auf dem Zifferblatte einer Thurmuhr. Ich begleitete einen Jugendfreund; er eilte der Vereinigung mit einer seit Jahren geliebten Frau entgegen, von welcher ihn die Verhältnisse lange geschieden hatten. Nur noch wenige Meilen von der Geliebten entfernt, kamen wir gegen Abend an jenen Thurm. Dem Freunde fiel zuerst die Inschrift auf: er wiederholte sie öfters. In der Nacht erkrankte er plötzlich, so nahe dem erkämpften Glücke, und starb ohne die Geliebte gesehen zu haben. War das nicht bitterer Spott? Weil das Leben ihn nicht mehr von ihr trennen konnte, trennte der Tod: Alle verwunden, die Lezte tödtet."

„Sie verwunden, um zu heilen; sie tödtet, um zu beleben," entgegnete ich. „Liebe reicht über das Grab. Mir fällt jezt, ich weiß nicht recht warum, eine Geschichte ein, die ich Ihnen erzählen will: In Frankfurt lebte eine hochbetagte Frauensperson, von der man weder Alter, noch frühere Schicksale wußte; sie war nicht gerade verrückt, brachte aber alle ihre Tage in einer Art Stumpfheit hin; um die Gegenwart schien sie sich gar nicht zu bekümmern, und wenn sie der Vergangenheit gedachte, kam nach stillem Brüten nichts heraus als: „„ach, ja! mir ist ein großes Unglück geschehen, aber ich weiß nicht mehr, wie es war."" Das sagte sie oft vor sich hin. Mit ihr lebte schon seit langen Jahren eine alte Magd, wußte aber nichts von der Geschichte ihrer Herrschaft, hat sie beim Antritte des Dienstes schon so gefunden wie jezt, und nie etwas Weiteres in Erfahrung bringen können. Außer der Magd besuchte die Alte hie und da der Arzt, welcher zugleich auch Hausarzt der Familie S... war. Ein Mitglied derselben, ein junges Mädchen, hatte durch die Erzählung des Doktors große Theilnahme für die Alte gefaßt, ließ sich durch ihn bei Lezterer einführen, saß oft stundenlang neben ihr, machte alle möglichen Versuche, sie zu unterhalten, konnte aber nichts Anderes aus ihrer Erinnerung wecken, als jene wenigen, oft wiederholten Worte. Bejahrte Leute, bei denen sie sich außer dem Hause erkundigte, glaubten sich zu besinnen, daß die Kranke in ihrer Jugend einen Arzt geliebt, und kurze Zeit, bevor sie sich heirathen sollten, das Unglück gehabt, ihn auf eine erschütternde Weise zu verlieren. Er ging nämlich zu

Kriegszeiten vor die Thore der Stadt und wurde dort erschossen. Seitdem erinnert sich niemand, die Alte in einem andern Zustande, als dem gegenwärtigen, gekannt zu haben. Das junge Mädchen fand eines Tages die Kranke in freudigaufgeregter Stimmung. Sie erhob sich vom Sessel und rief der Besuchenden entgegen: „„er kommt, er kommt, liebes Kind, er kommt."" — „Ja wer kommt denn?" — „„Nun, er, er."" — „Ja wer? —" „„Wirst schon sehen. Sonntag Nachmittag um 3 Uhr ist er da, er hat's mir gesagt. Die Freud' sollst du auch mit mir erleben; auch der Herr Doktor. Ihr habt mich beide so fleißig heimgesucht, wie ich traurig war; jezt sollt ihr auch mein Glück mit ansehen, und niemand darf mehr sagen, daß die Alte verrückt ist. Um halb 3 Uhr müßt ihr da sein, damit wir ihn zusammen erwarten.""

Das Mädchen erkundigte sich bei der Dienerin, ob denn die Alte mit irgend Jemand gesprochen oder einen Brief erhalten habe. Die Magd betheuerte jedoch das Gegentheil und erzählte, ihre Herrschaft sei heute so froh erwacht, ganz ohne Veranlassung. Kopfschüttelnd ging das junge Frauenzimmer weg, im Stillen wohl befürchtend, daß aus dem Tiefsinn ein Wahnsinn sich entfalten möchte, stellte sich aber dem ungeachtet am genannten Tage zur genannten Stunde bei der Freundin ein, fand diese im veralteten Sonntagstaate, der seit den Jugendtagen geruht haben mochte, und in freudigerwartungsvoller Stimmung: „„das ist schön, daß du kommst, mein Kind,"" sagte sie; „„der Herr Doktor wird auch gleich da sein; es ist bald ³/₄; um 3 Uhr kommt Er."" Hierauf wies sie dem Mädchen ihren Platz an einem Kaffeetische an, der zu vier Gästen festlich gedeckt war. Auch der Doktor kam bald, und die beiden Gäste sahen sich mitunter kopfschüttelnd an, wenn sie die frohe Zuversicht der Alten bemerkten. Diese hörte gespannt auf jedes Geräusch im Hause und auf der Straße, und rief endlich: „„das ist er! das ist sein Schritt! Jezt geht er zur Hausthüre herein, jezt geht er zur Treppe herauf, gleich wird er da sein.““ Mit Jugendkraft erhebt sich die Alte von ihrem Stuhle, streckt beide Arme der Thüre entgegen, und mit dem Ausrufe: „„Holzmann, mein Holzmann!““ sinkt sie todt in den Sessel zurück. In diesem Augenblicke schlug es 3 Uhr. Alte Leute erinnerten sich, daß Holzmann der Name jenes erschossenen Arztes gewesen. —

Auf dem Friedhofe.

Gestern kniete eine Bäuerin in der Kirchenecke vor einem großen Sarge, dessen Decke mit Todtenköpfen bemalt war, und Außen kam ich an einem kleinen tiefen Grabe vorbei; ein Kind von 7 Monden, sagte man mir, sei gestorben. Heute ist das Grab gefüllt und ein Kreuzchen darauf gepflanzt: zartgeschnitten von weißem Holze; vier kleine Sträuße mit rührender Grazie daran befestigt, und unter diesen, vier Schleifschen von schmalen rosa Bändern; und gestüzt ist das schwache Kreuzlein auf beiden Seiten. Wie zärtlich aufgepuzt von Mutterliebe — zum leztenmale! Und der weiße Montblanc schaut darauf nieder. Der Montblanc — und das Kindergrab: der kleinste Hügel. Gegen Genf der Himmel über den umschatteten Bergen zart und lichtblau. Die Nadeln dort oben alle enthüllt, feingezackt, wie Gemshörner oder Fischzähne, eine Randschrift im Himmel. Die Pyramiden vom Glacier des Bossons bekommen noch einen Sonnenscheideblick.

Ich habe einmal den Münster von Ulm gesehen voll frischgefallenem Schnee. Jedes Thürmlein, jedes Säulchen, jede der Tausend Spitzen, der ganze Dom, Alles war scharf mit weißen Umrissen auf dunkle Mauern gezeichnet. Aehnlich, nur in maßlosen Verhältnissen, gemahnen mich hier die röthlichen Granitpfeile, welche durch die Wolken schießen. Von jeher wirkten jene gothischen Kirchen, so schneegedeckt, mit besonderm Zauber auf mich; und nun begreif' ich's; es ist die heimatliche Harmonie, das Schönheitsgefühl der Natur. Der Schnee gehört daher. Steht doch auch zum Braun der Gotteshäuser das grüne Laub der umschattenden Zweige gut: wie der Stamm mit Blättern. Schneebelastet gleichen unsere alten Kirchen erst recht den Granitdomen, nach welchen der menschliche Genius unsere Cathedralen gestaltet, durch das Errathen tiefer Verwandtschaft. Die Aiguilles überraschen wirklich mit ihrer gothischen Bauart. Ueberall aufstrebende Pfeiler und Säulen, Thürme und Thürmchen in dieser Weltarchitektur. Jene alten unsterblichen Meister, die Erbauer gothischer Altäre, haben wohl nie diese Alpenmünster gesehen, und sie doch geahnt, so wunderbar der Natur in ihrem göttlichsten Wirken nachgebildet. Es ist ja derselbe himmlische Genius, der das Eine geschaffen hat und zum Andern begeistert. Jetzt wird mir's immer klarer, warum das Aufstreben des gothischen Styls mich so mächtig hinreißt. Was ist dagegen alle runde Schönheit und lächelnde Harmonie der Griechen? Ich meine, trotz der Objektivität ist in der klassischen Kunstbestrebung mehr Egoismus und Eigendünkel, keine Entäußerung. Der gothische Styl ringt nach dem Ausdrucke der höchsten ewigen Wahrheiten, ganz frei von Selbstsucht. Es scheint die Kunst der Hellenen Schönheit, Himmlisches auf Erden zu verkörpern, herab zu holen aus den Wolken. Der gothische Styl strebt zu ihr, der Unsichtbaren, Unausſprechlichen hinan. Es ist eine Sehnsucht darin, und zugleich ein Zeugniß, daß das Höchste hienieden nicht zu finden, oben zu suchen ist. Darum mußte auch zum möglichst vollkommenen Ausdrucke des Erhabensten, des Christenthums, der gothische Styl gefunden werden. In ihm sprechen sich hohe, andächtige Gedanken aus, beflügelte Empfindungen, die ganze Mystik der Sehnsucht und Liebe: der Jesuglauben konnte sich kein anderes Sinnbild schaffen. Nun begreife ich's auch um so viel mehr, warum Berge den Menschen so anziehen und auch geistig erhöhen; warum Majestät, Anmuth und Friedlichkeit der Alpenwelt uns Allmacht predigen, Himmelsruhe zeigen. Diese selige Erfüllung, diesen Gottesfrieden, so weit wir ihn hienieden erreichen können, bieten uns die Berge. Es sind Altäre, an denen der heilige Geist leuchtende Offenbarungen über die Gläubigen ergießt. Ja, ich fühle das Gottverwandte in mir und Euch! Goldene, rosenüberhauchte Wölkchen segeln um die Eisklippen, wehen, wie warme Grüße ewiger Liebe und Gewährung, um die starren Gipfel.

Den 18. August.

„Sie gehen also morgen? dann reisen wir zusammen!" hatte mir gestern Abend der Indier zugerufen, als er ohne meine Antwort abzuwarten zu seinem Diner eilte. Ich bestimmte daher in der Stille eine frühere Stunde, fand aber außer meinem Cadet von vorgestern, noch ein zweites Maulthier an der Thüre: der Indier hatte seinen Führer an den meinigen verwiesen. Die Wirthin wickelte uns ganz mütterlich in die Mäntel ein; Alles war lieb und vertraut, als ritten wir von Hause fort. Der Abschied drang mir an's Herz. Mir kamen Thränen, als ich mich noch einmal nach dem Montblanc wandte. Verstoßen wähnte ich mich wieder in die Fremde, denn wo ich das Schöne finde, da fühle ich mich in der Heimat. Alle Schönheit ist ein Vaterland für uns: wir sind seine eingebornen Kinder. Chamouny hat meiner Phantasie Wort gehalten, mein freudiges Erwarten übertroffen — ich überblicke alle Entäuschungen langer Tage und Jahre — zum ersten und einzigen Male übertroffen! Hier nur war die Erfüllung schöner, als die Hoffnung: darum ist das Montblancthal auch der Himmel auf Erden.

„Ich hatte gestern einen trefflichen Führer," rühmte sich der Indier; „er hieß Paccard." — „„Der meinige auch,"" erwiderte ich; „„ich hatte Glück: es war der famose Michel Paccard."" — „Meiner hieß auch Michel." — „„Der Großvater des Meinigen führte die Entdecker des Thals,"" — „das war der Großvater des Meinigen; er hat es mir erzählt." — „„Das ist ein Irrthum. Der Meine war in Italien."" — „Der Meine auch." — „„Es kann doch nicht ein Doppelgänger gewesen sein! der Meine ist schwarz."" — „Der Meine blond." — „C'était le mien." — „Le mien." — So hieß es her und hin. „Die zwei Paccard sind weder Brüder, noch heißen beide Michel," bedeutete mein Guide von Martigny. Nach einigem Streite schenkte mir der Indier großmüthig den ächten Paccard.

Im langen schwarzen Priesterrocke, mit Schärpe und Hut kam uns der Pfarrer von Argentière eiligen Schritts entgegen. Ich hoffte immer noch mich meines Reisemarschalls zu entledigen und bestand um so mehr darauf, über den Col de Balme zu gehen, weil ich vermuthen konnte, der Indier würde die Tête noire vorziehen, da uns der nahende Regen, wie die Führer betheuerten, den andern Gebirgspaß verschloß. Wir erreichten den Kreuzweg, wo sich's links nach dem Thale von Valorsine wendet. „Entscheiden Sie," sagte der Indier. — Ich bat ihn, keine Rücksicht auf mich zu nehmen. „Ihr Weg ist der Meine," erklärte er mit einer gewissen ritterlichen Bestimmtheit, welche Schweigen gebot. Das Wetter wurde klarer: „Also über Col de Balme!" rief ich.

Ueberall strickende Kinder und Weiber, herdenweidend, mit Strohhüten und Mänteln von Ziegenfell. Leztere gaben das Ansehen von Wilden. Wir reiten auf schwankem Stege über die Arve. Zur Seite ein schwarzer Rachen, durch welchen der Bergbach schäumt. Man schaut hinunter auf das Alpendörflein Tour — ganz Friede und himmelnahe Einsamkeit. Immerfort hinan über Triften; baumlose, grüne Wüste. Der flimmernde Gletscher neben dem hellen Almengrün; da und dort ein schneedurchfurchtes Felsenhaupt; überall Quellen, Bäche und Wasserfälle. In unserm Rücken in der Perspektive das Chamounythal offen: wie Coulissen laufen die Bergwände herunter, eine hinter der andern — ein Welttheater. Glanzgebilde treten hie und da aus Wolken: die Giebel vom Montblanc. An den weißen

Wolkenzügen, welche tief im Thale streichen, erkennt man recht das Gigantische der Verhältnisse. Bei jedem Tritte des Maulthiers perlt Wasser aus dem Rasen. Nichts als Moos und das dunkelgrüne Laub der Alpenrose. Eine Säule aus Steinen, welche die Hirten errichtet haben. Auf den nahen Felszinken unterscheiden wir Gemsen. Eine Sennhütte, le Chalet Charamillon. Weiter oben le Chalet de Balme. Plötzlich holt uns ein Nebelheer ein; der Wind peitscht die Wolken wie Staubwirbel um uns herum — eine lustigphantastische Jagd.

Das war ein Strauß! Wir wurden ganz eingewickelt in Wolken. Schon sahen wir die Herberge auf der Kuppe vom Balme *). Da faßte uns der Sturm mit Riesenfittigen, schüttelte uns so derb, daß wir fast erstickten. Aus allen Kräften klammerte ich mich an das Maulthier, das sich kaum auf den Beinen zu erhalten vermochte. Im Augenblicke der größten Noth erreichten wir die Thüre, sprang uns der Wirth hülfreich entgegen, versichernd, daß der Orkan seit gestern Abend so ungewöhnlich tobe. Die Hütte ist mit Steinen schützend umbaut. Wir saßen bald am schwarzgerauchten Kamine vor dem wohlthätigen Feuer, das der Indier fleißig schürte, ohne der überall eindringenden Eisluft Meister werden zu können. Ein junger Mann, groß, blond, der Brillen trug, und eine botanische Büchse neben sich hatte, saß schon bei unserm Eintritte an der gastlichen Flamme. Auf den ersten Blick erkannte ich an der gewissen sinnigen Gemüthlichkeit den Deutschen und entdeckte schnell, daß er K e r n e r in Weinsberg besucht hat

*) 7086 Fuß hoch. Von Chamouny nach Martigny über den Balme 6 St.

und in Würtemberg erzogen ward. Schaffhausen ist die Heimat des neuen Bekannten. Er trägt den Namen jener edlen Freundin Müllers, ihr nach verwandt. Noch lebt ihr Sohn, der nicht ohne Thränen von Johannes Müller sprechen kann. Lange Jahre nah seinem Tode kamen seine Freunde und Freundinen allwöchentlich einen Abend zusammen, um Briefe von ihm zu lesen und seiner in Gesprächen zu gedenken.

Der Kopf einer Kuh mit Kreide keck hingeworfen, sieht uns lebendig an. Die Breterwände sind hier auch eine Art Fremdenbuch. Der Sturm ras't mit entfesselter Kraft um das arme Dach. Durch's Fensterchen sieht man den Montblanc kaiserlich mächtig und strahlend; wie ein Aeltervater steht er da, von Kindern und Enkeln umringt. Zwischen der Berge Riesenumarmungen schlingt sich das Thal wie ein grünes Band im Sonnenglanze; ein weißer Streif darin: die Arve.

Engländer überschwemmten die Herberge. Der Schaffhauser konnte nicht mit uns aufbrechen, weil er sich noch am Kamine trocknen mußte. Wir krochen auf der Erde. Mich dauerten nur die Alpengräslein, die so grausam geschüttelt und gezaust wurden. Auf einer Seite das Chamounythal, der Montblanc mit seiner ganzen Familie, seinen Nachbarn; auf der andern das Rhonethal bis Sitten; die Alpenkette von der Furka bis zum Dent de Morcles. Beim Herabsteigen legte sich der Orkan allmälig. Die Wolken jagten in eiliger Flucht sturmgepeitscht über unsern Häuptern hin. Ueber eine nahe Schlucht wölbten sich zwei Eisbrücken. Kühe sahen uns mit naiver Ehrlichkeit an. Der Weg ist äußerst beschwerlich; wir mußten ihn zu Fuß zurücklegen. Der Indier prüfte das beredsame Echo. Ich kannte ihn gar nicht wieder. Er war kindlichheiter, sezte wie eine Gazelle über das Gestein, machte den Weg sechsmal, wie Kinder und Hunde, hielt mir den Bergstock, suchte mir jeden Schritt zu erleichtern und sprang auf jeden Felsblock, über jeden umgestürzten Stamm: „C'est tout mon bonheur de faire le gamin," sagte er, alle meine Charakterschlüsse über den Haufen werfend. Da hat man die geistige Beweglichkeit der Franzosen. „Wenn ich wieder nach Indien komme, will ich den Himalaya besteigen," meinte er. — „Der klettert, als wäre er hier geboren," lachten die Führer. „Ich habe auf den Pyrenäen gelernt," bedeutete uns der Indier. Mich freute sein Alpenjubel. Nur ausnahmsweise werden Deutsche und Franzosen sich verstehen, wenn es sich von der Natur handelt. Sie sehen die Natur nicht wie wir mit dem Herzen, nur mit den Augen und dem Geiste an, können meist nur den guten Geschmack würdigen und nach diesem Maßstabe die Gestalt der Felsen, die Farbe des Sees beurtheilen; durchblättern die Natur wie ein kostbares, in unverständlicher Sprache geschriebenes Buch. Die Franzosen leben nicht in der Natur, sie leben in der Convenienz, und ganz absorbirt von der Realität. Es ist solche Zerstreuung, so bunter Lärm, daß alle offenbarenden Träume, alle Dichtungstimmen darin ungehört verklingen. Die Franzosen bleiben mit der Natur stets im Conversationston; es ist kein Liebesbündniß, ja nicht einmal Freundschaft. Darum haben jene es auch in Beobachtung des Charakters, in der Analyse der Leidenschaften, in der ganzen Seelenanatomie so weit gebracht, weil sie scharf das Auge nur auf den Menschen und seine socialen Verhältnisse richten. Er ist ihre einzige Natur in dem Steinmeere

Paris. George Sand allein scheint den Zauber zu besitzen, dem die Natur Rede steht. In den Schriften der genialen Französin rauscht's wie von Wasserfällen; Lawinen donnern d'rein, Sonnenpfeile blitzen; glühendes Abendsonnengold schwebt um einsame Schneegipfel; Tönen und Düften zieht durch die unbewegte Luft. Da ist ein Grünen und Blühen. Und doch bittet die berühmte Frau — Magdalena der Poesie — jeden Seufzer, jeden Pulsschlag für die allwärmende Natur, ideentrunken dem Culturgange ab, der philosophischen Societätsentwicklung.

Neben dunkelgrünen Tannen schimmert der Trient-Gletscher, aus welchem der Waldstrom sprudelt; darüber L'aiguille du Trient. Die bemoosten Stämme mit ihren Schlangenwurzeln sperrten uns oft den Weg. Eine seltsame Fichte, ein Spiel der Natur: drei Aeste breiten sich aus — wie ein Armleuchter. Wir ritten über Trient, und nach wenig Schritten im stillen bekannten Thale, wieder den Forelaz hinauf. Eine Familie, Mann, Weib, Kind, rastend am Wege, recht wandermüd, sieht auf die Hütten hinab, die so ruhig in der Tiefe weiden. Oben packte uns der Wind vom Neuem. Der Indier zeigte mir den Weg, welcher nach dem Sankt Bernhard führt, und bekämpfte meinen Entschluß, den Mönchen einen romantischen Besuch zu machen. „Es ist so beschwerlich und lohnt sich nicht," behauptete er. Andere hatten mir auch abgerathen. Wie ein italienisches Gemälde lag Martigny da: Ueppige Aeste weithin gebreitet. Abendschein auf sammetnen Matten. Die Burg vergoldet. Unter einem Baume im Grase ein brauner Jüngling mit dunkeln Augen neben einem Greise, ein roth und blaues Tuch um den Kopf gewunden.

15*

Gleich nach der Heimkehr kletterte ich mit dem Indier zum Bâtiaschlosse. Ein Kretin warf sich ungefragt zum Führer auf und kroch vor uns her, schwang sich oben auf die Ringmauern und ging da wie eine Schildwache umher. Ein Idiot als Herold und Thurmwächter — so feierten wir unsern Einzug in die Hallen, welche sich einst den Rittern und Burgfrauen öffneten, jezt nur von Kröten und Schlangen bewohnt. Wir plauderten über den Reiz vom Ritterthume und über den DonQuichotismus aller Menschen. Schon von Außen sind die Trümmer der Veste gar malerisch. Man bemerkt Ueberreste von zwei Erkern. Der Indier lief wie eine Katze über Stiegen und Gemäuer. Ich sah den halsbrecherischen Entdeckungsreisen nach; er ruhte aber nicht, bis er mich in ein Paar schwindelerregende Burgräume und Gemächer geführt hatte, in welche der lichte Abendhimmel zur Decke hereinschaute und durch der Fenster mittelalterliche Spitzbogen. Ueberall hing Strauchwerk in Gewinden. Wir sahen in eine mächtige Halle herab, die wie mit einem dichten grünen Teppich von Baumwipfeln belegt schien, sahen über das Rhonethal, ja sogar zum fernschimmernden Leman. Aeste und Ranken schlangen sich zu Kränzen im Abendroth.

Den 19. August.

Im Eifer, mir noch heute zur Heimkehr zu helfen, rannte der Indier hin und her, bis er uns den einspännigen Postchar verschafft hatte. Die Gebirgsstöcke und meines Gefährten chinesischer Koffer von Sandelholz, machten unsern Aufzug einigermaßen pittoresque. In vielen Jahren sah man den Fall der Sallenche nicht so prächtig. Der Trient erinnerte uns an das Gespräch bei seinem Ufer. In Beziehung darauf äußerte der Indier: „Si je ne puis avoir de foi, je tache d'avoir un peu d'espérance et beaucoup de charité.“ Schon gestern auf dem Maulthiere sagte er ganz schlicht: „Zu Hause bei meinem Vater ritt ich auf einem Ochsen. Alles, was ich weiß, lernte ich durch mich. Meine Erziehung hat nicht 50 Franken gekostet. Ich war im mittäglichen Frankreich geboren und nicht bestimmt auf einer so großen Bühne zu leben. Ich war zum Bauern bestimmt. Der Tod meiner Mutter änderte Alles: Wir theilten ihr Erbe und ich und mein Bruder gingen nach Ostindien, wo wir unser Glück machten. Ein anderer Bruder studirte das Recht. Die Schwester wäre schon längst in ein Kloster gegangen, wenn der alte Vater nicht so dagegen. Indessen hat sie eine Armenschule angelegt und übt mit seltner Entsagung alle Pflichten einer barmherzigen Schwester.“

Der kindlichgute Mensch gestand mir, daß er heirathen wolle, daß er einer liebenden Frauenseele bedürfe: „Un peu de bonheur!“ Seine Wahl hatte sich wohl schon da oder dorthin geneigt, aber noch schwankte er, und vertraute mir, wie einem Freunde, alle Gefühle und Zweifel. Wie schämte ich mich jezt der Engherzigkeit, die ich in den Thälern von Valorsine und Chamouny Klugheit nannte!

Schon sahen wir die Thebanerkapelle, sahen die Einsiedelei von Notre Dame de Ser, die wie ein Schwalbennest an einer Steinritze hängt, und trafen in St. Maurice auf die Minute mit dem Omnibus von Lavey zusammen. Auf den ersten Blick schon schauen uns manche Orte wahrsagend an. So auch dieser, der mir gleich zum erstenmale heimatlich gefiel.

„Was tausend!" — „Du hier, ehrlicher Junge!" — „Das heiße ich zur rechten Stunde!" — So riefen zwei fremde Stimmen durcheinander: Die Leuker Freunde lagen dem Indier im Arme. Der Jüngere, eine elegante feine Gestalt, das Mützchen schräg auf die dunklen Locken gedrückt, edles bleiches Gesicht, schwarze, sehr ernste Augen, einen liebenswürdigen Zug um den Mund: ward mir als Pariser vorgestellt. Der Andere, ein Künstler aus Genf: groß, schwarze Haare, dunkelfeurige Augen, und doch wieder ganz licht und freundlich. „L'à propos est le tact du hasard," sagte der Pariser und schüttelte dem Indier die Hand. Ein ganzer Schwarm von Leuker Badgästen fiel über diesen her. Man sah, Alle hatten ihn lieb.

Ich wurde mit den drei Freunden, einem Franzosen und seiner Gattin, die wie eine Zigeunerin aussah, in ein Supplément verpackt: man konnte sich schon mit solchem Supplément begnügen. Es hatten sich alsbald um diese Genossenschaft sympathetische Fäden geschlungen. Das Gespräch stockte keinen Augenblick, trotz dem derben, ja gefahrvollen Schaukeln des unbehilflichen Wagens. Elektrische Stunden waren es, wie wir so hinfuhren durch's Gebirge. Die Dame entfaltete Humor. Der Gemahl erzählte vom Soldatenleben; der Genfer zog sein Skizzenbuch vor und sprach über Kunst, zeigte sich höchst lebendig, voll Gedanken und Gefühlsmelodie, doch mehr der Gegenwart ergeben, und von hellerer Färbung als der Pariser. Dieser erschien mir wie ein in's 19. Jahrhundert übersezter Troubadour. Die Seele eines Dichters. Ganz Phantasie. So begeistert und doch zugleich so gefaßt und still, so männlich und doch so zart, so reif und doch nicht blasirt.

Auf der Rhede in Villeneuve erwarteten wir da Dampfboot. Der Genfer zog einen Tubus aus der Tasche und richtete ihn auf Chillon. Deutlich las ich die Inschrift: „liberté et patrie.“ An einem Fenster mit weißem Vorhange erkannte man einen Käfig, den Kanarienvogel darin — auch ein Gefangener von Chillon. Der Pariser erzählte, daß er in einem Pfeiler vom Gefängnisse die Worte „Lord Byron“ gelesen habe, welche Lezterer selbst eingrub, und sezte hinzu: „Im Monat März fand ich im Bonnivardkerker ein blühend Myrthenbäumchen. Die Frau vom Concierge bewahrt dort allwinterlich ihre Blumen auf. Sie ist sehr redselig und weiß ihre Erzählungen gehörig mit Nattern, Dolchen und allem Graus der Ritterromane zu spicken.“ Der Genfer richtete mir sein Fernglas auf das Bauminselchen, das wie ein Blumentopf im Wasser schwimmt: eine Pappel, zwei andere Bäume, Gemäuer und ein Pavillon. Ein Entengeschwader umkreis'te auf der blauen Flut friedlich das kleine Asyl. Der bleiche Engländer mit den Trauerflören ging wieder an mir vorbei, und führte ein kleines blondlockiges Mädchen, auch in schwarzen Kleidern, an der Hand.

Wir bestiegen den Aigle. Es war unter unter uns noch schneller als Verstehen: Errathen. Die ahnungsvolle, nicht die vorlaute Stimme in mir, nannte das Kleeblatt Freunde. Diese Erfahrung über den Seelenmagnetismus schuf uns einen dichterischgoldnen Tag. Solche raschen Sympathien sind darum oft nicht minder tief. Das Plötzliche, Ursprüngliche gibt ihnen gerade einen frischeren Schmelz. Es ist etwas Inspirirtes darin. Glücklich, wie eine Königin, schiffte ich dahin auf dem Leman. Aber der Indier schied bei Vevay. Das ging uns Allen nah. Da schwamm nun sein Kahn dem Hafen zu; wir grüßten und winkten so lange wir konnten. Der Indier zog sein seidenes Tuch vor und trocknete sich die Augen. „Il est si, si bon garçon!“ sagten die Gefährten. „Il est si bon enfant!“ und der Pariser sezte hinzu: „Je penserai longtems à cet homme.“

Dieß augenblickliche Finden, was eigentlich Genie der Herzen ist, dieß flüchtige Begegnen, um sich nie wieder zu vergessen, wo Alles Ahnung bleibt; keine Schwächen und Mängel störende Rechte geltend machen: hat Etwas, was uns über diese enge kleine Erde hinaushebt, und ein Siegel drückt auf die edle Abkunft unserer Seele. Die Psyche schüttelt dann ihre Schwingen wie ein Vögelchen, das sich gebadet hat in recht frischem, recht klarem Wasser. Wir glauben, die langgestuzten Flügel können uns gar nicht mehr hinaustragen über die Schranken armseliger Alltäglichkeit — und siehe! es geht: das ist eine Lust! Nicht nur für Liebe, auch für Freundschaft gibt es noch solche schöne Eingebungen.

In milder Begeisterung fuhren wir auf dem blauen See, über uns ein blauerer Himmel, neben uns die lachende Küste, wie in einem Zauberspiegel vorbeigeführt. Die beiden Freunde stellten mir entschieden zwei geistige Typen dar: Realität und Ideal; Wirklichkeit und Traum; Genuß und Reflexion — Süden und Norden. Bei dem Pariser verrieth sich der tiefere Zug, der Ahnungstrieb, der in den Franzosen erwacht für das deutsche Seelenleben. Es ist eine unbestimmte Sehnsucht, der Drang nach einem unbetretenen Asyl, in das man sich aus der unterhöhlten, erschöpften Welt, mit allen Lebensfragen flüchten möchte. Beide Länder sind vielleicht bestimmt, sich zu ergänzen. Wie divergirende Menschencharaktere im Familienkreise, stellt die Vorsehung, zu ähnlichen Zwecken im Großen, solche Völkercharaktere neben einander, um sie kräftiger zu durchbilden. Ich äußerte, daß ich noch keinen Franzosen gefunden so deutsch in seinem Wesen, wie unser Pariser. Da lachte der Künstler und sagte: „Wir haben ihn auch immer nur **l'allemand** genannt: **mon ami est rêveur.**“ „Sechs Jahre von meinem Leben gäbe ich darum, wenn ich deutsch könnte!“ rief der Pariser. „„Sie brauchen ja keine sechs Jahre, um es zu lernen.““ — „Wenn wir uns wiedersehen, begrüße ich Sie deutsch,“ versicherte er, wollte kaum verschmerzen, daß er nicht den Indier begleitet hatte an den Montblanc und sezte herzlich, gar nicht sentimental hinzu: „**Peutêtre nous nous retrouvons dans une autre valleé de Chamouny, dans une plus belle encore.**“ Von seiner Vaterstadt meinte er mit edlem Zorne: „**il n'y a pas plus de religion à Paris, que dans ces lunettes.**“

Er kannte Byron persönlich. „Als ich ihm das erstemal begegnete,“ erzählte der Pariser, „war ich auf einem Segelschiffe in der Nähe von Cologny. Byron ließ seine Barke ohne Ruder und Segel umhertreiben. Es wehte starke Bise. Die Wellen gingen in den K.hn hinein und darüber weg. Byron lag auf dem Rücken, hatte die Hände über den Kopf gelegt und starrte hinauf in den Himmel.“ — Der Genfer erinnerte daran, wie der Lord einmal in Coppet, wo die ganze erlesene Gesellschaft ihn an die Straße beim Ufer geleitete, weil sein Kutscher noch nicht da war, vor ihren Augen rasch in den See sprang, und nach Diodati schwamm." „Ein polnischer Graf," sezte jener hinzu, „der sich vor einigen Jahren mit seinem Hofmeister in Genf aufhielt, ging eine Wette ein, durch den See zu einer Campagne zu reiten; konnte nicht schwimmen, verließ sich nur auf sein Pferd, kam glücklich an, und ritt sogar die steinerne Treppe hinauf bis zur Terasse, auf welcher die Damen saßen."

Wir plauderten fort und fort. Man findet in solchem Austausche so viele Bestätigungen. Der weite Lebenskreis, das ganze Reich der Erscheinungen gewinnt hundertfältige Bedeutung. Auch das gibt solchen Momenten erhöhten Farbenschimmer, daß man so viel auf engen Raum zusammendrängen muß, sich eilen möchte, Alles zu sagen, zu wissen. Der Pariser schenkte mir einen Strauß von großen, nächtigen Stiefmütterchen, ganz dunkel, ohne gelben Stern. Man nennt sie hier „**Pensées tristes**" sagte er. Ueber allem Abschiedsweh stand in uns eine Verheißung von Wiedersehen. Es ist das schönste und das schmerzlichste Scheiden von Lieben: auf wogender Flut. Ich hab' es schon mehr empfunden. Aber alle Bitterkeit der Trennung ward heute noch in meinem Herzen von der Freude über das plötzliche Finden übertönt.

Den 21. August.

Heute Nacht träumte mir von einem Geiste: bleich trat er in unsern Kreis, gab uns allen seine kalte Hand, der Reihe nach, und blickte jedem dabei ins Auge. „O weh!" dachte ich, „nun sieht der alles Schlechte, was in

Dir ist.“ Er sagte sehr laut zu mir mit besonderem Tone: „Du bist ein buntschattirtes Wesen, aber es ist doch ein frommer Zug in Dir, und der wird Dich retten.“ Das hat wohl mein innerstes Ich recht unbestechlich, prophetisch aus mir herausgesprochen. Es gab mir Gelegenheit über den Scharfsinn des innern Dichters nachzudenken, der seine Personen treffend charakterisirt, nie aus den Rollen fallen läßt.

Wir waren nach La Chablière hinaufgefahren, der Campagne vom General Prangins, hinter Lausanne, in einem Parke gelegen, und besuchten auf dem Heimwege den Kirchhof der Stadt, fanden an einigen Gräbern Cedern und blühende Rosenstöcke. In französischen Reimen las ich auf einem Steine: „Jesus sprach zum Zöllner: weine nicht, dein Sohn lebt — so spricht er noch heute zu jedem Vater, der glaubt.“

Ich habe solchen Abend nie gesehen. Ein Augenblick kam, wo der Montblanc, nachdem er im Rosenlichte gestrahlt, plötzlich mit den verzerrten, fahlen Zügen eines Sterbenden da lag — blau, erstarrt — eben die Seele entflohen. Der schmerzliche Anblick durchschauerte uns Alle zumal, mich und die Gefährtinnen. Erschütttert wandten wir uns ab. Eine Weile nachher lag er wieder ruhig da, in reinen, friedlichen Schatten, wie das Gesicht der Entschlafenen einige Zeit nach dem Todeskampfe sich auch wieder sänftigt.

Ein einsam Grab!
Fern dieser Völkerschaft von Leichen,
Wenn auch die Lippen ewig schweigen.
Die Menge mich gepeinigt hat —
Ich schlaf nicht in der Gräberstadt.

Ein einsam Grab!
Ich will als Klausner es bewohnen,
Umduftet von den Blumenkronen.
Vergessen will ich ganz und gar,
Daß lebend ich bei Todten war.

Ein einsam Grab!
Laßt mich auf eignem Ruhekissen
Sanft träumen, nichts von Andern wissen.
Ich war im Leben viel allein,
Nun möcht' ich's auch im Tode sein.

Ein einsam Grab!
Ja, wenn die Lieben, wenn die Wahren,
Bei mir gebettet in den Bahren!
So Hand in Hand und Haupt an Haupt
Im Schatten ruhen kühlumlaubt!! —

Ein einsam Grab!
Es wär zu schön in grünen Wiegen,
So friedlich bei einander liegen.
D'rum Alle, morgen so wie heut,
In Tod und Leben — ring's verstreut.

Den 22. August.

— Immer unser enges Ich, unser umzäumtes kleines Loos! Nehmen wir nicht Theil am Großen, Allgemeinen, an den unendlichen Himmelsgeschicken? Das ist unser wahres, göttliches Leben; unser abgesperrtes, eigennütziges ist nur eine Täuschung. Wir drehen uns zugleich um unsere Achse, während wir im Firmamentskreise uns um die Sonne schwingen.

— Nur die Güte schafft, der Zorn vernichtet. Wie viel weckt und nährt die allgütige Sonne, das Bild der Gottesliebe! Wo sind die Keime, die der Sturm geboren?

Auf meinem Frühgange sah ich vor einem rebenumschatteten Häuschen ein Kindlein in der Wiege schlummern, ganz rosig; als ob ihm Engel im Traume erzählten, lächelte es. Daneben saß die Mutter und nähte. Welch' Sicherheitsgefühl für sie: der schlafende Liebling! Er gehört so ganz der Mutterliebe, ohne Störung. Wie tritt da in ihm die reine Seelenblüte vor! Gibt es eine größere Wundergabe als ein Kind? Konnte Gott den Menschen etwas Höheres schenken, als ein Kind zur Rettung?

An den Kindern zunächst offenbart sich das Genie der Natur. Je näher sie ihr noch stehen, je mehr Grazie bei ihnen. Wie rund alle Formen, wie harmonisch alle Bewegungen, ehe das rauhe Leben sich der Kleinen bemächtigt, sein entadelndes Stigma einprägt. Alle Kinder sind schön. Sie sind kleine, göttliche Gedichte. In ihren Augen spiegelt sich noch Gott. Die Ewigkeit ohne Anfang und Ende leuchtet aus diesen klaren Kinderaugen; darum blicken sie auch bei aller Freundlichkeit meist viel ernster, tiefer; mahnend wie kleine Propheten; so sanft und doch so richtend, wie Engel blicken müßten. Und wissen wir denn einen Unterschied zu machen zwischen Kind und Engel? Schauen nicht in den Gebilden gottberufener Meister, aus Lichtgewölk und Himmelblau Kinderköpfe zu uns herab, wie wir sie täglich auf der Straße und in den Hütten finden können? Die höchste Weihe bei Raphaels Kindern ist, daß er sie in aller Objektivität aufzufassen wußte.

Den 23. August.

Wie ist draußen in der Fremde Alles so weit, Alles für uns da — die ganze Welt! Und daheim — wie müssen wir uns um jeden Fußbreit wehren, beinahe vergessen, daß Gott seine Sonne auch für uns aufgehen läßt! Und doch kommt mir's oft vor, als wäre Reisen auch ein Schmerz: das stete Losreißen und Trennen! Still ruht die Flut, wie in einem Zauberspiegel. Lebwohl, du See der Schönheit! Lebtwohl, ihr Tage voll Sonnenglut und Träume, ihr Berge mit euern Wunderthälern! Wir fahren am Jorat hinauf, über Lausanne. Die lachende Ebene bis zum Jura. Die stattliche Burg St. Barthelemy, auf baumbekränzten Hügel am Talent schimmernd, und die vorschauenden Thürme vom Schloß Goumoen, das Haller gehörte, geben meinen Reisegefährten, dem alten Herrn aus Genf und den zwei Lieutenants von Lausanne Gelegenheit, über den Verfall des Adels zu frohlocken. „**Nous qui sommes roturiers etc.**,“ schallt der Refrain hin und her. Die verschleierte Dame im Fond nimmt ihr Flacon. Eschallens und seine Veste. Die Gegend gemahnt mich gleich der Stimmung, die uns beim Vermissen süßgewohnter Nähe ergreift. Umbuschte Dörfer. Saftiges Grün der Triften. Man nähert sich dem Jura, lernt sich mit ihm vertragen. Die braunen Thürme und Pappeln von Yverdon. Die Schwefelbäder: vor dem hübschen Hause sitzen viele Leute im Garten. Das Städtchen ist regsam. Im alten Schlosse gegenüber der Kirche wohnte Pestalozzi. Seine Erziehungsanstalt lebt fort. Ueberall

Burgen und Ruinen. Links die Juraspitzen L'Aiguille de Baume und Le Chasseron. Der Neuenburgersee hat nicht die Feenfarbe vom Leman, verhält sich zu diesem, wie die Realität zum Ideale, wie Werktage zu Feierstunden der Phantasie.

Die Straße wendet sich dem linken Ufer zu. Granson, die graue Burg war einige Jahre Cigarrenfabrik, sieht aber noch immer wehrhaft aus: nach jeder Windgegend ein Thurm. Auf der Nordseite standen die Bäume, an welche der kühne Karl die Schweizer hing. Die greisen Stämme wurden am Anfange des 19. Jahrhunderts umgehauen. Einer von den Reisegefährten, ein Neuenburger, hat sie noch selbst gesehen. Die Kirche gehört einer Benediktinerabtei. Im Hafen des Städtchens ein Fels, der einst dem Neptun geweiht war. Am jenseitigen Gestade Estaveyer mit seinem Schlosse. Dort werden noch immer an Feierabenden zur Sommerzeit die Caroulé oder Ringeltänze in welscher Sprache gesungen. Das Schlachtfeld, die Wiesen, auf denen der berühmte Diamant gefunden wurde. Links vom Jura Bonvillars, Jagdschloß der alten Barone von Granson. Mitten in einem Weinberge die Pyramide, welche nach der Schlacht errichtet ward. Concise, das lezte waadtländische Dorf. La Lance gehört dem Grafen Pourtalès von Neuchâtel. Die alte Karthause ist in eine Campagne verwandelt, die Kirche in einen Ballsaal.

Im Gegensatze zu meinen vorigen Reisegenossen beurkundet sich der Neuenburger als Royalist. „Lieber gut von einem Könige, als schlecht von Mitbürgern regiert,“ meint er, und erzählt mir von seinen Reisen, von Châteaubriand: „Ich war 1824 auf dem Mont

Auvert mit guten Vorräthen, als der edle Vicomte anlangte, von Damen seiner Familie begleitet. Es fehlte an Erfrischungen. Ich stellte die meinigen zur Verfügung. Wir Männer wanderten bis zum Jardin und bestiegen auch später einige Alpen gemeinschaftlich."

Ich denke mir's schön von hier zuerst die Schweiz zu betreten: man hat das ganze Land der Verheißung vor sich. In unermessener Ausdehnung, in duftigen Stufen hingebreitet, liegt die ganze Alpenkarte da, von den Berneregletschern bis zum Montblanc und Mont Rose. Der See ist tückisch. Oft kommen Wirbelwinde, welche die Kähne im Ringe herumdrehen. Die Dampfschifffahrt gedeiht hier weniger als am Leman. Vaumarcus mit dem hochgelegenen Schlosse. Rechts am andern Gestade die Burg Grandcour, wo die Burgundischen Könige zu Zeiten hausten. Hinter der Rebenhöhe, an der wir hinfahren, le Creux du Vent, wo man dieselben Pflanzen findet wie am Jardin vom Montblanc. Sennhütten auf dem Chaume über Neuchâtel, der zur Kette vom Chasseral gehört. Die Rebenschirme weichen vom Jura. Dunkel schneidet er sich ab vom Horizont. Bei Bevaix wird die Landschaft großartiger. Der neue Weg nach Val Travers; er windet sich an einem Abgrunde hin, in welchem die Reuse fließt. Dort im Thale der Spitzenklöpplerinnen, zu Motiers, am Fuße der Traversburg, lebte Rousseau nach der Flucht aus seiner Vaterstadt. Das Städtchen Boudry. Die Leute sitzen sonntäglich vor der Thüre. Ein lustigeres Völkchen als am Leman.

Der Royalist steigt aus und verweist mich an ein rothwangiges, ländliches Paar, das die leeren Plätze einnimmt. Bei einer Campagne der künstliche Berg

Baudichon, wie eine Torte; vor 40 Jahren angelegt — weil es in der Schweiz an Bergen fehlt. Mein junges Pärchen staunt zu der kahlen Sandpyramide hinan. Oben stehen einige Bäume. „C'est bien fait!“ sagt das hübsche Weißhäubchen. Die Leute im Volke messen die Schönheit eines Gegenstandes nach der Mühe, die er kostet. Der Mann lobt den rothen Wein von Cortaillod, das unten am See liegt. Die Straße ist belebt. Equipagen rollen. In Colombier eine gothische Burg. Das Dörflein Auvernier gestaltete sich in unserm Rücken zum schönen Bildchen: der Kirchthurm; dahinter eine maigrüne Kuppe; rosige Wolkenzüge darüber, und zulezt schwarze Juraberge. Serrière liegt in tiefer Felsenschlucht am Bache: meist nur Eisenhämmer und Mühlen. In Einem hohen Bogen wölbt sich die Brücke. Unter Traubengehängen das Schloß Beauregard. Neuchâtel lag da im Abendlichte mit seiner Veste und seiner alten Kirche, seinen Spazirgängen. In all' den einladenden Alleen war fröhliches Gewimmel.

Den 24. August.

Als ich bei Tagesgrauen Neuenburg verließ, stand die Mondsichel über dem See. Das greise Kirchlein von St. Blaise zeichnete sich auf dem lichten Himmel. Links der schwarzgrüne Bergzug vom Jura. Montmirail mit seinem Schlosse, das pädagogische Institut. Die alte Veste Thielle. In der Ferne schimmert der Bielersee; als schwarzer Punkt taucht darin die Petersinsel auf, Rousseau's Friedenseiland. Rechts der

Murtner-See. Auf dem Moor Nebel. Strohdächer, mit lichtem Moose überkleidet. Heuduft. Mähder mit breiten Sensen. Riesengroße Weiber auf dem Felde. Die Jurakette bis zum Hauenstein. Brücke über die Aar. Das freundliche Städtchen Aarberg. Die gesegnete Ebene gegen Solothurn. Wieder die deutsche Heimat: Alles so derb, treu und behaglich. Mensch und Vieh froh und kräftig. In den Wäldern meist Eichen und Tannen. Die Alpen duftumsponnen. Berns Dom im wolkenfreien Himmel. Wie hat sich hieher auf diese liebeathmenden Matten eine Stadt verirren können?

Gedräng im Posthofe. Mit dem Mittagsschlage fuhren wir wieder ab. Unser Omnibus glich einem Menageriekasten. Die verschiedenartigsten Figuren waren darin zusammengepackt. Ein großer, bleicher Engländer sizt vorne, weit von mir — das einzige Gesicht, mit dem ich sympathisire. Wahrscheinlich seine Gattin ihm gegenüber, die eifrig mit dem Nachbarn schwazt und lacht. Wenn die Brittinnen kokett sind, dann ist's eine consequente Koketterie. Lautes Gespräch zwischen meinem Nachbarn und der gepuzten Bernerin mir gegenüber: alle Familiengeschichten, alle Nervenleiden der Cotterie wurden französisch abgehandelt. Dazu der Staub, der uns in Wolken hüllte und das frische Grün einpuderte — das Thal, die Berge sahen mich fast mitleidig an. Der Charakter dieser Gegend ist lachender Jugendreiz — sonnige Lebensansichten. Das Stockhorn und der Niesen bringen Streben und Sehnsucht hinein. Muri mit seinem Schlosse. Ueber der Aar das stattliche Dorf Belz am Fuße vom Belzberge; Wichtrach. Schloß Kiesen. Thun, das Portal zum Oberlande.

Auf dem Friedhof von Thun.

Gleich nach der Ankunft, stieg ich die Treppe hinauf zur Kirche. Die Stadt scheint gleichsam selbst ihre Andacht und ihre Todten hinein heben zu wollen in den Himmel, denn Gottes Haus und Garten sind auf einem gesonderten Berglein, um welches sich Thun schneckenartig baut. Man schaut senkrecht in Gassen oder steifgepflanzte Blumengärten und auf festungsartige Thorwege. Weltlich und nachbarlichstolz blinkt das Schloß mit seinen vier Spitzthürmen und Wetterfähnlein über die Friedensmauern. Ich fand den Todtengräber beschäftigt, am frischgemähten Rasen die zierlichen Wege gewissenhaft mit Schnüren abzumessen. Hier ist Alles so schmuck, sorgsam gepflegt, wie in einem fürstlichen Garten. Als der freundliche Greis mit dem Aufbetten seiner Schläfer fertig war, ging er die Nachmittagsglocke zu läuten, deren volle tiefe Musik jezt über's Thal nach den Bergen schwebt. Ich suchte mir in einem der zwei Erkerthürmchen, mit offenen runden Fensterbogen und namenverkritzeltem Gesims, meinen Ruhesitz.

Im Rücken der Kirche (gegen Osten) der Grüsisberg, zu welchem eine Pappelallee führt und der, neben einigen albernen Kiosks, malerische Hütten im Verstecke hat, und Felsenmassen, tannenumgrünt. Weiter rechts sieht man auf anspruchslose Höhen und in ein Wiesenthal, in welchem ein weißes Dörflein weidet. Zur linken in der Stadt viel Regsamkeit. An einem braunen Thurme her fließt die dunkle Aar, von schönen Häusern und Bäumen eingefaßt. Darüber hinaus der

See mit seinem liebreizenden Gestade und im Hintergrunde — der Pavillon auf dem Jakobshügel und die Riesenpyramide gegenüber bilden die Einrahmung — die Felsgebilde und Gletscher. Mit Majestät strahlt die Jungfau in ihrem Unschuldskleide. Die Blümlisalp, auch Frau genannt, breitet ihre Schneegärten aus. Wie eine Mutter ihren holden Säugling auf dem Schooße hält oder zu ihren Füßen spielen läßt, sieht die Blümlisalp auf das Seeufer nieder, das sich in Kindlichkeit vertraulich hinschmiegt an die edlen Linien der felsigen Vorberge. Wolken flattern nur um die niederen Scheitel. Welch' ein Glanz, welche reine Formen! Ist mir's doch, als wenn diese Schönheit in Klänge zerflöße, melodische Kreise um mich schlingend. So schwebt sie mit uns dahin die Sphärenmusik, und das All' durchbeben selige Akforde, gewaltig und mild zugleich. Die Todesschläfer wiegen sich auch in diesem Schalle, und ihre Kreuze und Blumenstöcke auf den Gräbern sehen so still, so still über die niedere moosige Steinmauer nach den Schneegipfeln hinüber, und die Cypressen schauen hinter dem Kirchlein vor und neigen sich ihnen auch zu. Schon Mancher hat sich wohl gewünscht in diesem Ruhegarten zu schlummern. So bescheiden und doch vergebens! Aber nicht einmal im Sterben soll sich der Mensch da hinlegen, wo es ihn hinzieht.

Ich bin so einsam hier — ein Blatt, das im Strome schwimmt. Der Berge Sturmgeschicke, ihre Wolkenschlachten und Himmelseinsamkeiten haben sich mir aufgethan — was bring' ich denn von den Menschen her, von allen ihren Leiden und Wonnen, von Allem, was ich da sah und hörte, vom eignen Sehnen und Entbehren? Weckt unser Freudenruf Ein Echo dieser

Felsenschlünde und wimmert unsere Klage ersterbend nur von Euren Spitzen wieder?

Ein Haus lehnt sich nahe bei mir an den Kirchhof. Am offenen Fenster weht der weiße Vorhang. Eine hübsche Bernerin sieht heraus im schwarzen Florhäubchen mit dem Kinde im Hemdlein auf dem Arme — das ist ein Schwatzen, Kosen, so neben, mitten unter den Todten, noch tiefer, Thür an Thür mit den engen Schlafkämmerchen. Ich weiß nicht, wie mich's jezt überkommt. Es gibt eine Ruhe: ihr Erstlingshauch weht hier im Gräbergrase. Es gibt nur Ein Glück, Glück in Liebe — aber das einsame Herz muß sich erweitern, muß erkennen: Sie ist da die Liebe und die Schönheit, erfüllt in Sehnsucht und Verheißen. — Frieden in Liebe. In Liebe ruhen — O eine Ahnung von Gotteslust!

Der Todtengräber holte mich ab. Die Kirche ist neu. In der Vorhalle gothische Grabsteine. An der Mauer folgende Reime eingegraben:

„Mit Vernunft hier ach Lößer liß
Die Trauergeschickt Warum ist dieß
Ein Schief umkehrt wird in der Aarn
Darine 13 Jungleut warn
Ertrunken 10 sind davon
Hier sind begraben 7 nun
Drey Söhn 4 Töchtern tugenhaft
Beisammen von der Burgerschaft.
Ein Jugend Schön und wohl gewehnt,
Die nützen und ergötzen könnt.
Im Leben hier doch alles gut
Was der Höchst regieren thut."

Die Jahreszahl — 1718 — ist verlöscht. Sie kamen Alle von einer Hochzeit. Auch die Brautleute ertranken.

Wir kletterten beim Sonnenuntergange den Thurm hinauf. „Ihn erbaute 933 Rudolph, König von Neu-Burgund,“ sagte mein Führer. „Die alte Ritterburg stammt von den Herzogen von Zähringen und kam nachmals an das Geschlecht Kyburg, welches 1384 erlosch. Am Allerheiligentag Anno 1322 hat im Thurme gegen Osten, der zu uns hersieht, ein Graf Kyburg auf der Wendeltreppe seinen Bruder umgebracht. Zuerst gab es Grafen von Thun. Ihre früheste Burg war das Thor unten am Hügel. An seinem Fuße floß vormals ein Arm der Aar, dessen Bett vom Grüsisberg verschüttet wurde, eigentlich Grausenberg, von dem gar viele Sagen gehen. Thun ist uralt, sein Name ursprünglich keltisch, Dunum, Hügel. Nach Angabe des Chronikschreibers Freodegar soll der See am Ende des 6. Jahrhunderts, so stark empor gekocht haben, daß dadurch viele Fische gesotten wurden.“

Ich sah die Landschaftbilder aus allen sechszehn Bogenfenstern des Kirchthurms. Bis zum Jura reicht der Blick. In der Ebene kanonirte die schweizerische Artillerieschule. Das zierliche Dampfschiff schwamm mit rother Wimpel und Uhrwerkmusik die Aar herunter. Alle Kapellen, Kirchen, Dörfer, Warten und Burgen, die am See hingesäet, abendlich funkelten, zeigte mir der alte Mann und wußte, in Urkunden und Chronikbüchern wohlbewandert, von jedem Etwas zu erzählen. Man sah, wie ihm das Herz aufging, Jemand zu finden, mit dem er von seinem Lieblingstreiben reden konnte. Keine Wolke mehr an der ganzen Alpenkette. Der Todtengräber nannte mir alle Gipfel: „die Jungfrau, das Silberhorn, Großhorn, Breithorn, Spalthorn, Doldenhorn und Freudenhorn; der Hut auf dem Riesen bedeutet schön Wetter; der Kragen, Regen. Die Stockhornkette." Eine Herde weidender Sennhütten verstreut auf dem Engel= oder Morgenberge vor der Blümlisalp. „Man hat sie noch nie erstiegen," sagte der Todtengräber. „Sie ist ganz mit Gletschern umhüllt. Vor Zeiten waren es Sennen. Ein Hirt wohnte oben mit seiner Dirne in solcher Ueppigkeit, daß er eine Treppe von Käsleiben hatte, die täglich mit Milch abgewaschen wurde. Einst kam seine Mutter dürstend und ward abgewiesen. Da verfluchte sie Alles. Nun muß er auf seiner Lieblingskuh, als Gespenst, um die Schneefelder kreisen."

Bis die Gletscher nach und nach verglühten, erzählte mir Samuel Bünz, wie er mit 16 Jahren sein Thal verließ, holländische Dienste nahm, in die Schweizergarde trat, Karl X. bis ans Meer begleitete, und bei der Heimkunft Todtengräber ward: „Gott verläßt einen alten Soldaten nicht," sagte er. Ueber sein kleines Gebiet führt er Rechnung, eine Art von Kirchhofchronik. Im Winter schreibt er sich viel ab. Die Reime auf allen Grabschriften. Der Todtengräber holte mir seine Papiere: eine prächtige Schrift, wie auf der Parade, alle Buchstaben unter'm Gewehr. Man sieht darin recht die alte soldatische Treue und Pünktlichkeit, wie in der schmucken Ordnung des Gartens. Das Schreiben hat der Alte meist von sich selbst gelernt. Den Vers, welchen er einmal las, behält er sogleich im Gedächtnisse, und mit welcher Freude, welcher Bravour recitirt er im Sylbenfalle die Gedichte! Eine Strophe wiederholte er, auf die Frau Anna von Strättlingen, die ihren Gatten, den Sänger, 40 Jahre beweinte und des Landes Mutter war. „Das klingt gar lieblich! — Ihr müßt mir aber versprechen, daß Ihr noch einmal zu uns herauf kommt so lang Ihr in Thun seid," bat er als ich fort ging.

Am Abend — wie sinkt er, der Friedenthau,
Da unten auf Wälder, in Thal und Au!
Die Farbe schwindet, der Wiederhall,
Es schlafen die Bäume, die Blumen all.

Im Grabe — wie sinkt sie die tiefe Ruh',
Da unten auf kühle, schattige Truh'!
Verglommen der laute, der bunte Schein,
Der Schläfer nimmt keinen Traum mit hinein.

Den 25. August.

Beim Hôtel Bellevue schifft man sich ein. Das kleine nach ihm getaufte Dampfboot, ist elegant. Hier im Oberland findet man noch das alte Gewühl von Fremden. Wir schwimmen am Schlosse Schadau vorbei. Das Fischerdorf Scherzlingen. Auf den Rebenhöhen vom rechten Ufer die Karthause, an der Stelle erbaut, wo der Minnesänger Heinrich von Strättlingen seinen Sitz hatte *). Nachmals hausten hier **) Karthäuser. Das alte Kirchlein von Einigen, einst berühmte Wallfahrt. Oberhofen mit seinen weißen Häusern. Am linken Gestade wölbt sich die Kanderbrücke ***), kühn von einem Berge zum andern. Beim Eingange ins Simmenthal das Schloß von Wimmis an der Burgfluh. Der trotzige Thurm Strättlingen.

*) 1230.
**) 1480.
***) Der Kanderkanal ward 1711 — 1714 angelegt.

Hier erhob sich Rudolphs Stammburg, der zum Könige von Neuburgund gewählt wurde. Das Dorf Spiez auf felsigem Vorgebirge. Laut der Sage hat Attila das Schloß erbaut. Das Kirchlein strebt wie ein Kind zu der Zwingburg hinauf, welche dunkle hohe Pappeln beschatten; keck wollen sie sich mit ihr messen, ihr fast über den Kopf wachsen — so ist die Zeit geschritten. Gegenüber Schloß Ralligen. Sigriswyl am rauhen Abhange der Ralligstöcke. In Weingärten das Schifferdorf Merlingen, das Schilda vom Oberland. Auf dem linken Ufer Aeschi, am Engel, unter der Blümlisalp. Die Sage läßt Sankt Beatus dort bestattet sein. Der Kirchthurm schaut aus flatternden Wolken. Die Königin Bertha von Burgund soll das Gotteshaus gestiftet haben. Auf einer Seite von Aeschi geht es in's Kienthal, auf der andern in's Frutigerthal. Neben dem Morgenberg der Abendberg. Alles Grün von lichten Wolkenguirlanden umschwebt; darüber Jungfrau, Eiger, Mönch u. s. w. Das Bad, am Fuße des steilen Leißingen-Grates. Am Ufer rechts die Wandfluh. Wir schiffen noch unter dem Beatenberg. Bis in den Wellenspiegel gehen seine Felsstufen. Weit oben liegt das Dorf. Aus der Beatushöhle stürzt der Bach dem See zu; sie war vom heiligen Beat bewohnt, und nachmals Wallfahrtskapelle. Das historische „Oestreicherweidle" am Gestade. Wie zu den Waffen greift beim Landen Alles zu den Gebirgstöcken. Der Erste, welcher bei Neuhaus in das Dampfboot stieg, war der bleiche Engländer aus dem Omnibus von gestern. Er grüßte lächelnd.

Unfern die Ruinen von Weißenau auf einer Insel in der Aar, welche aus dem Brienzer See dem Thuner zuströmt. Bald erreichte ich in meinem Einspänner das finstere Unterseen, über das der nachbarliche Harder rauh hereinsieht. Alle Häuser im Städtchen sind von gebräuntem Holze. Wir ließen Interlacken seitwärts.

„Das Bödeli“ — gleich einer Grasinsel, von reichen Nußbäumen beschattet. Umspunnen an der Gsteig Allmend: Wie Felsen sehen die Burgruinen aus. Gestrüpp und Bäume haben sich ihrer ganz bemächtigt und halten sie fest umschlungen; auf den Thurmzinnen steht ein Häuflein Fichten als Wächter und Vertheidiger. Wenn erst die Natur ein wenig Herr wird über die Gebäude, verwachsen sie mit der Landschaft. Gsteig. Wilderschwyl. Jezt rauschen wieder die Alpengesänge um mein Ohr. Zwischen sanften Matten ras't über Felsblöcke die Lütschinen. Ihre beiden Arme vereinen sich bei Zweilütschinen. Hinein unter die fichtenumkränzten Hörner, der Jungfrau zu. Eine stille Bucht, wo Kühe weiden, Bäche über Tannenwände setzen. Mir zur rechten steigt die Rothenfluh senkrecht in die Wolken. Vor mir der Fuß der Wengern-Scheideck. Von der Eisenfluh stäubt Wasser. Das Wetterhorn streckt sich glänzend vor. Ich meine das Grün im Berneroberland ist ein ganz besonderes. Die Hunnenfluh erhebt sich wie ein Cyklopenthurm. Gegenüber stürzt der Sausbach herab. Hier beginnt das Lauterbrunnenthal *), zwischen hohen Alpwänden eingebettet. Aus seiner Tiefe schießt uns pfeilschnell vom Schingelgletscher die weiße Lütschinen entgegen. Die Silberfelder vom Breithorn schauen herein. Hinter uns erklang das liebliche Jodeln: ein Mädchen sprang vor mit Erdbeerkörbchen und Blumenstrauß, die sie mir aufzwingen wollte. Es that mir

*) 6 Stunden lang; 1/4 St. breit.

weh, als ich das erstemal diesen freien Alpenlaut so schnöde mißbrauchen hörte.

Das Silberhorn neben der Jungfrau. Von senkrechter Mauer schäumte der Staubbach: man sieht in eiliger Flucht, angeschwellt vom nächtlichen Regen, die Wasser herabstürzen und hört sie doch noch immer nicht rauschen. Auf Triften ruhen die Häuser verstreut. Nur die niedlichen Hôtels im Dorfe stören. Das alte Kirchlein ist leider abgerissen. Vor jeder Hütte zierlich geschnitzelte Holzarbeiten, mit Koketterie ausgestellt. Ein holder Weg führte mich zum Wasserfalle. In zugespizten Strahlen, in lauter Pfeilen schießt es herab. O wie das Stirne und Brust anhaucht! Erst war ich ganz einsam. Ich klimmte empor bis der feine Regen meine Kleider durchnäßt hatte. Wie ein Schleier wehte der Staubbach zu mir nieder; dann kehrte ich um und sezte mich unter einen Baum. Ein Trupp Mädchen stellte sich vor mich hin und plärrte hartnäckig die entweihten Alpenmelodien bis ich den Beutel zog.

Indessen hatte mein Führer sein Pferd ausgespannt und gesattelt, und bald ritt ich am westlichen Abhange der Wengern-Scheideck steil hinan, die zwischen dem Thuner-Schucken und dem Mönche liegt, die Thäler von Lauterbrunnen und Grindelwald trennend. Hoch thürmt sich das „Spalithorn.“ Das Dörfchen Eisenfluh hängt am Berge, wie von den Raben zusammengetragen. Den Schmadribach sieht man im Hintergrunde des Thals sprudeln. Munter schallen die Glöcklein an meinem Zelter durch Wengern, ein Dorf von Sennhütten. Ueber mailiche Kuppen schaut die Jungfrau schon recht nachbarlich. Der Wengernbach zwischen Fichten. Schwarze Blöcke, vom Berge gestürzt; mitten unter ihnen kleine, aus Stämmen gezimmerte Ställe für die Geißen, die mit melodischen Glöckchen weiden an wilder Schlucht. Einige flüchten sich bei unserm Nahen unter die Felsplatte und blicken neugierig vor. Tief unten flattert der Staubbach fast geistergleich, wie eine biegsame Undinen- oder Sylphidengestalt, welche durch die Luft schwebt. Oben, wo er sich von der Staubbachbalm durch den Felsspalt drängt, eine Sennhütte. Dem fernen weißschimmernden Interlacken sehe ich bis ins Herz hinein. Entzückende Thäler in die Bergumarmungen geschmiegt. Blaue fernere Alpgipfel, die sich in allen Farbentönen von den nähern scheiden, zu leisem Dufte verklingen; all' die Felsschattirungen, all' das Grün, all' die mannigfachen kecken und sanften Linien, zu Harmonie verschmolzen: Eine Grazie der Schönheit ist hier ausgegossen, um alle Größe unaussprechlichen Reiz webend. Der Styl von Chamouny ist ernster, strenger — Heiligkeit. Das Oberland ist mehr malerisch; das Montblancthal plastischer möchte ich sagen, aber doch ganz christlich, architektonisch: Alle wahre Kunst ist nur Natur. Eine leichte Regenwolke zieht über uns hin, wie ein Paar Wehmuthzähren, die minutenlang ein entzücktes Auge umschleiern. Ueber Alpenbäche geht der Weg. Fichten mit erstarrten weißgrünen Armen, so trostlos ausgestreckt. Die Sonne saugt Wasserstrahlen aus dem Thale. Von Zeit zu Zeit donnern Lawinen. Himmelhoch steigt die Jungfrau auf. An den durchklüfteten, schwarzen Felsen Schneefälle und rinnendes Wasser. Der Gletscher schimmerndes Lichtblau. Auf kurzbegraster Platte die Herberge *) „zur schönen Jungfrau."

*) 6280 Fuß hoch, 3 St. v. Lauterbrunnen und 3 St. von Grindelwald.

Ich raste im Angesichte der Jungfrau *). Etwas streng birgt sie ihr Haupt, ihren höchsten Scheitel in Wolken; kahle, schreckliche Wände, durchfurcht von Eisthälern und Schluchten. Ihr zur Seite der schwarze Mönch, der große und der kleine Eiger. Das Silberhorn. Herzerstarrende Einöden und Abgründe. Gletscherwasser rauscht unten in der Kluft, von Fichten umgrünt. Wie es kracht! Ein langrollender majestätischer Donner bei ganz blauem Himmel. Die mächtige Lawine! Als sie herabbrauste, da schlugen die Leute in die Hände, und riefen und lachten, wie wenn man im Theater klatscht. Es war auch eine Art Staubbach, so groß wie man's selten nur sieht. Die Wirthsleute thaten sich auch nicht wenig darauf zu gut, als hätten sie es für uns bestellt. Aber die Kühe sahen sich gar nicht um, wenn es noch so stark donnerte. Ueberall Schneekaskaden, überall Wasserfälle, Felsschichten spaltend: der Trümletenbach, der Mürrenbach, vom Schildhorn. Rings um die Herberge kleine Ställe gesäet. Bei der nächsten Sennhütte eine Kuh; vor ihr knieend gleichsam das Zieglein. Eine andere liegt wiederkauend da und beschaut sich die Jungfrau. Mein Führer und die Sennerin jodeln mit rauhen Stimmen in die Eisklippen hinein. Ich eile die braune Lisa wieder zu besteigen. Peter, ihr Gebieter, ärgert sich über eine Gruppe Französinnen, die von ihren Rittern geleitet, mit schallendem Lachen und wirrem Geschrei das Alpenecho beleidigen, und hinter uns die östliche Seite der Wengernscheideck herunter reiten. Fichten stehen wieder umher, sturmergraut, sturmzerzaust. Vor uns eine neue Welt. Das Faulhorn mit seiner trümmerreichen Kette. Das Röthihorn. Die

*) 12,851 Fuß hoch.

Hasle-Scheideck bildet eine Brücke vom Schwarzhorn zum Wetterhorn, die Thäler von Grindelwald und Hasle scheidend. Mein Weg geht am Eiger hin, der Nachbarriese mir zur Rechten. Zwischen ihm und dem Mettenberg thürmt sich das umgletscherte unersteigliche Schreckhorn vor, nach Grindelwald zwei Gletscher sendend; und hinter jenem im Nebel, das schauerliche Finsteraarhorn, die Granitpyramide aus starrem Eismeer ragend. Zu Füßen dieser Titanenwächter Grindelwald, wie auf einen grünen Teppich gestickt. Links kommt der Schildberg vor, gleich einer Mauer mit dem Thore. Der Jtramenbach begegnet uns. Der Wasserfall Hinterwerkistallbach. Der Schnee vom Wetterhorn glüht wie Karmin. Wundersam flammen der Mettenberg, der Eiger; einmal, hinter dunkeln Fichten — es war wie wenn man die Kerzen anzündet am Hochaltare. Ein Goldstrahl schweifte liebkosend über einige Hütten von Grindelwald *) und über den Gletscher. Der Obere kommt zwischen dem Wetterhorn und Mettenberg, der untere zwischen dem Mettenberg und Eiger herab. Wieder ein Wasserfall: „der hat keinen Namen,“ sagte Peter hochdeutsch. Ein kleiner Junge guckte naseweis aus der Hütte am Wege; unter der Thüre stand ein hübsches Mädchen; ihre weiße Schürze schimmerte weithin durch die Dämmerung. Wie Viele ziehen unbekannt vorüber auf nächtlichem Pfade an dem stillen Dache!

Süßheimlich winkten die verstreuten Lichter im Thale, wie ein ferner Christbaum. In der Finsterniß kamen wir über die eilige Lütschinen. Um den hellen Himmel zuckte ein Blitzen. Die nahen Gletscher wie Gespenster. Der Lichtschein vom Gasthof, zu welchem ich hinaufritt,

*) Das Thal ist 4 St. lang.

glänzte als Feuerwerk gegen die Berge. Wie Kronen funkeln Sterne um die Alpenhäupter. Fernes Jodeln tönt in's rastlose Brausen der schwarzen Lütschinen. Die Lawinen donnern mir ein nachbarlich Gutnacht.

Den 26. August.

Wie süß schläft man im Bewußtsein der nahen Wunder, auf welche, gleichsam zu noch festerem Besitze, die Nacht ihren Mantel gebreitet hat! So vertrauend ist's einem auch bei den höchsten, gewaltigen Geistern: man schmiegt sich kindlich zu ihren Füßen, fühlt sich da so wohl, so beschüzt, vergißt die Gefahren, die Stürme, welche in den Luftregionen um die kühnen Scheitel wehen.

Der untere Gletscher heißt der Stutzer, weil er von Allen besucht, beschrieben und gezeichnet wird. Einst führte über ihn ein Alpenpfad *) an den Viescher-Hörnern vorbei nach dem Walliserdorfe Viesch im Rhonethale, von wo (1561) ein ganzer Hochzeitszug nach Grindelwald kam. Nur ein enger Weg längs der Lütschinen ist für Wagen zugänglich in dem hochummauerten Grindelwald. Beim Frührothe fuhr ich ab. Die durchbrochenen Gallerien an den auf Liebesgrün hingesäeten Hütten. Der helle Rasen mit dunkeln Baumsträußen. Stolze Ahorne. Die Gletscher zwischen den schneeblitzenden Felsthürmen. Das Silberhorn schaut vor; jezt die Jungfrau. Mit besonderer Innigkeit sieht der Himmel aus weißen Wolken auf das Grün. Welche zärtliche Anmuth zwischen Beiden! Welche süße Melodie

*) In einer Höhe von 10,760 F.

der Farben! Es ist eine ewige Jugend darin. Uebermüthig sprudelt ein Bächlein über das Mühlrad. Wir kommen hin und wieder durch ein Gehölz von jungen Edeln, wie Peter sagt. Er und der Kutscher singen Alplieder und treiben den Schimmel wacker. Die Lisa trabt lustig voraus. .

Durch die hohe Felsenpforte der Enge drängt sich die schwarze Lütschinen, den Grindelwaldgletschern entströmend, welche in unserm Rücken durch das finstere Portal schimmern. Burglauinen. In der Tiefe ras't der Gletscherstrom. Ruhlosunzufriedenes Rabengekrächz'. Die Sonne grüßt die Bergspitzen. Das Thal erweitert sich. Geschnizter Zierath doch wenigstens an den Häusern, welche keine Gallerien haben. Vertrayende Hütten wieder mitten unter herabgerollten Felsentrümmern. Der Mann, die Frau, das Knäblein, alle drei beladen. Im Korbe der Frau schwarze Tiegel. Zwei Ziegen laufen voraus. Wir fahren durch Bergruinen hin, die neu übergrünt sind. Links von der Straße der Tschingelberg. An einer Hütte Bäume voll Aepfel und Birnen. Darunter stolzirt ein Hahn. Rothbackige Dirnen schreiten mit Butte und Stock vorbei. Die weißen bleichen Gesichter der alten Frauen sehen gar edel aus den breiten schwarzen Spitzen.

Ueber uns zur Rechten der Schildberg: daneben die vier Schildhörner — eine Felsenfamilie. Das Wetterhorn schaut hinten drohend vor. Gündlischwand Kinder mit Schiefertafeln und Büchern gruppiren sich um die Altanentreppe vom Schulhause. Peters Wägelchen erwartete uns in Zweilütschinen. Die Lütschinen springt in Freudentänzen durch ihr Felsbett, von Block zu

Block — eine schäumende Ausgelassenheit; recht jugendtoll und freiheittrunken. So geht's im Rausche dahin und die Fichten sehen ihr trüb nach, kopfschüttelnd mitunter im Morgenwinde. Wagen mit Reisenden kommen uns entgegen: bald neugierig erwartende, bald griesgrämige, verdorbene Gesichter, aus denen alle Qual, Oede und Unart der Civilisation herausschaut in das Naturleben — wie Affen aus einem Käfig blickend.

Interlacken kehrt nicht seine moderne, sondern die schönere Seite mit der Kirche dem Brienzersee zu. Unser Dampfschifflein Gießbach durchschneidet bedächtig die Wellen. Am rechten Ufer eine Ruine. Auf waldiger Höhe noch an der Aar der alte Kirchthurm von Golzwyl. Die Kirche von Rinkenberg malerisch in die Burgtrümmer gebaut *). Tannen recken sich aus der Warte empor. Hier hausten der Minnesänger Hans von Rinkenberg und Kuno, der Held bei Laupen. Zu beiden Seiten einsame Felsen, die sich in der Flut beschauen. Die Berge zeichnen sich mit einförmiger Melancholie auf den blauen Himmelsgrund — es sind ernste Eremiten. Rechts Niederried, dichtgedrängt die kleinen Holzhäuser. Das stattlichere Oberried. Am entgegengesezten Ufer auf einem Vorgebirge Iseltwald. Rauch steigt aus den Hütten und verzieht sich langsam, ungestört um Grün und Gefels. Auf einer Halbinsel die Campagne einer französischen Gräfin, der auch die nahe Schneckeninsel gehört, das kleine Eiland mit dem Wäldchen, dem ein Künstler sammt seinem Malgeräthe jezt als Staffage diente. Die Felskuppe, oben grün ausgeschlagen, gerade über dem Dörflein, heißt der Tanzplatz. Die Sage geht, daß dort beim

*) Die Brienzer zerstörten die Burg 1352.

fröhlichen Volksreigen mitten im rauschenden Walzer ein liebendes Paar engumschlungen freiwillig hinunter tanzte über die Klippe in den tiefen See. Eine höhere Felsspitze heißt „die Burg.“ Dahinter das Faulhorn, für uns aber verdeckt, weil wir ganz nah dem linken Ufer schiffen; am rechten glänzen nun die Berge vom Fuße bis zur Stirne aus dem Wasser wieder. Der Riesen sieht in unserm Rücken duftig herüber.

Wir schwimmen an einer Reihe Felswände nah vorbei. Der Gießbach *). Weit oben sieht man Staub von den höhern schönern Kaskaden. Fichtenbedeckt schäumt es herab, in poetischer Heimlichkeit. Diese Wasserstrahlen durch frischestes Grün — zauberisch! und unten blitzen tausend Brillanten im See auf. Die Gruppen am Wasserfalle, die Nachen, Schiffer und Schifferinnen hin und wieder verstreut — das Alles gibt ein bewegtes reizendes Bild. Zwischen dem Rothhorn und Tannhorn das gefährliche Brienzergrat. Ihm zu Füßen Brienz, wo wir landen. Die alte Kirche hochgelegen; unfern davon Burgtrümmer. Die Sage läßt den lezten Sprossen der Herren von Brienz in Palästina umkommen **). Ueber dem Dorfe der kühne Wasserfall vom Planalpbach ***).

Die Aufwärterinnen im Gasthofe, hübsche Bernerinnen, in niedlicher Landestracht, die so geläufig englisch und französich reden, kommen mir vor wie Schweizerinnen von Clauren. Der Salon ist ein Belvedere, Fenster an Fenster: Am Garten ruht das Dampfschiff. Der

*) Entsteht im Westen vom Schwarzhorn aus dem Abfluße des Hagel- und Herensees.

**) 1107.

***) 1100 Fuß.

Kapitän zeigt mir Tracht am obern Seeende, und den H o l s c h i b a c h, der vom „Zwandelhorn" hoch herunterflattert. Auch den Gießbach seh' ich glänzen. Auf dem ganz stillen Wasser gleiten Kähne vorbei. In dem einen zwei Frauen, die auf Heubündeln ruhen; die Erste höher sitzend, von Kindern umgeben, beide Arme auf die Knie gestützt; die Zweite den Arm auf die Butte lehnend, ein rothes Tuch um den Kopf; dabei ein schiefgestellter Korb mit Blumen und Gemüse. Zwischen den Weibern ein blonder Knabe. Männer rudern. Edle kräftige Gestalten. Neben der Bewegung so viel Ruhe und Einheit. Alles so glücklich angeordnet, als hätte es der größte Meister erfunden. Schnell gleitet das kleine Gedicht über die Flut und noch andere folgen.

Wir segelten ab. Schon braus'te der Gießbach über unsern Häuptern. Ein Franzose näherte sich mir mit Artigkeit. Ich erkannte die Stimme wieder, welche mir gleich beim Eintritte in den Salon zu Brienz angenehm auffiel, mich in Ausdruck und Betonung alsbald an die beiden Freunde aus dem Leukerbad erinnernd. Es ergab sich, daß der Fremde aus den Alpen kam und nach Genf reis'te. „Sind Sie da bekannt?" sagte ich. — „Ich wohne dort." — Nun fragte ich ihn nach dem Genfer. — „Er ist mein Freund, so zu sagen mein Zögling." — Ich nannte den Namen des Parisers. — „Il est des nôtres: c'est l'ame d'un artiste." — Ist das nicht ein Roman? Ich besann mich recht gut, daß der Genfer von diesem Freunde, der sich im Oberlande aufhielt, ein ausgezeichneter Landschafter, mit Wärme erzählte. Wir waren dadurch auch schon Bekannte. Ein liebenswürdiger Gesellschafter. Das geniale Aufleuchten in den braunen heitern Augen, und die hohe Stirne,

17 *

verriethen beim ersten Blicke den Künstler. Er ließ sich nicht nehmen, mich von Interlacken auf den „Hochbühl" zu führen; hübsche Parkanlage, die zu dem Pavillon leitet, aus welchem wir auf den Thunersee niedersahen. Mein Begleiter gab mir seine Karte. Ich fand einen glänzenden Namen, der in seiner Vaterstadt wie ein Salon von Paris gar manchen Lorbeer errang.

Zu Interlacken waren einst zwei Augustinerklöster *), Mönche und Nonnen. In geduldiger Majestät blickt die Jungfrau auf die wunderliche Brittenkolonie. Viel Regen und Weben überall. Engländer und Engländerinnen spazirten geputzt im höchsten Sonnenbrande vor den blanken Häusern auf und ab. Eine Gesellschaft hielt Schützenfest. Zwischen hier und Unterseen ging es hin und her wie Ebbe und Flut, Wagen an Wagen, eine Völkerwanderung im Kleinen. Der Künstler Msr. Diday — bot mir seinen Arm auf das Dampfschiff Bellevue. Mächtig baut sich die Riesenpyramide auf; überhaupt fiel die Mannigfaltigkeit, das Bewegte, ich möchte fast sagen Leidenschaftliche dieser Gestaltungen auf, im Gegensatze zu den stillen Bergformen vom Brienzersee. Hier um Thun ist Romantik — dort Idylle. Ueber dem Stockhorn drohen Gewitterdämpfe. Selbst die Blümlisalp hat ihre Silbergärten nicht aufgedeckt. Aeschi sieht traurig, verlassen nieder. Ein schwerer Donner rollt über uns hin, aus scharzem Gewölke, aber der See ist noch spiegelglatt. Vor Thun die Campagne — das war ein lachender Anblick: der Hügel mit einer Decke von rosa Hortensien; oben ein Kiosk; auf dem Balkon die Gruppe von vielen jungen Mädchen und Frauengestalten in hellen bunten Gewändern, leicht, graziös, selbst wie Blumen. Ueberall

*) 1130 gestiftet.

brennende Farben, und mitten in diesem Blütenmeere die Villa, auf deren Altane Männer stehen. Alle die frohen, neugierigen Gesichter uns zugewendet. Dieser Armidengarten gehört dem Bankier Rougemont von Paris. Sein Bruder ist Besitzer der Karthause.

Auf dem Thuner Friedhofe.

Noch einmal zog mich's herauf. Ueber einem Grabe an der Mauer las ich: „beloved and deeply lamented.“ „Es ist schön, daß Ihr Wort gehalten habt,“ rief mir der Todtengräber entgegen, klagend, daß kein Fremder den Friedhof besuche: „Tausende gehen vorbei, kein Einziger kommt herauf.“ Der Alte hat sein Weib auch da eingesenkt. Ich fragte ihn, ob ihm bei seinem Berufe nie etwas Unerklärliches begegnet sei. „Nur Eins!“ sagte er und holte ein rundes Stückchen Papier, „wie ein Batzen groß,“ das er mit einer gewissen Feierlichkeit aus vielen Hüllen wickelte. „Ich habe es in einem Sarge ausgegraben. Es ruhte 30 Jahre über 5 Schuh unten in der kühlen Erde. Da les't: Aus dem Ev. Joh. 1. K. 1. V.“ „Im Anfang war das Wort.“ Die Leiche ist verfault, der Vers, auf schlecht Papier geschrieben, blieb.

Die Sonne geht unter. Einige von den Kreuzen, ihr zugewendet, flammen. Sie sagt: „Auf Wiedererwachen!“ Es ist ein Lebensgruß, ein Segen ewiger Liebe an die Schläfer. Vom Thurme tönt das vierstimmige Glockengeläute. Ich will mir die Bogengemälde meines Erkers zeichnen, wie ich sie von dem Sitze übersehe: Durch die Thüre einen Theil der Kirche; durch das erste Fenster: alte Häuser; eines mit stufigem Spitzdache. Darüber rothe Abendwolken. Das zweite: jenes nachbarlich angelehnte Haus; das dritte: die ältere Veste der Grafen von Thun, jezt ein Thor; ein Theil der Stadt, des Grüsisberges, die Aar in der sich Gebäude und Bäume unbeweglich spiegeln. Zwei sechsspännige Artilleriewägen jagen durch die Straßen; in der Seitengasse zieht eine Knabenschaar mit Trommelschlag auf die Parade; etwas See durch Zweige; darüber die befreundeten Felsgebilde und Gletscher; das vierte Bogenfenster, mir im Rücken: das bewußte weiße Dörflein; im Vorgrunde eine Matte und Heuhaufen. Das fünfte, gerade vor mir, mein Liebling: ein Stück moosiger Mauer; ein weicher frischgrüner Rasen; darauf einige Gräber; schwarze Eisenkreuze, mit Rosenstöcken überwachsen; hie und da eine blanke Messingplatte. Im Hintergrunde alte Trauerweiden: Alles heilige Stille, ganz Ruhe, tiefe Ruhe — gegenüber den Alpen, dem Bilde der Sehnsucht des Wanderns und Strebens. Gegenüber der Stadt, der Arbeit und den Vergnügen: — die stete Rast. Dort der Abendpurpur über dem Ganzen — das ist die Verklärung, der Auferstehungsprophet.

Trauliches Plaudern der Weiber in ihrer Stube über die Todten hin. Die Berge, die Gräber, Alles dunkelt jezt friedvoll, ergeben in die Nacht hinein. Grillen zirpern. Ein kleiner Knabe jagt über die Gräber. Fern aus der Stadt tönt schlechte fröhliche Musik herauf — wie das Lallen eines Kindes im Einschlafen.

O laß mich, laß mich lieben
Und mehr begehr' ich nicht —
Das ist ja Himmelsfrieden,
Das ist ja Sonnenlicht!

O laß mich, laß mich lieben!
Das ist es was mir frommt,
Dann wird mir viel gegeben:
Zu Liebe Liebe kommt.

O laß mich, laß mich lieben!
Die Liebe hält die Welt —
Und sollt' ich d'ran verzweifeln,
Daß Liebe Herzen hält?

O laß mich, laß mich lieben —
Wie wird mir leicht und klar!
Der Haß ist Wahn und Lüge,
Die Liebe nur ist wahr.

O laß mich, laß mich lieben
Und sinken nicht zurück!
Zu Lieben ohne Ende —:
Das ist der Engel Glück.

Den 27. August.

Morgentrunken stand ich vor der Abreise auf der Terasse vom Freihof. Allmälig wurden die östlichen Kanten der Gletscher versilbert; bald schimmerten sie im lautersten Lichte. Lebtwohl! Thun's Kirchlein hebt sich vom Alpenhintergrunde. Scharf zeichnen sich in den klaren Himmel Stockhorn und Riesen. An ihrem Fuße wallt ein Nebelmeer über der Aar; nur hin und wieder sahen Bäume vor, wie bei einer Ueberschwemmung. Wir fahren eine Weile die Bernerstraße; dann wendet sich der Weg rechts. Auf lachenden Matten, von Waldhügeln eingefaßt, das Dörfchen Diesbach, an der schroffen

Falkenfluh. Hier stand einst Schloß Dießenberg *), die Wiege des alten Geschlechts. Immer durch Obstalleen. Der Kutscher brach mir Zweige ab voll kleiner süßer Kirschen, welche die Leute noch nicht Zeit hatten zu pflücken. Die grünen Thalgärten, der wolkenlose Aether wiegten mich heiter ein. Ich schlief bis Signau. Schmucke Häuser, groß, mit breitem, am Giebel gewölbten Dache, Fenster an Fenster, meist Blumengärten davor, und an den Thüren gemüthliche Sitze. Reinliches, hübsches Volk. Blendende Leinwand auf den Wiesen. Von der neuen, hochgezimmerten Brücke über die große Emme, Blick auf duftige Alpen. Gute Wege, kein Staub, keine Reisenden. Man sieht das ganze fette Emmenthal auf und ab. Friedliche Wohnungen verstreut. Ueberall zeigt sich der Fleiß, das Behagen der Einwohner, die Freigiebigkeit des Bodens. Langnau, ein stattlicher Ort. Es ist Alles so ruhig — eine Stille, die wohl thut, und doch überall heitere Thätigkeit; nicht die erzwungene, ängstliche der Industrie: die freie, harmonische der Natur. Man wird nicht müde die Häuser zu betrachten — jedes ein Stillleben. Zwei Strickerinnen auf der Bank an der Thüre sehen mich mit ihren schönen schwarzen Augen groß an. In Trubschachen der erste gemalte Dachgiebel mit einem langen Spruche. Rauhere Berge mit Steintafeln und Fichtenkränzen. Es geht wie in ein Portal, hinter welchem sich eine Wand thürmt. Sie hat Charakter — ganz krause Felskanten: „der Bäuchlesberg,“ sagt eine Frau an der Straße. Zu seinen Füßen die Dreikönigskapelle. Auffallend schlechte Hütten, die dem Kanton Luzern gehören. Auch eine kleine Bettlerin ist schon bei der Hand.

*) 1331 von den Bernern zerstört.

Das Entlibuch also *). Die Einwohner bewahren sich eigenthümlich in Witz, Muth, Heimatliebe und Freiheitsinn. Bei Murten wehte das Banner von Entlibuch in den vordersten Reihen und half den Ausschlag geben. Die Hirten dieses Thals waren die Ersten, welche wagten, das Heer von Britten, Flammländern und Burgundern anzugreifen, mit dem Enguerant de Couci (1375) in Helvetien einfiel. Das kräftige Völklein scheint von den Griechen Belustigungen zu borgen, die bald an die Kämpfer der olympischen Spiele, bald an Thespis Karren erinnern. In jeder Pfarre wird der Hirschmontag (der lezte im Fasching) gefeiert. Nach beendigtem Gottesdienste pflanzt man eine Fahne vor dem Gerichtshofe auf. Männer und Weiber rennen bei diesem Signal auf die Straße und an die Fenster. Bald sprengt ein Abgesandter der benachbarten Gemeinde an, von weitschallendem Jubelschrei empfangen. Das gewaltige Roß ist mit Glöckchen und Kränzen behängt. Der Reiter trägt einen Rock voll bunter Bänder, einen mächtigen Hut mit Blumen und kleinen Spiegeln überladen, und hält vor der Fahne. Die Behörden grüßen den Ankömmling, halten ihm die Zügel, der Wirth reicht den Ehrentrunk, welchen der Gast auf Einen Zug leert. Stolz zieht der Reiter ein ungeheures Schreiben vor, mit den Wappen des Thals gesiegelt — ein rothes Kreuz und eine grüne Buche — und liest die selbstverfaßten Reime, in denen einzelne Personen und Vorfälle, oder allgemeines Herkommen verspottet werden. Nie erwähnt man Leute, welche sich Ernstes zu Schulden

*) Längs der kleinen Emme; 9½ St. lang, 3¼ St. breit, zwischen der Pilatuskette und dem Bergzuge, der vom Brienzergrat über Schrattenfluh zum Napf geht.

kommen ließen, und hält jene für unwerth, sie in's heitere Spiel zu verweben. Darauf folgen Mahl und Tanz bis spät in die Nacht. Erst mit Sonnenaufgang kehrt die Jugend heim. Ehmals fand Kampf statt zwischen den Gemeinden, die sich unter Trompetenklang und Trommelschlag in Freund und Feind theilten. Begann Eine Partie zu weichen, so warfen sich die Frauen und Mädchen, wüthend wie Spartanerinnen, in's Getümmel. Für die gymnastischen Wettkämpfe sind sieben Tage bestimmt im Jahr, und sieben Plätze im Thale und auf den Alpen.

Der erste Entlibucher, den wir begegneten, war ein lustiger Weinknecht, der unterwegs verzapfte, jeden Augenblick hielt und den Vorübergehenden kredenzte. Er sprang zu mir an den Wagen und ließ nicht nach bis ich, um ihn nicht zu erzürnen, die Lippen an den Rand des Glases sezte. Eschlismatt. Weiße Felsen schauen über Fichten. Schüpfen, am Fuße des Berges. Zu der stattlichen Kirche führen breite Stufen. In Nischen Standbilder von Heiligen. Der schlanke Thurm — wie ein Pfeil hoch in die Lüfte. Auf dem Friedhofe gothische, ganz schwarze Kreuze. Auf den Matten all' die verstreuten Hütten, über welche die Sonne noch zulezt wie einen Abendsegen ausgießt; so blinkt es thalentlang bis fern zum Dorfe Entlibuch. Hasli. Das Haus, bemalt mit Heiligenbildern. Ein Fenster voll Kanarienvögel, hinter denen ein derber Männerkopf vorlacht. Ringsum trotzige, schalkhafte Gesichter. Alle Läden sind weiß und roth. Alle Weiber haben rothe Tücher um den Kopf. Am Wege Kruzifixe. Ein krausköpfig Büblein wirft mir einen bunten Asterstrauß in den Wagen und springt davon ohne einen Lohn abzuwarten. Hinter uns ein Kranz von Bergen, wie blaue Riesenblumen, in den wunderklaren Aether entfaltet. Die nähern Felsen getaucht in Gold und Purpur.

Von meinem Stübchen in Entlibuch sehe ich auf die Brücke. Senkrecht unter dem Fenster die wilde Entle in der Tiefe, um welche Häuser gelagert sind, die blauen Rauch ausathmen. Die Kirche mir nah gegenüber auf der Höhe mit einem Gewimmel von Kreuzen, und über der grünen Schlucht, der rosige Abendhimmel. Der Tag verglomm. Die Lichterchen, welche wie Glühwürmer, im Abgrunde funkeln, aus den Hütten längs dem Wasser, von schwarzen Bergkuppen umwacht. Die strahlenden Sternenzüge über Thurm und Gotteshaus und nachtgedeckte Gräber. Das Rauschen des Baches, der ferne Ton einer Fiedel — in all' dem liegt ein Frieden, der uns draußen nimmer umschwebt, den wir nie erreichen können in der fremden kalten Fläche.

Kam ein Kind im Wald gegangen,
Hat zu Blüten sich gebückt,
Hat die frischen runden Wangen
In das kühle Gras gedrückt.
Wählte Blumen unter Vielen,
Schloß mit Allen Freundesbund:
Von den lieblichen Gespielen
Ward ihr manche Stimme kund.

„Kann von Blumen nichts mehr lernen,
„Hochgewachsen bin ich bald,
„Ziehe fort nach blauen Fernen;"
Spricht das Mägdlein in dem Wald.
„Kann ich doch weit schöner träumen,
„Weiß ich doch viel mehr als Ihr:
„Duftet, welket unter Bäumen,
„Besser ward's beschieden mir."

Jahre sind seitdem vergangen;
Mägdlein kommt zum Wald zurück:
„„O wie bleich sind deine Wangen!
„„Hast gefunden du das Glück? — ““
„Komme arm aus blauen Fernen,
„Wünschelleer die matte Brust;
„Altes will ich wieder lernen:
„Ihr habt mehr als ich gewußt.“

Den 28. August.

Entlibuch, auf grünem Giebel, gestaltet sich uns im Rücken zum zierlichen Gemälde. Ringsum an Waldmatten, auf Hügeln, schlanke Kirchthürme, sich dem Gebirge nachstreckend. Der Weg führt nicht mehr über die Bramegg, welche uns zur Seite bleibt. Das ehmalige Kloster Wertenstein, hochgetragen an der Emmen. Aus der Felswand ein kleiner Wasserfall. Der Volkswitz bezeichnet die Gegend bei Malters, „das Kropfthal.“ Der Kirchthurm im Dorfe übertrifft alle: sehr hoch, spitz und dünn wie eine Nadel. Der Pilatus im Frühnebel. Davor geschmeidige Triften. Vom „Längloch,“ ein Waldberg, den wir hinanfahren, Blick weit auf fruchtreiche Auen und blaugrüne Forste. Ein gedecktes Brücklein über die tiefsprudelnde Emmen, welche der Reuß beim Schlosse Stolberg in die Arme eilt. Lachend und bedeutsam zugleich liegt Luzern im Grünen, von den grauen Thürmen gehütet. Ueber eine der Warten herab schaut ein Ritter, sein Fähnlein in der Hand, auf das Städtchen. An der Post und im Gasthofe streckten mir die Leute, die mich wiedererkannten, treuherzig die Hand entgegen. Der alte Diener des Obersten Pfyffer rief mir zu: „Was macht Sie? Wie ist's Ihr gange? Kommt Sie net zu mim Herrn?“

Auf der Altane vom Schwan erwartete ich die Abfahrt des Dampfbootes, das jezt zweimal im Tage die Reise macht. Sehnsüchtig begrüßte ich die fernen Felsengeheimnisse, sah das Wetterhorn voll Schnee, den Van-Dyk-Kapitän, fand auf dem Verdecke eine anmuthige Lady, mit der ich in Weggis an's Land stieg. Hier sind die Pferde schlechter, die Führer minder freundlich als im Oberland. Aber ich vergaß Alles über den nächtigblauen See, tief unten im glänzenden Kelche schäumend. Am Waldhange die kleine Heiligekreuzkapelle. Wir reiten durch Felstrümmer, die den Ruinen einer ungeheuern Stadt gleichen. Mächtige Blöcke von Nagelfluh bilden ein Gewölbe. An diesem Portale hängt ein gemaltes Täfelein; ähnliche hie und da an Baumstämmen längs dem Wege — die ganze Passionsgeschichte. Schneckenartig winden sich die Karavanen durch die rothen Felsstufen. Nur die häßlichen Tragstühle sind störend, auf denen ein Paar furchtsame Damen sitzen. Die Herden *), das Alphorn, das wir so oft im Theater hören. Wie riesige Meerwellen erheben sich immer neue, duftige Gipfel. Das Kaltbad. Hier, nahe der Felsenkapelle entspringt der Schwesterborn: der Sage nach flüchteten sich drei schöne Schwestern, verfolgt durch König Albrecht's Vögte, in diese Einsamkeit. Unfern die Felsecke mit dem Kreuze, „das Känzeli“ genannt, durch die Aussicht berühmt. Beim Staffelwirthshause, hart am Kamme, betritt man den Kanton Schwyz. Von da geht der

*) 150 Sennhütten zählt man auf dem Rigi, wo im Sommer 3000 Kühe weiden.

Pfad immer am Rande des Berges hin. Links, Blicke bis zum Jura; rechts, in einer Schlucht vom Rigi, „das Klösterli“ *) Sankt Maria zum Schnee, Wallfahrtkapelle und Kapuzinerhospiz.

Kurz vor Sonnenuntergang erreichte ich den Kulm **) und obschon sich die Sonne in Schleier gewickelt hatte, blieb doch die Aussicht frei. Neunmal höher als vom Münsterthurme zu Straßburg, schaut man in die unermessene Landkarte. Da liegt ganz Helvetien vor uns entrollt. Achtzehn Seen wie ausgebreitete Silbertücher. Die Alpen vom Säntis bis zum Wildstrubel; Jura, Vogesen und Schwarzwald; Schneegipfel, Felsenthürme und Mauern, Thal an Thal, weite Ebenen, wie von Silbernesteln geschnürt durch die Flüsse — verstummend möchte man in die Knie sinken vor den Gottesgedanken und ihnen nachsinnen. Aber da ragt das garstige Signal in die Lüfte. Ueberall Menschenhaufen, die umher rennen und gaffen und in allen Zungen durcheinander schreien — wie in einer ungeheuern Jahrmarktbude nur ein Feilschen um Schönheiten und Kuriositäten. - Jedes Tüpfelchen im Abendnebel muß von den Führern aufgezählt werden, damit das Register voll werde. Es ist Alles nur Material. Um den Geist der Schöpfung bekümmert man sich nicht. Das thut ja eben sonst so wohl, der Menschenqual und eigensinnigen Bildung zu entfliehen auf die Berge — hier schleppt man Alles mit — ein zerreißender Widerspruch. Du gütige Erde, die doch allen ihre Wunder aufdeckt, unermüdlich, geduldig —allen diesen Käfern und Insekten, welche über dich hinkriechen! In dem Lärmen und Treiben umkrallte mich

*) 1689 gestiftet durch Sebastian Zay von Art.

**) Nach vierstündigem Ritt.

schreckliche Oede: allein zwischen Himmel und Erde schwebend unter so viel Larven! Mir graute vor dem Abgrunde zu meinen Füßen; so weit als möglich trat ich hinaus auf den Rand und tauchte die Blicke in die ganze verlockende Tiefe, sah über die Erde hin wie ein Fremdling auf ihr, ein Heimatloser.

Den 29. August.

Die Gesellschaft schien sehr laut und bunt: der Rigi ist Jedem erreichbar. Da bedarf's keiner ernsten Liebe und Pilgrimschaft zur Natur. Nicht Ein freies Winkelchen mehr in der kleinen Herberge. Nach dem Souper flüchteten Mehrere an ein Fenster. Es galt eine Improvisation. Die Französin vertheilte das Thema im kleinen Kreise: „Wenn Amor stürbe, wen würde er zum Erben einsetzen?" — „In dieser Aufgabe," sagte der Professor, „liegt eine Zweite: den Unsinn harmonisch aufzulösen, der in Amors Sterben liegt." — Nach einigem Schweigen nahm ein junger Norddeutscher das Wort. In Reimen machte er den Frühling zum Erben, führte gar lieblich Rose, Nachtigall und Mond mit ihren Ansprüchen ein. „Das Alles ist ohne Amor gar nichts mehr und kann nach seinem Tode nicht bestehen," wendete ich ein. Die weiße Lady mit nächtigen Augen gab mir das Blatt, welches sie rasch beschrieben hatte. Ich las: „Amor denkt zu sterben; alle Geister und Genien stehen umher und erwarten sein Testament. Der natürliche Erbe wäre eigentlich der Haß, und auch die Gleichgiltigkeit glaubt Ansprüche zu haben. Amor weiß das, will aber seinen schönen Nachlaß weder in so wilde, noch in so eisige Hände legen. Seine lezte Kraft zusammenraffend, winkt er der sanften Erinnerung, und leise tritt sie an sein Rosenlager. Der Sterbende bittet sie, nach seinem Tode all' die Habe in Empfang zu nehmen, die er hier im kleinen Bündelchen unter dem Kopfkissen verwahre; und die tausend Zaubermittelchen immer so weise anzuwenden, wie er es (der Schelm!) stets gethan. — Damit wendet er sich ab und stirbt. Jezt ist nur zu bemerken, daß dieß Alles bloß Einer von den gewöhnlichen Streichen des kleinen Spitzbuben ist: wenn die liebliche Erinnerung den Schleier wegzieht von den thränenfeuchten Blicken, und die holde Leiche sanft umschlingt — da fängt Amor's Herz wieder rasch an zu schlagen — Tod und Verderben sind vergessen — er richtet sich auf — wirft Köcher und Bogen über die beflügelte Schulter — lächelt Allen schalkhaft zu und fliegt in die weite Welt mit altem Muthwillen. Die Getäuschten stehen betroffen, nur Erinnerung freut sich, daß Amor noch lebt. Sie öffnet das zurückgelassene Bündelchen und findet nichts darin als einen frischen Strauß schönblauer Vergißmeinnichte: den trägt sie seitdem am Herzen, und geht, Amors Spuren nachfolgend, durch die ganze Welt, sucht überall den Schaden gut zu machen, welchen ihr übermüthiger Vorgänger angerichtet, und ist fort und fort bemüht, seinen verrufenen Namen wieder zu Ehren zu bringen."

Als ich wieder in mein Kämmerlein trat, fand ich eine junge Brittin bei mir einquartirt. So ärgerlich ich war, mußte ich doch lachen, da ich in das konsternirte Gesicht schaute: zwei Menschen, die sich zum Erstenmal erblicken, gleich auf einige Fuß breit zusammengesperrt! Zum Tollwerden das Geschnatter in dem

Breterhaus — wie in einer Volière: unten, oben, zu beiden Seiten des Stübchens die Gespräche — Alles hörte man zumal. Gegen Morgen heulte der Sturm und drohte das Dach zu nehmen. Statt dem erwarteten Alphorn, weckte uns Donner, Blitz und Hagelschlag. Beim Frühstücke brannten noch die Lichter im Saale. Man blätterte in den Fremdenbüchern. Ungefähr 3000 Wanderer, haben ihren Namen verzeichnet in Einem Jahre. Nicht Alle schreiben sich ein, und Viele suchen andere Nachtlager, auf Rigistaffel u. s. w.

Draußen schlichen gespenstischvermummte Figuren. Der Regen hatte nachgelassen. Noch einmal sah ich hinunter auf Arth, zu Füßen vom Rigi, und auf das Grab des blühenden Thales *), auf den nahen Feind, den tückischen Roßberg und auf die spiegelnden Fluten vom Zugersee. Ich trieb zum Aufbruche, mich freute es einsam zu sein auf nebelerfüllten Pfaden. Wir stiegen vom Kulm die Rasenstufen wieder hinab. Große schneeweiße Lämmer sprangen zu mir und leckten mir die Hand. Rechts in der Tiefe sah ich Küßnacht, die hohle Gasse, an deren Ausgang die Tellkapelle steht. Zur Linken unten im Kessel, das Klösterlein Maria im Schnee — ganz Ruhe und Abgeschiedenheit. „Dahin kommt im Winter kein Sonnenblick," erzählte mein Führer, „und mannshoch bleibt der Schnee liegen." Ueberall Herdenglöcklein.

Luzern im Frühlichte glänzte wie die Seebraut. Ich raste auf der Bank am Portale zwischen den Felsruinen. Hie und da schaut aus Gesträuch ein niederes Sennhüttendach, silbert ein Wasserstrahl über die röthlichen Wände. Zu meinen Füßen der Kreuztrichter:

*) 1806. Der Bergfall, welcher Goldau u. s. w. verschüttete.

Buochs, der Thurm von Stanz, wo im lachenden Thale Winkelrieds Haus steht, und sich auch an Niklaus von der Flüh noch manche Erinnerung knüpft *). Von Beckenried tönt Morgenläuten über den See, auf welchem einzelne Kähne gleiten. Ohne Schleier blickt die Jungfrau zu mir herüber. Ein gemsartiges Geißlein sieht mir zu beim Schreiben, trippelt leise heran und knuspert Etwas ab von den Pariser Kornblumen im Schirme meines Hutes, der neben mir liegt.

Ich erreiche Weggis, das Dampfschiff, Luzern. „Kommen Sie mit!“ rief Oberst Pfyffer freundlich, der an der Post vorbeifuhr und mich mit auf sein Landhaus nehmen wollte. „Kommen Sie mit!“ **) Der Eilwagen stand schon angespannt. Ein Berliner von gesezten Jahren und zwei Kapuziner stiegen mit mir ein, vom Kloster Sursee, die einen Besuch in Stanz gemacht hatten bei den Brüdern. Der Eine, ein junger Mann: regelmäßiges Gesicht; um den Mund träge Unwissenheit; religiöse Glut, fromme Zärtlichkeit in den Augen — immer himmelwärts, auch wenn sie Etwas von der Erde anschauen. Der Andere: ein energischer Kopf; hohe kahle Stirne, schwarzfunkelnde Augen unter blauen Brillen, das ganze Wesen gebieterisch. Merkwürdiger Kontrast — die zwei Typen: die Hand und das Werkzeug. Der Jüngere saß mir gegenüber; freudig erzählte er mir, wie er schon mit sechs Jahren in Maria Einsiedeln gewesen. Der Preuße steckte

*) In der Kirche seine Statue; auf dem Rathhause, wo er 1481 die entzweiten Eidgenossen versöhnte, ein Gemälde: der Abschied von seiner Familie.

**) Für mich das lezte Wort des liebenswürdigen Greises. Er starb bald nachher.

verdrießlich seinen Kopf in die andere Wagenecke; ich neckte ihn darüber, als die Väter in Neuenkirch ausstiegen, um die nahe Waldbruderei zu besuchen. Es kam in der Eintönigkeit des Weges zu einer Art jeu d'esprit, in welchem wir uns unsere gegenseitigen Persönlichkeiten als Räthsel aufgaben. „Wer sagt Ihnen, daß ich nicht Der bin oder Die?...." klang es hin und her. Dazu freundliche Gegend, alte Schlösser im Abendgolde. Zofingen, nicht ohne städtische Eleganz. Zu Olten, Abendtafel.

Den 30. August.

Sternenschein und Morgengrauen kämpften mit einander, als wir über das Gebirg fuhren. Basel verkündet seinen Reichthum durch stattliche Häuserreihen. An der Post überlistete mich der Berliner. Ich hatte die Wette verloren: Er begrüßte mich mit meinem Namen und beglaubigte sich zugleich als alter Universitätsfreund einer meiner nordischen Vettern. Zur Strafe übergab ich dem Preußen meinen Koffer, der mich verrathen hatte. In den Drei-Königen wies man uns ab. Das Hôtel hat seinen Namen von einer historischen Zusammenkunft, welche in demselben statt fand: Kaiser Konrad II.; sein Sohn, der römische König Heinrich III.; und Rudolph III., lezter König von Burgund. Gern hätte ich meine Briefe an das Missionshaus abgegeben. Auch das Bildniß des Erasmus, von Holbein, wünschte ich zu sehen *); aber schon schallte die Glocke vom Dampfboote.

*) Auf der Stadtbibliothek.

18*

Nebel deckt den Rhein, die Abfahrt hemmend, und hat sich auf das alterthümliche Basel gesenkt, das mir in fernen Kindheittagen zugleich einen schauerlichen und süßen Zauber wahrte: der Todtentanz; die zuckerbereisten Lebkuchen, denen ich noch immer eine dankbare Erinnerung weihe. Der Dom *) sieht zu uns herüber, welcher die Grabmähler von Erasmus und der Kaiserin Anna, Gemahlin Rudolphs von Habsburg umschließt. Am Ufer, wie auf dem Verdecke Kopf an Kopf. Meines Vetters Universitätsfreund ist mir als Beschützer nützlich auf dem Schiffe. „Haben Sie Geduld," tröstet er mich, „wir werden gut Wetter bekommen; der junge Kapuziner, der Ihnen so ähnlich sieht in den Augen, betet für Sie."

Unter all' dem Gewimmel und Getreibe haben wir auch einen stillen, ganz stillen Gefährten an Bord — man sagte sich's Anfangs nur leise von Ohr zu Ohr: die Leiche einer jungen Holländerin. Sie starb zu Bern und schwimmt nun, tiefentschlummert in lezter Wiege, zur meerumrauschten Heimat zurück. Dicht an der verdeckten Kalesche, in welcher die Todte ruht, ein Glaswagen mit niedergelassenen rothseidenen Vorhängen, hinter denen die Leidtragenden mit ihren Trauerkleidern sitzen, Schwester und Bruder. Mir zur Seite verschleierte Damen, gegenüber Spanier mit mächtigen Schnurrbärten und grüngefütterten Mänteln. Die Gesellschaft übrigens weit gemischter, als auf den Seeschiffen. Ein graurockiger Basler, ein zahnloses Männlein, bindet mit aller Welt an und singt dazwischen Bertrand's Abschied oder eine Arie aus der Stummen von Portici. In den Uebergangsprovinzen pflegt man beide Sprachen

*) 1019 von Kaiser Heinrich II. erbaut.

schlecht zu reden: Eine verdirbt die Andere — aber von einem Schreckensdeutsch, wie beim Basler, ahnte ich nichts. Er macht eifrig die Honneurs vom Rhein, zeigt uns Groß-Hüningen mit seinen Festungstrümmern; den Kanal Napoleon, die Wasserstraße ins mittelländische Meer. Istein, am Felsen: eine Kapelle oben im Gestein, dem h. Veit geweiht; höher noch stand einst die Burg. Unten am Weinberge der kleine Friedhof, wo die im Rhein Gefundenen bestattet werden. Rechts Klein-Kembs; gegenüber Groß-Kembs. So grüßen alle Ortschaften den Rhein mit Morgenläuten. Unfern Rheinweiler, das Landhaus der Witwe von General Rapp.

Muß ich von den Alpen scheiden, dann sei es wenigstens von dir, o Rhein, hinausgetragen! Plötzlich zertheilen sich die Nebel: ein schwarzer Vorhang, fast wie von der Rauchsäule des Schiffes verdichtet, sinkt vom Himmel. In Einer Minute ist jezt Alles klar. Kühe schwimmen durch die grüne Flut. Schloß Börklen am Berge. In der Ferne Blauen. „Es war eine Komthurei von St. Bläsi," bedeutet der Basler. Rechts der Schwarzwald, weiter hin die Vogesen; duftig im Hintergrunde der Jura. Fischreiher schweben über die Wellen mit schwerem Flügelschlage. Gleich einer Fata Morgana das Schloß Badenweiler, hochgethürmt, am Schwarzwalde. Wir gerathen auf eine Sandbank. Ein Dampfboot, L'Aigle, speit uns von Weitem seinen Rauch entgegen. Der Rhein wird breiter; überall Inselchen voll Giebitzen. So auf dem sonnenglänzenden Strome schwimmt nun die Todte hin, durch die lachenden Ufer, unter dem heitern Himmel; sie ist die Erste, gleich vorne am Schiffe, und wir, alle die sonntäglichen

Menschen hier, sind ein Leichenkondukt geworden, ohne es zu wissen.

Alt=Breisach malt sich schön am Horizont: die röthliche gothische Kirche in den ganz blauen Himmel; die Dächer mit Moos; graue Thürme und unten ein Kranz von Warten und Mauern. Herren mit Augengläser und elegante Damen eilen gegen das Ufer her. Wie ganz verschieden Leztere von den Schweizerinnen! Hier ist der Ausdruck der Frauengesichter lebhaft, pikant, kokett. Neu=Breisach gegenüber von Alt=Breisach. Burg an Burg fliegt vorbei. Am Kaiserstuhl die Ruine Sponek, durch deren Thürme und Fenster die Wolken schauen. In Kehl erwarten uns hellbewimpelte Omnibus der Gasthöfe von Straßburg. Der Münster, welcher schon lang nach dem Rhein herüber sah, schwebt geheimnißvoll verheißend im Aether. Wir begegnen viel Spazirvolk und französischen Soldaten, die ich mit deutschen Augen vom Kopfe bis zu den Füßen messe. Was hat man mit Paß und Mauth für Noth, in das freie Frankreich einzugehen!

Zwei Herrn, die ich schon auf dem Schiffe gesprochen hatte, ein Rheinbaier und ein Sachse, stiegen gleich mir in den Wagen vom Hôtel La Fleur und boten sich mir zu Führern an. Der Universitätsfreund meines Vetters war bei unserem Gepäcke am rechten Ufer geblieben. „Et la lumière fut!“ steht auf dem Blatte, das Guttenberg in seinen Händen hält. „Und es ward Licht!“ „Wie ganz anders klingt das, mit welcher Kraft bricht es herein!“ eiferte der Rheinbaier. Die mittelalterliche Tracht der Statue macht sich gut. Eine edle Gestalt, etwas gebeugt. Der Genius hat seinen Stempel auf diese Züge gedrückt; aber auch tiefe Furchen von Leid und Mühe, ja selbst von mechanischer Anstrengung, sind auf dem frommtreuen Gesichte zu lesen. Ob es deutsch ist? Welke Kränze lagen auf den Stufen. Der französische Soldat, der davor Wache stand, mit grimmem Schnurrbarte und rothen Pantalons, als er uns auf der Seite des Denkmals die Worte buchstabiren hörte — „David d'Angers 1839" —: öffnete auf gut deutsch den Mund und sagte: „Deß werd noh zu der Name vun dem sein, der's g'macht hat." Meine Gefährten blickten mich lachend an — es war wie auf dem Maskenballe. Ich sah, daß es mit den hochrothen Pantalons doch nicht so böse gemeint sei. Die kleine Galanterie des Zufalls schmeichelte uns.

Der Rheinbaier hatte mir schon unterwegs die historischen Momente aufgezeichnet: Laut der Sage grünte einst an der Stätte, die jezt der Münster krönt, ein heiliger Hain, in welchem den Götzen geopfert ward. Die Römer hauten ihn nieder und weihten ihrem Mars, nachmals dem Herkules, einen Tempel, auf dessen Trümmer der h. Amandus (um 349) eine, von den Hunnen unter Attila (406) zerstörte Kirche baute. Clodwig stiftete die neue Mariakapelle, aus rohen Stämmen, strohbedeckt, aber von seinen Nachfolgern mit Einkünften bereichert. Karl der Große ließ einen steinernen Chor bauen, der allein verschont blieb, als ein Blitzstrahl die Kirche (1007) in Asche legte. Der Bischof Werner, vom Stamme der Habsburg, schritt (1015) zum neuen Werke. Man hatte die berühmtesten Meister berufen, und acht Jahre gebraucht um das Material herbeizuschaffen. Durch Frohnfuhren erhielt man die Quadersteine aus dem Kronenthale. Daher vielleicht noch der heutige Name des Münsterplatzes:

der Frohnhof. Der Ablaß, welchen der Papst den Arbeitern am Dome ertheilte, förderte ihn. Bischof Konrad von Lichtenberg legte am 25. Mai 1277 den Grundstein zum nördlichen, und das Jahr darauf zum südlichen Thurme, der nach dem Plane des ersten Meisters, Erwin von Steinbach, gleich dem Zwillingsbruder, in die Wolken wachsen sollte. Nach einander erhoben sich die vier Portale. Den Geschwistern Johannes und Sabina war es vergönnt, das Werk ihres Vater († 1318) fortzuführen. Dankbarkeit bestattete ihn unter der Wölbung, die er schuf. Die Rosette und den Thurm bis zur Plateforme baute Johannes († 1339). Seine und Erwin's Grabschrift stehen neben einander in einem Hofe bei der Sakristei. Der Meister Johann Hültz aus Köln legte die lezte Hand an den Münster (1439), der mehr denn vier Jahrhunderte zu seiner Vollendung bedurfte. Noch ist nichts abgewittert vom rothen Sandsteine der Vogesen.

Schon 1289 hatte ein Erdbeben den Dom bedroht. 1298 gerieth ein Theil desselben in Brand. 1486 wurde die steinerne Kanzel zu Ehren des Predigers Geiler von Kaisersberg errichtet, welcher gegen die Sittenverderbniß der Priester kämpfte. 1523 bauten die Schreiner eine tragbare Kanzel für Zell, dem das Kapitel die Kanzel im Münster verweigerte. 1524 las Diebold Schwarz darin die erste deutsche Messe. 1526 verbot man das Begräbniß in der Stadt und nahm die Heiligenbilder von den Altären. 1548 mußte der Dom an die katholische Geistlichkeit zurückgegeben werden. 1625 und 1654 schlug der Blitz in den Thurm. 1725 fand im Münster die Vermählungsfeier statt von Ludwig XV. mit Maria Leczinsky, Tochter von Stanislaus. 1759 zündete der Blitz die Kirche an. Den 15. Okt. 1793 schloß man die Gotteshäuser Straßburgs; am 21. Nov. feierte man im Münster „**la fête de l'Etre suprême**," und am 25. wurden die Heiligenbilder rings um denselben auf Geheiß von **Saint-Just** und **Lebas** heruntergenommen; 1795 die Kirche wieder dem Gottesdienste geweiht. Den 13. April 1814 wehte die weiße Fahne der Bourbons, und am 3. August 1830 die dreifarbige Fahne auf dem Münster.

Nur ein Paar Schritte noch durch die enge Krämergasse — da steigt er röthlich in den blauen Aether, wie das sichtbargewordene ewige Jerusalem. Von Ferne — welche erhabene freie Masse in vollendeter Harmonie! Beim Näherkommen — wie wächst das in die Lüfte hinein! Und jede Einzelnheit so in sich fertig — das lebt und webt Alles, und doch tritt nichts mit kleinlicher Anmaßung vor, Alles zerfließt in das gewaltige Ganze: einzelne Töne, Jeder für sich klar und schön, hinschmelzend zu Einem himmlischen Chore. „Eine erstarrte Symphonie von Beethoven," sagte der Rheinbaier. Das Eingehen in dieß Werk der Liebe würde ein Menschenleben ausfüllen. All' dieser beseelte Granit: Engel und Heilige mit großen Büchern auf den Knien; Päpste und Bischöfe, die mit aufgehobenen Fingern predigen und segnen; Könige mit ihren Sceptern und Wappenschilden, in einer Blende thronend; schweigende Helden auf ihren Felsenpferden; Königinnen, aus deren Kronen Heidekraut sprießt; Greise, den Bart mit Epheu umkränzt; Jungfrauen, die Spindel in der Hand; Kinder in steinernen Wiegen; Zwerge, Drachen, Salamander, Schlangen, Tauben, Rosen, Weinreben, Kleeblätter; Berggipfel und Höhlen, aus denen der Thau des

Himmels tropft; Säulenwälder voll junger und alter Stämme. Da zogen sie her auf den Wink des Meisters, die Völker mit Kellen, und die Locken der Jünglinge bleichten, und wieder neue Jünglinge kamen, und so fort vom Ahn bis zum fernen Enkel. Nur Ein Gedanke, immer derselbe, regte all' diese Hände — nun steht es da, wie ein Pfeiler der Ewigkeit, das Wort — zu Fels geworden.

Wir befanden uns den drei vordern Portalen gegenüber, ihren Schmuck von Säulen, Statuen und Reliefs der heiligen Geschichte, bewundernd. Ueber dem Mittlern prangt das radförmige Riesenfenster, die Rosette; nachbarlich, auf Pfeilern erkennt man die Reiterbilder von Clodwig, Dagobert, Rudolph von Habsburg und Ludwig XIV. „Lezteres wurde 1823 aufgestellt," bemerkte der Rheinbaier, hinzusetzend: „die Thürflügel, ehmals von Erz, hat man in der Revolutionszeit zu Münzen geschlagen. Das mittägliche Portal zierte Sabina, Ervins Tochter mit den zwölf Aposteln und mit zwei Jungfrauen, die siegende christliche und die jüdische Kirche. Das Nördliche, wie die Sankt Lorenzkapelle, zu der es führt, erbaute Meister Jakob von Landshut zu Ende des 15. Jahunderts.

Der Telegraph auf dem Kirchendache feierte. „Der Münsterthurm," fuhr mein Gefährte fort, „ist 490 Fuß hoch, und demnach das höchste Denkmal in Europa; selbst Aegyptens kühnste Pyramide überragt ihn nur um 30 Fuß. Er besteht aus drei Theilen: der Erste — von der Kirche bis zur Plate-Form. Von da erhebt sich die majestätische Fläche als durchbrochene Pyramide, durch die sich vier Wendeltreppen schlingen, die Schnecken. Von der Krone kann man nur mit Lebensgefahr bis zum Knopfe gelangen." — „Der Thurm ist nicht ganz ausgeführt," nahm der Sachse das Wort und schlug ein Buch auf, das er immer in der Hand trägt. „Göthe selbst äußerte: „die vier Schnecken setzen viel zu stumpf ab, es hätten darauf noch vier leichte Thurmspitzen gesollt, so wie ein höherer auf die Mitte, wo das plumpe Kreuz steht." Der anwesende Schaffner, welcher über die Baulichkeiten gesezt war, fragte unsern Dichter: „Wer hat Ihnen das gesagt?" — „Der Thurm selbst. Ich habe ihn so lange und aufmerksam betrachtet, und ihm so viel Neigung erwiesen, daß er sich zulezt entschloß, mir dieses offenbare Geheimniß zu gestehen." — „Er hat nicht mit Unwahrheit berichtet. Wir haben in unserm Archive noch die Originalrisse, welche dasselbe besagen, und die ich Ihnen zeigen kann." —

Wir traten in die Kirche; erst vergeht einem der Athem; dann aber wird die Brust so leicht, so frei! Man meint zu fliegen, ein körperloser Geist. Gleichwie diese unermessenen Räume uns überwölben, fühlen wir uns von jener unsichtbaren, unendlichen Kirche, dem Christenthume, umschlossen. Wie wird das Gebet hier beschwingt! Wir fördern und vergeistigen solche erhabene Eindrücke, wenn sie auch bei der Menge nicht alsbald fühlbar — verloren sind sie doch darum gewiß nicht. Solch' gothischer Riesendom ist wie ein Sarg, der den Himmel zur Decke hat, und wie aus einem Sarge sollen wir ja auch vom Erdengrunde aufblicken zum freien Sternenbogen. Wohl bedürfen wir der Kirche, des Steinsargs, um uns abzuziehen von der Welt, uns ungestört nach Innen zu versenken, nach Oben zu erheben — nicht zum blauen Himmel, sondern zum Himmel des Gedankens. Freilich betet sich's draußen schön in Gottes

Natur. Da ist nimmer der Kampf, die Zerknirschung, Wunden und Tod, wie ich sie unter dem starren Felsenhimmel empfinde, wo man die Quellen nicht sprudeln sieht. In Gottes Natur — da bring ich immer Frieden und Heiterkeit zurück: die Harmonie ewiger Schönheit, ewigen Glücks. Weil aber das Paradies verscherzt ist, so thut uns Schmerz noth, und Reue und Buße: es ist uns ganz gut, abzusterben und Gott weniger durch die Sinne zu vernehmen. Und doch liegt auch wieder gar etwas Tröstendes in diesem Segen der Natur: es soll eben doch nur Freude sein — und zuletzt wird auch Alles nur Freude sein! Die beschwichtigende Stimme der Mutter ist's: sie lockt uns hinaus in den Garten, verspricht und gibt uns alles Schöne, hat der Vater uns zur Zucht in seine ernste Kammer gerufen.

In den Seitenhallen, den Kapellen, knien hier und dort Frauen. Ein Sonnenstrahl erleuchtet den Hochaltar. Im ahnungsvollen Abendschimmer durch die große Rosette, entfalten die Farbengeheimnisse ihre Zauberei. Die Seele wiegt sich auf Farbenstrahlen. Eine wunderbare Ehe zwischen Licht und Farbe! Es ist ein ewiger Süden, ein unsterblicher Frühling, den die Kunst gefesselt hat. Hier brennt alle Glut der Blütenkelche, und in tiefer Sympathie muß sich diese Farbenmystik jenen göttlichen Gedankenformen anschmiegen, wie die Liebe, der Begeisterung. Ich lobte das Freie in den leeren Räumen ohne Betstühle; aber der Rheinbaier wies auf Sessel und Schemel, welche in der Ecke gehäuft standen, und gedachte des ärgerlichen Krämerwesens, das damit in französischen Gotteshäusern getrieben wird.

Die Glasmalereien sind aus dem 14. Jahrhundert,

und größtentheils Werke des Johann von Kirchheim. Noch zu Anfang des 16. Jahrhunderts sah man auf einem der Fenster, den Bischof Widerhold von Straßburg († 999), umringt mit Ratten und Mäusen. Die Legende der heiligen Attala berichtet, daß er von ihnen gefressen wurde, weil er die Reliquien dieser Aebtissin aus der Sankt Stephanskirche nehmen wollte. „Vordem," sagte der Rheinbaier, „stand auf jener ersten Säule rechts vom Schiffe, Türenne's Grabschrift in Marmor." — Am uralten, aber vielfach erneuten Chor, reichen sich byzantinischer und gothischer Styl die Hand. Unter dem Chor eine gewölbte Kapelle, das heilige Grab; hinter einer Steingruppe, Christus und seine Jünger auf dem Oelberge, führt ein Pförtlein zu des Münsters Grundmauern.

Konrad Dasipodius entwarf den Plan zum großen, halbzerstörten Uhrwerke; ausgeführt hat ihn Isaak Habrecht. Es ruht auf einem Pelikan, welcher die Himmelskugel trägt, und zu mancherlei astronomischen Beobachtungen diente. Mein Begleiter wies mir, links von der Uhr, auf einer kleinen Gallerie, die Statue eines Greises: Als man an diesem Theile des Münsters baute, wandelte, laut der Volkssage, ein Mann oft bei den Arbeitern umher, bewunderte ihr rasches Werk, eiferte aber stets gegen dessen Nutzlosigkeit, und wahrsagte den nahen Verfall des Doms. Da kam einer der Gesellen auf den Einfall, den unberufenen Propheten hier zu verewigen, daß er sich selbst Lügen strafe.

Der Hochaltar wurde 1763 nach Massol's Entwürfen errichtet. Unfern vom Bischofsthrone hängt eine Himmelfahrt Mariä, ein Geschenk Karls X. auf seiner Reise nach Elsaß (1828). Unter der Lorenzkapelle sind die Bischöfe bestattet; auch Wohlthäter der Kirche fanden hier, wie Inschriften besagen, die Ruhestätte. Die Katharinenkapelle ließ Berthod von Buchek, Bischof von Straßburg bauen (1331), und bestimmte sie zu seiner Gruft. Als ihm der Baumeister versicherte, sie wäre prächtig genug, den Leichnam Christi aufzunehmen, verwandelte sie der Bischof in's heilige Grab, ward aber dennoch 1352 darin beigesezt. Zwei Jahrhunderte darauf, als Ausbesserungen das Oeffnen des Gewölbes veranlaßten, soll man die Leiche so wohlerhalten gefunden haben, als wäre sie erst vor drei Tagen bestattet worden. Unfern der Pforte, die zur Werkstätte der Steinhauer führt, ein Stein mit Ring, den Brunnen deckend, in welchem die Heiden ihre Opfer zu waschen pflegten. Er wurde durch Saint-Remi, Erzbischof von Rheims, zu Clodwigs Zeiten geweiht, und seitdem schöpften hier Stadt- und Landbewohner das Wasser zur Taufe. Als 1696 ein Soldat in dem Brunnen ertrank, füllte man ihn aus. Das jetzige Baptisterium, unweit dem Chore, steht seit 1453, nach Dotzinger's Zeichnung. Auf der nämlichen Seite sind die Sakristeien. Unter den darin befindlichen Grabschriften bemerkt man auch die von Johann Mentelin, erstem Buchdrucker von Straßburg. Die Orgel fertigte Andreas Silbermann zu Anfang des 18. Jahrhunderts.

Nun in den Thurm. Es ist wie eine Bergbesteigung: immer tauchen wieder neue, zuvor verborgene Ansichten auf. Ueber dem Eingange zur Plateform stand vormals die Statue des Mars, welchem der Tempel geweiht war, aus dessen Trümmer sich der Münster siegreich erhob. Sie wird jezt auf der Stadtbibliothek bewahrt. Meine Gefährten wiesen auf die steinerne Gallerie ringsum, auf der, wie der Rheinbaier versicherte, 1522 Symphorion Pollion, protestantischer Geistlicher zu St. Stephan, die Runde machte. „Zu Anfang des achtzehnten Jahrhunderts wollte es ihm ein fremder Edelmann nachmachen," sezte jener hinzu; „er wettete, dreimal den Kreislauf auf dem Geländer zu wagen: zweimal gelang es ihm; aber beim dritten Gange glitt er aus und fiel todt am Münster nieder; der Hund, welcher seinen Herrn begleitete, sprang ihm nach. Der steinerne Hund dort steht zum Gedächtnisse dieser Treue. Vor einigen Jahren stürzte sich eine Frau von der Plate-Form; im Fallen blieb ihr Schuh an einem der Thürmlein hängen, das man nachmals mit einem Steinschuhe krönte." — Beim Eingange zur Plateform das Wächterhäuschen. „Bis zur Zeit der Revolution," fuhr der Rheinbaier fort, „ward hier allnächtlich zweimal ein großes eisernes Horn, „das Kräuselhorn," geblasen, den Juden zur Schmach, weil sie 1349 die Stadt verrathen und dem Feinde durch Hörnerschall die Losung geben wollten. Auch hatte nur Eine Israelitenfamilie das Recht, Straßburg zu bewohnen."

Gegenüber dem Wachthäuschen die Statuen der Heiligen Lorenz und Katharina, und zwei andere Gestalten, die für Ervin von Steinbach und seine Tochter gelten. Dabei auf schwarzem Marmor eine Inschrift zu Ehren des Erdbebens vom 3. Aug. 1728. Der heftige Stoß erschütterte den Münster so sehr, daß alles Wasser in den Behältnissen auf der Plateform mannshoch empor und achtzehn Fuß umher geschnellt wurde. Keyßler in seinen nun fast hundertjährigen Reisen sagt: „Man hatte nach gemeldetem Erdbeben dem gemeinen Manne weis gemacht und sogar in die gedruckten Zeitungen setzen lassen, daß die ganze Münsterkirche durch den ersten Stoß des Erdbebens drei Schritte vorwärts gerücket, durch den andern aber in ihren ersten Platz wieder versetzet worden sei.“ — Die Thurmuhr fertigten 1786 Vater und Sohn Maybaum von Straßburg. Der Thürmer sperrte die Glockenstube auf — das Merkbuch des Münsters. Rechts von der Pforte, ungefähr sechs Linien in die Mauer gemeißelt — eine Namenreihe, Göthe und seine Begleiter; in römischen Lettern: J. W. Göthe, Lenz, zwei Grafen Stolberg, Pfarrer Passavant u. s. w. Uhland's Wort klang in mir:

„Am Münsterthurm, dem grauen,
Da sieht man, groß und klein,
Viel Namen eingehauen,
Geduldig trägt's der Stein.

Einst klomm die luftgen Schnecken
Ein Musensohn heran,
Sah aus nach allen Ecken,
Hub dann zu meißeln an.

Von seinem Schlage knittern
Die hellen Funken auf;
Den Thurm durchfährt ein Zittern
Vom Grundstein bis zum Knauf.

Da zuckt in seiner Grube
Erwin's, des Meisters, Staub,
Da hallt die Glockenstube,
Da rauscht manch steinern Laub.

Im großen Bau ein Gähren,
Als wollt' er wunderbar
Aus seinem Stamm gebären,
Was unvollendet war! —

Der Name war geschrieben,
Von Wenigen gekannt;
Doch ist er steh'n geblieben
Und längst mit Preis genannt.

Wer ist noch, der sich wundert,
Daß Ihm der Thurm erdröhnt,
Dem nun ein halb Jahrhundert
Die Welt des Schönen tönt?"

Auf der Plateform überall Gruppen von Biertrinkern; Frauenzimmer in weißen Kleidern. Wie auf berühmten Bergspitzen vornehmer oder reicher Pöbel, stört Einen hier der Andere. Am Eingange zu den luftigeren Höhen riß mich der Basler gellend in den Staub zurück: „Gähen Sie ins Thäater?" schrie mir das Menschenkind von Weitem entgegen. Zum Glücke versteigen sich die Sonntagswandler nicht über die Bierregion. Auf der Einen Seite der Doppelschnecke, stieg ich mit dem Rheinländer, auf der Andern der Sachse hinauf: wir sahen uns nicht, lachten und sprachen aber mit einander und kamen oben wieder zusammen. Da schweben sie in der Luft die vier Thürmchen mit ihren Treppen und Gallerien. Nur Eisenklammern halten das leichte Felsengeflecht. Man steht wie in einer fabelhaften Welt — ein Gewimmel von Gestalten, Thieren, Früchten, Blumen und Arabesken, in denen man — selbst nur ein wunderlicher Schnörkel — im Aether zu schwimmen meint. Da ist jede Ranke an der gegebenen Stelle, für sich im Einzelnen, wie im Verhältnisse zum Ganzen, demüthigdienend den Zwecken des Meisters: Thun wir ein Gleiches?

Hinauf und hinab sah ich in's Spitzengewebe von

Granit, wo überall der lichte Abendhimmel durchschimmerte. Der Thurm nimmt uns auf den Arm, wie man einem Kindlein thut, das man hoch hoch hinaufhebt, um ihm schöne Dinge zu zeigen. Wie in Sagen, neben der Anmuth, die Schrecken: So fehlte es nicht an Schauerblicken in die Tiefe. Der Rheinbaier, in welchem sich Jugendlichkeit und Herzensgüte des Baiern mit rheinischer Lebendigkeit paaren, kletterte wie die Antilope im heimatlichen Gefels und hatte eine fröhliche Art, einen immer weiter und weiter hinauf zu locken — ich wäre sonst nimmer bis zur Gallerie über die Thurmspitzen gelangt, aus der sich die Flêche — ich möchte lieber sagen Aiguille, wie in Chamouny — erhebt, und endlich von da zur Krone, nach welcher acht sehr enge Wendelstiegen schwindelnd führen. Bestechung mußte uns den Weg bahnen, denn es bedarf sogar einer Erlaubniß vom Maire, um bis hierher zu dringen. Gemsenjägers Kühnheit gehört dazu, den nachbarlichen Knopf zu erklimmen. Hatte mir doch ein ritterlicher Sänger, Graf Alexander von Württemberg, dessen Name gleich dem seines hohen Ahnen, Graf Eberhard, dem Thurme eingegraben ist: einst mit kecken Meisterstrichen vor die Phantasie gezeichnet, wie er, von Eisenstange zu Eisenstange sich schwingend, Menschen und Pferde auf den Straßen, gleich Mäusen und Ratten, in der Tiefe gesehen; und wie, als beim Niedersteigen ein Sturm sich brausend erhob — er hat sonst schon mit dem Sturme zu schaffen gehabt der edle Dichter — ihm gedäucht, es schwanke der Thurm, den er umklammert hielt mit beiden Armen.

Der Sachse zog seinen Göthe vor und las: „Ich erstieg ganz allein den höchsten Gipfel des Münsterthurms, und saß in dem sogenannten Hals, unter dem Knopfe, oder der Krone, wie man's nennt, wohl eine Viertelstunde lang, bis ich es wagte wieder heraus in die freie Luft zu treten, wo man auf einer Platte, die kaum eine Elle in's Gevierte haben wird, ohne sich sonderlich anhalten zu können, stehend das unendliche Land vor sich sieht, indessen die nächsten Umgebungen und Zierathen die Kirche und Alles, worauf und worüber man steht, verbergen. Es ist völlig, als wenn man sich auf einer Montgolfière in die Luft erhoben sähe ......" — „Im vorigen Jahrhundert," sagte der Rheinbaier, „soll ein Schornsteinfeger, einer Wette zu Folge, auf den Münsterknopf gestiegen sein, um der Stadt ein Lebehoch zu bringen." — „Ich erinnere mich," entgegnete ich, daß Rosa Maria Varnhagen*) diesen Vorfall lieblich erzählt hat."

Wie aus Adlers Nest an einer Montblancnadel, sahen wir in die Welt. Du lieber Meister Ervin, wie viel hast du uns gegeben! bist ein Werkzeug geworden, die Gnade auf Andere auszuströmen, die Gott Dir gewährte. Daß so viele Jahrhunderte, so viele Talente am Dom in Einem Geiste schafften und vollendeten, zeugt recht davon, wie es nur Eine Wahrheit, Eine Schönheit gibt, und wie im Christenthume alle Persönlichkeit untergeht. O Kraft der Liebe, des Glaubens — man zweifelt noch, daß Ihr Wunder thut?! Könnte der Menschengeist allein, ohne Gottessegen, der Menschenstolz, so etwas vollbringen? dieser Münster ist ein zu Stein gewordenes Gebet, ein in Erhörung erstarrtes, zum ewigen Zeugniß; Bitte und Gewähr zugleich, Flehen und Dank. Aber die Menschen gehen blind daran vorbei. Da steht er,

*) Ihr poetischer Nachlaß, von Assing herausgegeben.

19*

hinüberragend in vertrocknete glaubensarme Tage, ein Prediger in der Wüste — doppelt bedeutsam hier an der Schwelle vom frivolen, skeptischen Frankreich, und vom philosophirenden, mathematischen Deutschland. Der Glaube ist da — da steht er ja, zu Fels geworden und doch liebeathmend, glühend von Andacht. Was so durch und in sich selbst seine göttliche Kraft beweist, ist doch wohl unwiderleglich. Diese Kathedrale ist ein Wunder? Wenn ihr das Eine glaubt, warum nicht das Andere? Mich wundert, daß noch Keiner mit Brillen gekommen ist und mir gesagt hat: „Der Münster da zu Straßburg am Rhein ist blos eine Fiktion, eine Parabel.“ Wie kann man nur zweifeln, wo Gottes Hauch so befruchtend wirkte! Was haben denn die erschaffen und erzielt, welche verneinen und leugnen? Was haben sie gebaut? nur umgerissen — ihr Athem ist Vernichtung. Wie arm, wie klein müssen die sich hier fühlen — nein, nein! sie müssen gerührt werden von so viel Liebe und Treue, niedergeschmettert, zermalmt von der Wahrheit, und dann wieder emporgetragen durch sie.

Ja, da steht er, daß er hinüberrage in unsere selbstsüchtige Zeit, die nur gierige Arme hat und eine frostige Brust: Gewinn und Genuß der Zweck, das Ich der Gott. Im Werke will man sich selbst spiegeln, und was man heute pflanzt, morgen selbst ernten. Wer Alles nur für sich begehrt hat Eile. Darum herrscht blos die Gegenwart. Darum kein Verleugnen und Vergessen, nicht wegen Andern, nicht wegen Gott und Zukunft. Blos was ich mit Händen greife und halte ist mir gewiß. Wir hoffen nicht, wir glauben nicht: wir rechnen. Wir wollen nicht ahnen, wir wollen besitzen, und weil nur der Augenblick sicher ist, muß man geschwind leben. So ist unsere Zeit ein Jagen, weil sie keine Zukunft kennt, keine Ferne. Ein Jagen nach Gewinn, nach Genuß, und nur noch der Eigennutz erzeugt seine Wunder. Die Welt ist zur Maschine geworden und Dämonen greifen in die Räder. Der Dampf, diese Riesenmacht, welche Berge versezt, wie bezeichnet sie unser Jahrhundert! das Unglaubliche macht der Verstand möglich. Von Außen Alles fabelhaft vollendet, glatt; von Innen hohl. Schwindel erregt die Steigerung: Man denkt an den eitlen Ikarus; man denkt an die Erschöpfung nach rasendem Tanze. Man bangt, ob eines plötzlichen Zusammenbrechens der allzukünstlich aufgetriebenen Welt. Wie lange noch und der Dampf trägt Völker im Fluge durch die Luft! dann wird es keine Vögel mehr geben — sie werden wegbleiben wie die Fische aus dem Wasser wegblieben, das die Räder peitschen. Tage können kommen, wo die schmetternde Lerche und die süße Nachtigall nur mehr eine Sage sind. Die ganze Natur mag zulezt dem Menschen nur mehr wie sein verlornes Paradies gelten. Das ist gerade das Dämonische in Allem, was das Hirn des Menschen unabhängig vom Herzen hervorbringt. Das Hirn will ohne Gott schaffen, das ist eben der Stolz des Menschen, und dieser kann doch, weil er selbst kein Gott ist, nicht ohne Gott sein — die alte Geschichte vom gefallenen Engel. Tage können kommen, wo an solch' alten Münster, wie an Lerche und Nachtigall, kein Vernünftiger mehr glaubt.

Ich bin am Montblanc gestanden und habe vom **Mer de glace** hinaufgestaunt zu den Domspitzen im Aether; ich hörte an den Schreckensklippen der Jungfrau nachbarlich die Lawinen donnern; sah erst noch am gestrigen Morgen vom Rigi herab auf die Länderkarte — aber vielleicht noch höher als auf jenen Tempelzinnen der Schöpfung, fühlte ich mich heute emporgetragen. Hindurch zwischen dem röthlichen bemoosten Steingewebe ergehen sich die Blicke im gesegneten, rheindurchströmten Lande: Unten die Stadt mit ihren dunkeln Dächern, enggedrängt — wie ein Ameisenhaufen. Wimmelndes Leben in den bunten Fluren. Ferne, die sich in's Unendliche verliert. Heute die Rheinebene — und gestern noch Gletscher, Sennhütten und Schaumwogen vom blauen Tellsee! Die Sonne sinkt flammend dem duftigen Gebirgsaume zu. Der Sachse kam gar nicht mehr aus seiner mühsamen Lage am Geländer, denn er wollte die Landschaft stets kopfunter betrachten. Der Rheinbaier behauptete, in Lachners „siehst du die Wolken ꝛc. ꝛc." immer etwas wie Abendroth zu finden, und summte das Lied und sah in die Glut. Wie ein Goldaal ringelte sich der Mond durch das Abendblau und verglomm als ein rothes Lichtlein hinter den Bergen. Wir stiegen auf die einsam gewordene Plateform hinab. Die Soldaten bliesen unten „die Laträtt," wie der Thürmer sagte. Er servirte auf dem Steintische Bier. Aus dem Garten von Lips, wo sich das elegante Straßburg versammelt, schallte Musik herauf. Bald war mir's andächtig, bald wehmüthig, und ein Paarmal mußte ich umherspringen und aus Freude in die Hände schlagen.

Drei Deutsche waren es, die der Zufall da oben zusammengewürfelt hatte. Wir gestanden uns, wie man das Gefühl für's Vaterland erst recht kennen lernt, wenn man deutsches Wesen, deutsche Laute nach langer Entbehrung wieder vernimmt, und wie warm sich da das Herz regt. Die Wurzeln dieser Liebe sind so tief gedrungen, so fest in uns verwachsen, so ganz wir selbst, daß wir gar nichts mehr davon wissen und es nur gelegentlich wieder erfahren. Leute, die am tiefsten lieben, haben auch nicht viel Worte davon. Es gehört zu ihrem Sein, und von sich selbst soll man am wenigsten sprechen. Die stärksten Ueberzeugungen trägt man am ruhigsten. Bei der Heftigkeit ist immer eine Unsicherheit, innen oder außen. Hier küßte uns aber der Genius der Heimat auf die Stirn, und was er uns sagte, in diesem Augenblicke, ist gewiß eine Wahrheit. Wir fühlten: Hier ist das Vaterland. Es ist noch im geistigen Besitze dieser Stätte. Zu unsern Füßen lag Straßburg — noch immer eine ganz deutsche Stadt, das nämliche Straßburg, in welchem *) der Mainzer Johann Gutenberg durch die weltgeschichtliche Erfindung sein Volk verherrlichte, denn Deutschland war es, das den Nationen zuerst das freie Wort und den freien Gedanken gab. Und hier der Münster, auf dem wir stehen, der auf altgermanischem Grunde in echter deutscher Zeit sich erhob, von einem Meister gebaut, dessen schlichter Grabstein uns vaterländischen Klang sagt! Du Seher — nein, Du trauerst nicht, daß Du auf fremdem Boden stehst — die Erde, in der Du wurzelst, weiß nichts von Franzosen. Dein Haupt wohnt in den Wolken, welche über den Franken, wie über den Germanen hinziehen; Du verkehrst mit dem Sternenhimmel, wo Alle nur Ein ewiges Vaterland haben! Aber deutsch bist, deutsch bleibst Du, denn das Vaterland ist mehr im Geiste, als in der Scholle. Wenn wir auswandern in die Steppen, in die Wüsten, zum Fuße von Himalaya oder Chimborazo, bleibt doch ein rechtes Herz deutsch. So ist der

*) 1437 druckte er hier zum Erstenmale mit beweglichen Buchstaben.

Münster uns auch unverloren, und wenn nimmer eine germanische Flagge wieder an seinem Maste wehen sollte. Was sagt uns ein treuer Landsmann, dem wir in der Fremde begegnen? Mahnt er nicht an die Heimat, lehrt den alten echten Sinn bewahren, warnend vor Tausch und unreiner Mischung? „Lebwohl" und „Willkomm" muß der Münster jedem deutschen Kinde sagen, das über die gefährliche Grenze schreitet.

Mein Ueberrheiner sagte: „Die Rheinbaiern sind grunddeutsch. Baiern hat Unrecht mit seinem Mißtrauen. Nur sollte man den Neu= nicht nach dem Altbaiern messen. Le Rhin! le Rhin!" sezte er hinzu. „Wie ganz anders tönt: der Rhein, der Rhein! ein Name, heimatlich wie Vater, Sohn und Bruder. Le Rhin — so nennt ja auch Victor Hugo sein Buch." — „Dieß arme Buch," entgegnete ich; „es macht mich traurig — wie schön hätte er es schreiben können! Er hat sich damit selbst nicht Wort gehalten. In einzelnen Lichtpfeilen nur bricht darin der Dichter, in einzelnen Pinselstrichen der Maler hervor." — „Ich folgte dem Verfasser Schritt für Schritt," sprach mein Begleiter. „Was für Farben verschwendet er um einen Schmaus zu schildern, wie ihn Bambocciatenmaler dutzendweis zeichnen! Freilich scheint es rücksichtslos, daß die deutschen Kellner, den Autor von der Seine mit so schlechtem französischen Accent bedienen. Trinkgelderbiographien füllen lange Seiten. Wenn ein alter trunkner Mann aus dem ersten besten Figaroladen tritt und in wirren Tönen den Franzosen einen heisern Toast zuschreit, findet der Verfasser Gelegenheit zu äußern: „Ich bekenne, daß mir diese öffentliche Anrede gefiel. Groß steht Frankreich in den Erinnerungen und Hoffnungen dieser Völker.

Das ganze Rheinufer liebt, ich möchte sagen erwartet uns." —

„Dergleichen erinnert an das Uhrwerk," versezte ich, „welches Keyßler im Gemache Ludwigs XIV. zu Versailles sah: So oft der Hahn beim Glockenschlage krähte, hub der gegenüberstehende silberne Adler an zu beben und zu zittern." — „Ferner beim Grabmahle von Hoche" — fuhr der Rheinbaier fort: „Weil der französische General in einem preußischen Bohnenacker schläft, hört Victor Hugo eine Stimme: „Frankreich muß den Rhein wieder nehmen." — „Unserem Strome läßt der Autor volle dichterische Gerechtigkeit wiederfahren...." „Ja, aber nur um zu deklamiren: „Die Geographie gibt das linke Rheinufer an Frankreich, die göttliche Vorsehung gab ihm schon dreimal beide Ufer unter Pipin, Karl dem Großen und Napoleon." An Verstößen natürlich kein Mangel. Die Frankfurter z. B. lachen, daß man ihre Heimat „die Stadt der Karyatiden" nennt, während sie sich keiner Statuen bewußt sind, denn selbst die Judith oder Gerechtigkeit, wie der Verfasser eine steinerne Figur auf dem alten Brunnen zu taufen und als Kunstwerk zu preisen beliebt, hat nicht mehr Werth als jeder Eckstein. Was Phantasie nicht thut! In einer Schilderung des riesigen Uhrwerks der Stiftskirche, heißt es: „Alles das lebt, pocht und knurrt in der Kirchenmauer mit einem Getöse, wie es etwa ein Pottfisch machen würde, den man in's große Heidelberger Faß eingeschlossen." Dabei ist nur die Kleinigkeit zu bemerken, daß die Uhr schon seit Jahren nicht mehr geht. Mehrere Bogen füllen die Schlußbetrachtungen: „Der Rhein sollte Frankreich und Deutschland vereinen, jezt trennt er sie nur" — das sind nichts als schöne

Worte. „Man verstümmelte die rheinischen Nationalitäten und nahm ihnen den französischen Geist.“ Hatten sie ihn denn? Der langen Rede kurzer Sinn ist: Wir wollen den Rhein wieder. „Am Tage, wo Frankreich erlöschen wird, sinkt Abenddämmerung auf die Erde.“

„Ihre Zusammenstellungen sind ein wenig schroff,“ sagte ich; „doch mag ich bekennen, daß es mich mitunter verstimmt, uns — um einen Ausdruck der Nachbarn zu gebrauchen — so **cavalièrement** behandelt zu sehen, und ich z. B. einiger Ungeduld nicht wehren konnte, wo der Verfasser im Gegensatze mit seinen Kathedralen zu Amiens, Rheims, Chartres und Paris, unsern ehrwürdigen Dom von Köln „eine alte Kirchenhaube“ schmäht. Milde geht immer mit Reife Hand in Hand. Es schmeckt nach jugendlicher Schwärmerei, wenn man das Vaterland, wie eine eitle Geliebte, eine kümmerliche Schönheit, auf Anderer Kosten zu erheben wähnt. Sind wir denn so arm und engherzig, daß wir das Eigene nicht schöner, freier lieben können, wenn wir uns für das Fremde begeistern? Ein solches Umzäunen deutet immer auf eine Scheu, und Scheu immer auf eine Unsicherheit. Man kann uns freilich sagen, wir seien weniger ein Volk — aber wir sind mehr Menschen. Sind wir nicht Menschen ehe wir Völker sind? Was uns also dieser großen Gemeinschaft entzieht, was uns unzugänglich läßt für das Schöne, das Gute, die überall Eins und untheilbar sind: ist gemacht, folglich unwahr; und was wider die Natur, vergeht. Daher auch die Hast, die Leidenschaftlichkeit von Zuständen, welche in sich schon den Keim der Vernichtung tragen.“

Hätte George Sand über den Rhein geschrieben! Ihr ruht die Menschheit am Herzen. Ich freue mich, daß wir viele Sympathien in Frankreich haben können. Der Dichter von Notredame selbst ist ein Beleg. Warum mag Victor Hugo Deutschland nicht verstehen? Kann ich ihn doch lieben! Kann ich doch stolz sein auf all' die edlen, uns nicht fremden Geister dort drüben! Kann mit festem Auge selbst Napoleons Sterne glänzen sehen, und doch sind nicht alle Wunden vernarbt, die der Eroberer uns schlug! Warum mag Victor Hugo Deutschland nicht durch ungefärbte Gläser schauen? Er ist der Sohn des Kaiserreichs. Gut! Und darin stell' ich mich ihm dreist gegenüber: ich bin ein deutsches Soldatenkind, bin aufgewachsen unter Schild und Schwert germanischer Vorzeit; habe gespielt im Schatten bemooster Quadern, von Burgtrümmern niedergeschaut in's grüne Thal; feindliche Trommeln lärmten um meine Wiege; die ersten Thränen, die ich weinen sah, floßen dem unterdrückten Vaterlande, und die Kosaken, welche zu seiner Befreiung herbeizogen, sie nahmen mich vom Arme der Wärterin und hoben mich von Pferd zu Pferd, und küßten mich der Reihe nach mit ihren wilden Schnurrbärten, und ich fürchtete sie nicht. — Aber der Sohn des Kaiserreichs ist kein Mägdlein! — Gut! Ich fordere ihn heraus, ob sein Herz knabenhafter schlug, als das meine damals. Bis in die ersten Knospenjahre hinab reicht mein Bewußtsein: Auf einem Schemelchen stieg ich zum Fenster, vor dem sich Pappeln wiegten und der kleine Fluß sich durch Vergißmeinnichtsträuße wand. Zum blauen Himmel sah ich auf und heiß wallte mein Herz: „Lieber Gott," bat ich, „mach, daß ich den Napoleon mit einem Messer erstech'." — So war Mord der frühste Gedanke, der Gerechtigkeit des Kinderherzens entflammt: Und ich weine doch am leeren Felsengrabe! Und ich grüße doch, so oft ich, ob ferne auch, die Vogesen im blauen Dufte schwimmen sehe, sehnend hinüber, wie jetzt vom Münster über die Rheinebene, zu Euch, zu Euch! — Ihr großen Geister, warum laßt Ihr Euch durch ein armes deutsches Kind beschämen, das all' seinen Verstand im Herzen hat? —

Indessen hatten sich in der Tiefe tausend und tausend Lichterchen entzündet und wir schwebten darüber in der stillen Nacht am Herzen des Münsters, der sich riesenhaft im Dunkel aufrichtete. Gestirne funkelten durch das Spitzengewebe — er war unbeschreiblich majestätisch im Sternenreigen. Gleich einem steinernen Zaubergarten mit zarten Aesten und Ranken und geheimnißvollen Laubgängen — ein heiliges Räthsel. Es war spät. Der Wächter oben hatte uns den Weg beschrieben und das Pförtchen, an dem wir läuten mußten. Wir stiegen halb mit Muthwillen, halb mit Grauen, die finstern Stufen hinunter. Plötzlich blieben wir wie angewurzelt. In einer Nische lehnte ein schwarzes Etwas, das langsam verschwand. Es mag nur ein Schatten gewesen sein, aber wir eilten doch vorbeizukommen. Weiter unten hielten wir wieder, alle Drei. Was ist das? Es sah leibhaftig aus wie ein Mägdlein in weißem Gewande, das sich an die Mauer drückte: so trügend fiel oft der Sternenschimmer von Außen durch die langen Bogenfenster. Unsere Phantasie war nun einmal gereizt. Unten tappten wir umher nach der Pforte. Sie fand sich endlich; doch nirgends eine Glocke. Oben war hinter uns geschlossen. Müssen wir die Nacht in dem geisterhaften Gemäuer durchwachen? Vielleicht war das Thürchen höher oben — wir konnten uns verirrt haben. Sollen wir Alle umkehren und den beschwerlichen Weg wieder zurücklegen? Keiner will allein an der Gespensternische vorbei; Keiner will allein unten harren. Der Rheinbaier schlägt vor, Halme zu ziehen. Ihn trifft das Loos. Wir warten lang. Endlich kommt er wieder, doch erfolglos. Da ist guter Rath theuer. Die Spuckgeister des Thurms scheinen aber endlich befriedigt: zufällig stößt der Sachse an die Mauer und entdeckt jezt die lang vergeblich gesuchte Glocke. Man öffnete. Wir traten an die kühle Luft. Beim Scheiden zog der Rheinbaier mit rührender Wichtigthuerei ein Alpenröslein aus seiner Brieftasche, hielt es gegen die Sterne und legte es mir in die Hand. Fahrwohl, guter Gesell!

Den lezten August.

Mitten in der Nacht erwachte ich. Der Münster dröhnte über die Stadt hin, Mark und Bein erschütternd, als ob er zum jüngsten Gerichte läute. Es war Feuerlärm. — Früh lief ich, den Dom im Morgenlichte zu schauen. Viel Volk kniete in dem steinernen Walde. In einer der Seitenkapellen stand ein Priester im weißen Chorgewande vor den brennenden Kerzen. Die Fenster über dem Hauptaltare hatten den Sonnengruß. Alte Bettelweiber belagerten die Thüre. Um den Guttenberg schaarten sich friedlich die Krautkörbe.

In der Sankt Thomaskirche steht das pomphafte Grabmahl, das Ludwig XV. durch Pigal, dem Marschall von Sachsen setzen ließ. Ich hielt es nicht lang davor aus: eine Menagerie von allegorischen Thieren; Götter, Genien, der Tod — wer weiß was noch Alles.

Da hätte ich mich fast lieber mit den armen Mumien unterhalten, die man etwa vor vierzig Jahren ausgrub und in Glassärgen verwahrt: ein Graf von Nassau-Saar-Werden, und vermuthlich sein kaum zehnjähriges Töchterlein. Er ist völlig in Tuch gekleidet, hat leinene Strümpfe, viereckige Schuhe, Handschuhe von Dammleder, gefältelte Krause; eine Mütze von Silberstoff deckt das Haupt, das auf wohlriechendem Kräuterkissen ruht. Die Kinderleiche trägt ein Kleid von blaugrüner Seide, mit Bändern besezt, und einen Blumenkranz um den Kopf; Perlenschnüre am Arm; in der Hand eine Lorbeerkrone, in welcher ein Rubin funkelt.

Ich weiß nicht wie ich in den Omnibus kam. Mein Nachbar war ein mächtiger Pudel, für den sein Herr einen Platz bezahlt hatte. Mir gegenüber saß ein alter Militär mit rothem Ordensbande. In dergleichen edlen Soldatengesichtern ist aus Treue sogar etwas Frommes. Die Ehrfurcht herrscht darin vor. Neben ihm eine junge Pensionaire, welche an seinem Arme kam. Ein glückliches Selbstvertrauen in solchem Zöglinge, der Allen Langeweile macht, nur nicht sich selbst! Auf dem Dampfschiffe erwartete mich mitten im Gewimmel, der Universitätsfreund meines Vetters. Wie ein Drache fliegt das große Schiff mit uns davon. Der Münster ragt, ein Geisterberg, in den Morgenäther. Welch' Aufstreben, welche Sehnsucht nach dem Himmel! Es ist etwas Geniusartiges darin. Wahrhaft beseelt! Gleich einem Apostel steht er da, Wolkenmäntel um seine Hüften. Man glaubt zu sehen, wie er mehr und mehr der Erde entsteigt, wie ihm fast Flügel wachsen. Es scheint, als schweben Kirche und Thurm in den Lüften, so hoch sieht man den Bau — den Montblanc der Ebene — sieht ihn, wo man sonst gar nichts mehr erblickt, nicht Dach, nicht Baum.

Flach die Ufer. Baden-Baden fern herüberschimmernd. Eine Insel im Strome; die Maximiliansau mit dem Landhause des Markgrafen. Nahe dabei die Schiffbrücke, auf welcher badische und bairische Fahnen wehen. Bei Leopoldshafen eine Hogarth'sche Mauthscene: Die Beamten öffnen auf dem Schiffe Koffer um Koffer; daneben die Eigenthümer, Gesicht an Gesicht, mit so raschwechselndem Ausdrucke. Auch der Universitätsfreund meines Vetters mußte mit seinem Namen herausrücken. Als ich dem Herrn „Kammerrath aus Berlin" für seine Ritterdienste dankte, sagte er: „Ich will mir wenigstens einbilden, daß ich Ihnen ein wenig nützlich war." —

Wie ich am Rheinufer stand, den Wagen nach Karlsruhe zu besteigen, fiel mich die Einsamkeit der Ebene an. Jene verhält sich zur Bergeinsamkeit, wie das Alleinsein in der Natur, zur Oede mitten im Menschengetümmel. Noch einmal wandte ich den Blick nach den alpentstürzten Wogen, die beim Münster vorüberfluten. An sein Herz von Granit, an sein altes, treues Herz sehnt' ich mich zurück. Der gestrige Abend erwachte wieder in Tönen, und mit ihm manch' anderer Abend und Morgen aus dem Wanderleben auf Erden:

Berausche Dich in allen Süßen,
Den jungen Mai ruf ihn zurück,
Umringe Dich mit seinen Grüßen,
Belade Dich mit seinem Glück.

Denk Dir des Frühlings Wonneschauern,
So heiß Du es empfunden hast,
Denk Dir des Frühlings Himmelstrauern,
Denk Dir die ganze sel'ge Last.

304

Denk Dir die tausend Vogelkehlen,
In denen Dank und Liebe girrt,
Den Duft von tausend Blumenseelen,
Der wie ein Kuß zum Himmel irrt.

Die Nachtigall, die stummgeboren,
Denk Dir zu solcher Blütennacht,
Das kleine Herz, das schmerzverloren
Und sehnsuchttrunken lautlos wacht!

Nicht Einen Ton das Weh zu schildern!
So einsam in der Seligkeit!
Nicht Einen Gruß den Sternenbildern,
Den Lebenskelchen nah und weit!

Und jede Brust der Wonn' und Klagen
Kennt solch' geheimen Wiederhall,
Und jede Brust muß in sich tragen
Die stummgeborne Nachtigall.

Blätter aus der Reisemappe.

1.

Von Alpenhöhen schaust Du in die Thäler nieder
Und kennst den Weg, den Du zurückgelegt, nicht wieder.

Zum Bache wird der Strom mit seinen Silberwellen,
Zum Kinderspielwerk Hütten, Thürme und Kapellen.

Und jeder Stein, an dem die Füße sich verwunden,
Und jeder Hügel ist dem fernen Blick entschwunden.

So schwindet, wenn Du das Erlebte übersiehst,
Gar mancher Reiz, gar manche Pein, die Du ihm liehst.

2.

Es stehen auf dem Felde dort zwei ferne Bäume,
Durch ihre Blätterkronen rauscht's wie Geisterträume.

Der Eine Baum den Andern wohl nicht liebt noch kennt,
Denn einsam stehn nach Ost und Westen sie getrennt?

Wer zum geheimen tiefen Erdenschooß gedrungen,
Sieht ihre Wurzeln in einander fest verschlungen.

20*

3.

Von Felsenwänden wo dem Gemsenjäger graus't,
Im jähen Sturz der wilde Waldbach schäumend braus't,

Bis tief im Thale er die stillen Matten findet
Und unter Blumen dort im sanften Murmeln schwindet.

Der heft'ge Widerstand hat nur zum Zorn empört,
Ein sanfter Sinn ist's, der den Ungestüm beschwört.

4.

Es weht der Wind im Wald und schüttelt alle Bäume,
In ihren Zweigen flüstern ahnungsvolle Träume;

Und nah und ferne aus der Wipfel grüner Pracht
Die Tropfen fallen von dem Regen vor'ger Nacht:

So wird, was immer auch Dein Herz in Leid bewegt,
Der alte Schmerz davon auf's Neue angeregt.

5.

Wohl manchen Schmerz verschlang die wilde Herzensflut,
Wie manche Leiche auf dem Grund des Meeres ruht.

Zusammen über Särge schlugen rasch die Wellen,
Kein Sonnenstrahl wird mehr das tiefe Grab erhellen.

Und oben ist der Wasserspiegel wieder glatt,
Was immer man da unten auch begraben hat.

6.

Es sprühen Funken durch die laue Sommernacht,
Und Flämmchen haben, Elfen gleich, im Busch gewacht.

Willst Du am Morgen dann die Stelle noch erkunden,
Hast einen kleinen schwarzen Wurm Du nur gefunden.

Unscheinbar zeigt sich schimmerlos so mancher Mann,
Der, wenn die rechte Stunde schlägt, auch leuchten kann.

Und manchen Helfer, manchen Freund erkennst Du nicht,
Bis er in finstrer Noth gezündet an sein Licht.

7.

Ihr habt im Lenz die schwarze Fichte dort geseh'n
Im mallichhellen Grün der jungen Nachbarn steh'n?

Der Winter kommt, die Fluren stehen kahl und weiß —
Wie freundlich winkt aus tiefem Schnee das Tannenreis!

Ich muß den Baum mit seinen immergrünen Zweigen
Dem ruhigen, besonnenen Gemüth vergleichen.

Es mischt sich nicht in übergroßes Freudentreiben,
Doch wird's im Unglück noch gefaßt und heiter bleiben.

8.

Daß wir den größten Schmerz doch endlich auch vergessen,
Ist nur ein neuer Schmerz für uns, ach! unermessen.

Willst Du die Leiche lieber warm am Herzen haben,
Als sie in fremder, kalter Erde tief begraben?

9.

Ja, baut nur zu — wie luftig sich die Hallen thürmen!
Ein neues Babel, um den Himmel zu erstürmen.

Ja, baut, ihr Kinder, zu mit lachendem Gesicht,
Nur fortgebaut, doch Kinder, haucht und athmet nicht!

O flüchtig Menschenglück! O leichtes Kartenhaus!
Wenn man darüber bläst, so ist die Freude aus.

10.

Wie holdes Traumbild seh' ich's duftig vor mir liegen:
Die süße, schimmernde Venezia, meerentstiegen.

Sich spiegeln in der See die luft'gen Säulenhallen,
Gleich eitlen Schönen, die im Schmucke sich gefallen.

Wie schwarze Schwäne über Silberwellen gleiten,
Die Gondeln pfeilgeschwind die blaue Flut durchschneiden.

Die Wogen schäumen von dem leichten Ruderschlage,
Es schlägt Venedigs Nachtigall: die Liebesklage.

Was birgt im Schatten schlanker Säulen am Pallast
Sich spät zur Nachtzeit noch ein unbekannter Gast?

Es locken schmeichelnder Gesang und Zithertöne
Noch unter Blütenzweige zum Balkon die Schöne.

Schon lange wirbt um dieses Herz der fremde Sänger,
Und soll er harren, schmachten ungekannt noch länger?

Das Mädchen nimmt, der Sitte treu, den Blumenstrauß
Und wirft ihn leis hinab vor's mondbeglänzte Haus.

Wie hergezaubert steht, gehorchend ihrem Rufe,
Ein dunkler Mann auf des Pallastes Marmorstufe.

Da sieht sie in ein fremdes, wildes Angesicht,
Und das die Jungfrau heiß gewünscht — das sieht sie nicht!

Der Blumenstrauß — das ist Dein Wunsch, der heiß begehrt. —
Und der Geliebte? — die Erfüllung, Dir bescheert. —

Ach, der Geliebte, den Dir Herz und Blumen nennen,
Du wirst ihn, wenn er sich Dir zeigt, wohl nie erkennen!

Mit Deinen Träumen lerne Du Dich früh bescheiden,
Vermählen wolle nimmer sie den Wirklichkeiten.

11.

Ein Papagei, dem üpp'gen Prunkgemach entschlüpft,
Mit stolzen Schritten in die Eichenwälder hüpft.

Die Vögel singen, zwitschern, fliegen durch die Schatten,
Doch unser Ritter wird gar bald im Lauf ermatten.

Verächtlich sieht er das bescheidene Gefieder
Und schnarrt gelernten Ton in ihre freien Lieder.

Mit Staunen, mit Entrüstung merkt er aber bald,
Daß Niemand ihn bewundert, auf ihn hört im Wald.

Der bunte Held mit großen Augen um sich schaut,
Verlegen mit der Kralle sich am Haupte graut.

Im Wald, am Fels behagt es schlecht dem Papagei
Und eilig kehrt er wieder in die Sklaverei.

Es wird kein leerer Höfling, Stutzer und Pedant,
Von Kindern der Natur und Wahrheit anerkannt:

Sie reden nicht Latein und plappern Frankensprache,
Und er versteht nicht Waldeslust und Waldesklage.

12.

Ein kleiner graubeschwingter Sänger aus dem Thal
Sizt eingeschlossen in dem stolzen Marmorsaal;

In einem goldnen Käfig sizt er nun gefangen
Mit bunten Vögeln, die noch nie ein Liedchen sangen.

Das glänzende, das fremde Volk er sieht es flattern,
Er hört es überlaut und unverständlich schnattern.

Wie sehr dem Armen seine Brust vor Weh geschwollen,
Es ist auch nicht Ein Ton der Kehle mehr entquollen!

Von den Genossen, die mit Dir in Kerkerbanden,
Wirst, Grauchen, Du mit keinem Laute je verstanden.

In lauter Menge fühlst Du die Verlassenheit,
Wie süßbelebt dagegen scheint Waldeinsamkeit!

Welteinsamkeit! In dir fühlt man nur sich allein:
Am Herzen der Natur ist inniger Verein.

Wanderer.

Wenn ich lang mich umgetrieben
In den Städten fort und fort,
Fand ich doch das alte Lieben
Auf dem freien Berge dort.

In die Thäler sah ich nieder,
Wie aus dumpfem Schlaf erwacht,
Grüßte Alles jubelnd wieder,
Was mich selig einst gemacht.

Wollt' in Einem Blick umfassen
Wolken, Wald, Gebirg und Au,
Konnte nimmer von Euch lassen,
Erdengrün und Himmelblau!

Und nach langen Schlummerjahren,
Wenn ich die Geliebte sah,
Hab das Gleiche ich erfahren:
Immer war die Liebe da!

Im Frühling.

Vom Tode nicht, von Auferstehen
Tönt sonst der Lenz mir an die Brust.
Was will jezt durch die Seele wehen
Im Mai so süße Grabeslust?

Ein Sehnen ist's, sich anzuschmiegen
An treues Lieb, ach! stillbeglückt,
Am Herzen ruhig ihr zu liegen:
Die Erde gar so hold sich schmückt.

Ruft nicht ein Heimweh tiefempfunden
Zu Dir, Natur? Wir sind ja Dein;
Und gehen, Deinem Geist verbunden,
In Dich zulezt mit Frieden ein.

Ungeduld.

Durch die Gassen wälzt sich dicht und dichter
Auf und ab das brausende Gewühl;
Ueberall nur wächserne Gesichter,
Masken, sonder Seelen und Gefühl!

Wie sie laut an mir vorüberwogen!
Außen um den vorgeschriebnen Kreis
Kommen duft'ge Bilder hergezogen,
Grüßen aus der Ferne, rufen leis.

Ist der Bann denn nicht zu überschreiten?
Was ich ferne wünschte, das ist da;
Was ich liebe, winkt aus grauen Weiten —
Das Ersehnte nimmer ist es nah!

Kriminalklage.

Die Wunden wieder bluten,
Wenn sich der Mörder naht,
Der sie so tief geschlagen,
Zu klagen an die That.

Auch Herzenswunden bluten,
Wenn sich der Mörder zeigt,
Aus alten Narben wieder,
Wo ihn der Blick erreicht.

Beim Ton bekannter Stimme,
Und wär er noch so leis:
Es strömt aus tiefer Quelle
Das Herzblut roth und heiß.

Die Sterne im See.

Wie traurig schimmert, düsterhelle,
Das Spiegelbild aus flücht'ger Welle!
Und deut ich seine stumme Sprache:
So heißt sie tiefe Todtenklage.
Du lächelst nicht, Du weinst, o Stern,
Im Wiederschein aus Himmelsfern!

Und Stern an Stern und Well' an Welle,
Wie bleich, ach! flimmernd, thränenhelle!
So glänzt auf jeder Well' im Herzen
Ein süßes Bild in Sehnsuchtschmerzen:
So wie der Stern die Flut durchbricht
Im zitternden gebrochnen Licht!

Vergänglich und Unvergänglich.

Ob Liebe scheide von dem Gegenstande,
Kann Liebe nimmer doch vergehn,
Dem Leben, nicht dem starren Tod Verwandte,
Darf nimmer sie in Nichts verwehn.

Sie kehrt zurück, woher ihr Strahlen stammte,
Wie, sank der Leib in Sarg und Gruft,
Der Geist zur Geisterwelt, von der er stammte,
Befreit sich schwingt in Götterluft.

Vermodre in der Erde, Erdenhülle:
Vergesse den Geliebten, Herz.
Doch ewig, wie der Geist, in Himmelsfülle:
Schwingt sich die Liebe himmelwärts!

Der Hausgenosse.

„Lebtwohl! lebtwohl! Ihr müßt nicht klagen,
„Ihr folgt mir bald, ich gehe gern;
„Mir wird ein schöner Morgen tagen,
„Ich gehe ja zu Gott dem Herrn!“ —

Es sucht die Hände fromm zu falten
Zum innigen Gebet das Kind:
„Gewahrt Ihr nicht die Lichtgestalten?
„Die Engel ja schon bei mir sind.“ —

Da liegt sie nun die bleiche Kleine,
Ein abgestreiftes Unschuldkleid.
Gott nahm die Seele hin, die reine,
Wie er sie gab so unentweiht.

Es drängt und treibt das laute Leben
Die Menschen stürmisch in dem Haus.
Du, stummes Bildchen, ruhst daneben
Und schläfst jezt alle Schmerzen aus.

320

Uns folgen Nachts zur Schlummerstätte
Der Wünsche, Sorgen zahllos Heer:
Nur Du auf Deinem Sterbebette
Hast keine bangen Träume mehr.

Uns stachelt vielgestalt'ger Jammer,
In uns ist trügerische Flut:
Nur Friede ist in Deiner Kammer,
Dein Herz nur ist's, das wahrhaft ruht!

Sommerzeit.

Wenn Du ersehnt das Grab Dir hast,
Da drückte Dich wohl schwere Last.
Doch als Du glücklich bist gewesen —
Hast Du Dir auch den Tod erlesen:

Man birgt ja gern so Weh als Lust
An einer sichern Freundesbrust,
Und wie die Vögel südwärts ziehen,
Will man mit seinem Glücke fliehen.

Ob nur der Schmerz die Herzen bricht!
Es war ein goldnes Abendlicht —
Da hab ich tief und heiß empfunden:
Man wünscht den Tod in Wonnestunden.

Ich wiegte mich im lezten Strahl,
Ich sah hinab zum grünen Thal,
Und wünschte keinen neuen Morgen —
Ich lernte fast des Reichthums Sorgen.

322

Um Brust und Stirne Frühlingswehn —
So möchte ich von hinnen gehn!
Noch eh' die kahlen Aeste trauern,
In Sturmesnacht zusammenschauern.

Ich will ihn retten meinen Traum,
Mein Herz für Weh hat keinen Raum:
Nicht soll der Schmerz von Freude erben —
Ich will noch vor dem Glücke sterben.

Die Natur.

Wen im Schmerz Du Freund genannt,
Der ist Dir zunächst verwandt;
So hat oft mein Herz entschieden:
Sterne, Blumen, Gräberfrieden!

Ist ein Leid dem Kind geschehn,
Wenn es wird die Mutter sehn
— Unterdrückt' es lang sein Weinen —:
Brechen Thränen vor dem Kleinen.

Wenn ich Leid im Herzen hab,
Und ich seh ein Kreuz, ein Grab:
Will's mich sehnsuchtvoll verlangen
An der treusten Brust zu hangen.

Die Aeolsharfe.

(Auf der Burg zu Weinsberg.)

Der Geisterton in alten Mauern,
Ist's nicht melodisch Liebestrauern,
Ist's nicht ein Seufzen treuer Brust
In Schmerzenslust?

Ist's nicht der Welten tiefstes Leben,
Von dem die Harfensaiten beben?
Unsäglich, wie der Liebe Klang
Das Herz durchdrang.

Von ferner Heimat Himmelssagen,
Von Seel' um Seele Frühlingsklagen!
Die Lieb' um ihre Kinder weint:
Wir sind gemeint.

Und Alles muß den Liebesliedern
Das stumme Herz in mir erwiedern,
Tönt all' sein Weh und all' sein Glück
Im Sturm zurück.

Druckfehler = Verbesserungen.

Seite 15 Zeile 26 soll stehen: Woher sonst diesem bescheidenen Dörfchen ꝛc. statt: Woher sonst in diesem ꝛc.

= 19 = 8: patriotische statt: patriarchalische

= 51 = 9: hochweisen statt: hochweißen

= 64 = 24: gesagt: „„Habt ꝛc. statt: gesagt:" „Habt ꝛc.

= 69 = 21: wo sich das Festungsgemäuer im ꝛc. statt: wo sich das Festungsgemäuer, im ꝛc.

= 71 = 11: Muße statt: Muse

= 143 = 28: nachhilft am Baue des glänzenden Spielzeugs ꝛc. statt: nachhilft am Baue und des glänzenden Spielzeugs ꝛc.

= 146 = 11: verglommen statt: verklommen

= 163 = 5: zu der Fahrt über ꝛc. statt: zu der Fahrt, über ꝛc.

= 207 = 27: vom Hauptaltare dampft Purpurqualm. statt: vom Hauptaltare dampft. Purpurqualm.

= 216 6: war er geklettert, der gute Indier, schilderte mir ꝛc. statt: war er geklettert, der gute Indier schilderte mir ꝛc.

= 231 = 3: das statt: da.

= 288 = 2: Erdlebens statt: Erslebens

= 312 19: Welteinsamkeit! In dir nur fühlt man sich allein: statt: In dir fühlt man nur sich allein:
